U0090941

古典文獻研究輯刊

十五編

曾永義 主編

第16冊

媽祖故事與媽祖文化研究

楊淑雅 著

國家圖書館出版品預行編目資料

媽祖故事與媽祖文化研究／楊淑雅 著 —— 初版 —— 新北市：花
木蘭文化出版社，2017〔民 106〕
目 2+252 面；19×26 公分
（古典文學研究輯刊 十五編；第 16 冊）
ISBN 978-986-404-908-0（精裝）
1. 媽祖 2. 文化研究
820.8   106000832

ISBN-978-986-404-908-0

9 789864 049080

古典文學研究輯刊
十五編　第十六冊   ISBN：978-986-404-908-0

媽祖故事與媽祖文化研究

作　　者　楊淑雅
主　　編　曾永義
總 編 輯　杜潔祥
副總編輯　楊嘉樂
編　　輯　許郁翎、王筑　美術編輯　陳逸婷
出　　版　花木蘭文化出版社
社　　長　高小娟
聯絡地址　235 新北市中和區中安街七二號十三樓
　　　　　電話：02-2923-1455／傳真：02-2923-1452
網　　址　http://www.huamulan.tw 信箱 hml810518@gmail.com
印　　刷　普羅文化出版廣告事業
初　　版　2017 年 3 月
全書字數　181989 字
定　　價　十五編 18 冊（精裝）新台幣 32,000 元
版權所有・請勿翻印

媽祖故事與媽祖文化研究

楊淑雅　著

作者簡介

楊淑雅，新加坡國立大學中文碩士，中國文化大學中文研究所文學博士，現任國立高雄海洋科技大學基礎教育中心專案助理教授。授課課程：中文閱讀與寫作、臺灣民間信仰與民俗技藝、東南亞文化與社會、應用文。以民間故事、民間信仰、民俗文化等主題爲研究面向。著有《人間佛教：演培法師在新加坡的弘法事蹟》。

提　　要

　　2009 年 10 月 2 日聯合國教科文組織公佈「媽祖信俗」爲中國第一個信仰類的世界人類非物質文化遺產。關於媽祖故事與媽祖文化的研究，本文試圖從史籍、宗教、文學及文化等文獻資料，加上田野調查及訪談的紀錄，爬梳整理以媽祖故事爲主題所呈現的文學與文化面向。期望從古今文獻的資料中，梳理探源媽祖故事的形成、流傳與發展；從民間口傳資料中，歸納分類媽祖的傳說故事，進而探究媽祖故事對民間信俗的影響。最後以現今的媽祖現象，探究媽祖文化的特徵與意涵，並分析其在各族群、各地區的文化交流及對社會的影響。

致　謝

　　五年多來，穿梭南北的歲月，依舊記憶猶新⋯⋯

　　論文的完成，特別要感謝金榮華老師耐心的教導。記得每次拿論文給老師批閱，老師總是先放下手邊的事，先閱讀我的文章，然後語重心長的諄諄教誨。跟隨老師，除了學識上的增長之外，待人處事的道理，也自然地潛移默化。而中國大陸莆田湄洲參訪，更讓我見識增廣。

　　求學期間，感謝陳勁榛老師於課堂上的啟迪，讓我學會思考；讀書會的磨練，使我勇於表達。感謝陳桂雲老師不間斷的鼓勵；溫老師的溫馨關懷；以及陳麗娜老師的賜教提點，更要感謝遠在新加坡的蘇瑞隆老師提供他收集已久相關媽祖的資料。

　　訪談的材料，特別感謝北港朝天宮導覽組紀雅博老師及文化組紀仁智組長接受訪談並提供相關北港朝天宮的文獻史料。

　　感謝長久以來，陪伴著我的春雅學姐、美玲姊、瑞文，因為他們，使我信心倍增。更感謝提供我在台北無償住宿的表姊弟景雯、景琇、大賢；感謝弟弟百文，幫我到中正大學借書；最後更要感謝我的父母在生活上的支持。

　　完成論文，感謝所有為我加油打氣的長輩、朋友及家人，無限感激、銘記在心。

目次

致　謝
第一章　緒　論‥‥‥‥‥‥‥‥‥‥‥‥‥‥‥‥‥‥‥‥‥ 1
　　第一節　研究動機與目的‥‥‥‥‥‥‥‥‥‥‥‥‥ 1
　　第二節　研究範圍與方法‥‥‥‥‥‥‥‥‥‥‥‥‥ 2
　　第三節　相關研究成果‥‥‥‥‥‥‥‥‥‥‥‥‥‥ 4
第二章　古今文獻的媽祖生平傳說與歷代封祀‥‥‥ 9
　　第一節　媽祖生平傳說‥‥‥‥‥‥‥‥‥‥‥‥‥‥ 9
　　第二節　媽祖歷代封祀‥‥‥‥‥‥‥‥‥‥‥‥‥ 22
　　第三節　媽祖生平傳說與歷代封祀的相關性‥‥‥ 34
第三章　媽祖故事的分類‥‥‥‥‥‥‥‥‥‥‥‥‥ 41
　　第一節　媽祖救難解厄的故事‥‥‥‥‥‥‥‥‥ 42
　　第二節　媽祖建護廟宇的故事‥‥‥‥‥‥‥‥‥ 50
　　第三節　媽祖收伏神魔的故事‥‥‥‥‥‥‥‥‥ 58
　　第四節　媽祖與其他神祇互動的故事‥‥‥‥‥‥ 61
第四章　媽祖傳說故事的特性與流傳地區‥‥‥‥‥ 65
　　第一節　媽祖傳說故事之宗教性‥‥‥‥‥‥‥‥ 66
　　第二節　媽祖傳說故事之政治性‥‥‥‥‥‥‥‥ 72
　　第三節　媽祖傳說故事之區域性‥‥‥‥‥‥‥‥ 78
第五章　媽祖信仰所形成的媽祖文化‥‥‥‥‥‥‥ 93
　　第一節　媽祖信仰的傳播‥‥‥‥‥‥‥‥‥‥‥ 93

第二節　媽祖文化的形成 …………………………… 105
第三節　媽祖經書的編撰 …………………………… 109
第六章　媽祖文化影響下的文學與藝術 …………… 125
第一節　鋪陳媽祖故事的小說 …………………… 125
第二節　說唱媽祖故事的戲曲 …………………… 144
第三節　提煉媽祖故事精華的舞蹈 …………… 147
第四節　突出媽祖神蹟的電影動畫 …………… 154
第七章　媽祖文化與民俗活動 …………………… 159
第一節　媽祖廟的歲時祭儀 …………………… 160
第二節　媽祖廟的廟會型態 …………………… 171
第三節　媽祖廟會形成的相關產物 …………… 184
第八章　媽祖文化與現代社會 …………………… 199
第一節　媽祖廟的現代管理 …………………… 200
第二節　媽祖廟的社會事業 …………………… 204
第三節　媽祖廟的公益活動 …………………… 207
第四節　媽祖文化的觀光旅遊 …………………… 210
第九章　結　論 ……………………………………… 215
引用文獻 ……………………………………………… 217
附　錄 ………………………………………………… 223
附錄一　媽祖生平傳說及歷代受封年表 ……… 225
附錄二　《天妃顯聖錄》、《敕封天后志》、《天上聖
　　　　母源流因果》目次比較表 ……………… 229
附錄三　《古本小說集成・鍥天妃娘媽傳》第九回
　　　　…………………………………………… 232
附錄四　《古本小說集成・鍥天妃娘媽傳》第十六
　　　　回 ………………………………………… 233
附錄五　《中國通俗小說總目提要・天妃娘媽傳》
　　　　版記 ……………………………………… 234
附錄六　《古本小說集成・鍥天妃娘媽傳》版面 … 235
附錄七　《古本小說集成・鍥天妃娘媽傳》目錄頁
　　　　題 ………………………………………… 236
附錄八　《古本小說集成・鍥天妃娘媽傳》正文卷
　　　　端 ………………………………………… 237
附錄九　宗教團體法草案 ………………………… 238
附錄十　財團法人北港朝天宮捐助章程 ………… 246

第一章　緒　論

第一節　研究動機與目的

　　民間信仰是在長期的歷史發展過程中，民眾自發產生的一種神靈崇拜觀念、行為習慣和相應的儀式制度。媽祖信仰是宋代至今傳遞約一千多年的特殊民間信仰。關於媽祖的信仰，由於歷代封建朝廷的大力推崇及知識階層的參與，累積了豐富的文獻史料。

　　然而，媽祖信仰起源於民間，主要靠著口頭傳承的方式，產生與媽祖相關的民間傳說故事。她的生平、成長、飛昇成神的傳說故事，及民間創造的種種神蹟都記錄著媽祖的性格、形象及特殊的能力。這些傳說故事與神蹟的記錄，通常很少探究到知識層次的內容以及抽象繁雜的人生哲理，而是傳承記載了豐富的政治興替、經濟變遷、社會風俗以及生活文化等訊息。

　　因此當我們聽聞閱讀這些民間故事時，除了思索故事在歷史上的影響力之外，可以從其文學上的表現，及民俗文化影響的角度去觀察和思考，才能發掘故事真正的內涵和價值。而媽祖受到統治階級、知識份子及民間大眾的關注，使民間的媽祖崇拜逐步演化成一種媽祖文化。

　　筆者近幾年蒐集與媽祖相關的資料，發現前人以媽祖為研究對象的論文，大部分以歷史學、宗教學、民族學及人類學的角度分析，涉及文學及文化的部分甚少。

　　從古至今，媽祖的民間傳說故事，一直流傳於華人的生活圈裡，而以媽祖為主題的文獻資料，保存的數量也極為可觀。筆者認為探索媽祖對民間社

會的影響力，可以以媽祖的故事為主軸，進而探究故事對媽祖文學及媽祖文化的影響，是以媽祖故事與媽祖文化為主題試探索之。

2009 年 10 月 2 日聯合國教科文組織公佈「媽祖信俗」為中國第一個信仰類的世界人類非物質文化遺產。段寶林先生曾在《非物質文化遺產精要》一書中說：「非物質文化遺產是各族人民世代相承，與群眾生活密切相關的各種傳統文化表現形式和文化空間，主要就是民間文化。」

關於媽祖故事與媽祖文化的研究，本文試圖從史籍、宗教、文學及文化等文獻資料，加上田野調查及訪談的紀錄，爬梳整理以媽祖故事為主題所呈現的文學與文化面向。期望從古今文獻的資料中，梳理探源媽祖故事的形成、流傳與發展；從民間口傳資料中，歸納分類媽祖的傳說故事，進而探究媽祖故事對民間信俗的影響。最後以現今的媽祖現象，探究媽祖文化的特徵與意涵，並分析其在各族群、各地區的文化交流及對社會的影響。

第二節　研究範圍與方法

一、研究範圍

廣義的民間文學，指所有散文體口頭敘事文學，包括：神話、傳說、故事（狹義的民間故事）三類。神話是一種古老的故事體裁；傳說主要是關於特定的人、地、事、物的口頭故事；民間故事所講的內容則多帶娛樂性，是虛構性故事體裁的總稱。民間故事保存在人民的記憶之中，以口頭的形式發表，它只有通過上一代向下一代的傳承和自甲地向乙地的傳播，才能表明它的存活。口頭故事流傳涉及民族文化形成的問題，各民族的文化首先是該族人民自己在歷史發展過程中創造的；其次是，各民族文化同時又是在和其他民族文化相互交流過程中發展的。文化的交流，包括不同民族和地區口頭故事的交流，是人類文化發展中的正常現象。〔註1〕

廣義的民間文化是指民眾共同參與共同事務所形成的文化，是整個民間精神最重要的組成部分，民間精神大量地以文化形態來作為其精神表達方式。民間文化是溝通民眾物質生活和精神生活、聯繫傳統與現實、反映民眾意願，並通過人作為載體進行世代相習和傳承的生生不息的文化現象。

〔註 1〕 鐘敬文主編：《民俗學概論》（上海：上海文藝出版社，2008 年 2 月），頁 241
　　　　～253。

　　民間文化是整個民族文化的一部份，它是和統治階級的文化相互滲透又相互對立統一的客觀存在。民間文化是一種本能的、自發的文化，流傳而多年傳授得來，它關係到與其鄉土極爲貼近的植根很深的居民階層，民間傳說便是它最顯著的表現形式之一。

　　從結構上看，民間文化分成三個層次：一是民俗層次。它是俗文化的表層結構，即指平民的生活習慣和行爲規範，包括歲時節日、禮儀習俗等。二是審美層次。它包括民眾的文化娛樂活動和審美趣味，具體表現在民間文化藝術之中。三是心理層次。它是民間文化的深層結構，包括價值觀念、思維模式、宗教信仰等。〔註2〕

　　本論文的研究主題是媽祖故事與媽祖文化，因此研究範圍主要以媽祖爲主題的民間傳說、故事以及相關媽祖的民間文化都是本文研究的範圍。

二、研究方法

　　在研究方法方面，本文擬運用文獻資料歸納法，將媽祖爲題材之資料加以歸納分類，整理媽祖在歷史、宗教及文學領域之形象。然後用比較研究法探討媽祖故事在古今文獻記錄中的異同，探索媽祖故事及信仰流傳到世界各地的淵源及其影響，進而探析媽祖文化的意涵、特色與價值。

　　此外，到各地著名媽祖廟參訪、調查並參與廟宇的慶典活動，亦是筆者從事此項研究的重要步驟與方法。

　　本文共分九章，除首尾的緒論和結論外，各章的內容大致安排如下：

　　第二章探討古今文獻的媽祖生平與歷代封祀。筆者從歷史文獻著手，認識媽祖的前身，即林默娘的生平事蹟，還原故事人物的本來面目。

　　第三章將目前筆者收集的媽祖故事，分四種類，其爲媽祖救難解厄的故事、媽祖建護廟宇的故事、媽祖收伏神魔的故事及媽祖與其他神祇互動的故事。從四個種類的媽祖故事，分別說明故事的特色及其廣爲流傳之後，對社會及百姓的影響與價值。

　　第四章媽祖傳說故事的特性與流傳地區。本章筆者主要探討媽祖傳說故事之宗教性，以及媽祖傳說故事受政治影響後，形成之政治性，最後推論媽祖傳說故事歷經歷代官方的重視與宣揚，加上民間廣爲流傳產生之區域性。

〔註2〕黃永林著：《中國民間文化與新時期小說》（北京：人民出版社，2007年9月），頁26～28。

第五章媽祖信仰所形成的媽祖文化。本章主要探討媽祖信仰因中國朝代遞嬗及環境的變遷，隨著人民移民，因而產生遷移的情況，也因爲人民的遷徙，媽祖信仰得以傳播到世界各地。最後探討傳播之後，所形成具特色的媽祖文化。

第六章媽祖文化影響下的文學與藝術。本章主要探討媽祖文化影響下產生的文學與藝術。如：以媽祖爲主角的小說、戲曲、舞蹈，電影動畫等文學與藝術作品。

第七章媽祖文化與民俗活動。本章主要探討媽祖文化所形成的民俗活動。以三大媽祖祖廟爲例，探討媽祖廟的歲時祭儀、廟會活動型態，以及廟會形成的相關產物。

第八章媽祖文化與現代社會。本章主要探討媽祖文化受現代社會環境變遷的影響所產生的改變。如：媽祖廟以現代化的方式管理廟方的人事、資產等。媽祖廟在現代社會具有一定地位後，廟方積極投入社會事業及舉辦公益活動，回饋信眾及社會。最後因媽祖文化的形成，衍生出以媽祖文化爲主題的觀光旅遊。

綜合上述各章的探討與分析，可以得知媽祖的故事廣爲流傳之後，其故事的內容與價值影響了官方與百姓信奉媽祖的動力，人民對媽祖的信仰有了一定程度的認同，經由統整與觀察相關媽祖的活動，即可以窺視媽祖文化的全貌。

第三節　相關研究成果

至目前爲止，海峽兩岸學者對媽祖及其相關的研究，在局部的領域裡，是有一些成果的。但這些研究成果大都是以歷史學、宗教學、民族學及人類學的角度分析，甚少文學及文化的部分。本文以媽祖故事與媽祖文化爲研究主題，故其他角度的研究成果不在此文贅述。

針對以媽祖故事與媽祖文化爲主題的研究成果，目前有下列五本專著與本論文主題相似，依出版時間的先後次序，分述其特點。

一、張珣，《文化媽祖：台灣媽祖信仰研究論文集》（台北：中央研究院民族研究所，2003 年 4 月）。

作者在序的部分，清楚的闡述這本書的內容，他說明：「這是一本關於臺

灣媽祖信仰研究的論文集，內容是筆者陸續發表的五篇論文，算是筆者研究大甲媽祖信仰第二階段的成果，其重點是在進香儀式與儀式背後的文化觀念。在理論脈絡上，筆者以人類學象徵學派與儀式理論來分析媽祖信仰。在問題意識上，以進香儀式為著手點，筆者企圖理解的不只是進香儀式本身，而是儀式背後牽涉到的基本文化分類觀念，諸如人觀、時間觀、空間觀、物觀等等。在核心關懷上，筆者雖以媽祖信仰進入，其實最終目的是想盡一己之力探索臺灣甚至中國民間信仰的本質與組成。」〔註3〕

　　從序文中可見書中主要以進香儀式的空間遷移與時間進程為主軸，進而探討進香儀式對社會與社區的影響，最後選擇有關媽祖救難的文字敘述探討媽祖救難的變遷。

　　二、蔡泰山，《媽祖文化與兩岸關係發展》（臺北：立得發行，2005 年 9月）。

　　作者研究的題材是媽祖文化影響兩岸發展為主軸。最後提出兩岸若要提升媽祖文化的地位，其基本工作就是發展媽祖文化產業，加強職掌人員的經營，服務人員的能力，進而融入現代社會生活當中。

　　三、蔡泰山，《探討媽祖文化資源與創意產業發展》（臺北：蘭臺出版社，2009 年 9 月）。

　　本書作者先從英國首相布萊爾（Blair）提出文化創意產業發展的報告及執行效益，探討文化創意產業發展的由來。再思考臺灣目前發展文化創意產業的結構性，注入媽祖文化資源再利用的可行性，營造文化創意產業的再造能量。最後作者提出媽祖文化創意產業，如推動與媽祖相關的美食產品、民間藝術、雕刻、建築、文物及民俗節慶、觀光休閒、廟會活動等，說明這些深具文化特色的事物，需要由政府與各業者之間的構和，進行適當行銷與包裝，加入藝術元素，以增加附加價值，以媽祖文化品牌，有計畫的行銷策略，讓媽祖文化經由文化創意產業創造高度附加價值。

　　四、羅春榮，《媽祖文化研究》（天津：天津古籍出版社，2006 年 9 月）。

　　本書作者從媽祖文化的起源、海運與媽祖文化的北傳、媽祖文化的長足發展、港澳地區的媽祖信仰與媽祖文化的對外傳播及媽祖文化的鼎盛時期等，五個部分探討媽祖文化。

〔註 3〕 張珣著：《文化媽祖：台灣媽祖信仰研究論文集》（台北：中央研究院民族研究所，2003 年 4 月）。

　　五、羅春榮，《媽祖傳說研究：一個海洋大國的神話》（天津：天津古籍出版社，2009 年 6 月）。

　　本書作者試圖從學術層面，系統性地解讀和研究媽祖傳說，進而認識媽祖傳說的演變過程、特徵及其存在的精神價值。作者將媽祖傳說分為四個方向來探討：

　　（一）媽祖傳說是遠古神話流變的產物，雖然不可能是原始神話再造，但其具有遠古神話的遺傳基因，含有原始先民宇宙觀的思維成份，傳說依然帶有「人類尚未成熟的思維而創造的神話」色彩，是文明時代神話發展與流變的產物。作者認為這就是媽祖傳說文化的屬性。

　　（二）媽祖傳說受中國宗教深刻的影響，尤其是道教佛教的仙話。但是道佛二教仙話對媽祖傳說的影響只是客觀存在，雖然媽祖傳說包含仙話，但並沒有改變媽祖傳說的整體性質，他既不屬於道教，更不隸屬於佛教，它仍然是民間信仰的媽祖傳說。主要是媽祖傳說宣示的不是為了個人修道成仙，也不是追求個人來世而修行，媽祖傳說的主題是「護國」或「庇民」，為了維護中華民族和國家的安危，或為了百姓的生存和拯救身陷危難的百姓。媽祖傳說也規勸世人向善，這是受儒家道德規範思想的影響和滲透的體現。可見，三教各自的影響都體現於媽祖傳說之中。

　　（三）媽祖傳說成為人們戰勝海洋的精神支柱，宋代的遠洋貿易、元代的漕糧海運，明代鄭和下西洋等，媽祖的護航與海洋女戰神傳說，都展現出媽祖在海上助人的神奇力量。明清兩代朝廷實行鎖國政策，媽祖傳說轉向區域性發展，帶有明顯的歷史侷限性。而在台海之戰中，媽祖「助漲潮水」和「澎湖助戰」的傳說，表現了他身先士卒、衝鋒陷陣的大無畏精神和高尚的愛國主義、民族主義精神。媽祖傳說適時而生，順應了中國遠洋航海時代的發展需要。

　　（四）媽祖傳說具有明顯的歷史背景，不同的歷史發展階段所形成的媽祖傳說，必然符合那個歷史時期的發展規律。

　　綜合上列書目，大概可以知道近人對媽祖故事及其文化所做的研究甚少。如以媽祖為主角的小說，近人只對吳還初著的《天妃娘媽傳》做過探討，其他新創作的現代長篇小說，未見有人深入的討論。且近人的研究多半集中在過去已發生過的事象上，對於現存及當今正在進行的活動，甚少注意，這對瞭解媽祖文化是有缺陷的，因此如果能夠補足這方面的觀察和研

究，才能完整的看清過去媽祖及其故事對今人的影響，以及它和現實生活間的關係。針對上述所提，筆者希望能在本論文中一一加強，以呈現更完整的媽祖研究。

　　媽祖是民眾生活下的產物，我們從各種媽祖的形象，看到媽祖在不同時代的影響力，以及媽祖在民眾心理上的重要性。從媽祖傳說故事的產生、發展，看到故事流傳的變異性，以及記錄者豐富的想像和創造力。筆者撰寫本文的目的，除了蒐集分析媽祖的故事之外，更期望媽祖的傳說故事的內容與意涵受到政府、廟方的認同與重視，將媽祖傳說故事納入學校教育的教材中，藉由書本中完整的敘述，引導莘莘學子正確地瞭解民間信仰。再由文化層面，分析媽祖文化對現今社會的影響力與重要性。藉由媽祖文化呈現的獨特性，促使各地廟宇、政府及百姓重視並積極推展媽祖文化。

第二章　古今文獻的媽祖生平傳說與歷代封祀

　　中國民間信仰眾多的神祇中，媽祖是目前流傳最廣、信眾最多的神祇之一。關於媽祖的生平，歷代文獻記載相當豐富，但眾說紛紜穿鑿附會。媽祖，原本是地方信奉的神祇，她的靈驗事蹟在民間不斷地流傳與開展，經知識份子的記錄與增潤，媽祖傳說故事更加精彩與豐富，經由歷代官方的褒封與祭祀，使其身份地位提昇為全國信奉的神祇。

　　本章試圖從民間傳說及歷史文獻，探究媽祖之生平傳說與歷代的封祀，並分析探討官方對媽祖的重視，及民間對媽祖的崇拜，兩者之間的影響力。

第一節　媽祖生平傳說

　　媽祖的身世傳說從兩宋、元、明、清至民國的歷史文獻都見載錄，但歷代正史未見有關媽祖身世背景的記載，僅在民間的廟記、軼史、碑記，至通俗小說、顯聖錄、故事集等有記錄。

　　上述資料為本節探究媽祖生平的研究素材。依時間次序先後推衍、勾勒媽祖的生平。由於媽祖神奇事蹟受到民間及官方不斷地宣揚，記錄媽祖的文獻資料因環境的不同產生了變化，經流傳擴增到各個區域，最後產生了異說。本節最後探討媽祖生平傳說開展到其他空間後，所發展成不同的結果與變異。

一、宋代：女巫、神女形象

宋代有四則記錄媽祖出生地、出生年代、生長背景及成神經過的文獻記錄。目前史料文獻最早記錄媽祖生平，應見於高宗紹興二十年（1150 年）南宋閩南仙遊人廖鵬飛撰寫的〈聖墩祖廟重建順濟廟記〉，略云如下：

> 閩人尤崇。……郡城東寧海之旁，……而聖墩祠在焉。墩上之
> 神，……，不知始自何代；獨爲女神人壯者尤靈，世傳通天神女也。
> 姓林氏，湄洲嶼人。初，以巫祝爲事，能預知人禍福；既歿，眾爲
> 立廟於本嶼。聖墩去嶼幾百里，元祐丙寅歲，墩上常有光氣夜現，
> 鄉人莫知爲何祥。有漁者就視，乃枯槎，置其家，翌日自還故處。
> 當夕遍夢墩旁之民曰：「我湄洲神女，其枯槎實所憑，宜館我於墩
> 上。」父老異之，因爲立廟，號曰聖墩。歲水旱則禱之，癘疫祟則
> 禱之，海寇盤桓則禱之，其應如嚮。故商舶尤藉以指南，得吉卜而
> 濟，雖怒濤洶涌，舟亦無恙。寧江人洪伯通，嘗泛舟以行，中途遇
> 風。舟幾覆沒，伯通號呼祝之，言未脫口而風息。既還其家，高大
> 其像，則築一靈於舊廟西以妥之，宣和壬寅歲也。越明年癸卯，給
> 事中路允迪使高麗，道東海，值風浪震盪，舳艫相衝者八，而覆溺
> 者七，獨公所乘舟，有女神登檣竿，爲旋舞狀，俄獲安濟。因詰於
> 眾，時同事者保義郎李振，素奉聖墩之神，具道其詳。還奏諸朝，
> 詔以「順濟」爲廟額。……〔註1〕

「聖墩」位於莆田木蘭溪出海口的寧海鎮旁，今屬福建省莆田市涵江區白塘鎮地界。文中記載莆田地區有一位神女姓林，沒有提到名字與家世，只是湄洲嶼的一位女巫。她在夜間現光提醒鄉民，並託夢告知漁民她是神女，且述說可以用作木筏的乾枯樹枝爲她建廟。漁民幫她建廟後，無論水旱災、瘟疫及海賊的侵擾，只要向她祈禱一定能獲救。也記載商船出海前以占卜的方式預言航程的吉凶，即使天氣狀況不佳，亦能化險爲夷。

廟記中具體的記錄林姓神女具有呼風喚雨的能力。莆田地區居民乘船出海，如遇風浪，只要大聲哭喊祈求神女，風浪即刻停息。外交使節出海遇大風浪，神女現身於船的桅杆上拯救船隻，歸航之後稟報皇帝，朝廷賜她「順

〔註1〕 （宋）廖鵬飛：〈聖墩祖廟重建順濟廟記〉，載清代鈔本《白塘李氏族譜》忠
　　　部。見蔣維錟、周金琰輯纂：《媽祖文獻史料彙編》（第一輯）碑記卷（北京：
　　　中國檔案出版社，2007 年 10 月），頁 1～2。

濟」名號的廟額。

　　這則廟記記錄媽祖的出生地是福建莆田湄洲嶼，身份是林姓女巫，自稱湄洲神女，具有呼風喚雨的能力，當地人立廟供奉，外交使節路允迪出使高麗曾得到她的幫助。

　　南宋紹興二十一年（1151年），黃公度在《莆陽知稼翁文集》卷上有一首七言律詩〈題順濟廟〉：

　　　　枯木肇靈滄海東，參差宮殿萃晴空。

　　　　平生不厭混巫媼，已死猶能效國功。

　　　　萬戶牲醪無水旱，四時歌舞走兒童。

　　　　傳聞利澤至今在，千里桅檣一信風。〔註2〕

　　這首詩應是黃公度先生參觀順濟廟時有感而發的。詩中暗喻媽祖顯靈於滄海東邊的枯木，生前是巫媼，死後仍為國家建立事功。

　　南宋嘉定七年（1214年）莆田人李俊甫所撰《莆陽比事》卷七提到了媽祖：

　　　　湄洲神女林氏，生而神異，能言人休咎，死廟食焉（今湄洲、
　　　　聖屯、江口、白湖皆有祠廟）。宣和五年，路允迪使高麗，中流震風，
　　　　八舟溺七，獨路所乘，神降於檣，安流以濟。使還奏聞，特賜廟號
　　　　「順濟」。……誥詞曰：「居白湖而鎮鯨海之濱，服朱衣而護林之使。」
　　　　（白湖廟碑）〔註3〕

　　這段記述媽祖的地位由「女巫」提升至「神女」，天生具有神異的能力，能告知人民即將來臨的喜事或災禍，死後人們建廟祭拜她。文中首次提到媽祖「服朱衣」的神女形象。但神助路允迪和褒封的部分，顯然是參照先前廟記的內容重新書寫的。

　　南宋紹定二年（1229年）丁伯桂撰寫〈順濟聖妃廟記〉，主要內容如下：

　　　　神莆陽湄洲林氏女，少能言人禍福，歿，廟祀之，號通賢神女。

　　　　或曰：龍女也。莆寧海有堆，元祐丙寅，夜現光氣，環堆之人，一
　　　　夕同夢曰：「我湄洲神女也，宜館我。」於是有祠曰聖堆。宣和壬寅

〔註2〕　（宋）黃公度：〈題順濟廟〉，《莆陽知稼翁文集》卷上。見蔣維錟、周金琰輯
　　　　纂：《媽祖文獻史料彙編》（第一輯）詩詞卷（北京：中國檔案出版社，2007
　　　　年10月），頁1。
〔註3〕　（宋）李俊甫：《莆陽比事》卷七。見蔣維錟、周金琰輯纂：《媽祖文獻史料
　　　　彙編》（第一輯）散文卷（北京：中國檔案出版社，2007年10月），頁3。

給事路公允迪，載書使高麗，中流震風，八舟沉溺，獨公所乘，神
降於檣，稷安濟。明年奏於朝，錫廟額曰「順濟」。……祠立二年，
海寇憑陵，效靈空中，風捲而去，州上厥事，加封「昭應」。其年白
湖童、邵，一夕夢神指為祠處，丞相正獻陳公俊卿聞之，乃以地券
奉神立祠，於是白湖又有祠。時疫，神降，且云：「去湖丈許，脈有
甘泉，我為郡民續命於天，飲斯泉者立瘥。」掘泥坎，甘泉涌出，
請者絡繹，朝飲夕愈，甃為井，號「聖泉」。郡以聞，加封「崇福」。……
慶元戊午，甌閩列郡苦雨，莆三邑有請於神，獲開霽，歲事以豐。
朝家調發閩禺舟師平大奚寇，神著厥靈，霧障四塞，我明彼晦，一
掃而滅。……海寇入境，將掠鄉井，神為膠舟，悉就擒獲。積此靈
眂，郡國部使者陸續奏聞。慶元四年，加「助順」之號；嘉定元年，
加「顯衛」之號；十年，加「英烈」之號。……〔註4〕

這篇廟記媽祖有了新的稱號通賢神女及龍女〔註5〕的身份。且媽祖的神力
除了海上救難之外，也會治瘟疫，解除自然災害，幫助軍隊作戰等，也因為
神力漸漸擴大朝廷因而歷次加以褒封。

綜合上列宋代的歷史資料，雖然傳抄的情況普遍，但對於媽祖的生平及
形象奠定了一個基本模式。媽祖原是莆田地區一位姓林的「女巫」，因為展現
特殊的能力，身份地位提昇到「神女」或「龍女」，她解救災難的神力從原本
僅在海上後來擴大至陸地，拯救的樣式從顯現光線到趨於多樣化。這些說法
使媽祖脫離女巫之列，提升至神女的地位。

二、元代：佛道神仙、官家女形象

至元代，媽祖的身份有了很大的轉變。這個改變首見於元大德七年（1303
年）黃仲元的〈聖墩順濟祖廟新建蕃釐殿記〉，節錄其內容如下：

妃號累封，前此有年矣。……按舊記，妃族林氏，湄洲故家有
祠，即姑射神人之處子也。泉南、楚越、淮浙、川峽、海島，在在

〔註4〕 （宋）丁伯桂：〈順濟聖妃廟記〉，載潛說友《咸淳臨安志》卷七十三。見蔣
維錟、周金琰輯纂：《媽祖文獻史料彙編》（第一輯）碑記卷（北京：中國檔
案出版社，2007年10月），頁2～4。

〔註5〕 李豐楙教授認為「龍女」的說法，是因為媽祖能治水，具有如海龍王的法力，
故稱為「龍女」。但這類稱媽祖為「龍女」的說法，只是少數學者的見解。見
李豐楙：〈媽祖傳說的原始及其演變〉，《民俗曲藝》第四輯第二十五期（1983
年7月），頁119～152。

奉嘗；即普陀大士之千億化身也。而莆聖墩實源廟之祖。……妃護夕郎路公允迪使高麗舟，國使李公振請于朝也。……自制乾李公富奉妃像正位序始。……他所謂神者，以死生禍福驚動人，惟妃生人、福人，未嘗以死與禍恐之，故人人事妃，愛敬如母，中心鄉（音響之），然後於廟饗之。……書既，繫以詩曰：……赫赫公家，有齊季女。生也賢哲，嶽鍾瀆聚。歿也神靈，雲飛電吐，不識不知，自成功所，……。〔註6〕

這篇記錄可發現以下四個變化：

1. 文中首次隱去媽祖是女巫的身世。

2. 「姑射神人之處子」一語，出自莊子逍遙遊。「姑射神人」原指在姑射山得道的真人，後來泛指美貌的女子。宋代道教盛行，道教封莊子為南華真人，將莊子一書稱為南華真經，視為要典。故「姑射神人之處子」應是指宋代在山上修道且面貌姣好的女真人，她是一位虛構的神仙人物。黃氏此語，或即表示媽祖具有道教真人的身份，亦可推測當時道教將媽祖列入其崇拜的神仙之一。

3. 「即普陀大士之千億化身也」。普陀山在定海縣，為佛教傳說中觀世音菩薩得道之處。普陀大士即觀世音菩薩之化身，則其神之屬性含有佛教成分。可見當時佛教人士認為媽祖為菩薩化身的神祇之一。

   從這篇記錄，可推測媽祖信仰之本質在元代同時含有佛、道二教成分。

4. 「赫赫公家，有齊季女。……生也賢哲，……歿也神靈」黃氏認為媽祖生前的家世應是名氣顯赫的公卿貴族少女，因為生前常有特殊的事蹟，死後被供奉為神。

到元統二年（1334年）程端學的〈靈濟廟事跡記〉，又有了另一個新的說法。略云如下：

惟天陰騭下民，凡涉大險，必有神物效靈以濟之，若海之有護國庇民廣濟福惠明著天妃是已。……謹按：神姓林氏，興化莆田都巡君之季女。生而神異，能力拯人患難，室居未三十而卒。宋元祐

〔註6〕（元）黃仲元：〈聖墩順濟祖廟新建蕃釐殿記〉，《四如集》卷二《景印文淵閣四庫全書》集部第 1188 冊（台北：臺灣商務印書館，1987 年 3 月），頁 626～627。

間，邑人祠之。水旱癘疫，舟航危急，有禱輒應。……寶祐之封，

神之父母、女兄以及神佐，皆有錫命。……〔註7〕

這則記錄媽祖從神女變爲都巡君之季女，並首次提到媽祖未滿三十歲去世，後來她的家人受官方封爵。記錄中的「都巡」即是「巡檢」是宋代設的官名。

根據馬端臨《文獻通考》的說明：「巡檢，……掌訓練甲兵、巡邏州邑、擒捕盜賊事。中興後，凡沿江沿海，召集水軍，挖扼要害，及地分闊遠處，皆置巡檢一員。往來接連，合相應援處，則置都巡檢總之。」巡檢是防守並取締州邑要害的河口海岸任務官員。

媽祖自宋代以來的靈顯事蹟，屢次以救護難船拘捕寇盜爲始，還有驅除疫病、解除雨旱，乃至正順風向等，幾乎與巡檢擔任的任務相近。從這則記錄我們可以得知媽祖靈顯事蹟的文獻，成爲後人創造媽祖身世的依據。

三、明代：巡檢官家女形象

媽祖的身世傳說到元代已能確知，她是福建莆田湄洲嶼林姓巡檢的小女兒，天生具有神力，未到三十歲去世。但關於媽祖的神誕，宋元兩代似無所見，直到元末明初，因爲民間信仰普及，才出現有關媽祖生日的傳說。

明刻本無名氏《繪圖三教搜神大全》卷四〈天妃娘娘〉一文中，清楚記載媽祖的生平傳說，大略分三階段記錄如下：

（一）媽祖的姓氏、祖籍、出生年月：

妃姓林，舊在興化路寧海鎮，即莆田縣治八十里濱海湄洲地也。母陳氏，嘗夢南海觀音與以優鉢花，吞之已而孕。十四月始免身得妃，以唐天寶元年三月二十三日誕。誕之日異香聞里許，經旬不散。〔註8〕

（二）媽祖的成長歷程，以及「出原神救兄弟」的事蹟：

幼而穎異，甫週歲，在襁褓中見諸神像，叉手作欲拜狀。五歲能誦《觀音經》，十一歲能婆娑按節樂神，如會稽吳望子、蔣子文事。然以衣冠族，不欲得此聲於里閭間，即妃亦且韜跡用晦，櫛沐自嗛

〔註7〕　（元）程端學：〈靈濟廟事跡記〉，《積齋集》卷四，《叢書集成續編》第 137 冊（台北：新文豐出版公司，1990 年 7 月），頁 257～259。

〔註8〕　無名氏：〈天妃娘娘〉，《繪圖三教搜神大全》卷四（台北：聯經出版事業公司，1986 年 10 月），頁 186。

而已。兄弟四人業商，往來海島間。忽一日，妃手足若有所失，瞑目移時，父母以為暴風疾，急呼之，妃醒而悔曰：「何不使我保全兄弟無恙乎？」父母不解其意，亦不之問。暨兄弟贏勝而歸，哭言：「前三日颶風大作，巨浪接天，弟兄各異船，其長兄飄沒水中耳。」且各言當風作之時，見一女子牽五兩（舡篷桅索也）而行，渡波濤若平地。父母始知妃向之瞑目，乃出元神救弟兄也。其長兄不得救者，以其呼之疾而神不及護也。懊恨無已。年及笄，誓不適人，即父母亦不敢強其醮。居無何，儼然端坐而逝，芳香聞數里，亦猶誕之日焉。〔註9〕

（三）除了記載媽祖生前的事蹟之外，媽祖飛昇之後的特殊事蹟，如：具有送子的神力、幫助路允迪出使高麗，以及明代媽祖幫助鄭和下西洋的船隊順利等事蹟：

> ……然尤善司孕嗣，一邑共奉之。邑有某婦，醮於人，十年不孕，万方高禖，終無有應者，卒禱於妃，即產男子嗣。是有凡不育者，隨禱隨應。至宋路允迪、李富從中貴人使高麗，道湄洲，颶風作，船幾覆溺，忽明霞散綺，見有人登檣竿，旋舞持舵甚力，久之獲安濟。中貴人詰於眾，允迪、李富具列，對南面謝拜曰：「夫此金簡玉書所不鯨鯢腹，而能宣雨露於殊方重譯之地，保君綸不絕命者，聖明力哉，亦妃之靈呵護不淺也。公等志之。」還朝具奏，詔封靈惠夫人，立廟於湄洲，致守香火百家，斷樸梓材，丹雘張矣。我國初成皇帝七年，中貴人鄭和通西南夷，禱妃廟，徵應如宋，歸命，遂敕封護國庇民妙靈昭應弘仁普濟天妃，賜祠京師，尸祝者遍天下焉。夫妃生而稟坤靈之精，懷神妙之慧，死而司胤則人無闕，司海則水不揚波，其造福於人豈淺鮮哉！余嘗考之興化郡，詩並采之，費晁采碑記，因略為之傳者如此。〔註10〕

這篇傳記的內容記錄了媽祖地位的提昇，主要是帝王與百姓聯合崇祀，最後使媽祖與釋、道、儒三教的神明並駕齊驅。

明崇禎三年（1630年）伍瑞隆的〈大欖天妃廟碑記〉，詳細記錄媽祖的生平，描述香山地區媽祖信仰相當普及，民間有多神共祀的習俗。茲摘錄文中

〔註 9〕　同上註，頁186。
〔註10〕　同上註，頁187。

提到媽祖身世的三個部分：

（一）媽祖出生、成長歷程

……天妃本莆田之湄洲人，都巡檢林愿第六女，母王氏夢觀音大士授優鉢曇花，食之孕十四月生妃，時地變紫色，異香聞海上，空中作簫鼓聲，時宋開寶元年三月二十三日。妃幼而神異，甫周歲，提抱見諸神像，輒叉手作拜狀，五歲能誦普門品經，十一歲能婆婆按節以樂神，知人間休咎。然以衣冠族，不欲有此聲於外，間有就妃者，亦了無所應，韜晦而已。

（二）媽祖具有出原神救人的神力

兄四人業商往來海上。忽一日，妃手足若有所失，瞑目數晌，父母以爲暴風之症，急呼之。妃醒而嘆曰：「何不使我得全骨肉乎？」父母不解其意，亦不之問。逮兄歸，哭言：「前三日海風大作，兄弟各異船冀有所免，忽見一女子狀如妹，牽五兩而行飛，渡濤若平地，三人俱得安，獨長兄船無牽五兩者，是時見彼女子若有人速之去，船竟沒也。」父母始知妃之瞑目乃出神救其兄，其不得救者，呼之疾也。

（三）媽祖端坐昇天

……妃既有道術，每凌行島嶼間，或乘雲往來，人皆見之。忽於雍熙四年丁亥二月十九日端坐而化，年止二十。是后往往見在大海中衣朱衣擁幢幡五采而過，里中人因祠之洲上。雨暘禱輒應，尤喜司孕嗣，婦人有未育者咸於此祈而得之。……〔註11〕

本段記錄與無名氏《繪圖三教搜神大全》卷四〈天妃娘娘〉的內容有許多相似之處。其中相異處如下：

1. 兩則記錄媽祖出生的年代不同，一是唐天寶元年，二是宋開寶元年。第一則記錄明顯是傳抄錯誤。第一則僅記錄出生年代，沒有昇天的年代。唐天寶元年是西元 742 年，媽祖首次海上現身拯救宋路允迪的記錄是宋宣和五年（西元 1123 年），這期間相差 381 年。從媽祖出生到昇天現身救海難，相差了三百多年，那麼媽祖不就活了三百多歲，這

〔註11〕 伍瑞隆：〈大欖天妃廟碑記〉，載清光緒《香山縣志》卷六。見蔣維錟、周金琰輯纂：《媽祖文獻史料彙編》（第一輯）碑記卷（北京：中國檔案出版社，2007 年 10 月），頁 87～89。

則記錄似乎不合理。第二則記錄出生年代是宋開寶元年（西元 968
年），雍熙四年（西元 987 年）端坐而化，年齡二十歲。這則記錄似乎
是合理的。但二十歲剛剛成年的少女，稚嫩的形象與昇天後即有呼風
喚雨的能力似乎不太符合常理，因此這則記錄亦有待商榷。

2. 第二則增加媽祖是都巡簡林愿的第六個女兒，後來湄洲地區的百姓常
見媽祖穿紅色官服、手拿五彩旗幟現身在海上，民眾因而建廟供奉她。
爾後舉凡氣候變化、婦女生育等生活上的危機情況，百姓向媽祖祈求
即可以迎刃而解。

從上述媽祖救助災難的文獻記錄，可以見得媽祖已具有萬能女神的形
象。

四、清代：通賢靈女形象

明末清初，湄洲天后宮主持和尚昭乘編輯的《天妃顯聖錄》問世，媽祖
的身世得以明確，其中相關媽祖生平的傳說主要記錄在〈天妃誕降本傳〉，其
內文將媽祖的生平分四階段記錄。

（一）身世背景

　　　　天妃，莆林氏女也。始祖唐林披公，生子九，俱賢。當憲宗時，
　　九人各授州刺史，號九牧。林氏曾祖保吉公，乃邵州刺史蘊公六世
　　孫州牧圉公子也。五代周顯德中爲統軍兵馬使。時劉崇自立爲北
　　漢，周世宗命都點檢趙匡胤戰於高平山，保吉與有功焉。棄官而歸，
　　隱於莆之湄洲嶼。子孚承襲世勳，爲福建總管。孚子惟慤諱愿，爲
　　都巡官，即妃父也。娶王氏，生男一，名洪毅，女六，妃其第六乳
　　也。二人陰行善，樂施濟，敬祀觀音大士。父年四旬餘，每念一子
　　單弱，朝夕焚香祝天，願得哲胤爲宗支慶。歲己未（周世宗顯德六
　　年，959）夏六月望日，齋戒慶讚大士，當空禱拜曰：「某夫婦兢兢
　　自持，修德好施，非敢有妄求，惟冀上天鑒茲至誠，早錫佳兒，以
　　光宗祧」！是夜王氏夢大士告之曰：「爾家世敦善行，上帝式佑」。
　　乃出丸藥示之云：「服此當得慈濟之貺」。既寤，歆歆然如有所感，
　　遂娠。二人私喜曰：「天必錫我賢嗣矣」！〔註12〕

〔註12〕昭乘：〈天妃誕降本傳〉，《天妃顯聖錄》臺灣文獻叢刊第 77 種（台北：臺灣
　　　　銀行發行，1961 年 3 月），頁 17。

（二）誕生時日

越次年，宋太祖建隆元年庚申（960）三月二十三日方夕，見一道紅光從西北射室中，晶輝奪目，異香氤氳不散。俄而王氏腹震，即誕妃於寢室。里鄰咸以為異。父母大失所望，然因其生奇，甚愛之。自始生至彌月，不聞啼聲，因命名曰「默」。〔註13〕

（三）成長歷程

幼而聰穎，不類諸女。甫八歲，從塾師訓讀，悉解文義。十歲餘，喜淨几焚香，誦經禮佛，旦暮未嘗少懈。婉孌季女，儼然窈窕儀型。十三歲時，有老道士玄通者往來其家，妃樂捨之。道士曰：「若具佛性，應得渡人正果」。乃授妃玄微秘法，妃受之，悉悟諸要典。十六歲，窺井得符，遂靈通變化，驅邪救世，屢顯神異。常駕雲飛渡大海，眾號曰「通賢靈女」。〔註14〕

（四）飛昇時日

越十三載，道成，白日飛昇；時宋雍熙四年丁亥（987）秋九月重九日也。〔註15〕

這篇傳說主要記載媽祖出生於官宦世家，是觀世音菩薩賜藥丸而誕生的。她的生日是宋太祖建隆元年庚申（960）三月二十三日。誕生當天有特殊的異象。她從小聰穎，喜歡誦經禮佛。十三歲獲得道士傳授密法，能領悟各類宗教典籍。十六歲從井裡取得靈符，爾後便具有神力。宋雍熙四年（987年）秋九月重九日媽祖飛昇，年齡二十九歲。

〈天妃誕降本傳〉完整記載媽祖生平傳說，確立媽祖生平與形象且成為後人創作媽祖傳說故事取材的重要依據。

關於媽祖生平的傳說，古代文獻記錄著許多不同的說法，也由於文獻缺乏完整的記載，故只能在稗官野史中搜尋一些蛛絲馬跡，因而無法有一個證據確鑿的定論。

在宋代，關於媽祖為女巫的此一說法，尚有討論的空間。一般人相信，媽祖生前具有與生俱來的特殊能力。這一類的特異能力，容易讓人將她與巫術聯想在一起，遂有媽祖為女巫的說法。

〔註13〕 同上註，頁18。
〔註14〕 同上註，頁18。
〔註15〕 同上註，頁18。

在元代，媽祖為神女的說法，主要是信眾為了宣揚媽祖靈驗的事蹟，因而誇大、渲染她的神性。

至明代媽祖為官家女的說法，可能是媽祖受到民間及官方的敬奉之後，記錄者為了提高她的身份，而產生出來的。

無論媽祖的家庭背景是女巫、神女或官家女等，媽祖生平傳說最精彩之處是媽祖成長歷程中展現出來的特殊能力，巧遇的神奇人事物，甚至她昇天後顯現靈驗的神蹟，都成為後人杜撰媽祖故事的基本素材。

除了上述歷代記錄媽祖不同的身世背景之外，媽祖成神為聖的經過，在現今流傳的媽祖傳說故事有三種不同的記錄。

（一）媽祖坐化昇天成神

在中國大陸福建地區有一則記錄媽祖坐化昇天成神的故事。故事梗概如下：

　　　　傳說媽祖原是觀音菩薩門下修煉的龍女。有一次，她隨觀音到東海，見湄洲島漁民遭海怪殘害，向觀音請求，允她下凡收伏海怪，救護生靈。觀音答應說：「二八為期。去吧！」龍女在宋建隆元年三月二十三日投胎湄洲島林愿家，名叫林默。

　　　　長大後，專為島上鄉親排憂解難，男女老少都稱她為媽祖。一天，媽祖記起觀音菩薩說的「二八為期」，下凡十六年的期限到了。她想起與姐妹鄉親相處十六個春秋，人情難捨，但師命難違，進退兩難。晚上她獨自到海灘上散心，想不出兩全的辦法。這時，玄通道士來到她身邊說：「神姑心跡，老道盡知。二八也可說是二十有八，汝可再留人間十二年，既不違師命，又不絕人情。」媽祖聽道士說得有理，就在島上留了下來。

　　　　不覺又過十二年。一天晚上，媽祖見觀音菩薩款款飄來，用拂掃一指說：「弟子可記得『二八為期』？如今河清海晏，百姓康樂，汝應在重陽吉日，速回天庭！」媽祖夢中驚醒，梳洗打扮、焚香祈禱後，與家人及島上鄉親說：「今日重陽佳節，要上湄洲峰祭天，或許遲歸，大家不必等我。」媽祖登上湄洲峰頂，在一塊方石上坐下，雙手合十，兩眼緊閉。到太陽落山，天上仙樂悠悠，彩雲布合，觀音菩薩帶著童子來迎接她。她的靈魂脫出凡體，隨一陣清風直上天廷。

媽祖家人與鄉親們見她很晚未回，到湄峰頂上找，只見她神態慈祥，靜靜地坐化在方石上。眾人十分悲痛，玄通道士飄然到這裡，勸大家：「神姑升天去了，大家不必悲傷，應該爲她立廟塑像，四時奠祭，願她的神靈永駐人間，庇護天下。」之後，湄洲島上出現第一座媽祖廟。廟裡媽祖的神像，是全島男女老少用一撮撮海泥塑成的。爾後，媽祖的神靈時常回到湄洲島上，庇護百姓的安寧。〔註16〕

這則傳說記錄媽祖是觀音菩薩身旁的龍女，因見湄洲島漁民遭海怪殘害，自願下凡庇護漁民。媽祖在民間專門爲百姓解決災難，民眾稱呼她「媽祖」。她二十八歲時，與觀音菩薩約定下凡的時間已到，值重陽節當天，坐化於湄州峰頂方石上。湄州島人民爲紀念她，在島上建立第一座媽祖廟。用海泥形塑一尊媽祖神像供奉祭拜。

（二）媽祖為了救父溺水成神

連江縣有一則記錄媽祖成神的故事，故事記錄媽祖爲了拯救落海的父親，自己卻溺水身亡的歷程，故事梗概如下：

> 天后媽祖閩莆田湄州嶼林氏女，名默娘，秉性賢淑，事親至孝。其父捕魚罹難，投海覓救，卒以身殉，負屍漂流至昔稱南竿塘斯島現址，鄉人感其孝行足式，乃厚葬於此。嗣後常顯神靈護佑漁航，民感慈德，立廟奉祀，尊爲媽祖，敕封天后。本境因后名馬祖澳列島，亦因后稱馬祖。今廟遺墓石即爲后之靈穴，庇佑歷千餘載，覃恩浩蕩，坤德常垂。〔註17〕

這則傳說主要記載媽祖的父親出海捕魚發生災難，她爲了救父親跳入海裡自己也罹難。媽祖的屍體漂流至媽祖的南竿，人民將她厚葬。之後她常顯靈保佑漁民，人民因而建廟供奉祭拜。

（三）媽祖哭泣致死，皇帝封為神

浙江地區有一則故事，記錄媽祖出原神救父親與兄長，但是父親不幸罹難，媽祖傷心欲絕，最後哭泣至身亡。皇帝出巡聽聞這件事封她爲天后娘娘。

〔註16〕〈坐化昇天〉，《中國民間故事集成·福建卷》（北京：ISBN 中心，1998 年），頁 191～192。

〔註17〕陳心亭編著：《媽祖在馬祖》（台北：泓文堂書坊，2006 年 11 月），頁 223～224。

故事概要如下：

> 箬山鄉東海村有一座天后宮，宮里供奉著天后娘娘，娘娘原來是漁家女。相傳八百多年前，海邊有一戶姓林的討海人家，兩個哥哥跟著阿爸討海，阿妹十七歲，在家裏紡棉紗。這天，她紡紗累了，阿媽看見她趴在紡車上睡著了，推也推不醒，阿媽用手朝阿妹頭上拍了一記，阿妹被拍得渾身一抖，猛地抬起頭，張開嘴叫了一聲「阿媽」，臉色馬上變了。她對阿媽說：「阿媽，不得了，不得了！阿爸死了！阿媽不相信，說：「你別亂講。阿爸出門討海，還沒回來，你怎麼曉得他……」阿妹說：「我剛才做了一個夢，夢見自己和阿爸阿哥在一起。我看到風浪要來了，嘴裡不停念著阿爸的名字，兩隻手捏著兩個阿哥。阿媽你拍了我一記，我一驚，嘴一張，阿爸從我的嘴掉下去，一定落在海裡了。我兩隻手一直捏著，沒有鬆開，兩個阿哥平安無事。」果然，討海的船回到岙里，只有阿哥，沒有阿爸。兩個阿哥在船上哭，岸上阿媽、阿妹也哭。阿妹哭了整整一年，哭死了，臨死時還喊著阿爸。

> 後來皇帝巡視到箬山鄉，聽到這件事，封阿妹為「天后娘娘」。討海人把娘娘當作自己的保護神，在沿海一帶建造不少天后宮，希望天后娘娘保護討海人順風順水，平平安安。〔註18〕

這則傳說記錄浙江地區一位捕漁人家的女兒，夢到她出原神到海上救父兄，最後只救到兄長，沒有救到父親，她傷心過度哭泣而死。皇帝聽到她的孝行孝心，封她為「天后娘娘」。討海人將她當作保護神，因而建廟供奉祭拜她。

上述這些傳說故事，具體生動地勾劃出了媽祖簡單的一生。媽祖降生於湄州莆田縣，是觀音菩薩賜予官員或漁民。宋太祖建隆元年庚申（960年）三月二十三日誕生。當時紅光入室，香氣繚繞，但因為從出生至滿月，皆無啼哭聲，家人因而命名為「林默」。在成長的過程中，得到道士賜天書，因而具有神力，救助家人、拯救遇難的商船。或記錄媽祖天生具有出原神海上救人的能力。民間因而以航海女神稱呼她。

宋雍熙四年（987年）秋九月重九日，將近而立之年，媽祖在湄州島湄峰

〔註18〕　〈天后宮〉，《中國民間故事集成・浙江卷》（北京：ISBN中心，1998年），頁410。

山頂上飛升，信眾在飛升的地方建了第一座媽祖廟紀念她；或為了救她的父親溺水而死，屍體漂流至媽祖的南竿，人民將她厚葬並建廟供奉祭拜；還是父親兄長遇到海難，她沒有救到父親整日哭泣致死，後來皇帝封她為天后娘娘，討海人建廟供奉她。

第二節　媽祖歷代封祀

關於媽祖歷代的褒封，石萬壽先生曾於民國七十九年（1990 年）12 月《中國政教關係學術研討會》發表〈宋元明媽祖的封謚〉及《台灣文獻》第 41 卷第 1 期發表〈清代媽祖的封謚〉。[註19] 蔡相輝先生以《天妃顯聖錄》〈歷朝顯聖褒封共二十四命〉為對象，考釋其誥封緣由，釐訂其訛誤；次以光緒朝《欽定大清會典事例》、第一歷史檔案館編《清代媽祖檔案史料匯編》資料增補雍正朝以後相關祀典，媽祖信仰由宋至清，由民間叢祠至國家祀典的重要過程已可約略呈現。[註20]

近年來因大陸開放媽祖信仰研究，並動用官、學力量投入調查研究。新史料不斷被整理、刊行，甚多為前此研究學者所未見，可以訂正、補充《天妃顯聖錄》之不足。媽祖的封祀經過各朝代的記載與流傳，產生一些不同的記錄。有些僅存留封號，卻未記錄受封爵的原由；有些受封祀的原因可以從各種文獻的記載得知，但封祀的年代與封號眾說紛紜。

本文試圖以前賢研究的文獻為基礎，參考引用 2007 年北京中國檔案出版社出版，蔣維錢、周金琰輯纂的《媽祖文獻史料彙編》（第一輯）碑記卷的資料，將媽祖歷代的封祀作一統整與溯源，探究媽祖從地方神發展成航海保護神，進而成為全國民間信仰重要神祇的歷程。

一、宋元時期

關於媽祖的封祀，最早的文獻記載見於南宋紹定二年（1229 年）丁伯桂所撰的〈順濟聖妃廟記〉。茲節錄概要如下：

> 神莆陽湄洲林氏女，少能言人禍福，歿，廟祀之。……宣和壬

[註19] 這兩篇文章可見於石萬壽著：《台灣的媽祖信仰》（台北：臺原出版社，2000年 1 月），頁 37～94。

[註20] 蔡相輝：〈《天妃顯聖錄》為核心的媽祖歷朝褒封〉，見《台灣民間信仰專題——媽祖》（台北：國立空中大學發行，2007 年 12 月），頁 55～97。

寅，給事路公允迪，載書使高麗，中流震風，八舟沉溺，獨公所乘，
神降於檣，獲安濟。明年奏於朝，錫廟額曰「順濟」。紹興丙子，以
郊典封「靈惠夫人」。逾年，江口又有祠；祠立二年，海寇憑陵，效
靈空中，風挶而去，州上厥事，加封「昭應」。……郡以聞，加封
「崇福」。越十有九載，福興都巡檢使姜特立捕寇舟，遙禱嚮應，上
其事，加封「善利」。淳熙甲辰，民災，葛侯郛禱之；丁未旱，朱侯
端學禱之；庚戌夏旱，趙侯彥勵檮之，隨禱隨答，累其狀聞於兩朝，
易爵以妃，號「靈惠」。慶元戊午，甌閩列郡苦雨，莆三邑有請於
神，獲開霽，歲事以豐。朝家調發閩禺舟師平大奚寇，神著厥靈，
霧障四塞，我明彼晦，一掃而滅。開禧丙寅，虜寇淮甸，郡遣戍
兵，載神香火以行；一戰花黶鎮，再戰紫金山，三戰解合肥之圍。
神以身現雲中，著旗幟，軍士勇張，凱奏以還。莆之水市，朔風彌
旬，南舟不至，神馬反風，人免艱食。海寇入境，將掠鄉井，神爲
膠舟，悉就擒獲。積此靈貺，郡國部使者陸續奏聞。慶元四年，加
「助順」之號；嘉定元年，加「顯衛」之號；十年，加「英烈」之
號。……〔註21〕

這篇廟記是宋代丁伯桂（1171～1237年）在南宋紹定二年（1229年）守
杭州錢塘時撰寫的。文中的重點如下：

1. 媽祖第一次受到官方重視賜廟額「順濟」是在宣和年間（1119～1125
　年）。

2. 官方首次賜封號給媽祖是紹興二十六年（1156年）宋高宗建立南宋政
　權後舉辦郊典〔註22〕，媽祖被列入祭祀範疇並受封號爲「靈惠夫人」。

3. 歷經高宗紹興三十年（1160年）至孝宗淳熙十一年（1184年），媽祖
　不斷在海上顯靈協助官員擒拿海寇；或在莆田地區指示甘泉治瘟疫
　等。官方歷次加封號，從「靈惠、昭應夫人」、「靈惠、昭應、崇福夫
　人」，一直到夫人爵級最高的「靈惠、昭應、崇福、善利夫人」。

4. 第五次的封爵，媽祖地位由「夫人」晉升爲「妃」。主要的原因是媽祖

〔註21〕（宋）丁伯桂：〈順濟聖妃廟記〉，在潛說友《咸淳臨安志》卷七十三。見蔣
　　　　維錟、周金琰輯纂：《媽祖文獻史料彙編》（第一輯）碑記卷（北京：中國檔
　　　　案出版社，2007年10月），頁2～4。
〔註22〕郊典是皇帝出巡京都四郊，祭拜四方山川諸神的一種國家制度。（清）徐松輯：
　　　　《宋會要輯稿》禮十之六一（台北：新文豐出版社，1976年），頁795。

多次保佑莆田地區民眾。如縣令葛郛、朱端學、趙彥勵等人在莆田遇到災害時，多次向媽祖祈求獲神助。官府因此向朝廷請封，宋光宗紹熙三年庚戌（1192年），頒詔進封「靈惠妃」，這是媽祖在妃爵的第一個封號。

5. 慶元四年（1198年），浙江、福建地區遭受大雨侵襲，莆田地區民眾向媽祖祈求，天氣遂轉為晴朗，官府於是加封為「靈惠、助順妃」。嘉定元年（1208年）媽祖助戰兩次，一是助舟師平大奚寇；一是現身抗金兵，媽祖的封號增為「靈惠、助順、顯衛妃」。嘉定十年（1217年）媽祖為運糧船送來順風，商人得以運糧食到莆田地區，解決民眾的糧食問題，以及擊退海寇，於是封號累加為「靈惠、助順、顯衛、英烈妃」。

6. 這篇廟記的作者是福建莆田人，文中共記錄宋高宗至寧宗年間媽祖八次受褒封。主要受封爵的原因有助戰、治病、變化天象等。可見到宋寧宗期間，媽祖除了是地方保護神之外，也具有助軍作戰、擒拿海寇等海上救助的能力，已具有海洋保護神的雛形。

元代程端學在〈靈濟廟事跡記〉一文，更完整記載宋元兩朝媽祖的封祀，其摘要如下：

> ……嘉熙三年，以錢塘潮決堤至艮山祠，若有限而退，封「靈惠助順顯衛英烈嘉應妃」。寶祐二年旱，禱之雨，封「靈惠助順嘉應英烈協正妃」。三年，封「靈惠助順嘉應英烈慈濟妃」。四年，封「靈惠協正嘉應慈濟妃」。是歲，又以浙江堤成，加封「靈惠協正嘉應善慶妃」。景定三年，禱捕海寇，得反風，膠舟就擒，封「靈惠顯濟嘉應善慶妃」。寶祐之封，神之父母、女兄以及神佐，皆有錫命。皇元至元十八年，封「護國明著天妃」。大德三年，以漕運效靈封「護國庇民明著天妃」。延祐元年，封「護國庇民廣濟明著天妃」。……〔註23〕

本文作者程端學於元至順四年至元統二年（1333～1334年）完成此文，文中記宋寧宗嘉定之後的褒封事跡，是接續丁伯桂〈順濟聖妃廟記〉的考證。

〔註23〕 （元）程端學：〈靈濟廟事跡記〉，載於《積齋集》卷四。見蔣維錟、周金琰輯纂：《媽祖文獻史料彙編》（第一輯）碑記卷（北京：中國檔案出版社，2007年10月），頁18～20。

其重點如下：

1. 宋理宗在位年間（1224～1264 年），媽祖受封六次，主要是救水旱災及擒拿海寇。而封號不再是累封，而是改封。

2. 記載媽祖的家人初次受到朝廷的封爵，但詳細的年月及封號未記錄。

3. 文中共記載元代媽祖受封三次。至元十八年（1281 年）封號由宋末一般的妃爵，晉昇為「天妃」。大德三年（1299 年）清楚記錄護漕運成功因而受封爵。

　　上列兩則文獻記載宋、元兩個朝代媽祖十七次受封爵。宋代媽祖受封爵的事蹟不只是為了解救海難而已，而且還能幫助擒拿海寇、救助疫、旱、飢各種災難，以及協助消退錢塘潮水、築成浙江的堤岸等。

　　然而這些記錄並未見於正史中，其主要因素可能是媽祖的信仰在宋代之所以受到朝廷的重視，一方面是南宋遷都南方，建都南方後，沿海治安成為重要的問題；海上貿易和海上運輸也都與海路脫離不了關係，人民自然選擇普遍受沿海一帶人民信奉的媽祖，成為他們在海上的一位保護神。

　　另一方面，與許多莆仙人在朝廷當官有關。在宋代，莆田人中狀元的有六名，進士八百二十四名，恩賜進士九名。他們在朝廷中人數眾多，積極向皇帝宣揚家鄉媽祖的靈驗的事蹟，才使媽祖的信仰受到朝廷的重視。但是媽祖在這一時期仍然是沿海地區的民間信仰，政府的重視和賜封，主要的因素是為了要撫慰民心。

二、元朝時期

　　媽祖信仰傳至元代得以承繼主要是漕運的因素。元代滅宋之後，定都於北方的燕京，在糧食方面需要江南地區的供給。在當時，船隻簡陋，人民又無法準確的預知海上氣候的變化，漕運的發展與安全，成為朝廷關注的問題。負責運送糧食的官員和水手，承襲宋代沿海人民信仰的習慣，除了依賴媽祖的保佑，也別無其他辦法。

　　因此，元代文獻所載媽祖的神蹟，多偏重於保護海上漕運方面，與宋代救災、助戰、除疫等多重功能不同。如《天妃顯聖錄》〈歷朝顯聖褒封共二十四命〉記錄元代媽祖五次受褒封，其中四次就是庇護漕運。〔註 24〕《元史》

〔註24〕昭乘：〈歷朝顯聖褒封共二十四命〉，《天妃顯聖錄》臺灣文獻叢刊第 77 種（台北：臺灣銀行發行，1961 年 3 月），頁 1～2。

也記載了媽祖受官方重視五次受封爵的事蹟及朝廷對媽祖的祭祀。

今依上列兩本書所記載的誥封，以《元史》記載爲依據，條列如下：

1. 世祖「至元中，以護海運有奇應，加封天妃神號。」（元史卷七十六祭祀六）。關於至元中這個時間，文獻記錄有二種說法：至元十五（1278）年及十八年（1281）。元史專家陳高華認爲至元十五年確定有加封，是臨時性的。至元十八年，則正式加封。〔註25〕「以庇護漕運封『護國、明著天妃』」。

2. 世祖「至元二十五年（1288），詔加封南海明著天妃爲廣祐明著天妃。」（元史卷十五世祖本紀）。「二十六年（1289），以海運藉佑加封『顯佑』」。〔註26〕

3. 成宗「大德三年（1299）二月壬申，加泉州海神曰護國庇民明著天妃。」（元史卷二十成宗本紀）。「以庇護漕運加封『輔聖、庇民』」。〔註27〕

4. 文宗天曆二年「十月己亥，加封天妃爲護國庇民廣濟福惠明著天妃，賜廟額曰靈慈，遣使致祭。」（元史卷三十三文宗本紀）。〔註28〕

5. 順帝「至正十四年十月甲辰，加封護國輔聖庇民廣濟福惠明著天妃。」（元史卷四十三順帝本紀）。〔註29〕

《元史》除了記載賜給媽祖的封號之外，也記錄朝廷五次遣官祭天妃。〔註30〕

〔註25〕 《元史》本紀卷十世祖本紀云：「至元十五年八月辛未，制封泉州神女，號護國明著靈惠協正善慶顯濟天妃。」關於媽祖這個封號有許多學者曾加以考據探究其詭誤。見徐曉望著：《媽祖信仰史研究》（福州：海風出版社，2007年4月），頁97～100。

〔註26〕 以正史爲依據，《天妃顯聖錄》中的年代及封號可能在傳抄過程中抄錯或被私自被竄改。

〔註27〕 說明同註8。

〔註28〕 《天妃顯聖錄》記錄加封「廣濟」在延祐元年，有誤。書同註6，頁2。

〔註29〕 《天妃顯聖錄》誤植爲天曆二年。書同註6，頁2。

〔註30〕 1.英宗「至治元年（1323）五月辛卯：海漕糧至直沽，遣使祀海神天妃，作行殿于繒山流杯池。……至治三年（1326）二月辛卯：海漕糧至直沽，遣使祀海神天妃……」（元史卷二七、二八英宗本紀）、2.泰定帝「泰定二年（1325）九月癸丑：車駕至大都，遣使祀海神天妃。……泰定三年（1326）七月甲辰：車駕發上都，遣使祀海神天妃。……八月辛丑，作天妃宮于海津鎮。……泰定四年（1327）七月乙丑：遣使祀海神天妃。」（元史卷二九、三十泰定帝本紀）、3.泰定帝「致和元年（1328）春六月甲申：遣使祀海神天妃。」（元史卷三十泰定帝本紀）、4.文宗「天曆二年（1329）冬十一月戊午：遣使祀海神天

綜上，元代雖然立國不滿百年，但對媽祖的封號及賜祭卻不少，在《元史》祭祀五〈名山大川忠臣義士之祠〉記載如下：

> ……惟南海女神靈惠夫人，至元中，以護海運有奇應，加封天妃神號，積至十字，廟曰靈慈。……祝文云：「維年月日，皇帝特遣某官等，致祭於護國庇民廣濟福惠明著天妃。」〔註31〕

元代是異族入主中原，但從上文可見元代沿海地區從河北、江蘇、浙江、福建等地皆有建廟祭祀媽祖，官方亦遣使官員致祭，漕運官員奏請朝廷以庇護漕運有功褒封媽祖，可見媽祖為海神的地位在元代已屹立不搖，官方更視之為航海之神。

三、明朝時期

明代在太祖洪武年間曾經為了防範海寇的侵犯，因而下令鎖國一段時期，但至成祖永樂年間為了尋找失蹤的明惠帝而派鄭和下西洋。但《天妃顯聖錄》在朝廷誥封的部分，直到明朝末年，僅記載媽祖二次受朝廷誥封，這樣的記錄與頻繁的海洋活動似乎不成比例。

（一）

皇明太祖洪武5年（1372年）媽祖以神功顯靈，朝廷敕封「昭孝、純正、孚濟、感應、聖妃」。《天妃顯聖錄》錄太祖御祭文摘要如下：

> 奉天承運皇帝制曰：國家崇報神功，郊社旅望而外，非有護國庇民，豐功峻德者，弗登春秋之典。明著天妃林氏，毓秀陰精，鍾英水德，在歷紀既聞禦災捍患之靈，於今時懋出險持危之績，有裨朝野，應享明禋。朕臨御以來，未及褒獎，茲特遣官貤詔，封為：「昭孝、純正、孚濟、感應聖妃」。其服斯徽命，宏佐休光，俾清宴式覯作覯之隆，康阜永著赫濯之賜。欽哉！〔註32〕

祭文中記載「朕臨御以來，未及褒獎」，此次誥封可能是明太祖建國後依禮郊天，推恩誥封百神之例行公事。而查《明史》太祖本紀並無誥封諸神，〈禮志〉亦無誥封記載，按明太祖即位後，於祀典頗為嚴謹，一面查訪保護，一

妃。」（元史卷三十三文宗本紀）、5.順帝「至元二年（1336）九月庚戌：海運糧至京，遣官致祭天妃。」（元史卷三十九順帝本紀）。
〔註31〕宋濂等：《元史》卷七十六，祭祀五（北京：中華書局，1997年），頁1904。
〔註32〕書同註6，頁7～8。

面禁官員祭淫祠。《明史》謂：

> 洪武元年，命中書省下郡縣訪求應祀神祇、名山大川、聖帝明
> 王、忠臣烈士，凡有功於國家及惠愛在民者，著於祀典，令有司歲
> 時致祭。二年，又詔天下神祇常有功德於民，事蹟昭著者，雖不致
> 祭，禁人毀撤祠宇。三年，定諸神封號，凡後世溢美之稱皆革去。
> 天下神祠不應祀典者，即淫祠也，有司毋得致祭。〔註33〕

洪武 3 年（1370 年）更革去諸神封號，《明史》謂：

> （洪武）三年，詔革諸神封號，惟孔子封爵仍舊。〔註34〕

明朝建國之初，南京諸神廟僅 10 間，所祀神為：北極真武、道林真覺普濟禪師寶誌、都城隍、祠山廣惠王張渤、五顯靈順、漢秣陵尉忠烈公蔣子文、晉咸陽忠貞公卞壺、宋濟陽武惠王曹彬、南唐忠肅王劉仁瞻、元衛國忠肅公福壽。〔註35〕天妃媽祖並未在其列，至永樂 7 年（1409）始增列入祀典，不知《天妃顯聖錄》所據為何。〔註36〕

（二）

明成祖永樂七年（1409 年）以媽祖屢有護助大功，加封「護國、庇民、妙靈、昭應、弘仁、普濟天妃」。《天妃顯聖錄》所錄御祭文內容如下：

> 成祖永樂七年，欽差太監鄭和往西洋，水途適遇狂颷，禱神求
> 庇遂得全安歸。奏上，奉旨差官致祭，賞其族孫寶鈔各五百貫。本
> 年又差內官張悅、賀慶送勃泥國王回，舟中危急，禱神無恙。歸奏。
> 奉旨差官致祭。本年又差內官尹璋往榜葛剌國公幹，水道多虞，祝
> 禱各有顯應，回朝具奏。聖上以神功浩大，重禪國家，遣太監鄭和，
> 太常寺卿朱焯馳傳詣湄山致祭，加封：護國庇民妙靈昭應弘仁普濟
> 天妃。〔註37〕

上述媽祖受封與鄭和下西洋，及其他官員護送各國使節都獲得媽祖護佑有關。成祖誥封之事，《明史》成祖本紀雖未記載，但〈禮志四〉〈南京神廟〉條卻有如下記載：

〔註33〕 （清）張廷玉等奉敕撰：〈禮志〉，《景印文淵閣四庫全書》第 298 冊（台北：臺灣商務印書館，1987 年 3 月），頁 628～269。
〔註34〕 書同上註，頁 271。
〔註35〕 書同上註，頁 285。
〔註36〕 書同註 2，頁 79～80。
〔註37〕 書同註 6，頁 8。

南京神廟，初稱十廟，北極眞武以三月三日、九月九日。……
後復增四，關公廟。……天妃，永樂七年封爲護國庇民妙靈昭應弘
仁普濟天妃，以正月十五日、三月二十三日，南京太常寺官祭。太
倉神廟，以仲春、秋望日，南京戶部官祭。司馬馬祖先牧神廟，以
春秋仲月中旬擇日南京太僕寺官祭。〔註38〕

　　燕王靖難之役之後，都城陷，宮中火起，不知惠帝身陷何處。中官雖
曾出帝、后屍於火中，葬之。或謂惠帝由地道出亡。明成祖即位後遂分遣
人員訪查。海路方面，永樂 3 年（1405） 6 月，派中官鄭和率舟師下西洋諸
國，以宣揚國威，同時暗訪惠帝下落。《明史》（卷 304）〈鄭和傳〉如下記
載：

　　　鄭和，雲南人，世所謂三保太監者也。初事燕王於藩邸，從起
兵，有功，累擢太監。成祖疑惠帝亡海外，欲蹤跡之，且欲耀兵異
域，示中國富強。永樂三年六月，命和及其儕王景弘等通使西洋，
將士卒二萬七千八百餘人，多齎金幣，造大舶，修四十四丈，廣十
八丈者六十二，自蘇州劉家河泛海至福建，復自福建五虎門揚帆，
首達占城，以次徧歷諸番國，宣天子詔，因給賜其君長；不服，則
以武懾之。〔註39〕

　　因明成祖下令，明朝大規模且密集的海上遠航，天妃媽祖的護航功能即
再顯現，成祖因而誥封天妃，並於都城外建廟崇奉。明成祖〈御制弘仁普濟
天妃宮之碑〉內文如下：

　　　朕承鴻基。勉紹先志，罔敢或怠，撫輯內外，悉俾生遂，夙夜
兢惕，惟恐弗逮，恒遣使敷教化於海外諸番國，導以禮義，變其夷
習。其初，使者涉海洋，經浩渺，颶風黑雨，晦暝黯慘，雷電交作，
洪濤巨浪，摧山倒岳，龍魚變怪，詭形異狀，紛雜出沒，驚心駭
目，莫不錯愕。乃有神人飄飄雲際，隱顯揮霍，上下左右，乍有忽
無，以孚以侑。旋有紅光如日，煜煜流動，飛來舟，凝輝騰耀，遍
燭諸舟，熇熇有聲。已而煙消霽霽，風浪貼息，海波澄鏡，萬里一
碧，龍魚遁藏，百怪潛匿。張帆蕩艫，悠然順適，倏忽千里，雲駛
星疾。咸曰：此天妃神顯靈應，默加佑相。歸日以聞，朕嘉乃績，

〔註38〕　書同註15，頁832。
〔註39〕　〈鄭和傳〉，書同註14，頁238。

特加封號「護國庇民靈應弘仁普濟天妃」，建廟於都城之外，龍江之
上，祀神報貺。〔註40〕

據上述資料，可知明朝之崇祀媽祖天妃，係由成祖開其端，而庇佑鄭和
下西洋則為媽祖受崇封的原因。《天妃顯聖錄》載有〈廣州救太監鄭和〉故事
一則，云：

> 永樂元年，欽差太監鄭和等往暹邏國，至廣州大星洋遭風，舟
> 將覆。舟工請禱於天妃。和祝曰：「和奉命出使外邦，忽遭風濤危
> 險，身固不足惜，恐無以報天子；且數百人之命懸呼吸，望神妃救
> 之！」俄聞喧然鼓吹聲，一陣香風颯颯飄來，宛見神妃立於桅端。
> 自此風恬浪靜，往返無虞。歸朝復命，奏上。奉旨：遣官整理祖
> 廟。和自備寶鈔五百貫，親到湄嶼致祭。〔註41〕

故事年代署永樂元年，與《明史》所載鄭和奉使年代早了2年。

綜合上述媽祖在明代兩次的褒封，直到明朝末年都沒有相關媽祖受封的
記錄，媽祖的封號仍僅止於在明永樂年間受封的天妃，其神格並未提升。

四、清朝時期

滿清朝廷對媽祖的推崇，始於康熙十九（1680年）二月，清軍攻佔金門、
廈門，謀取台灣、澎湖，想攻滅明朝的鄭成功。滿清為謀爭取明鄭官民的向
心力，清朝首次誥封媽祖為「護國庇民妙靈昭應弘仁普濟天妃」，即恢復明永
樂七年的封號。《天妃顯聖錄》所錄詔誥如下：

> 奉天承運皇帝制曰：國家懷柔百神，武隆祀典，海嶽之祭，固
> 有弗虔。若乃明祇效靈，示天心之助順，滄波協應，表地紀之安流，
> 聿弘震迭之威，克贊聲靈之渥，豈係人力，實惟神庥。不有褒稱，
> 曷彰偉伐？鍾奇海徼，綏奠閩疆，有宋以來，累昭靈異。頃者島氛
> 不靖，天討用張。粵自禍牙，以逮奏凱，歷波濤之重險，如枕蓆以
> 過師，潮汐無虞，師徒競奮，風颷忽轉，士氣倍增，殲鯨鯢於崇朝，
> 成貔貅之三捷。神威有赫，顯號宜加。特封爾為「護國庇民妙靈昭
> 應弘仁普濟天妃」，載諸祀典。神其佑我兆民，永著安瀾之績，眷茲

〔註40〕 （明）永樂皇帝：〈御制弘仁普濟天妃宮之碑〉。見蔣維錟、周金琰輯纂：《媽
祖文獻史料彙編》（第一輯）碑記卷（北京：中國檔案出版社，2007年10月），
頁42～43。

〔註41〕 書同註6，頁36。

景命，益昭重潤之休。敬遣禮官，往修祀事，維神鑒之！〔註42〕

康熙二十三年，施琅率師攻取台澎後，被康熙皇帝許為「恃功驕縱」，恐因之遭殺身之禍，乃創造媽祖神蹟四項〔註43〕，奏請敕封媽祖，以酬「神靈顯助破逆」。康熙皇帝因之晉封媽祖為天后，稱「護國庇民妙靈昭應弘仁普濟天后之神」，有十二字，並賜台灣府治大天妃宮御匾，題「輝煌海澨」，以壓抑施琅的氣燄。

康熙以後，朝廷對媽祖的加封尊號、頒賜御匾，次數甚多，所加封的尊號，共有十三次，以下分敘之。

清周煌《琉球國志略》卷七，記載乾隆間媽祖兩次受加封的紀錄，摘要如下：

> ……乾隆二年，福建總督郝玉麟疏稱：「臺灣守備陳元美等在洋遇風，虔禱天后，俱獲安全，褒封宜加」，亦經臣部議准加封，其字樣交內閣撰擬進呈，欽定「福佑群生」四字，欽遵各在案。是向來冊封琉球使臣所祭，實係天后而非南海昭明龍王之神，已確有可據。……內閣謹奏為請旨事。據禮部來文，內稱「本部議覆翰林院侍講全魁、周煌題請加封護國庇民妙靈昭應弘仁普濟福佑群生天后，以酬神貺。其加封字樣，交內閣撰擬」等因，移咨前來。臣等謹擬加封字樣，進呈御覽，伏候欽定。（乾隆二十二年六月十八日奉旨：用「誠感咸孚」。欽此。）〔註44〕

周煌是乾隆二年（1737年）進士，清乾隆二十四年（1759年）完成敕撰的《琉球國志略》。書中記錄乾隆二年（1737年），福建總督郝玉麟上疏言媽祖護佑臺灣守備陳元美等，褒封宜加，經臣部議准加封「福佑群生」。乾隆二十二年，周煌為謝神恩，題請加封「誠感咸孚」。

道光二十八年（1848年）陸建瀛撰寫〈為辦理天后封號匾額事奏摺〉及咸豐七年（1857年）王懿德、慶瑞撰寫〈為請頒匾額事奏摺〉，這兩篇奏摺摘要如下：

〔註42〕 （清）康熙敕撰：〈褒封致祭天妃詔誥〉，書同註6，頁7～8。

〔註43〕 石萬壽著：《台灣的媽祖信仰》（台北：臺原出版社，2000年1月），頁68～71。

〔註44〕 （清）周煌：〈乾隆二十二年四月二十一日請加封號諭祭疏〉，《琉球國志略》卷七·祠廟（寺院附）。見《台灣文獻叢刊》第293種（臺北市：臺灣銀行出版，1971年），頁167。

奏。

江蘇巡撫臣陸建瀛跪奏爲恭摺覆奏仰祈聖鑒事。竊照邇年海運米石均邀神祐，經臣會同督臣奏奉，諭旨俯允所准，特頒御書天后神廟扁額，仍與風神、海神敕部擬加封號，並藏香十炷交臣遣員祀謝。……茲准禮部咨開，七月初二日奏奉硃筆圈出天后封號「恬波宣惠」，……所有遵旨辦理緣由，理合繕摺具奏，伏乞皇上聖鑒，謹奏。八月十六日。（道光二十八年九月初五日奉硃批：遙祈永加護佑，欽此。）

奏。

閩浙總督臣王懿德、福建巡撫臣慶端跪奏爲神靈顯應懇請欽頒匾額以答神庥恭摺奏祈聖鑒事。竊臣等接據福州府知府葉永元，署福防同知鐘峻會詳，咸豐三年欽奉諭旨采辦米石，運赴天津，惟自閩至津逆流而上，必須南風司令方可揚帆北駛。此次各幫米船放洋之日均已將交秋令，風汛早已逾時。經該府等虔詣閩縣南臺馮港天后宮及泗洲鋪水部尚書陳文龍廟竭誠齋禱，以期早應京需，果於米船放洋之後隨即陡轉南風，俾各船一律抵津，倍形迅捷，往返極爲穩渡，人船均獲平安，詳請奏懇欽頒匾額以酬神貺等由。伏查福建省福州府閩縣南臺馮港地方崇祀天后暨泗洲鋪崇祀水部尚書陳文龍均爲海洋正神，屢著靈顯。凡諸官商航海往返無不仰藉神庥，得以穩渡。恭查天后靈佑昭垂，歷徵顯應，溯自康熙、乾隆年間，疊奉加封爲「護國庇民妙靈昭應宏仁普濟福佑群生誠感咸孚天后」之神。又乾隆五十三年臺灣大功告成奉旨於福建湄洲天后神廟舊有封號上加封「顯神贊順」四字。又嘉慶五年冊封琉球奉諭旨於福建湄洲天后神廟封號上加「垂慈篤祐」四字。道光六年辦理海運完竣奉旨於江蘇上海縣天后神廟加封「安瀾利運」四字。道光十八年冊封琉球奏奉諭旨晉封「澤覃海宇」四字。咸豐二年兩江督臣陸建瀛等奏海運安穩獲邀神祐，奉旨於上海縣天后神廟加封「導流衍慶」四字。咸豐三年臺灣餉船被風吹散，分泊南北各口起運，登岸未久即颶風大作，奏奉諭旨加封「靖洋錫祉」，欽頒匾額。又查水部尚書陳文龍嘉慶、道光年間冊封琉球均經使臣恭請神像供奉舟中，奏奉諭旨欽頒御書匾額，均經先後遵奉在案。……（咸豐七年九月十六日奉硃

批：欽此。）〔註45〕

這兩篇奏摺詳敘自乾隆二十二年（1757年）至咸豐三年（1853年）間媽祖八次褒封的原因與理由。而第二篇奏摺完成於咸豐七年，卻沒有記錄咸豐五年的兩次褒封，其原因不知為何。

而咸豐五年媽祖兩次加封「恩周德溥」及「衛漕保泰」皆與媽祖護佑海運有關。〔註46〕

同治十一年媽祖最後一次加封，《欽定大清會典》記載如下：

> 奏准：天后封號字數過多，前已定為四十字以昭慎重。惟本屆海運迅速抵津，江蘇巡撫復請加封。此次敕封之後，即永為限制，於各處天后神牌一體增入，嗣後續有顯應事蹟，由各該督撫另行酌辦。奉旨：加封天后嘉佑二字。〔註47〕

同治十一年加封「嘉佑」二字，媽祖的封號成為「護國庇民妙靈昭應宏仁普濟福佑群生誠感咸孚顯神贊順垂慈篤祐安瀾利運澤覃海宇恬波宣惠導流衍慶靖洋錫祉恩周德溥衛漕保泰振武綏疆嘉佑天后」，共有六十二字，為各祖先教神祇封號最長者。媽祖的封號最終定為六十二字，一直到今日，仍未改變。

至於民間稱呼媽祖為「天上聖母」僅見於連橫台灣通史，其記載摘要如下：

> ……復次為天后，亦稱天上聖母。臺之男女靡不奉之，而郊商海客且尊為安瀾之神。按天后姓林，福建莆田人，世居湄洲。父愿，五代時為都巡檢，配王氏，生五女、一子。宋太祖建隆元年三月二十有三日，誕后，曰九娘，彌月不聞啼聲，故又名默娘。八歲就外傳，解奧義。性好禮佛。年十三，老道士元通至其家，曰：「是兒具佛性，應得正果」。遂授以要典祕法。十六，觀井得符，能布席海上濟人。雍熙四年九月初九日昇化，或言二月十有九日也，年二十有八。自後常衣朱衣，乘雲氣，遨遊島嶼間。里人祀之。顯聖錄之所言如此。康熙十九年，閩浙總督姚啟聖奏：「蕩平海島，神佑靈異，

〔註45〕兩篇奏摺見蔣維錟、周金琰輯纂：《媽祖文獻史料彙編》（第一輯）檔案卷（北京：中國檔案出版社，2007年10月），頁104、111～112。

〔註46〕徐曉望著：《媽祖信仰史研究》（福州：海風出版社，2007年4月），頁249。

〔註47〕（清）允祹等奉敕撰：《欽定大清會典，文淵閣四庫全書》第619冊（上海市：上海古籍出版社，2003年），頁235。

請錫崇封」，遂封天上聖母。……〔註48〕

而清朝任何起居注、實錄、會典、檔案等史料都未見此封號，且康熙十九年的褒封，是恢復天妃封號，並非封天上聖母。因此，媽祖的天上聖母尊號，並非朝廷所封諡。

五、小結

媽祖的褒封歷經宋、元、明、清四個朝代，共有三十七次的褒封（附錄一）。因爲當時社會環境的特殊因素，媽祖受朝廷褒獎的原因和理由，每一個朝代都有特色。

（一）宋朝：媽祖的神蹟主要顯靈於東南沿海解救居民或官員海難、助官方擒拿海寇、救助疫、旱、飢各種災難，以及協助消退錢塘潮水、築成浙江的堤岸等。

（二）元朝：媽祖的神力主要展現護佑漕運。因此媽祖信仰得以由南方往北方擴展。

（三）明朝：這時期因爲鄭和下西洋，媽祖屢次顯靈護佑出洋的船隻，媽祖信仰傳播至南洋。

（四）清朝：媽祖加封的理由有：庇佑運兵運餉船舶，平安渡過台灣海峽、顯靈助戰勝敵、庇佑沿海兵船商舶航運平安、保護出使琉球，平安回國及護庇由福建、浙江、江蘇三省運漕米，平安抵達天津時加封，都和航海有關。

從媽祖歷代的褒封，可以發現媽祖受到朝廷褒封的重要關鍵因素是：媽祖屢次顯靈護佑官員及信眾。媽祖顯現靈蹟的地點，從福建沿海往北方或甚至到南洋，這是媽祖信仰圈得以擴展的因素之一。而媽祖的歷代的褒封，使媽祖的地位一直不斷地提升，從地方神、沿海保護神，甚至成爲廣度無限大的航海守護神。

第三節　媽祖生平傳說與歷代封祀的相關性

前兩節分別討論媽祖生平傳說與歷代封祀，然而媽祖的生平傳說與其歷代的封祀是否有其關連性，是民間宣揚媽祖事蹟之後影響官方的褒封，還是

〔註48〕《台灣通史》卷二十二‧宗教志‧神教，見《臺灣文獻叢刊》第一二八，頁573。

官方賜予媽祖封號之後，提升了媽祖的地位。以下試以民間媽祖生平傳說與歷代封祀兩者的相關性討論之。

一、民間宣揚媽祖事蹟影響官方對媽祖的封祀

　　媽祖異於常人的神奇行為，在她羽化成仙之前只能說是莆田地區人民口耳相傳的民間傳說。無論從古典文獻史料，或民間傳說，都記錄著媽祖與生俱有神奇的能力。從民間建廟供奉媽祖一事，可以推斷莆田地區的人民，祭祀膜拜媽祖的首要原因是受到媽祖靈驗事蹟的影響。民間建造供奉媽祖的第一間廟宇，在〈聖墩祖廟重建順濟廟記〉中有如下的記錄：

　　　　聖墩去嶼几百里，元祐丙寅歲，墩上常有光氣夜現，鄉人莫知
　　　　為何祥。有漁者就視，乃枯槎，置其家，翌日自還故處。當夕遍夢
　　　　墩旁之民曰：「我湄洲神女，其枯槎實所憑，宜館我於墩上。」父老
　　　　異之，因為立廟，號曰聖墩。〔註49〕

　　聖墩的地理位置就在現今福建省莆田市涵江區白塘鎮地界，時間元祐丙寅年是西元 1086 年。在莆田地區的高丘上晚間時常現光氣，這種異象當地的百姓認為是一種祥瑞之氣。一位漁翁靠近發現一枝枯木拿回住處，隔日放回。當晚附近居民夢見媽祖，並託付他們建廟供奉她。鄉親父老們認為這是怪異的現象，於是建廟供奉並稱號為聖墩。

　　上述這段是目前民間記錄媽祖主動託夢建廟最早的靈驗事蹟。廟宇興建完成後，媽祖成為民眾崇拜的神祇，媽祖廟成為宣揚媽祖神蹟的中心。媽祖靈驗事蹟經過一段時間的流傳，湄洲女神的信仰走出莆田地區，逐漸成為福建及其東南沿海民眾的民間信仰。在劉克莊〈風亭新建廟記〉有記錄，其概要如下：

　　　　妃廟遍於莆，凡大墟市、小聚落皆有之。風亭去郡六十里，有
　　　　溪達海，口元符初，水漂一爐，溯沿而至，夜有人感夢，曰湄洲之
　　　　神也。迎致錦屏山下，草創數楹祀之。既而問災祥者，禱水旱者，
　　　　遠近輻輳，舊宇庳甚，觀瞻不肅。……非但莆人敬事，余北游邊，
　　　　南使粵，見口楚、番禺之人，祀妃尤謹。而都人亦然，海潮嚙堤，
　　　　聲撼行闕，官投璧馬不驗，衝決至艮山祠，若為萬弩射回者，天子

<hr>

〔註49〕　（宋）廖鵬飛：〈聖墩祖廟重建順濟廟記〉，載清代鈔本《白塘李氏族譜》忠
　　　　部。見蔣維錟、周金琰輯纂：《媽祖文獻史料彙編》（第一輯）碑記卷（北京：
　　　　中國檔案出版社，2007 年 10 月），頁 1～2。

驚異，錫妃嘉號，特書不一書，今爲「靈惠嘉應協正善慶妃」，又封

妃父曰某侯，母曰某夫人。……〔註50〕

根據文中「今爲靈惠嘉應協正善慶妃」的記錄，可推斷本文記錄的時間大約在南宋寶祐四年（西元 1256 年）左右。文中記載宋代莆田地區的大小城市都建有媽祖廟。除了莆田地區有許多供奉湄洲女神的廟宇之外，北方的江浙地區，及南方閩粵諸省也都很慎重恭敬的祭拜媽祖，民間對媽祖的崇拜已從莆田擴展至其它地區。文中也記錄了朝廷賜予媽祖父母封爵。

元朝因漕運盛行，福建地區的水手或商人，因運送貨物或出外經商，常有機會乘船到北方。湄洲女神的信仰在南方早已是民眾精神支柱，因此隨漕運往北方的信眾也會將媽祖信仰帶到北方以供祭祀。《天妃顯聖錄》書中一則〈怒濤濟溺〉的故事，記錄了元代運糧遇颶風，舟人祈求媽祖，最後終於獲救。這則故事內容摘要如下：

天曆元年（西元 1328 年）夏，備海道萬戶府分司運糧。至大海，

遭颶風驟起……運艘幾於翻覆。舟人哀號，仰禱神妃求佑。會日暮，

有形從空而下，掩映舟中，輝耀如晝，宛見神靈陟降。少頃，怒濤

頓平。船上覺異香繽郁。自此水道無虞，徑抵直沽都省。……二年，

漕運復藉神妃默庇無失，加封……。遣官黃份等馳傳具禮，專詣湄

洲特祭，並致祭淮、浙、閩海等處各神廟，共祭 18 所。〔註51〕

故事中清楚的記錄，元代漕運充滿風險，船員發生危難時會祈求天妃的保佑。因爲媽祖救人無數，因此媽祖廟的數量迅速增加到 18 間，而且分佈在江蘇、浙江、福建沿海一帶。

官方賜予媽祖封號最早的記載是在宋徽宗宣和四年（西元 1122 年），其記錄如下：

越明年癸卯，給事中路允迪使高麗，道東海，值風浪震盪，舳

艫相衝者八，而覆溺者七，獨公所乘舟，有女神登檣竿，爲旋舞狀，

俄獲安濟。因詰於眾，時同事者保義郎李振，素奉聖墩之神，具道

其詳。還奏諸朝，詔以「順濟」爲廟額。〔註52〕

〔註50〕　〈風亭新建廟記〉，劉克莊：《后村先生大全集》卷九十一，商務圖書館刊印
　　　　四部叢刊本，頁 17～19。

〔註51〕　昭乘：〈怒濤濟溺〉，《天妃顯聖錄》臺灣文獻叢刊第 77 種（台北：臺灣銀行
　　　　發行，1961 年 3 月），頁 33～34。

〔註52〕　書同註1。

　　這段記錄是說路允迪出使高麗途中遇到大風浪，他所乘坐的船獲得女神的拯救，次日眾人齊聚，與他乘坐同艘船的保義郎李振平日祭拜供奉媽祖，因此向他述說媽祖的神奇能力。路允迪歸國向朝廷稟報，朝廷賜聖墩媽祖廟號爲順濟廟。這是宋代媽祖第一次受到朝廷封賜。

　　綜上述記錄，民間信眾建造第一間媽祖廟的時間是元祐年間（西元 1086～1094 年）；官方第一次封賜媽祖的時間是宣和年間（西元 1119～1125 年）。從時間上推論，民間建廟供奉媽祖的時間早於官方封賜媽祖一百多年。

　　從發生事件方面推論，無論是民間正式建廟供奉媽祖，或是官方賜封媽祖，雙方都是受到民間流傳媽祖靈驗事件的影響。可知，民間宣揚媽祖事蹟，不僅只是將媽祖神奇的能力擴大，更將媽祖的身份作了改變。

二、官方封祀媽祖提升媽祖在民間的地位

　　官方第一次賜封媽祖後，經過一段時間才有第二次的賜封。這其間主要的因素是宣和五年之後，北宋發生了靖康之亂等戰事。最初北宋與金國合作攻打遼國，之後面臨金國入侵。歷經幾十年的戰爭，北宋丟棄了北方大片的疆土，直到宋高宗渡江到南方的杭州建立南宋政權，才得以勉強抵擋住金人的入侵。南宋政權穩固後開始恢復北宋時期的一些制度，其中一項郊典制度就是皇帝出巡京都四郊，祭拜四方三川諸神。

　　紹興二十六年（西元 1156 年）的郊典中，湄洲女神被列入祭祀的範疇且被封爲靈惠夫人。媽祖受朝廷賜封爲靈惠夫人後，她的地位從默默無聞的地方小神，升格爲國家正式祭祀的神明。

　　然而國家提升媽祖地位後，民間對媽祖的信仰是否更加崇敬，在宋洪邁的《夷堅志》〈林夫人廟〉條中，可視出其端倪。林夫人廟的故事如下：

> 興化軍境內地名海口，舊有林夫人廟，莫知何年所立，室宇不甚廣大，而靈異素著。凡賈客入海，必致禱祠下，求杯筊，祈陰護，乃敢行。蓋嘗有至大洋遇惡風而遙望百拜乞憐，見神出現於檣竿者。里中豪民吳翁，育山林甚盛，深衰滿谷。一客來指某處欲買，吳許之，而需錢三千緡，客酬以三百。吳笑曰：「君來求市而十分償一，是玩我也！」無由可諧，客即去。是夕，大風雨。至旦，吳氏啟戶，則三百千錢整疊於地。正疑駭次，外人來報，昨客所議之木已大半倒折。走往視其見存者，每皮上皆書「林夫人」三字，始悟神物所

為。巫攜香楮，詣廟瞻謝。見群木皆有運致於廟堧者，意神欲之，遂舉此山之植悉以獻；仍輦原直還主廟人，助其營建之費。遠近聞者紛然而來，一老旺家最富，獨慳吝，只施三萬，眾以為太薄，請益之，弗聽。及遣僕負錢出門，如重物壓肩背，不能移足，惶懼悔過，立增為百萬。新廟不日而成，為屋數百間，殿堂宏偉，樓閣崇麗，今甲于閩中云。〔註53〕

《夷堅志》是宋朝筆記體的志怪小說，南宋洪邁記錄這則故事的時間大約紹興 32 年（1162 年）左右，媽祖已經受到朝廷的褒封並成為國家祭祀的神明。

故事中列舉了兩位民眾信奉媽祖狀態。第一位是地方上無官職，但有財勢、不守法、凌壓百姓的吳翁，他擁有一大片林地，但是面對砍殺木材價錢的客人，絕對是不二價。但是聽到是湄洲女神需要這些木材，他的態度馬上轉好，不僅不要錢，還將木材送給廟方，並贊助廟方一筆金錢。另一位是富有的老翁，他平時以吝嗇聞名，但在資助廟宇建設方面，本來只贊助微薄的資金，但是經過一些奇妙的事件之後，最後捐出一筆可觀的資金。從這個記錄得以推斷湄洲神女在南宋初年時，在莆田地區已深植人心，故事中充分反映了民眾對湄洲女神信仰的程度。

綜上所述，媽祖正式受朝廷褒封與列入國家祭祀，從官方而言，主要是提升媽祖的神格。然而從民間信眾而言，媽祖的名氣更加響亮，民眾對她的崇拜亦更加的虔誠。可見，官方對媽祖的封祀，無形中提升了媽祖在民間的地位。

三、民間的崇拜與官方的重視成就媽祖信仰

民間信眾對媽祖崇拜的程度，可以從媽祖形象在民間不斷地轉換，以及神奇能力逐漸擴大來推論。根據前述媽祖生平傳說，可知媽祖的形象從莆田地區一位姓林的「女巫」，因為特殊能力的展現，民間轉而稱呼她為「神女」或「龍女」，使得媽祖具有了神格。

媽祖具有神格後，民間對於媽祖的身份產生了異說。如道教試圖將媽祖歸屬於他們的神祇，其形象是一位虛構的神仙人物。佛教將媽祖的身份列為

〔註53〕 〈林夫人廟〉，（宋）洪邁撰：《夷堅志》支志景卷第九（北京：中華書局出版，2006 年 10 月），頁 950～951。

觀世音菩薩的化身。或者有些流傳媽祖的家世顯赫,是巡檢官女兒。可見,民間對媽祖的崇拜,使得媽祖的形象更加顯明,神格地位更加崇高,信眾對媽祖的信仰亦更加堅信。

關於官方對媽祖的重視,可從宋代以來不斷的褒封情形來推斷。宋代媽祖第一次顯聖拯救出外使節,即獲得朝廷欽賜廟額。雖然這次朝廷只是賜廟額,但是媽祖從默默無聞的地方小神,升格爲國家認同的神明。爾後,媽祖神格經由國家的褒封不斷地提升,從夫人、天妃、聖妃,到至高無上天后。這些國家賜予媽祖的封爵,除了提升媽祖的神格,亦讓民間對媽祖的崇拜更加虔誠。

總而言之,無論是媽祖生平傳說,或是歷代官方賜予媽祖的褒封與祭祀,都是成就媽祖信仰的基本因素。媽祖特殊的生平傳說,轉換了她的身份成爲神明;加上後期朝廷不斷地褒封與祭祀,使得媽祖成爲民間信仰重要的神祇。可見民間的崇拜與官方的重視,兩者成就媽祖信仰的形成。

第三章　媽祖故事的分類

　　媽祖是中國東南沿海著名的海洋女神，在民間流傳著媽祖的傳說故事，她的傳說故事流傳的時間長久、影響範圍廣大，故事內容與人民生活貼近，因此媽祖成爲家喻戶曉的神明。然而前一章討論的媽祖生平傳說與本章探討的媽祖故事，兩者的的差異在何處？以下說明之。

　　關於民間傳說與民間故事的差異，在民間文學界有兩位著名的學者提出了明確的定義。其定義分別如下：

　　金師榮華對「故事」下了一個定義：

　　　　所有可稱之爲「故事」的，都至少有一個極基本的情節。有了一個基本情節，即使寥寥數筆，就是一個故事；否則的話，縱使洋洋數千言，不過是「流水帳」、「起居住」一類的東西。〔註1〕

　　　　在故事情節的分析方面，是把故事裡每一個敘事完整而不能再細分的情節作爲一個單元，名之爲「情節單元」（西方稱之爲 motif，舊譯作「母題」）。這裡所謂的「情節」，是指在生活中罕見的人、物或事。所謂「單元」，就是對這不常見的人、物或事所做的扼要而完整的敘述。〔註2〕

　　鍾敬文《民間文學概論》一書，其定義如下：

　　　　民間傳說是人民創作的與一定的歷史人物、歷史事件和地方古蹟、自然風物、社會習俗有關的故事。……傳說主要是通過某種歷

〔註1〕　金榮華著：《比較文學》（台北：福記文化圖書出版，1992年9月），頁91。
〔註2〕　金榮華著：《中國民間故事與故事分類》（台北：中國口傳文學學會，2007年9月），頁4。

史素材來表現人民群眾對歷史事件的理解、看法和感情，而不是嚴格地再現歷史事件本身。傳說與嚴格意義的歷史相比較，選材的角度和反映的方法都不同。傳說從藝術創作的角度選材。有些素材從歷史的角度看并不重要，但作為傳說的創作素材卻很有社會意義。

民間故事就是人民創作並傳播的、具有假想（或虛構）的內容和散文形式的口頭文學作品。……民間故事在不同的社會階級和社會制度下，反映的人民的經濟生活、社會關係和觀念、習俗是十分鮮明的。其中，既有幻想性較強的故事，也有現實性特色顯著的生活故事、笑話等。〔註3〕

綜上所言，本章媽祖故事的定義是，除了記錄媽祖生平的傳說之外，其他與媽祖相關，具有基本情節單元的口頭文學作品，都歸類為媽祖故事。然而，媽祖故事經長時間的流傳，滲入大量的虛構成分，且隨著時間的延續、環境的變化與社會的變遷，使得故事的內容變得精彩而多樣。

本章就各地流傳較廣的媽祖故事，依其內容分四大種類來分析，並探究以媽祖為主角的故事，其所展現的文學趣味。其四大類分述如下：

一：媽祖救難解厄的故事、二：媽祖建護廟宇的故事、三：媽祖收伏神魔的故事、四：媽祖與其他神祇互動的故事。

第一節　媽祖救難解厄的故事

媽祖是民間信仰重要的神祇之一，她受到人民尊崇與敬仰，後人在傳頌媽祖故事的過程，先是以救難助人為故事的主軸，後來為了彰顯媽祖的神力，故事的內容擴及疾病醫療、民生問題、軍事、社會等。從這些救難助人的故事中，可以分為五類：一、海上救難；二、醫治病患；三、拯救災民；四、助軍作戰等四種。

一、海上救難

根據媽祖傳說故事記錄，媽祖最先顯現神奇能力的故事是她俯臥在織布機上，以出原神的方式，到海上拯救父親與兄長，後來因為母親的呼喊，導致其中一個家人葬送大海中。「伏機救親」的故事打響了媽祖的名聲，也使媽

〔註 3〕　鍾敬文主編：《民間文學概論》（第二版）（北京：高等教育出版社，2010 年 8月），頁 136～137、149。

祖在海上救難，成為其故事中最典型的一種。在《中國民間故事集成・福建卷》收錄了〈伏機救親〉這則故事，其故事概要如下：

> 有一年，林默的家人要出海，她勸說海上有妖怪作怪，不要出海。家人堅決。於是她到房裡，拿出一捆筷子，外面用紅紙封著，拿給郎爸，請他把它帶在身邊，遇到大風浪，危急時，可將紅紙撕開，扔下海去。郎爸把那捆筷收藏起來，插在內衫裏。林默在家織布，伏在織布機上困著了。船剛出賢良港，海上刮起當頭風，漁船經風浪的襲擊，萬分危急，郎爸想起林默的吩咐，將藏在身上的那捆筷拿出來，將它拆散，拋下海去。一會兒，海上浮起了無數根大杉木。落下海的漁民抓住杉木，都得救了。郎爸剛拋下竹筷，自己的船也被打翻，危急時，漂來一塊小木排，上面站著一位小娘子，轉身跳進海裡，左手提著郎爸的頭髮，右手拉著秀香的頭髮，嘴裡銜著洪毅的頭髮，輕輕地往木排上拖……這時，娘奶看林默伏在織布機上睡著，就拍了她一下。醒來後，林默哭著對娘奶說：「阿爸、阿姐救上來，阿兄無法救了！」第二天晚上，林默跟娘奶、阿嫂、阿姐開船出海。在海邊找到洪毅的屍體。賢良港裡的人，都感到奇怪，稱林默叫「神姑」。〔註4〕

關於海上救難故事，媽祖拯救的對象除了自己的家人之外，也救過出外使節。有關她保護航海者的最早記錄是護佑宋朝使臣路允迪，其故事如下：

> 宋徽宗宣和四年（1122 年），給事中路允迪使高麗，八舟溺其七；獨允迪見神朱衣坐桅上，遂安。歸聞於朝，賜廟額「順濟」。
> 〔註5〕

這則故事記錄媽祖穿著朱衣現身於海上，媽祖的出現拯救了面臨危急的使者。而《天妃顯聖錄》的〈朱衣著靈〉更詳盡的記錄了同樣的故事。內容如下：

> 宋徽宗宣和四年壬寅（1122 年），給事中允迪路公奉命使高麗，道東海，值大風震動，八舟溺七，獨公舟危蕩未覆。急祝天庇護，見一神女現桅竿，朱衣端坐。公叩頭求庇。倉皇間風波驟息，

〔註4〕　〈伏機救親〉，《中國民間故事集成・福建卷》（北京：ISBN 中心，1998 年），頁 187～188。
〔註5〕　周煌輯：《琉球國志略》卷七・祠廟（寺院附）〈天后封號〉。見《台灣文獻叢刊》第 293 種（臺北市：臺灣銀行出版，1971 年），頁 167。

藉以安。及自高麗歸，語於眾。保義郎李振素及墩人備述神妃顯
應。路公曰：「世間惟生我者恩罔極，我等飄泊大江，身瀕於死，雖
父母愛育至情，莫或助之，而神姑呼吸可通，則此日實再生之賜
也」。復命於朝，奏神顯應。奉旨賜「順濟」為廟額，蠲祭田稅，立
廟祀於江口。〔註6〕

　　類似上述媽祖現身海上救難的故事在《天妃顯聖錄》一書中共有六則，
其中〈禱神起椗〉、〈神助漕運〉、〈擁浪濟舟〉、〈廣州救太監鄭和〉四則故事
的情節都是人民懇禱呼叫神妃，媽祖現身於船上拯救危難。〔註7〕而〈溫台剿
寇〉、〈紫金山助戰〉這兩則故事情節不同的是媽祖現身於雲端，藉旌旗改變
天象，讓巡檢或軍隊得以在海上脫困。茲舉〈溫台剿寇〉這一則故事，內容
如下：

宋孝宗淳熙十年癸卯（1183），福建都巡檢羌特立奉命征勦溫
州，台州二府草寇。官舟既集，賊船蟻水面，眾甚懼。方相持之際，
咸祝曰：「海谷神靈，惟神女夫人威靈顯赫，乞垂庇護」。隱隱見神
立雲端，軿蓋輝煌，旗幡飛颺，儼然閃電流虹。賊大駭。俄而我師
乘風騰流，賊舟在右，急撥棹衝擊之，獲賊首，並擒共黨，餘睞四
散奔潰，奏凱而歸。列神陰相之功，奏於朝，奉旨加封「靈慈、昭
應、崇善、福利夫人」。〔註8〕

　　這則故事清楚地記錄媽祖海上救難的方式改變了，她先現身雲端，藉由
手上掌控的旗子，改變大自然的天象，使遇海難的人順利脫困。這則故事媽
祖除了自身的能力之外，亦藉由神力改變外在惡劣的環境，可見媽祖的神力，
經由故事的流傳，不斷地增強與擴充。

　　有些故事是媽祖現身海上，並以紅燈指引巧遇風暴的船隊脫離險境，如
〈紅燈導航〉的故事：

明成祖永樂年間，三寶太監鄭和奉命下西洋。船隊從江南啟程，
經東海，駛向福州五虎門，途中遇風暴。正在危急，突然聽到有個
姑娘喊：「吳航頭〔註9〕——吳航頭——」於是鄭和仰天禱告，求海

〔註6〕　〈朱衣著靈〉，昭乘：《天妃顯聖錄》臺灣文獻叢刊第77種（台北：臺灣銀行
　　　　發行，1961年3月），頁27～28。
〔註7〕　書同上註，頁34～36。
〔註8〕　〈溫台剿寇〉，書同上註，頁29。
〔註9〕　「吳航頭」是福建省閩江口的碼頭。

神指引船隊駛入吳航頭。話音剛落，主帥船頭的急浪向兩邊排開；
出現一條航道，前面有一個紅衣姑娘，舉紅燈，踩海浪，從容導航。
船隊緊跟著她過了太平港，進入吳航頭。〔註10〕

有的故事是媽祖現身海上，打敗興風作浪的惡龍，使船隻平安渡過。如
近年浙江省麗水市採得的〈天妃宮傳說〉，大要如下：

從前，福建有一伙漁民出海捕魚，突然之間，狂風大作，海浪
越掀越高。這時，海裡出現一條惡龍，張牙舞爪撲向漁船，……。
正在這危急時刻，出了一位漁姑，手持漁叉，……，與惡龍搏鬥。
不久惡龍，負傷逃跑，於是風平浪靜，天氣晴朗，漁民們得了
救。……。漁民們為紀念漁姑，大家湊了錢為她塑像建廟。每次出
海前，漁民們到廟裡祈求一路順風；平安歸來後，到廟裡向她致謝。
後來，有一個皇帝微服游江南，到甌江時遭風浪，朦朧地看到一位
漁姑拿著漁叉与惡龍搏鬥，打敗了惡龍，使皇帝安然渡過了江。皇
帝回朝後，敕封漁姑為「天妃娘娘」，並建廟紀念。〔註11〕

除了媽祖現身救海難外，她也以筷子或小草等各種工具變成大杉木拯救
海上遇難的船舶。這一類型的故事大要如下：

一日商船航行至「文甲」〔註12〕，遭風暴襲擊，船上人員向島
上求救。林默娘聽到呼救聲，拔起幾根小草拋向大海，一瞬間小草
變成巨大的杉木，向商船漂去，商船受到巨杉托附，不致翻覆。風
暴平息後，船上人員等登岸補船時，問岸上鄉民，才知杉木是林默
娘施法力所為。〔註13〕

一年初春，有一艘商船，經過門峽時，不慎觸礁。船上人哀號
呼救。默娘聽到，便拿起一捆筷子，點上丹紅，朝著呼救方向撒出
筷子。頓時，海面上出現了無數根大杉，依附漏船，鎮住波濤。船
工即迅速堵塞好漏洞，駛向岸邊。船中商人，來到岸上詢問，才知

〔註10〕　邱思穎等搜集整理〈紅燈導航〉，見王武龍主編：《媽祖的傳說》（福建：海峽
　　　　　文藝出版社，1992年6月），頁128～129。
〔註11〕　〈麗水市故事歌謠諺語卷〉，《中國民間文學集成浙江省麗水市卷》（浙江：麗
　　　　　水市民間文學集成辦公室出版，1989年），頁435～437。
〔註12〕　文甲是湄洲灣出入海洋的咽喉要地，也是賢良港與湄州島對渡的碼頭和航
　　　　　道。
〔註13〕　〈化草救商〉，何世忠等：《媽祖信仰與神蹟》（台南：世峰出版社，2001年1
　　　　　月），頁17～18。

是神姑默娘施展法術拯救了他們。〔註14〕

還有一些救難的故事，不同的地方是媽祖沒有直接現身救難，而是現出燈籠，以光線引領瀕臨災難的船隻，提示海岸的方位。故事內容如下：

> 明永樂七年，欽差太監鄭和統領指揮陳慶，出使西洋各國。船隊駛到巴士海峽時，遇幾十艘琉球海盜大船。開戰前，陳指揮帶領士兵，一齊向船艙裡的媽祖神像跪拜禱告，祈求神明保佑。這時，風浪很大，賊船是順風，對明船十分不利。交戰不久，有幾個士兵中箭身亡。忽然，天空傳來很遠又很清楚的聲音：「風大浪急，不可冒進！應乘霧溯流而上。」陳指揮聽了，見天空上，有一盞紅燈閃閃發光。吩咐船隊改變航向，進行反擊。得勝後，陳指揮帶領士兵在媽祖神像前拜謝助戰之功。後來，又購買一套祀器皿，親自送到湄洲媽祖廟致祭，以表誠意。〔註15〕

或是，媽祖展現占卜氣候的神力並藉助大海龜，預驗、暗示海上風暴，因而救助商人平安出航。如〈三寶建廟〉的故事：

> 北宋雍熙四年九月初九，大商人三寶押著一船貴重的貨物，要運往暹羅國。因天氣惡劣，商船停泊在湄洲灣過夜。第二天，起錨啓航出發時，船碇被一隻大海龜死粘住怎麼也拔不起來。三寶覺得奇怪，決定在這裡歇息數日再走。到了第三天，海上起風暴，三寶計算航程，大吃一驚！如果那天沒有海龜擋駕，必定財喪人亡。三寶詢問當地老人：「此方什麼神最靈？」老者回答說：「湄洲島上的神女最靈。」於是三寶和伙計們買了香燭、畜牲，到「通賢神女」祠裡燒香許願，若能平安航行，當重修神廟，再塑金身。後來，三寶在暹羅國經商，發了大財。回來時，想起當年海龜壓碇的事，趕忙帶著伙計去答謝神女；並把媽祖廟擴建的富麗堂皇。〔註16〕

還有，媽祖改變海上的天象，救助船員擊退海寇。這類型的故事最早見於見於宋洪邁《夷堅志》中的〈浮曦妃祠〉，內容如下：

> 紹熙三年（1192 年），福州人鄭立之，自番禺泛海還鄉。舟次

〔註14〕 〈撒筷救商〉，林仙久搜集〈南海媽祖——媽祖〉，卓鐘霖等編：《福建文學四十年選‧民間文學卷》（福建：海峽文藝出版，1990 年 12 月），頁 211～212。

〔註15〕 〈霧海神燈〉，中國民間故事集成全國編輯委員會編：《中國民間故事集成‧福建卷》（北京：中國 ISBN 中心出版，1998 年 12 月），頁 194～195。

〔註16〕 〈三寶建廟〉，書同註14，頁 198。

莆田境浮曦灣，未及出港，或人來告：「有賊船六隻在近洋，盍謀脫計？」於是舟師詣崇福夫人廟求救護，得三吉珓。雖喜其必無虞，然邅回不決，聚而議曰：「我眾力單寡，不宜以白晝顯行迎禍？且安知告者非賊候邏之黨乎？勿墮其計中。不若侵曉打發，出其不意，庶或可免。況神妃許我耶！」皆曰：「善！」迨出港，果有六船翔集洪波間，其二已逼近。舟人窘迫，但遙瞻神祠致禱，相與被甲發矢射之。矢且盡，賊舳艫已接，一魁持長叉將跳入。忽煙霧勃起，風雨歘至，驚波呂本作「濤」。駕山，對面不相睹識，全黃校：疑誤。如深夜。既而開霽帖然。賊船悉向東南去，望之絕小。立之所乘者，亦漂往數十里外，了無他恐。蓋神之賜也，其靈異如此，夫人今進為妃云。立之說。〔註17〕

　　莆田境浮曦灣就是現今湄洲灣北岸的莆禧港，故事中媽祖藉神筊暗示船員，出海遇到海賊可以獲得她救護。船員放心的出海後果然遇到海賊，媽祖也展現神力改變天象，船員得以平安脫困。

　　綜合上述故事，媽祖海上救難的對象從親人、官吏、漁民、船員進一步提升到拯救商船，救難的方式從自己現身、藉助工具進而展現靈力，從最典型的海上救難故事，已可以窺見媽祖的神力，隨著時間推移與環境改變不斷地擴大與變化。

二、醫治病患

　　在媽祖的故事中，媽祖也醫治病患，而醫病的方法大致上是使用泉水、草藥或道教的靈符，若是使用藥物，也是使用一般民間常見的藥材，因此民間亦有人稱呼媽祖為「醫神」。其故事記錄如下：

　　　　南宋紹興二十五年的端午節前夕，瘟神進了莆田村。半天內，成千上萬的百姓染上了瘟疫。……一位長者在媽祖神像前，不斷地禱告，後來他迷迷糊糊地進入夢鄉，見媽祖從神座上走下來，說：「離海邊一丈外，有塊圓圓石下有甘泉，喝了可治癒瘟疫。」長者醒來，按照媽祖夢示的地點挖掘，果然見有一股清泉沸涌，垂危病人一喝就止住了吐瀉。〔註18〕

〔註17〕　（宋）洪邁撰：〈浮曦妃祠〉，《夷堅志》支志戊卷第一（北京：中華書局出版，2006年10月），頁1058。

〔註18〕　〈聖泉救疫〉，書同註14，頁194。

除了泉水，有一則媽祖以靈符和菖蒲救人的故事是這樣的：

> 有一年莆田地區瘟疫四起，縣令全家病重，縣吏親自前往向默娘請求救助。默娘念其平常尚稱仁慈，代其向上天懺悔禱告。命人取來菖蒲九節，並書寫符咒，吩咐將符咒貼在患病者的門楣上，並煎煮菖蒲當藥飲用。患病者飲用後，病情立刻好轉。〔註19〕

這則故事媽祖的療病方法，已是標準的道家術士方式：懺悔、畫符和服藥。其中所服的「菖蒲」，是傳統的漢醫中藥，又名「白菖」、「泥菖」，具有濃烈的香味，可以驅除毒蟲；菖蒲葉煎水飲用，亦有避除時疫的功效。因為媽祖治病救人的故事，故在天后宮裡，除了出詩籤外，也兼出藥籤。

三、拯救災民

媽祖救人的方式，除了海上救難及醫治病患以外，在饑荒之年，也拯救飢民。但拯救的方式並不像海上救難那樣的直接，而是巧妙地調度米商，故事如下：

> 宋理宗寶祐九年，莆田、泉州一帶旱澇交替，五穀歉收。有一天，廣東的埠頭，出現了從興泉流浪到這裡的年輕女丐，頭梳帆形髮髻（媽祖髻），勸米商大戶，把糧船運到興泉，包管獲利數倍。商賈無不動心，紛紛前往。不久，興泉兩地擁來大批米商。因為米供過於求，價錢猛跌；加上颱風不息，商人們無法把米船轉運到外地，只得忍痛在當地拍賣。飢民們賤價買到米，紓解了這次的大饑荒。
>
> 第二年春三月初三，那些米商到當地廟拜媽祖，夜裡夢見媽祖女神祝福他們說：「你們虧了本錢，救活興泉人，積了陰德。願你們今年生意興隆，財源倍進。」後來，這些客商大發其財。這時才知道媽祖的靈驗，也明白了去年興泉之行的原由。〔註20〕

另一則「師泉井」的故事，是紓解拯救眾人缺水的困境。無水可用的百姓向媽祖祈求指示水源所在地，媽祖也順其所請，指示了水源所在。故事是：

> 康熙二十一年，朝廷派施琅收復台灣。施將軍率領三萬大軍到

〔註19〕〈靈符回生〉，書同註14，頁24。
〔註20〕〈濟度饑荒〉，書同註14，頁192～193。

莆田，駐扎在平海衛。平海衛一片荒涼，士兵們個個肚餓嘴乾，一口水也喝不到。施將軍知道，問當地人找靈聖的媽祖宮，他向媽祖祈求說：「媽祖庇佑，這寫有『水』字的黃紙，燒成灰燼，讓風吹飛。灰燼停留的地方，就是水源。若有水，讓我部下吃飽喝足，順利渡海。」

禱拜後，施將軍焚字紙，灰燼隨風飄動，飄到宮前一塊空地上。士兵挖掘，才挖數尺，水就源源冒出。挖到一丈深時，泉水大涌，士兵個個喝得肚子飽飽。施琅班師回朝後，立即啟奏朝廷。朝廷准他所奏，他即派人到平海，重修媽祖宮，並親自寫了「師泉井」三字，命工匠刻了一塊石碑，立于井旁。〔註21〕

這則故事藉由焚燒黃紙，請求媽祖展現神力讓灰燼飄至水源處的方式相當特殊。或許當時施琅將軍想用特別的方法考驗媽祖的神力，而媽祖也不甘示弱發揮她的神力，讓施琅心服口服地向皇帝稟報，並藉由立石碑感念媽祖的神助。

從上述兩則故事，可見媽祖以最實際的米及飲用水救助災民。這種類型的故事影響現在天后宮於社會救助上的方式，廟宇常以最實際的物資救助需要的人。如：鹿港媽祖期刊報導：「鹿港天后宮在中華民國九十九年八月二十四日舉行 200 公斤白米及香菇過火儀式，這些物資將贊助弱勢團體。」〔註22〕鹿港天后宮此次社會救助的方式，就是媽祖故事影響現代社會最實際的例子。

在媽祖救難助人的故事中，媽祖救助的對象，除了一般百姓之外，國家有外敵入侵，媽祖也會幫助軍隊抵抗外侮；或展現神力協助軍隊作戰。

四、助軍作戰

民間將媽祖視為海神，在南宋時舟師就開始奉祀媽祖神像，中間經過元代「南糧北調」的海上運輸，到了明代已發展成為海上航行的一種共同例行的制度。這種制度是：在較大的船舶上有專供媽祖的神壇，中小商船和漁船內也有簡單的媽祖神位，作為精神信仰，以求航海安全。鄭和與其他使臣，如：欽差內官柴山、欽差太監楊洪等〔註23〕，都有將媽祖供奉在船艙內，遇

〔註21〕　〈師泉井〉，書同註 14，頁 195～196。
〔註22〕　《鹿港媽祖期刊》第八期，第二版（鹿港天后宮發行，2010 年 8 月 28 日）。
〔註23〕　〈琉球救太監柴山〉、〈庇太監楊洪使諸番八國〉，書同註 5，頁 38～39。

難即刻祈求媽祖保佑的習慣。

除了海上助軍抗敵外，內陸入侵的外敵和現代戰爭中來自空中的襲擊，媽祖一樣也會顯靈拯救，如：

> 鄭成功的時候，清兵要來攻打東衛。我們這裡有一座聖母廟，拜天上聖母媽祖，清兵攻過來的那天，廟裡的香爐一直發火，聖母變成一個穿白衣的女子，在天上騎著白馬喊打喊殺。清兵的將官看到嚇死了，一個女孩子就這麼厲害！就趕緊收兵回去了。〔註24〕

> 日本時代，盟軍來轟炸，有一顆丟到現在的望安分局那裡。分局前面就是海，炸彈掉下來時，有人看到一個女的，很漂亮，全身穿白衣服，用裙子接住炸彈，再丟到海裡，她就是媽祖。不過也有人說是觀音大士，因為她全身穿白的。〔註25〕

綜合上述媽祖救難解厄的故事，主要敘述媽祖在海面上救助瀕臨危難的漁民或商船；在農村地區驅除瘟疫、醫治疾病；在面臨自然災害地區拯救災民；在社會國家戰亂的地區，幫助軍隊作戰抵抗外侮等。

媽祖以救助海難開始展現她的神力，因而有海神的稱號。後來媽祖具神力的故事不斷地流傳，其展現神力的範圍從沿海進而傳入內陸，媽祖因而漸漸脫離僅以海神為主的內涵，進而成為醫神、鄉土保護神，甚至成為萬能之神。

第二節　媽祖建護廟宇的故事

廟宇是供奉神明的地方，就如人民的居住所。人們對於自己的家，有選擇地段、樣式的權力，對於家中的裝潢更充滿了想望。在媽祖的故事中，媽祖巧妙地藉由現身、託夢，以及現光影等方式，提點信眾建廟供奉她。

或許就如民間流傳的一句俗語：「廟興神興」。媽祖藉由自己作主選擇建廟的建材、廟宇座落的位置或廟宇的樣貌等，也許媽祖認為廟宇除了是她的居處地之外，更是神明與百姓溝通的所在地，民眾透過廟內的香火與神明溝通；神明亦透過廟內的香火與祭拜儀式，傳達訊息給信徒。因此，廟宇香火興盛與否，反映了神明的神力與民眾實際的信仰情形。而媽祖的故事中，有

〔註24〕　〈媽祖顯靈〉，金榮華整理：《澎湖縣民間故事》（台北：中國口傳文學會，2000年10月），頁98～99。

〔註25〕　〈媽祖接炸彈〉，書同上註，頁102～103。

趣的是媽祖展現神力，告知或提醒信徒幫她建廟、擴廟或護廟。媽祖建廟護廟的故事充分展現她人性化的一面。

一、媽祖現身購建材

關於媽祖建廟的故事，最早記載見於宋洪邁《夷堅志》中的〈林夫人廟〉，內容如下：

> 興化軍境內地名海口，舊有林夫人廟，莫知何年所立，室宇不甚廣大，而靈異素著。……。里中豪民吳翁，育山林甚盛，深衺滿谷。一客來指某處欲買，吳許之，而需錢三千緡，客酬以三百，吳笑曰：「君來求市而十分償一，是玩我也。」無由可諧，客即去。是夕，大風雨。至旦，吳氏啓戶，則三百千錢整疊於地。正疑駭次，外人來報，昨客所議之木已大半倒折。走往視其見存者，每皮上皆寫「林夫人」三字，始悟神物所爲，亟攜香楮，詣廟瞻謝。見羣木皆有運致於廟壖者，意神欲之，遂舉此山之植悉以獻，仍筆原值還主廟人，助其營建之費。遠近聞者紛然而來。一老旺家最富，獨慳吝，只施三萬，眾以爲太薄，請益之，弗聽。及遣僕負錢出門，如重物壓肩背，不能移足，惶懼悔過，立增爲百萬。新廟不日而成，爲屋數百間，殿堂宏偉，樓閣崇麗，今甲於閩中云。〔註26〕

興化軍的位置就是現今福建的莆田縣，故事中的林夫人廟就是媽祖廟。故事記載媽祖親自現身購買建廟的木材，有趣的是媽祖和老闆商量木材的價格，商談不成離去。夜晚，媽祖自行將購買木材的貨款全數放置於商店門前，並巧妙地在木材上寫上「林夫人」的名號。

隔日，商人發現此特殊景象，到林夫人廟祭拜，看見廟旁已放置了許多寫有「林夫人」名號的木材，於是商人將貨款捐給廟方做建廟基金，而且山林裏的木材也全數供獻建廟。

故事中，媽祖在廟裡也巧妙地展現神力，促使富裕的老人多捐獻一些錢作爲建廟基金，廟方有了足夠的資金，新廟宇很快速地落成。

媽祖除了建廟自己買建材的故事外，還有另一則故事是媽祖先現身訂購木材，然後以託夢的方式告訴村長，使用她指定的木材建廟供奉她，她親自

〔註26〕　（宋）洪邁撰：〈林夫人廟〉，《夷堅志》支志景卷第九（北京：中華書局出版，2006年10月），頁950～951。

選定廟宇的位址、訂建材，且以暴風雨吹斷林木的巧妙手法，使木材漂流到建廟的預定地，提供給信徒建廟。故事的內容摘要如下：

> 相傳關渡媽祖的神像被奉祀在大船上，一天大船航行至臺灣海峽，遇颱風被撞沉，媽祖神像漂到淡水河內，被一位農夫發現，暫時奉祀在北投慈生宮。某天夜裏，媽祖託夢給村長說：用太平山的木材建造一座廟宇來供奉我，至於詳細的地點我會再告訴你。隔天，信徒發現媽祖神像不在廟裏。四天後，在現在的關渡媽祖宮，找到神像。村民認為這就是媽祖親自選的廟址。村長立即帶著錢和幾位村民到太平山買木材。山主說：「昨晚有位妙齡婦人來訂木材」。細問後得知：「是媽祖親自來訂約。」山主便自願將木材全數獻出。不料當天晚上，風雨交加，所有木材被吹斷成材，全數隨山洪沖到廟址附近。信徒便拿這些木材來建廟。〔註27〕

這則故事媽祖充分展現她的神奇能力，雖然託夢的方式不算特殊，但是指定太平山的木材、媽祖化身婦人訂建材，以及改變天象砍斷木材等方式可說是少見的。

而這則媽祖顯神蹟建廟的故事，經過信徒的流傳之後，關渡媽祖的香火也因而鼎盛，因此衍生出一則在臺灣流傳相當廣泛的諺語：「南有北港媽，北有干豆媽（關渡媽祖）」。

這種「神明為了建廟自己籌木材」的情節，也見於其他神明的傳說，如：澎湖和界村的池王爺、李府將軍、吳府千歲及東港的溫王爺等都有類似說法。這些神明取木材的地點各不相同，但都是親自現身到大陸購買。其中池王爺、李府將軍及吳府千歲，買木材的錢最後都變為紙錢。而李府將軍、吳府千歲及溫王爺，這三位神明是在他們所購買的木材上都刻上他們的名號。四則故事摘要如下：

（一）〈池王爺建廟〉的故事

> 相傳合界要建池王爺廟的時候，池王爺自己去買杉木，他跟大陸的老闆說，你船載到吉貝後，把杉木往海裡丟就好。當時還交了錢。可是，到了第二天，那些錢都成了金紙。老闆一看，心裡明白是怎麼一回事，就把金紙燒一燒，木材算是捐給池王爺。杉木在

〔註27〕 謝金選：〈神秘的關渡媽祖〉，《台灣風物》第四卷第二期，1955 年 2 月，頁15～16。

吉貝島丟進海裡後，就自己飄到合界來了。那老闆從此一帆風順，做生意賺了很多錢。廟落成時，他還親自來廟裡捐錢給池王爺。〔註28〕

（二）〈李府將軍廟的傳說〉

李府將軍是鄭成功的將軍。鄭成功攻打臺灣時，他病死在這個島上。當時要在現在這地方建廟，但是那時候大家窮，沒有錢建廟？結果李府將軍自己回大陸買杉料，雇帆船載到虎井這邊把那些杉料全丟入海裡。……。漂來的每一根杉木都印著「李府將軍」四個字。〔註29〕

（三）〈吳府千歲的故事〉

七美島上的人很感謝吳府廟神明的幫忙，想要把廟改建，可是沒錢？有一天，吳府廟裡的神明託夢給一位村民說，建廟的事不用擔心，祇要某日某時到山溝邊去等，會有東西在那裡的。到了那一天，山溝裡果然漂來好多大杉木，上面都寫有「吳府廟」三字。七美人為了瞭解這事，派兩個人到廈門去調查，看看是否有澎湖七美人去採購木材，結果說是「有」，但是買材的錢卻在第二天都變成了冥紙。〔註30〕

第四則故事：〈溫王爺隔海購料〉。這則故事主要的情節與上三則相同，不同的是木材商是個不誠實的商人，遭受王爺的懲罰，最後才將溫王爺訂購的木材，照數丟到海裡，病就好了。貪心不誠實的人，在故事中遭受王爺的懲罰，可見王爺故事的流傳，一方面是想宣揚王爺的神通，一方面是想藉故事來教化人心。而〈溫王爺隔海購料〉故事要如下：

從前福州南台島萬壽橋邊，有一戶姓陳人家開設的木材行。一天深夜，有一位自稱是台灣來的溫德修老先生向他訂購一批木材去建大厝，他將價錢付清後說：「您只要在每根木材上寫『東港溫』三字，然後丟入台灣海峽，木材會自動流到台灣東港，我會在那邊接收。」後來陳老闆沒將木材放入海裡。過了一個月，陳老闆夢到老

〔註28〕　金榮華整理：〈池王爺建廟〉，《澎湖縣民間故事》（台北：中國口傳文學學會，2000年10月），頁117～118。

〔註29〕　〈李府將軍廟的傳說〉，書同註3，頁120～122。

〔註30〕　〈吳府千歲的故事〉，書同註3，頁126～127。

先生責備他：「你想用不法的手段來侵吞我的木材！如今限你三天的
時間，趕快把木材運來台灣，不然的話，你性命就難保了！」……
過了三天，陳老闆忽然病倒，全城名醫都醫不好，且每天晚上都夢
到那位台灣老先生前來催貨。這時他才忙派人將老先生訂購的木
材，照數丟到海裡去。第二天，他病就好了。

事後陳老闆想到台灣查證，就在同時，東港保正夢見一位老
翁，對他說：「我是溫府千歲。如今已選定東港做為我長久的駐在
地。最近福州會運來一批蓋廟的木材，你就和地方上的人，替我選
個地點來蓋座廟，至於我的金像，就用你家屋頂上那塊香樟木來做
好了。」夢醒後，保正爬上自家屋頂去，果真有塊香樟木斜斜的擱
在屋樑旁邊。

陳老闆聽了保正告訴他有關夢境的話，恍然大悟：「原來溫老先
生是一位千歲爺，怪不得如此的靈驗神奇！前次我開罪過他，如今
我必須捐出一些銀兩來為他建廟，才能補償我的過失。」這時，從
福州飄來的木材，都已全數到達台灣東港。地方上的士紳，就選了
一個好日子，替溫王爺建廟宇。這座廟，就是有名的東港溫府王爺
廟，也有人稱「東隆宮」。〔註31〕

以上五則故事都是神明親自化身選購建廟材料的故事。故事裡的信徒都
深信建廟的木材是媽祖親自去購買的。然而故事流傳的過程中，大家以訛
傳訛或是非信徒的傳誦，難免會有不同的故事情節。這裡就有一則關於吳
府千歲的故事，故事的結果告訴人民，他們不相信神明會自己買建材。故事
概要如下：

從前，有一艘大陸的帆船被風浪擊沉在七美的山溝，船上供奉
的是吳府千歲。……後來吳千歲顯赫了，託夢給那些回到家鄉的
人，說他要留在七美，要他們買些杉木來讓他建廟。那些人真的買
了杉料，載到吳府宮外海附近丟下去。因為每枝杉木上都打上一個
「吳」字，所以傳說是神去買的杉料。其實神哪能去買？當然是人
去買的。〔註32〕

〔註31〕 陳慶浩、王秋桂主編：〈溫王爺隔海購料〉，《台灣民間故事集》（台北：遠流
出版社，1989 年 6 月），頁 176～184。

〔註32〕 〈吳府千歲的故事〉，書同註3，頁 123～125。

　　從神明親自化身選購建廟材料爲故事開端，最後探究其實是人去買的爲故事結論，我認爲這樣推理的結論是可以成立的。因爲早期台灣西南沿海的居民，多移自福建地區，當時福建地區的閩江以盛產木材盛名，依照常理，移民至台灣的閩南人，如果受神民庇佑，經商致富，爲了答謝神明，建廟需要木材時，一定會回故鄉購買。

　　然而爲什麼故事中說是媽祖現身購買的，我想一方面是爲了宣揚媽祖或王爺的神通廣大，另一方面應該是致富者存有爲善不欲人知的信念，不想邀功勞、搶鋒頭，因此故意將故事中的主角記錄爲媽祖現身親自去買建材，或許是捐獻建廟的信眾，親自回福建訂貨購買的。

二、媽祖託夢信眾建廟

　　有些故事媽祖不現身處理建廟的事，而是以託夢的方式告知人民建廟的地方，信眾自然會幫她建廟。這類型的故事如下：

> 　　紹興二十六年丙子（1156 年），以郊典特封爲靈惠夫人。二十
> 七年（1157 年），莆城東五里許有水市，多諸舶所集曰「白湖」。歲
> 之秋，神來相宅於茲。章氏、邵氏二族人共夢神指立廟之地。丞相
> 俊卿陳公聞之，驗其地果吉，因以奉神。歲戊寅（1158 年）廟成。
> 三十年（1160 年），流寇劉巨興等嘯聚，直抵江口。居民虔禱於廟，
> 忽狂風大震，烟浪滔天，晦冥不見，神靈現出空中。賊懼而退。既
> 而復犯海口，神又示靈威，賊遂爲官軍所獲。奏聞，天子詔加封「靈
> 惠、昭應夫人」。〔註33〕

　　此則故事中，可見人民幫媽祖建廟，媽祖也展現其神力幫助官軍擒拿海賊。

　　媽祖託夢建廟的地點除了在華人的信仰圈之外，也隨著華人經商到海外。中國時報在 2010 年 10 月 7 日報導一則媽祖以託夢的方式，指示非洲的台商在辛巴威首都興建媽祖廟。報導概要如下：

> 　　長年在非洲經商的蔡慶洲因媽祖託夢指示，決定在辛巴威首都
> 哈拉雷市設立媽祖廟，北港朝天宮全力協助分靈，六日將媽祖與千
> 里眼、順風耳神尊裝箱海運。……住在南投縣水里鄉的蔡慶洲，已

〔註33〕〈託夢建廟〉，昭乘：《天妃顯聖錄》，臺灣文獻叢刊第 77 種（台北：臺灣銀行發行，1961 年 3 月），頁 28～29。

在非洲南部辛巴威開設製鞋工廠廿餘年。前年突然不斷夢到媽祖身影，指示他在辛巴威首都哈拉雷市興建媽祖廟，保佑海外媽祖信眾。他便依指示前往北港朝天宮洽詢，廟方得知其緣由後，全力支持其分靈事宜。北港朝天宮為哈拉雷市朝天宮準備了全套的媽祖儀仗、神轎，以及三尺六吋的鎮殿媽祖，還有兩尊高達兩公尺的千里眼、順風耳將軍神尊，昨天在朝天宮僧侶的祈福下，先將媽祖與將軍神尊裝箱海運。……〔註34〕

還有，媽祖也會託夢給韓國人為她興建媽祖廟，特殊的是同樣的夢境持續十年之久。這則故事是自由時報在 2010 年 10 月 4 日報導的一則新聞，其內容概要如下：

……擔任蘆竹慈母宮宮主的朴婕瑀說，她 22 歲那年，經常夢到一位阿婆帶著她，走在充滿麻油香氣的小村莊街道上，街底有一座老廟，走到廟門口時，阿婆就消失了。從那年開始，她不斷重複著相同的夢境。有一天，阿婆走到廟門口停下腳步，告訴朴婕瑀：「這裡是北港朝天宮，這是媽祖廟。」當時她不解其中含意，加上語言不通，一直無法解疑，如此持續託夢了 10 年，指示朴婕瑀：「妳就是要為媽祖服務。」……3 年多前搭建現有媽祖臨時行館，並率眾除草、整地、抹水泥、刷油漆等。……當時她只有 30 元積蓄，正感到極度煩惱時，媽祖現身告訴她：「妳不要怕，妳只要踏出去，自然會有妳的辦法。」就這樣，有了信眾的捐款支持，買下約 1200 坪的慈母宮基地，面對 1 億 5000 萬元造價，她信心滿滿預計 5 年完工。42 歲旅台韓國女子朴婕瑀發願在台灣蓋一座、也是第一座由外籍女子發願興建的媽祖廟，桃園縣蘆竹慈母宮昨天動土，開啟她 30 元籌建媽祖廟的傳奇故事。〔註35〕

媽祖除了託夢建廟之外，也託夢指示信眾廟宇太小需要擴廟。這則故事內容如下：

湄嶼初建廟宇，甚窄狹。有長者之子善信，居山之西，妃乃託之夢曰：「我廟宇卑隘，為我擴之，當昌爾後」。是夜夫婦協夢，清

〔註34〕【張朝欣／雲林報導】〈好神！北港媽祖託夢　分靈辛巴威建廟〉中國時報（A12 社會綜合）2010 年 10 月 7 日。

〔註35〕【李容萍／桃園報導】〈神明託夢 10 年　韓女 30 元建媽祖廟〉自由電子報 2010-10-04。

晨造廟拜答，願依神命。迺闢地購金，增厥式廓，廟貌啓而維新
焉。〔註36〕

還有媽祖託夢維護自己廟宇的故事，她託夢的對象是分署長，因而得以
成功。故事大要如下：

清光緒二十一年乙未，日寇據臺。次年丙申，決於麥寮街媽祖
宮大殿設置分署衙，乃令將神像遷置後殿。是夜分署長夢見一女神
帶領神兵無數入寢室，聲言不得設置於聖殿，以免聖域莊嚴大失。
清醒後滿身大汗，極度疲乏，恐惶難安。次晨親詣媽祖宮行禮道
歉，隨覺身心舒暢，乃當眾宣布前夜所遇情事，並聲稱另覓他處設
署。〔註37〕

這則故事中，媽祖的居住所將被取代替換成分署衙，媽祖託夢給有權力
保住廟宇的署長，廟宇得以免除被替換的危機。故事中充分展現媽祖機靈的
一面。

三、媽祖現光信眾建廟

媽祖建廟的故事，除了自行現身處理建廟事宜或託夢指示信眾建廟之
外，還有以光影顯現廟宇的圖樣，指示信眾為她建廟。這則故事流傳於嘉義
縣濱海地區，故事內容概要如下：

嘉義縣魍港一帶一位乩童，一日晚上突然看見自己的蚊帳上有
一片發光的圖形，就像野台電影打在布幔上的效果一樣。這片神奇
的光影在蚊帳上亮了好幾個月。後來，看出光影顯現的是廟宇的圖
樣。乩童請示媽祖，媽祖要他負責照著蚊帳上的圖樣替媽祖蓋一座
新廟，乩童集合當地民眾說這件事，庄民於是大興土木替媽祖建成
了一座巍峨堂皇的新廟。〔註38〕

綜合上列媽祖建廟護廟的故事，媽祖最早以自行現身處理建廟的事務，
後來是以託夢的方式指示信徒為她建廟或是藉由影像顯現自己廟宇的圖樣。
從自行現身到託夢或顯影像，可以看見媽祖在信眾內心地位的提升。

〔註36〕　〈顯夢闢地〉，書同註8，頁25～26。
〔註37〕　〈維護宮殿〉，第六屆管理委員會主編，《麥寮湄洲開山祖廟拱範宮沿革誌》
　　　　　（雲林：麥寮拱範宮第六屆管理委員會，2004年9月），頁47。
〔註38〕　嘉義縣布袋嘴文化協會編著，〈魍港媽顯聖指示起廟〉，《嘉義縣濱海地區口傳
　　　　　文學：經驗／記憶／傳承／》（嘉義縣太保市：嘉義縣政府，2007年12月），
　　　　　頁30。

第三節　媽祖收伏神魔的故事

　　媽祖的故事中常常見到媽祖展現她的神奇能力，除了拯救災難之外，媽祖也為民除害。民間流傳媽祖收伏危害百姓的神魔，最後成為她身邊的陪祀神或助手。筆者目前收集四則媽祖收伏神魔的故事，以下試分析之。

一、千里眼與順風耳

　　現今民間奉祀媽祖的廟宇裡，在媽祖的左右兩邊有兩位侍神，一位綠面綠衣，右手持叉，左手舉及額前做遠視狀；一位紅面紅衣，右手持方天畫戟，側耳作聽音狀，民間稱這兩位侍神為「千里眼」、「順風耳」。關於千里眼與順風耳的傳說甚多，其中流傳最廣的故事是：千里眼順風耳原本是妖精，在桃花山上為非作歹，無惡不作，後來與媽祖鬥法失敗降服，最後被媽祖收服，甘願降為媽祖的男僕，充當助手和護衛。故事概要如下：

> 　　媽祖有兩個部下，名叫千里眼、萬里耳（順風耳）。這兩個妖精，原來是殷末紂王的部下高明、高覺兄弟。兩人被姜子牙打敗後，逃到桃花山，成為妖精。桃花山附近老百姓無法生活，向林默娘求救。
>
> 　　一天，林默娘同其他女子，到山上採野菜。兩妖精見了就動手腳調戲。林默娘大聲一喝：「不得無禮！」兩妖發現原來是林默娘，急忙騰空一跳，化作一道火光，現出原形，一個手拿斧頭，一個手提方天戟，向林默娘衝來。林默娘便把手中一條絲帕向空中拂了一下又大聲喝道：「大膽妖怪，還不放下屠刀？」一時烏雲蓋天，狂風大作，兩個妖精一見，自知不敵，便放下兵器，跪下求饒。
>
> 　　過了兩年，兩個妖精又經常出來擾亂。受害的漁船再向林默求救。林默娘翻查天書，知道這兩個妖精是北方水、金兩星所化；要除掉他們，須用土、火來攻。默娘便施展法力，制起一撮土，一把火，霎時，飛沙走石，火焰連天，圍住兩個妖精。兩妖精無處可躲，就伏在林默娘面前，磕頭請罪，願意聽從林默娘使喚。從此，兩妖精成了林默的手下部將，一個耳朵能聽萬里，一個眼睛能看千里，他們經常跟隨林默娘出海救人，凡是海上遇難的人，只要呼喚媽祖的名字，萬里耳、千里眼就立即把聽到、看到的情況告訴林默娘，並立即前往搭救。時間久了，人們忘記這兩個妖精的名字，就叫他

們做「千里眼」、「萬里耳」。〔註39〕

　　這則媽祖與千里眼順風耳鬥法的故事，除了記錄兩位妖精俏皮搗蛋的一面，也記載了媽祖具有呼風喚雨，熟悉天書的能力。還有現在我們所見千里眼順風耳的樣貌，以及手上所持的器物，與這則故事裡面所描述的樣貌可說是同出一轍。

二、晏公

　　除了制伏千里眼順風耳，媽祖還收服了其他地方的水神，其中最有代表性的是晏公。媽祖收服了晏公，並任命他爲「水闕仙班」的總管。晏公本來是江西地方的水神，主要是保佑江河航行。後來被明朝政府所重視，加封爲全國性水神。「水闕仙班」裡共有十八位成員，包括：四海龍王、浙江寧波茅竹五水仙、莆田木蘭陂三水神、泉州林巡檢、廣東二伏波將軍（馬援、路博德）、嘉應、嘉佑及總管晏公。故事情節如下：

> 晏公是東海一帶的海神。有一次，林默乘著漁船到小島給漁民看病。船到海中，風浪大作。林默走到船頭，見一個人，騎著一隻海豚，隨浪濤上下浮沉。他看到林默站在船頭，立即鼓起風，掀起浪，船又劇烈地搖動起來。林默知道是海怪作祟，馬上念起咒語，取出一道符錄，向海面丟去。海怪見勢不對，收了妖法，坐在海豚背上，高舉雙手，向林默作揖，一言不發地離去。但海怪並不服輸，又化作一條黑龍，在海面上翻滾。林默又念起咒語，把一張魚網拋向黑龍。黑龍被魚網網住，現出本相。祇好向林默娘求饒願聽號令。林默娘要海怪以後去東海海面巡邏，保護漁船，這個海怪就是晏公。〔註40〕

　　故事記錄晏公原本就是海神，從他與媽祖鬥法的歷程，以及形象從海豚變換爲黑龍的能力，可見他的神力與媽祖不相上下。然而，媽祖在關鍵時刻展現她修練已久的道教法術，如念咒語、現符錄等方式，使得晏公現出原形，並向媽祖求饒。媽祖也順勢安排晏公回到他原本管轄的東海巡邏，避免他再度出來擾民。

〔註39〕　〈鎮雨妖〉，中國民間故事集成全國編輯委員會編：《中國民間故事集成·福建卷》（北京：中國 ISBN 中心出版，1998 年 12 月），頁 186〜187。
〔註40〕　同上註，頁 185〜186。

三、嘉應、嘉佑

在「水闕仙班」的十八位將軍中，還有嘉應、嘉佑兩位成員，也是被媽祖收服為臣的。

> 相傳在湄洲附近小島上，出沒兩個妖，名叫嘉應、嘉佑。一天，一艘帆船從附近海上經過。應、佑二怪，掀翻客船。旅客們嚇得跪在船板上，對天高呼：「神姑保佑！」
>
> 忽然，一道白光閃過，緊接著轟隆隆的雷聲在人們頭頂上炸響，霎時，風停，浪靜，船穩，人們轉驚為喜。這時，客船前方，出現一艘小漁船，船頭站立一位美麗小娘子。二怪見美麗的小娘子，改變掀翻客船的主意，向女子乘坐的漁船追去。一會兒，漁船忽然調轉方向，朝右邊的荒山上駛去。到了荒山上，二怪剛要上前，小娘子就抬起手掌，對二怪的臉輕輕一拍，二怪臉上被擊，兩眼直冒金星，兩條腿也不聽使喚，跪在地上，雙手合十向神姑求饒哀求收留。從此，嘉應、嘉佑二怪便列在水闕仙班。〔註41〕

這則故事媽祖巧妙地變換自己的形象，矇騙妖怪得逞之後，展現兇狠的一面，使妖怪求饒屈服。最後派任適當的工作給已收服妖精，防止他們再為非作歹。

四、高里鬼

在民間，鬼怪一直是人民所敬畏的，在媽祖收服神魔的故事中，有一則故事是媽祖教導人民與她一起收伏鬼怪。這則故事就是〈收高里鬼〉，其故事概要如下：

> 高里鄉出現一個陰怪，有呼風喚雨的本領，人們被他的陰風或黃沙打著就會侵染百病。村人相偕來見默娘，請其救治鄉人。默娘吩咐鄉人取回符咒，貼在病人的床頭，就會產生效用。鄉人就遵照神姑的吩咐，將符咒貼在病患床頭，一貼上符咒，就聽到屋瓦上有響聲驚動，有個像鳥一樣的東西，拚命飛奔而出。默娘循其蹤影追尋而去，掃除牠的巢穴。默娘到那裡，妖怪馬上變成一隻小鳥藏在樹頂上，默娘便追去捉牠。只見一隻鷦鷯小鳥唧唧叫，默娘將符水一灑，小鳥就從空中跌落下來，跌落後並沒有看見鳥的形體，只見

〔註41〕 同上註，頁 184～185。

地上有一把乾枯的頭髮。默娘用火把它燒化，怪物現出原形，向默
娘叩頭下拜說：「我願意改邪歸正，歸順於妳，在妳的足下效勞。」
默娘就將牠收服了。〔註42〕

故事中的陰怪以含沙侵染百病的方式傳病給鄉民，與詩經、小雅中的
「蜮」傳病方式相同，「蜮」又名射工，狀如鼈，爲三足之怪，可自水中含沙
射人或射人影而害人。〔註43〕這則故事與前面不同的是媽祖和人民合作抓鬼
怪，故事呈現媽祖與人民關係更加貼近的情狀。

綜合上列四則媽祖收服神魔的故事，在這些故事中，媽祖除了與前面的
故事相同地展現她天生具有的神力與勇氣之外，也發揮她修練已久的道術，
如念咒語、灑符水等。最後媽祖更是順勢地將這六位精怪安排了適當的位
置，並妥善分派任務。媽祖的機靈除了能去除她與百姓對於妖怪的紛擾與恐
懼，而且能免除精怪再度興風作浪。

第四節　媽祖與其他神祇互動的故事

媽祖爲民間信仰主要的神祇之一，然而民間信仰中存在著種類眾多的神
祇，有融合佛教、道教等宗教的神祇，亦有民間百姓創造的神祇。目前筆者
收集媽祖的故事中，有三則故事記錄了媽祖與其他神祇互動的故事，以下試
提出作討論。

一、觀世音菩薩

觀世音菩薩與媽祖是最早有淵源、有互動的神祇。在記載媽祖出世的傳
說故事中，記錄著媽祖是觀世音菩薩所賜，因此出世時有異象；或是媽祖原
先是觀音菩薩門下修練的龍女，因爲隨著觀音菩薩巡邏東海，眼見東海妖怪
侵擾漁民，於是請求觀音菩薩讓她下凡間拯救百姓。這些傳說在前面第二章
第一節已論述過，故在此不再贅言。

媽祖信仰發展到現在，雖然有些學者對於媽祖生平傳說故事的記錄，仍
然存在著不同的說法，但是將媽祖與觀世音菩薩結合，因爲觀音菩薩的名氣

〔註42〕 昭乘：〈伏高里鬼〉，《天妃顯聖錄》，臺灣文獻叢刊第77種（台北：臺灣銀行
　　　　 發行，1961年3月），頁23。
〔註43〕 屈萬里著：〈何人斯〉，《詩經詮釋》（台北：聯經出版社，1995年），頁379～
　　　　 381。

以及民眾信奉的熱忱，無形中促成了媽祖信仰快速的開展，也為媽祖廟供奉
觀世音菩薩找到適當的原因與理由。

二、保生大帝

　　媽祖與保生大帝的故事在民間廣為流傳，因而有一些不同的說法。有的
故事記錄保生大帝（俗稱大道公）對媽祖一見鍾情，曾向媽祖求婚被拒，
於是相互鬥法；〔註44〕有的故事敘述媽祖害怕生孩子時的痛苦，抗拒婚姻。
〔註45〕因為這兩種情況導致保生大帝一氣之下，在農曆三月二十三日媽祖誕
辰這日，作法降雨，洗落媽祖臉上的花粉，致使媽祖的容顏大受損傷。而媽
祖也不肯示弱罷休，也來個「以牙還牙」，在農曆三月十五日保生大帝生日
時，刮起猛烈狂風，吹掉保生大帝的帽子，使他露出癩痢頭。以下舉一則記
錄較完整的媽祖與保生大帝鬥法故事，其內容概要如下：

　　　　媽祖與大道公，他們時常見面，而大道公看見媽祖長得很美，
　　竟然一見鍾情。有一天，他們兩人在巡行中再度相遇，大道公就趁
　　機向比他多二十歲的媽祖求婚，但遭拒絕，並受到嚴厲的斥責，最
　　後還力勸他不可亂動凡心。（另有一說：本來天上諸神擬為海神媽祖
　　與神醫保生大帝撮合姻緣。但有一天，林默因為看到母羊生小羊的
　　痛苦情景，聯想到人結婚後生孩子時也會如此劇烈疼痛，因此與保
　　生大帝斷絕關係。）所以大道公一時非常生氣，但又怕媽祖把這事
　　上奏玉皇大帝，便不敢隨便發作。

　　　　大道公向媽祖求婚被拒那年的三月二十三日，媽祖生日這天，
　　他在雲端看見媽祖被人抬著出巡。他便施展法術，使西北雨傾盆而
　　下，把媽祖淋得像隻落湯雞，媽祖抹的粉遇雨水融化了，因此花容
　　失色，狼狽不堪。當時媽祖屈指一推算，知道原來是大道公搞的鬼，
　　於是她也想找個機會來報復大道公。

　　　　第二年的三月十五日，大道公生日那天，媽祖在雲端看到大道
　　公洋洋得意地，被人抬出來巡視民間。大道公臭頭，所以戴一頂帽

〔註44〕〈媽祖與大道公〉，見金榮華整理：《澎湖縣民間故事》（台北：中國口傳文學
　　　　會，2000 年 10 月），頁 100～101。

〔註45〕〈媽祖與保生大帝〉，見陳麗娜整理：《屏東後堆客家民間故事》（台北：中國
　　　　口傳文學會，2006 年 6 月），頁 55。〈媽祖的廢親〉，見李獻章編著：《台灣民
　　　　間文學集》（台北：龍文出版社，1989 年 3 月），頁 124～128。

子，媽祖想讓他出醜，於是施展法術，刮起一陣大風，用風把坐在
轎裡的大道公的黑紗帽吹到地上去，讓人看到他的臭頭。故民間相
傳三月十五大道公生日會吹風，三月二十三媽祖生日會下雨，其實
是媽祖與大道公二人在鬥法。〔註46〕

這則媽祖與保生大帝鬥法的故事，似乎挪用了桃花女鬥周公的故事。這
兩則故事相似的是男女兩位各自都認為自己的能力比較強，彼此都不服輸，
因此互相鬥法比高下。但是故事的結局是不同的，民間故事中的桃花女鬥周
公，最後桃花女與周公圓滿成婚；而媽祖與保生大帝的故事中未有兩者成婚
的記錄。

民間因為媽祖與保生大帝這則故事的流傳，因而有「大道公風，媽祖婆
雨」的諺語，意謂大道公誕辰（農曆三月十五日）都會颳風，媽祖誕辰（農
曆三月二十三日）就會下雨。其實農曆三月正值梅雨季節，颳風、下雨乃自
然現象，然而大道公與媽祖婆鬥法的故事，正顯示了民間豐富的想像力。

三、魯班

魯班是中國春秋末葉時期一位著名的工匠，他被後世尊為中國工匠的師
祖。由於在中國流傳著許多他對建築、木工等行業貢獻的傳說，他設計的工
具、建造法則，被沿用至今，所以魯班被後世奉為工匠的祖師。除了被視為
祖師之外，魯班在中國更被神格化，民間流傳眾多關於魯班巧藝的傳說，奉
他為神仙。因此魯班又有魯班仙師、公輸先師、巧聖先師、魯班爺、魯班公、
魯班聖祖、魯班祖師等稱呼。在中國各地都建有魯班殿或魯班廟。媽祖曾經
在一次修廟的過程中，與魯班產生爭執，結果雙方各退一步，達成協議，廟
宇才得以修整完成。媽祖與魯班的故事內容如下：

傳說東衛里翻修廟時，媽祖和魯班兩人互相商量要怎麼建比較
好。媽祖覺得廟的地基越後面越好，因為這樣東衛會出有錢人；魯
班則覺得地基越往前越好，因為這樣會出「丁」（男生）。結果決定
乾脆一人一半比較公平，所以把廟基分成兩半，前面一半進三尺，
後面一半退三尺，東衛人便出丁又出有錢人。亦有傳說如果廟基向
後退的話，東衛人會比較純（文雅）。有錢人比較多；如果往前的話，

〔註46〕 陳慶浩等編：《台灣民間故事集》（台北：遠流出版社，1989年5月），頁161
～172。

只會出一些「粗丁」，人也會比較壞。〔註47〕

　　上述這則故事流傳於澎湖東衛里的天后宮，主祀神是媽祖。而故事中呈現媽祖與魯班相當理智的一面，也看出廟宇建造的位置會影響當地的地理風水。

　　綜合上述有趣的故事，可見媽祖與其他神祇相互之間的地位與影響力。因為觀世音菩薩成就媽祖，媽祖對觀世音菩薩是相當尊敬的。對於保生大帝，或許兩者都是民間百姓創造出來的神祇，因此媽祖對於保生大帝總是具有相互較勁的意味。對於魯班，媽祖一方面尊重他在建築上的專業，一方面也不失自己對於地方百姓的關心，因此媽祖與魯班在商量翻修廟宇的事件上，則是呈現一種理性和諧的樣貌。

　　從媽祖與觀世音菩薩、保生大帝，以及魯班這三位神祇的互動狀態，可以看出媽祖處理人事物的態度與方式是相當巧妙與圓融的。

〔註47〕　〈東衛媽祖與魯班的爭執〉，見姜佩君編著：《澎湖民間傳說》（台北：聖環圖書發行，1998 年 10 月），頁 53～54。

第四章　媽祖傳說故事的特性與
　　　　流傳地區

　　上兩章談論媽祖生平傳說與故事，豐富的文獻資料與民間口傳故事，歷經時間的流傳與空間的擴散，媽祖生平傳說已形成一種基本的模式。

　　其敘述的基本模式爲：媽祖降生於湄州莆田縣，相傳是觀音菩薩賜予林家。宋太祖建隆元年庚申（西元 960 年）三月二十三日誕生。當時紅光入室，香氣繚繞，但因爲從出生至滿月，皆無啼哭聲，家人因而命名爲「林默」。成長過程中，得觀音或道士賜天書，因而具有神力，能救助家人、拯救遇難的商船等，民間因而有航海女神的稱呼。宋雍熙四年（西元 987 年）秋九月重九日，媽祖將近而立之年，在湄州島湄峰山頂上飛升，信眾在飛升的地方建了第一座媽祖廟紀念她；或爲了救她的父親溺水而死，屍體漂流至媽祖的南竿，人民將她厚葬並建廟供奉祭拜；還是父親兄長遇到海難，他沒有救到父親整日哭泣致死，後來皇帝封他爲天后娘娘，討海人亦建廟供奉她。媽祖昇天後，無論是國家大事或是百姓個人事件等各式各樣的災難，只要向她祈請求助，她會現身或藉由其他方式解除災難，因爲她拯救災難的情況非常多元化，因而有萬能之神的稱號。

　　上述媽祖生平傳說的基本模式，主要闡述媽祖出生的家庭背景，經歷了與眾不同生長過程，因而能展現神奇能力，最後由於建立不少的事蹟，去世之後，轉換成神，曾經聽聞其事蹟的信眾建廟供奉她。而她成神之後，亦時常顯神蹟拯救各種災難，直到現在已經成爲眾人信仰膜拜的神祇。

　　雖然媽祖的傳說故事已經形成一種基本模式，但是人民口頭敘述傳說故事之所以形成的過程與內容，有些講述者講述含糊矛盾，記錄者傳抄不完整。因為講述者、記錄者、傳抄者以及編撰者，皆各司其職，所以流傳下來的故事產生不同的版本與說法，甚至產生了異說。

　　本章試圖從宗教領域、政治環境，以及故事分佈區域三大方向，探討媽祖傳說故事除了大眾所見所聞的基本模式之外，其故事內容反映出來的宗教性、政治性與區域性三種特質。

第一節　媽祖傳說故事之宗教性

　　《宗教大辭典》定義宗教（Religion）是人類社會發展到一定水平出現的一種社會意識形態和社會文化歷史現象。其特點是相信在現實世界之外存在著超自然、超人間的神秘力量或實体。信仰者相信這種種神秘力量超越一切并統攝萬物，擁有絕對權威，主宰著自然和社會的進程，決定著人世的命運及禍福，從而使人對這一神秘境界產生敬畏和崇拜的思想感情，并由此引申出與之相關的信仰認知和禮儀活動。……宗教的現象及觀念世界作為一種世界觀和人生觀參與并探討著人生的發展及其意義，其信仰理論體系和社會群体組織是人類思想文化和社會形態的重要組成部分。……宗教作為文化形態與其他社會文化形態如政治、經濟、道德、藝術、科學、法學、哲學等既有聯系又有區別，構成邊緣疊合或交叉互滲的複雜關係。它們有著界定文化的某些共性，卻保持著各自獨有的特性。宗教與這些文化領域不屬于同一層次，而是處在更抽象、更超越的地位。宗教的包羅萬象，正由於宗教與文化同源，它是人類文化、歷史的產物。〔註1〕可見，宗教就是人類生活經驗的累積，與人民生活息息相關。

　　媽祖傳說故事的記錄中，媽祖的生活習性、神奇能力與特殊行為，常與宗教相結合。關於媽祖應屬於何種宗教的神靈，因為傳說故事呈現複雜的現象，導致在歸納媽祖信仰的屬性時，學術界產生了儒釋道教與摩尼教等說法，但是經由分析媽祖傳說故事的內容，筆者認為媽祖應屬於民間信仰的神祇。以下分說明之。

〔註1〕　〈緒論〉，任繼愈主編：《宗教大辭典》（上海：上海辭書出版社出版，1998年8月），頁1～5。

一、儒釋道教說

（一）元代

民間傳說記錄中，最早出現媽祖具有神性的記載是元代黃仲元的〈聖墩順濟祖廟新建蕃釐殿記〉，其記錄如下：

> 妃族林氏，湄洲故家有祠，即姑射神人之處子也。泉南、楚越、淮浙、川峽、海島，在在奉嘗；即普陀大士之千億化身也。……他所謂神者，以死生禍福驚動人，惟妃生人、福人，未嘗以死與禍恐之，故人人事妃，愛敬如母，中心響（音響之），然後於廟饗之。……書既，繫以詩曰：……赫赫公家，有齊季女。生也賢哲，嶽鍾瀆聚。歿也神靈，雲飛電吐，不識不知，自成功所，……。〔註2〕

這則記錄說明了媽祖信仰具有儒釋道三教合一的意涵。

1. 道教說：文中「姑射神人之處子」應是指宋代在山上修道且面貌姣好的女眞人，她是一位虛構的神仙人物。黃氏此語，或即表示媽祖具有道教眞人的身份。

2. 佛教說：「普陀大士之千億化身」是最早將媽祖附會爲觀音菩薩的化身。觀音菩薩是佛教最具代表性的神明，因此說明媽祖信仰具有佛教的之屬性。

3. 儒教說：「人人事妃，愛敬如母，中心響，然後於廟饗之。」中國傳統儒家慈母形象在這條記錄呈現，說明媽祖信仰受儒教思想的影響。

元代這則記錄，不僅將媽祖的身份提升爲神明，也將媽祖信仰帶入三大宗教領域，使媽祖信仰的宗教性更加撲塑迷離。後人記錄媽祖的生平傳說時，也因而加入了宗教的色彩。

（二）明代

明代的《天妃顯聖錄》一書中，記載媽祖的誕生與其父母拜觀音有關。其摘要如下：

> 天妃，莆林氏女也。……妃父，娶王氏……二人陰行善，樂施濟，敬祀觀音大士。……王氏夢大士告之曰：「爾家世敦善行，上帝

〔註2〕　（元）黃仲元：〈聖墩順濟祖廟新建蕃釐殿記〉，《四如集》卷二《景印文淵閣四庫全書》集部第 1188 冊（台北：臺灣商務印書館，1987 年 3 月），頁 626～627。

式佑」。乃出丸藥示之云：「服此當得慈濟之貺」。……〔註3〕

可見民間傳說記錄林氏家族虔誠祭拜觀音，且因爲林家累世積善，觀音因而賜媽祖給林家。

在明代除了上述將媽祖誕生的因緣歸入於佛教觀音的賜予之外，在道教典籍《太上老君說天妃救苦靈驗經》中，將媽祖列入道教神祇。其經文概要如下：

> 廣救眞人上白天尊曰：斗中有妙行玉女於昔劫以來修諸妙行，誓揚正化，廣濟眾生，普令安樂。於是天尊乃命妙行玉女降生人間，救民疾苦。乃於甲申之歲三月二十三日辰時，降生世間。生而通靈，長而神異，精修妙行，示大神通，救度生民，願與一切含靈解厄消災，扶難拔苦，功圓果滿，白日上升。……部衛精嚴，黃蜂兵帥，白馬將軍，丁壬使者，栴香大聖，晏公大神，有千里眼之察奸，順風耳之報事，青衣童子，水部判官，佐助威靈，顯揚正化。
>
> 〔註4〕

這段經文說天妃下凡是由太上老君指派的，天妃下屬的道教眾神也都在經文中出現。

明初儒家學者掌握朝廷大權，這些儒者認爲百姓創造的神靈只是一些淫祀，而他們覺得民間最多只有民間信仰。直到晚明王愼中等一些儒者繼承神道設教的思維方式，認爲維護天妃崇拜是有利的。他們認爲利用百姓對神明的信仰，推行儒家的仁義道德，可以使百姓走向正道。〔註5〕因此媽祖信仰也自然地融入儒教的系統裡。

明代儒釋道三教也都將媽祖信仰歸入其信仰系統中，雖然三個宗教各說各話，但是都給媽祖信仰確立了一種宗教的說法。

（三）清至民國

清乾隆四十三年（西元1778年），林清標在《敕封天后志》書中的序言：「昔湄洲僧承吾宗大宗伯公手授《顯聖錄》一編，復集見聞，以付剞劂。時

〔註3〕 昭乘：〈天妃誕降本傳〉，《天妃顯聖錄》臺灣文獻叢刊第77種（台北：臺灣銀行發行，1961年3月），頁17。

〔註4〕 佚名：〈太上老君說天妃救苦靈驗經〉，《正統道藏》傷十（台北縣：藝文出版社出版，1965年），頁105。

〔註5〕 徐曉望著：《媽祖信仰研究史》（福州：海風出版社，2007年4月），頁278～283。

已不無闕略。迨世久年深版多散失。……茲標長兒霈秉鐸臺鳳山，克邀神惠，擬將原本重鐫，冀得廣傳，郵書請標宗其事。」〔註6〕可見《顯聖錄》一書曾由僧人看管且資料曾稍加刪減。早期媽祖廟，大都設有專門供奉觀音的觀音殿，並由僧人祭祀。

　　媽祖廟中的僧人，除了擔任祭祀的任務之外，亦是媽祖香火的傳播者。臺灣北港朝天宮的香火，是清康熙三十三年（西元 1694 年）由湄洲僧人樹壁和尚自湄洲朝天閣奉請媽祖神像到北港，最初與居民共建草寮奉祀媽祖，之後形成了北港朝天宮。〔註7〕直到今日，北港朝天宮的祭典仍是由僧侶主持。

　　清莆田學者陳池養寫了〈孝女事實〉一文，將媽祖的形象塑造成一名民間的孝女。文章概要如下：

> 林孝女係出莆田唐邵州刺史蘊九世孫。……父惟愨，爲宋都巡官。孝女次六，其季也。生彌月不啼，因名曰默。八歲從塾師讀，悉解文義，喜育經禮佛。年十六，隨父兄渡海，西風甚急，狂濤怒撼，舟覆。孝女負父泅到岸，父竟無恙，而兄沒於水。又同嫂尋其兄之屍，遙望水族輳集，舟人戰慄，孝女戒勿憂，鼓枻而前，忽見兄屍浮水面，載之歸葬，遠近稱其孝女。嶼之西有曰門夾，石礁錯雜，有商船渡北遭風，舟人哀號求救。孝女謂人宜急拯，眾見風濤震蕩不敢前，孝女自駕舟往救，商舟竟不沉。自是矢志不嫁，專以行善濟人爲己任，尤多於水上救人。殆海濱之人習於水性，世因稱道其種種靈異，流傳不衰。里人立祠祀之，號曰「通賢靈女」。厥后，廟宇遍天下，累膺封賜。而稱以夫人、妃、后，實不當，惜當日禮官未檢正也。生於建隆元年三月二十三日，卒於雍熙四年九月九日，年二十八。〔註8〕

　　這篇傳記記錄媽祖生平傳說的內容與《天妃顯聖錄·天妃誕降本傳》似乎同出一轍。但是關於媽祖宗教屬性的問題，文章刻意排開，而是以儒家觀點強調媽祖仁愛與孝道的一面。並且駁斥人民稱媽祖爲夫人、妃、后是不恰

〔註6〕　林清標：《敕封天后志》，乾隆刊本，林慶昌：《媽祖眞跡——兼註釋古籍敕封天后志》（廣州：中山大學出版社，2003 年 1 月），頁 17～18。
〔註7〕　高賢治：《臺灣宗教》（台北：眾文圖書公司出版，1995 年），頁 296。
〔註8〕　（清）陳池養：〈孝女事實〉。見蔣維錟、周金琰輯纂：《媽祖文獻史料彙編》（第一輯）散文卷（北京：中國檔案出版社，2007 年 10 月），頁 171。

當的。媽祖是林孝女的這個說法,在清末和民國得到認同。民國時,鄭貞文在《閩賢事略》一書中撰寫〈孝女林默事略〉一文,是繼陳池養之後,一篇將媽祖用人的形象來描寫的傳記文章。

　　總和上列各朝代的文獻,可以發現每一個朝代都記錄了媽祖在儒釋道三教中都受到重視。雖然這樣的說法提升媽祖了的地位,也說明這些記錄媽祖的傳說故事具有其宗教性。但是如果就這樣把媽祖信仰的宗教屬性歸屬於儒釋道三教互動與互相認同,這樣的說法實在太含糊籠統。

二、摩尼教說

　　將媽祖屬性歸屬於摩尼教的是歷史學者蔡相輝先生,他在〈媽祖信仰探源〉一文,從史料考證,媽祖確有其人,生前事蹟以宗教活動為主,通曉法術,能為人卜休咎,祈雨、暘,能生人、活人,不以死與禍恐嚇人,故人人愛之,敬事如母,其信仰背後有許多信徒支持。審度宋代社會背景,莆田地區居民有許多海商及鹽戶,在莆田鹽戶中可確實看到摩尼教信仰的事證,如果要說媽祖信仰的宗教背景,摩尼教的可能性最大。〔註9〕關於這個論證,蔡教授提出四種說法:

(一)同都是女神信仰

　　摩尼教(Manichaeism),為波斯人摩尼(Mani)於西元三世紀所創,是雜揉拜火教、耶穌教、佛教等教義而成,為一包容性甚大之宗教。唐初,傳入中國,在回紇護持下,東南各州及河南、京師皆設有寺。至唐武宗會昌三年(西元 843 年)被禁之後,轉入地下化,為秘密活動,歷五代、北宋,慢慢散入民間。摩尼教影響民間信仰行為最為顯著的就是女神觀念的產生,促成信徒緊密結合,將信仰與生活結合在一起。〔註10〕

(二)顯靈事蹟類似

　　後世所傳媽祖顯靈事蹟,有不少與摩尼教類似。如丁伯桂〈順濟聖妃廟記〉云:「慶元戊午(西元 1198 年),甌閩列郡苦雨,莆三邑有請於神,獲開霽,歲事以豐。」《天妃顯聖錄》亦載宋光宗紹熙元年(西元 1190 年),媽祖以救旱大功,褒封進爵靈惠妃。《舊唐書》卷十三,〈德宗紀〉謂:「貞元十五

〔註 9〕　〈媽祖信仰探源〉,蔡相輝:《媽祖信仰研究》(台北市:秀威資訊科技股份有限公司,2006 年 10 月),頁 306。
〔註10〕　同上註,頁 281～282。

年（西元 799 年）四月丁丑，以久旱，令陰陽人法術祈雨」。陳垣〈摩尼教入中國考〉一文，考證陰陽人即摩尼法師，因此摩尼法師有法術祈雨之本領，與媽祖能祈雨救眾生的事蹟相類似。〔註11〕

（三）信仰傳播路線相似

摩尼教最遲在七世紀末正式傳入福建，但唐武宗會昌至北宋年間被政府嚴禁，之後名稱轉為明教，以福建、浙江為主要傳播地區。這條傳播路徑與宋代媽祖信仰的傳播路線相同。〔註12〕

（四）莆田存留摩尼教遺蹟

莆田是媽祖信仰的發源地，而近年莆田陸續發現摩尼教的遺蹟。蔡先生因而推論媽祖信仰與摩尼教信仰在莆田人民心中是相通的。〔註13〕

綜合上述四種說法，蔡相煇教授推論媽祖的屬性歸屬於摩尼教的可能性很大。蔡教授這個特殊的見解，為媽祖信仰添加了一個全新的視野。

三、民間宗教說

民間宗教就是民間信仰，而民間信仰的定義，鄭志明教授曾言：「民間信仰是指民間社會化與世俗化的宗教，源起於古代原始信仰的泛靈崇拜，是一種非儒、非道、非佛的宗教，又與三教有著密不可分的關係。民間信仰就其本質而言，是一套觀念，在「百姓日用而不知」的社會習俗中，傳承了鄉土百姓的心靈世界。故民間信仰實際上是民眾的精神支柱與行動指南，表現出民眾對一定的宇宙觀、社會觀、價值觀、人生觀等觀念體系的信奉與遵守。」〔註14〕可見民間宗教就是一種與儒釋道三教具有關係的宗教，但是它的本質與民間社會的習俗與活動息息相關。

然而民間宗教的特色，在《中國近世民間信仰》一書中，王見川先生融合古今中外學者的論述，提出了他的看法。他認為民間信仰是一種文化體系，或者說是文化場域，其核心是神明信仰，包括神明信仰賴以成立的宇宙觀，建立在它之上的祠廟、祭祀禮儀、節慶廟會、信仰組織、占驗之術等等。還

〔註11〕同上註，頁 284。
〔註12〕同上註，頁 287～290。
〔註13〕同上註，頁 290～301。
〔註14〕鄭志明：《臺灣新興宗教現象——傳統信仰篇》（嘉義縣：南華管理學院出版，1999 年 1 月），頁 175～176。

有圍繞神明信仰展開的觀念心理、儀式活動、社會組織，以及神明信仰與社會其他面相之間的關系。〔註15〕

從媽祖傳說故事的基本模式而言，筆者認為媽祖傳說故事常與儒釋道三教有所關連，而且傳說故事內容，除了記錄媽祖的生平之外，也反映社會受媽祖傳說故事的影響，呈現出特殊的生活方式，甚至成為一種文化現象。故從媽祖傳說故事呈現的特色來歸類媽祖的宗教屬性，應該將其歸屬於民間宗教是最恰當的。

第二節　媽祖傳說故事之政治性

媽祖的傳說故事，得以不斷地流傳與擴散，與各年代當時的政治狀況具有相關性。在社會上，媽祖身份與地位的轉變，大部分的因素來自於官方的褒封與重視，媽祖才得以不斷地提升。然而官方以什麼方式影響媽祖的傳說故事；受其影響之後，產生什麼變化，呈現出哪些特色？

清朝以前中國歷代以皇帝治國，因此國家與民間之間基本的溝通方式就是授予人民官階或封爵位。而國家對於其所崇拜的民間神祇，除了以祭拜的方式之外，也是以褒封的方法，來區分民間諸神的能力、靈異與意義等。因此，國家對媽祖的祭拜以及賜予封號，除了提升媽祖的地位之外，另一方面的影響就是民間流傳的媽祖傳說，也就是影響民間對媽祖的形象。

以下試從官方給予媽祖的褒獎封爵，以及官方將祭祀媽祖列入國家正式祭典兩大方向，探討媽祖傳說故事所呈現出來之政治性。

一、官方封賜褒揚

宋徽宗宣和四年（西元 1122 年），給事中路允迪出使高麗，感念神功相救，回程後上奏，官方賜廟額「順濟」。在這次事件之前，記錄媽祖身份的傳說故事，大部分都是以女巫或神奇女性稱呼之。媽祖首次受官方封賜名號是在紹興二十六年（1156 年）宋高宗建立南宋政權後舉辦郊典，媽祖被列入祭祀範疇並受封號為「靈惠夫人」。這一次的封賜，在文獻上沒有記錄官方賜封號的原因。

爾後歷代官方賜予媽祖封號，大部分是因為媽祖對國家或地方有貢獻且

〔註15〕 王見川、皮慶生著：《中國近世民間信仰：宋元明清》（上海：上海人民出版社，2010 年 12 月），頁 4。

立了大功，官方為了回報媽祖、順應官員或安定民心，因此賜予媽祖封號褒揚功績。但是從官方的角度來看，官方不斷地賜封褒揚媽祖，主要的因素應該不只是純粹讚頌媽祖護國救民等神奇事蹟，其中最主要的關鍵是媽祖在政治上是否有利用價值。如果官方賜予媽祖封號，可以使地方官、外出使節等各種官員更效宗國家，籠絡民心，或者幫助人民在宗教信仰上，找到一位可以依靠的神祇，民心安定之後，官方便易於管理人民。因此官方賜封褒揚媽祖，最主要的因素是犒賞官員或是安定民心。

上述官方的想法，可以從《天妃顯聖錄》〔註16〕一書中，看到各朝代媽祖傳說故事的特色，以及媽祖受褒封的原因。故本文從此書提出例證，說明媽祖傳說故事受政治賜封褒揚，不但有利於官方，而且媽祖的身份地位也因而不斷地提升。以下依敘說明之。

（一）宋代

媽祖湄山飛昇之後，書中收錄 17 則傳說故事，其中 10 則記載媽祖海上救難，進而治病、助戰、救災等事蹟。茲舉較具特色的〈朱衣著靈〉、〈聖泉救疫〉、〈溫台剿寇〉、〈救旱進爵〉四則說明之。

> 宋徽宗宣和四年壬寅（西元 1122 年），給事中允迪路公奉命使高麗，道東海，值大風震動，八舟溺七，獨公舟危蕩未覆。急祝天庇護，見一神女現桅竿，朱衣端坐。公叩頭求庇。倉皇聞風波驟息，藉以安。及自高麗歸，……復命於朝，奏神顯應。奉旨賜「順濟」為廟額，……。〔註17〕

> 宋高宗紹興二十五年（西元 1155 年）春，郡大疫。神降於白湖旁居民李本家曰：「瘟氣流行，我為郡請命於帝；去湖丈許有甘泉，飲此疾可瘳」。……以神命鑿之，及深猶不見泉。咸云此係神賜，勉加數鋤，忽清泉沸出，人競取飲之，……朝飲夕瘥，……號曰「聖泉」。郡使者奏於朝，詔封「崇福夫人」。〔註18〕

> 宋孝宗淳熙十年癸卯（西元 1183 年），福建都巡檢羌特立奉命征勦溫州、台州二府草寇。官舟既集，賊船蟻水面，眾甚懼。方相

〔註16〕 昭乘：《天妃顯聖錄》，臺灣文獻叢刊第 77 種（台北：臺灣銀行發行，1961年 3 月）。
〔註17〕 〈朱衣著靈〉，同註1，頁 27～28。
〔註18〕 〈聖泉救疫〉，同註1，頁 28。

持之際，咸祝曰：「海谷神靈，惟神女夫人威靈顯赫，乞垂庇護」。
隱隱見神立雲端，鸞蓋輝煌，旗幡飛颺，儼然閃電流虹。賊大駭。……
獲賊首，並擒其黨，……奏於朝，奉旨加封「靈慈、昭應、崇善、
福利夫人」。〔註19〕

　　宋光宗紹熙元年庚戌（西元 1190 年）夏，大旱，萬姓號呼載道。
神示夢於郡邑長曰：「旱魃爲虐，我爲君爲民請命於天，某日甲子當
雨」。及期，果銀竹紛飛，金颷噴澍，焦林起潤，嘆谷生春。郡邑交
章條奏，天子詔神福民殊勳，應襃封進爵，頒詔進封「靈惠妃」以
彰聖靈。〔註20〕

這四則故事的共同點是媽祖救助國家與民間一同面對的重大災難之後，
官方爲了答謝媽祖的拯救，一定賜予媽祖封號且襃揚她。

相異之處爲媽祖救助的方式不同，有些是親自現身；有些是託夢。另
外，有些人民祈求呼救，媽祖得以現身；有些是媽祖自然現身。故事中可見
媽祖解救災難的範圍除了海上之外，也擴展到陸地上，媽祖的形象轉變成萬
能之神。

（二）元代

這朝代國家最重要的事是以漕運的方式，將南方食糧運送到北方。媽祖
因爲庇護漕運，官方賜封媽祖五次，且將媽祖的封爵晉升爲天妃。在《天妃
顯聖錄》有〈怒濤濟溺〉、〈神助漕運〉兩則故事，其概要如下：

天曆元年（西元一三二八年）夏，備海道萬戶府分司運糧，至
大海，遭颶風驟起，巨浪連天，……舟人哀號，仰禱神妃求佑。會
日暮，……宛見神靈陟降。少頃，怒濤頓平。船上覺異香繽郁。……
二年（西元一三二九年），漕運復藉神妃默庇無失，加封「護國、
輔聖、庇民、顯祐、廣濟、靈感、助順、福惠、徽烈、明著天妃」
專詣湄洲特祭，並致祭淮、浙、閩海等處各神廟，共祭一十八所。
〔註21〕

　　至順元年庚午（西元 1330 年）春，糧船七百八十隻，自太平江
路太倉劉家港開洋，遇大風突起，……數千人戰慄哀號。官吏懇禱

〔註19〕 〈溫台剿寇〉，同註1，頁 29。
〔註20〕 〈救旱進爵〉，同註1，頁 29。
〔註21〕 〈怒濤濟溺〉，同註1，頁 33～34。

－74－

於神妃，言未已，……恍見空中有朱衣擁翠蓋，佇立舟前，……舟
人且驚且喜。無何，風平浪息，……中書奏神護相之功，奉旨賜額
曰「靈慈」。〔註22〕

這兩則故事清楚記錄當漕運船遇難時，船上官員或船員會共同祈求媽祖
護佑。等化險為夷之後，官方依官員上奏賜封號給媽祖。可見當時媽祖信仰
無論官方或民間應是相當普及。

（三）明代

明朝永樂年間，鄭和和其他使者遠負海外各地，因為長期航行海上，因
此祭拜媽祖祈求海上平安，並宣揚媽祖事蹟到海外。但是到明朝中葉，因為
宦官亂政，朝廷告別大規模海外活動，媽祖信仰因而淡化落寞。

《天妃顯聖錄》書中雖收錄 11 則明代的故事，但是明代中期完全沒有故
事，且故事內容全部沒有記載媽祖受褒封，大都是以詣廟致祭來回報媽祖。
茲舉〈廣州救太監鄭和〉、〈庇太監楊洪使諸番八國〉兩則故事，其內容概要
如下：

永樂元年（西元 1403 年），欽差太監鄭和等往暹邏國。至廣州
大星洋遭風，舟將覆。舟工請禱於天妃。……俄聞喧然鼓吹聲，一
陣香風颯颯飄來，宛見神妃立於桅端。自此風恬浪靜，……奏上，
奉旨遣官整理祖廟。和自備寶鈔五百貫，親到湄嶼致祭。〔註23〕

宣德五年庚戌（西元 1430 年）十二月，欽差太監楊洪統領指揮
千百戶及隨從人等，駕船大小三十隻，……出使八國，虔恭奉神
妃，朝夕拜禱保祐。一日，眾曰：「舟中沉鬱已久，盍登岸少舒」。
各奪磴而上。又見旁有小磯，一女子攜筐採螺蜆，競赴磯追視之。
洪恐其肆慢，趨前呵止。女子忽不見。回首大嶼已沒，方知前所登
嶼，即巨鰲浮現，其美女乃天妃現身救此數十人也。各叩首謝。歸
奏上，奉旨賚香致祭。〔註24〕

這兩則都是太監出使海外的故事，其中的相同點是出使海外的官員都會
祈禱媽祖能護佑航行平安，如果遇到危險時，媽祖自然會現身救助。因為
明朝朝廷不重視媽祖，因此官員雖然歸國後有上奏，仍未見賜封媽祖。但

〔註22〕　〈神助漕運〉，同註1，頁34～35。
〔註23〕　〈廣州救太監鄭和〉，同註1，頁36。
〔註24〕　〈庇太監楊洪使諸番八國〉，同註1，頁39。

是在民間，媽祖的信仰已深入民心，故媽祖救難、助民、解厄等事蹟不斷地流傳。

（四）清代

滿清政府的海洋政策比起前幾個朝代是更加積極的，因此清朝朝廷賜封褒揚媽祖至少達 15 次之多。特別是康熙年間，朝廷為了征服臺灣，相當重視福建的水師，因此福建水師信奉的媽祖也受到朝廷的供奉並晉封為天后。而這時期，閩粵地區的人民開始往臺灣拓墾與移民，故媽祖的傳說故事增加了官員或人民渡台遇難，媽祖拯救的記錄。

從民間傳說故事內容的情節轉變與官方褒封次數增多，這種信眾對媽祖靈驗事蹟的附會，加上官方朝廷賜封號的政治力量介入，得以看見官方與民間對於媽祖信仰的交互影響。《天妃顯聖錄》第三次重修是在雍正五年（西元1727 年），故清代故事僅收錄 8 則，茲舉〈托夢護舟〉、〈燈光引護舟人〉，說明其特色。兩則故事概要如下：

> 隨征同知林昇同總兵官游澎奉委往撫臺灣，於康熙二十二年九月初五日由湄洲放洋，初六晚至臺灣。……而十八夜夢天妃在船：……十九早，舟過柑桔嶼，舟次擱淺，……眾驚懼，投拜神前，懇求庇佑。倏見天妃現身降靈保護，乃得平穩。十九日晚進八罩……〔註25〕

> 將軍侯施於康熙二十一年十月舟次平海。因謀進取，於十二月二十六夜開船。一宵一日，僅到烏坵洋，因無風不得行，令駕回平海。未到澳而大風倏起……。次早風定，差船尋覓。及到湄州澳中，見人船無恙。……曰：「昨夜波浪中，……恍見船頭有燈籠，……」。眾曰：「此皆天妃默佑」！即棹回報上。將軍侯因於康熙二十二年正月初四早，率各鎮營將領赴湄致謝……。〔註26〕

這兩則故事都是記載清康熙年間官員欲行船渡海到臺灣的記錄，但是兩次都沒有成功登陸。第一次抵達八罩，此地就是現在澎湖縣的望安島。第二次經烏坵洋，無風而返。烏坵就是現在金門縣的烏坵鄉。而故事中媽祖以現身或借燈籠光線指引海上遇難的船隻等顯靈事蹟，使得媽祖更受全民的敬仰。

〔註25〕〈托夢護舟〉，同註1，頁 42～43。
〔註26〕〈燈光引護舟人〉，同註1，頁 44～45。

從宋、元、明至清代，歷朝媽祖的傳說故事與官方政治都互相牽引著。官方不斷地評估媽祖的價值賜予封號褒揚，而媽祖受官方重視地位提昇民間信眾更加崇敬祭拜。直到康熙五十九年（西元 1720 年）媽祖正式列入國家祀典的神祇，官方的認定更明確地奠定媽祖的地位。

二、正式列入國家祀典

康熙年間媽祖正式列入國家祀典中的神祇，但是康熙皇帝是一位崇奉儒學的學者，因此朝廷對媽祖的態度一向以儒家「敬鬼神而遠之」的立場，雖然不禁止民眾或官員敬拜媽祖，但是對媽祖信仰保持一定的距離，儘管給予天妃列入國家正式祀典的地位，但是祭祀時的規格並不高。〔註27〕

直到雍正年間，因為雍正皇帝是道教的崇拜者，因此朝廷對於媽祖信仰是認可的。且福建總督郝玉麟上奏疏，建議各省會設立祀典的地方。這個奏疏，獲得雍正皇帝的認同，並下令禮部議奏。禮部討論之後，制訂了新的制度，其概要如下：

> 至凡江海處所俱受天后庇護弘施，其建有祠宇而未設祀典之處，亦應如該督等所請，行令各該督撫照例春秋致祭。但各省天后祠宇不皆在省城之內，如省城舊有天后祠宇，應照例令督撫主祭，如省城未曾建有天后祠宇，應令查明所屬府州縣原建天后祠宇，擇其規模弘敞之處，令地方官修葺，照例春秋致祭。其祭祀動用正項錢糧，造冊報明，戶部核銷。俟命下之日，臣部通行各省遵奉施行。〔註28〕

可見，雍正年間，清廷下令各省城境內如果有天后廟的都要祭祀天后，並且主祭者必須由當地最高的長官親自祭祀。這一個政令對媽祖信仰具有重大的影響力。沿海各省地的地方官，為了方便祭祀，大部分都會建立或修葺天后宮。且由於每年春秋二季地方官員帶頭祭祀媽祖，各地民眾也起而效尤地祭拜媽祖。這種春秋二季的祀典，直到二十一世紀的今日，尚有宮廟保存著這種傳統。至於祭祀的內容與過程，將在第七章第一節作詳盡的討論。

綜合上述元、明、清媽祖受褒揚封爵與列入國家正祀，可以見到媽祖傳

〔註27〕徐曉望著：《媽祖信仰研究史》（福州：海風出版社，2007 年 4 月），頁208～211。

〔註28〕中國第一歷史檔案館等合編：《清代媽祖檔案史料匯編》（北京：中國檔案出版社，2003 年），頁47。

說故事的變化深深地受到官方政治的影響。直到二十一世紀的今日，媽祖的信仰除了是人民的民間信仰外，官方在國家有災難時，也會適時的請出媽祖，祈禱媽祖神力的相助。如：自由時報在民國 93 年 3 月 23 日報導，石門水庫蓄水嚴重不足，北區水資源局與水庫遊艇業者，請媽祖等神像，搭遊艇繞境祈雨求平安，盼水庫水位能回升。媽祖信仰從古至今一直受統治階級的重視，媽祖的地位自然不斷提升，媽祖信仰因而能歷久不衰，民間的傳說故事亦不斷地一直流傳著。

第三節　媽祖傳說故事之區域性

　　媽祖傳說故事產生並流傳於民間，從古時至現代，媽祖傳說故事的數量甚為可觀。媽祖傳說故事的內容，隨時代的不同而有所變遷，傳播的區域也相當廣泛。媽祖的傳說故事，早期隨著媽祖的信仰散佚於各處。直到明末清初《天妃顯聖錄》的問世，媽祖的生平傳說與顯聖事蹟得以正式編輯刊行，使得信奉媽祖的信眾能完整地瞭解媽祖的身世與形象。

　　關於《天妃顯聖錄》這一本書，媽祖信仰研究學者蔡相煇先生曾言：「《天妃顯聖錄》是第一部有系統整理媽祖史料的書籍。全書以降誕本傳及歷朝顯聖褒封為核心，發展出一套完整的媽祖靈應事蹟，讓信徒閱讀後對媽祖生前事蹟及靈應有基本的認識，對媽祖信仰發展有相當貢獻。」〔註29〕

　　可見《天妃顯聖錄》的問世，使媽祖的形象不再只是停留於民間口頭傳述，或地方知識份子的記錄，而是將媽祖的身份地位與能力明確地載錄史料上，亦可說是將清代以前媽祖的傳說故事作一個整理與總結，不僅可視為明末清初的代表作，同時亦兼有開啟清代之後創作媽祖傳說故事的鎖鑰。

　　這本書載錄 54 則媽祖靈驗事蹟的傳說故事，其中關於媽祖降生至飛昇的傳說共 16 則〔註30〕；飛昇後顯靈故事有 38 則〔註31〕。其中顯靈事蹟包括：

〔註29〕　蔡相煇：〈《天妃顯聖錄》版本及編輯緣由〉，《台灣民間信仰專題──媽祖》（台北：國立空中大學發行，2007 年 12 月），頁 17。

〔註30〕　篇名如下：〈窺井得符〉〈機上救親〉〈化草渡商〉〈菜甲天成〉〈掛蓆泛槎〉〈鐵馬渡江〉〈禱雨濟民〉〈降伏二神〉〈龍王來朝〉〈收伏晏公〉〈靈符回生〉〈伏高里鬼〉〈奉旨鎖龍〉〈斷橋觀風〉〈收伏嘉應、嘉祐〉〈湄山飛昇〉。見昭乘：《天妃顯聖錄》，臺灣文獻叢刊第 77 種（台北：臺灣銀行發行，1961 年 3 月），頁 18～25。

〔註31〕　篇名如下：〈顯夢闢地〉〈禱神起碇〉〈枯楂顯聖〉〈銅爐溯流〉〈朱衣著靈〉〈聖

救助海難和紓解旱災、水災、瘟疫，也涉及一些軍國大事，媽祖已具有全能
女神的形象。

清乾隆四十三年（1778 年）林清標先生應其長子林霈的請求而撰輯《敕
封天后志》〔註32〕，及日本大正六年（民國六年，1917 年）臺北保安堂石印
本《天上聖母源流因果》一冊〔註 33〕。這兩本書的內容均以《天妃顯聖錄》
爲基礎加以增刪，尤其是《敕封天后志》雷同性很高，幾乎可視爲翻版。

《天妃顯聖錄》、《敕封天后志》及《天上聖母源流因果》這三本書的內
容僅於各章節小部分的更動，從各書的目次即可窺知一二，其異同筆者依其
目次整理列於附錄二。上述三本書是近代系統性收集媽祖傳說故事的代表，
但是書中的媽祖傳說故事是經過作者的編撰，或傳抄輯錄而成的，書中內容
難免會參納作者個人的信仰情感與宗教理念。

直到 20 世紀後葉，兩岸民間文學工作者，採集了當地民間流傳的種種媽
祖傳說故事，雖然民間採錄媽祖傳說故事的內容與《天妃顯聖錄》有些重疊
之處，或許可以說以它爲藍本，但是面對早期散佚的媽祖傳說故事，兩岸民
間文學工作者總算是將流傳千年之久的媽祖傳說故事做一個有系統的整理，
且能從各地收集探錄的媽祖傳說故事，歸納分析各地媽祖傳說故事的特殊性
與區域性。

目前已集結成書的有《媽祖的傳說》〔註 34〕與《媽祖故事》〔註 35〕。兩
書共收錄 141 則故事，其中前 35 則的內容完全相同。依據兩書出版的時間，
分別爲 1992 年與 2009 年出版，相差 17 年；故事的數量前一本 50 則，後一

泉救疫〉〈托夢建廟〉〈溫台勦寇〉〈救旱進爵〉〈甌閩救潦〉〈平大奚寇〉〈一
家榮封〉〈紫金山助戰〉〈助擒周六四〉〈錢塘助堤〉〈拯興泉饑〉〈火燒陳長五〉
〈怒濤濟溺〉〈神助漕運〉〈擁浪濟舟〉〈藥救呂德〉〈廣州救太監鄭和〉〈舊港
戮寇〉〈夢示陳指揮全勝〉〈助戰破蠻〉〈東海護內使張源〉〈琉球救太監柴山〉
〈庇太監楊洪使諸番八國〉〈托夢除奸〉〈桩樓謝過〉〈清朝助順加封〉〈起蓋
鐘鼓樓及山門〉〈大闢宮殿〉〈托夢護舟〉〈湧泉給師〉〈燈光引護舟人〉〈澎湖
神助得捷〉〈琉球陰護冊使〉。見書同上註，頁 25～54。

〔註32〕 林清標編撰：《敕封天后志》，見陳支平主編：《台灣文獻匯刊》第五輯第十四
　　　　冊（廈門：廈門大學出版社，2004 年），頁 67～70。

〔註33〕 書同註 2，頁 81。

〔註34〕 莆田市民間文學三套集成編委會，王武龍主編：《媽祖的傳說》（福建：海峽
　　　　文藝出版社出版，1992 年 6 月）。

〔註35〕 湄洲媽祖祖廟董事會，周金琰、許平主編：《媽祖故事》（福州：海風出版社，
　　　　2009 年 4 月）。

本 91 則。根據書本出版的前後時間與故事的數量，可以推測後書抄襲前書的可能性很大。

其他分散於各地故事集的有：福建〈南海女神——媽祖〉（7 則）〔註 36〕、〈林默的故事〉（1 則）〔註 37〕。《中國民間故事集成》（遼寧卷 3 則）、（河北卷 1 則）、（天津卷 3 則）、（浙江卷 1 則）、（福建卷 16 則）、（廣東卷 2 則）、（海南卷 1 則）〔註 38〕共 27 則。浙江省麗水市卷（2 則）〔註 39〕、寧波市卷（1 則）〔註 40〕。分散於臺灣澎湖（5 則）、基隆（1 則）、苗栗（2 則）、大甲（1 則）、大安（2 則）、竹山（1 則）、彰化（2 則）、雲林（4 則）、朴子（3 則）、台南（1 則）、屏東（2 則）、其他（5 則）共有 29 則〔註 41〕。這些故事集相關媽祖傳說故事的數量共有 67 則，其中分佈於中國大陸的媽祖故事有 38 則，而在台灣各地流傳的媽祖故事有 29 則。

根據上述材料的數量及分佈狀況，可以發現媽祖傳說故事具有三種特色，第一、從故事內容的變異，來追溯故事的起源地；第二、從故事流傳數量的多寡，推論媽祖信仰的興盛度；第三、從故事分佈的狀況，顯見故事流傳的區域。以下試以上述三個特色，分析媽祖傳說故事之區域性。

一、從故事內容的變異，來追溯故事的起源地

依據目前筆者收集相關媽祖傳說故事共有 208 則，這些傳說故事分散於各地。經筆者整理後，發現各地傳說故事傳抄的情形相當明顯，因此欲追溯媽祖傳說故事的起源地，可以從福建、台灣、浙江、遼寧四個區域故事內容的變異，來分析探究媽祖生平傳說故事最初起源流傳的地區。

（一）福建的媽祖傳說

在 20 世紀後葉，福建省的民間文學工作者，採集了當地民間流傳的媽祖

〔註 36〕 卓鐘霖、陳煒萍主編：《福建文學四十年選‧民間文學卷》（福建：海峽文藝出版社出版，1990 年 12 月）。

〔註 37〕 陳慶浩、王秋桂主編：《福建民間故事集》（臺北：遠流出版社，1989 年 6 月）。

〔註 38〕 中國民間故事集成全國編輯委員會：《中國民間故事集成》，北京：中國 ISBN 中心出版。（遼寧卷，1994.09）、（河北卷，2003.01）、（天津卷，2004.11）、（浙江卷，1997.09）、（福建卷，1998.12）、（廣東卷，2006.05）、（海南卷，2002.09）。

〔註 39〕 麗水市民間文學集成辦公室編：《中國民間文學集成浙江省麗水市卷》（浙江：麗水市民間文學集成辦公室出版，1989 年 8 月）。

〔註 40〕 賀挺主編：《浙江省民間文學集成‧寧波市故事卷》（北京：中國民間文藝出版社，1989 年 12 月）。

〔註 41〕 詳見本文第一章第二節口傳資料。

傳說故事，先後出版三本相關媽祖的故事集。

第一本《福建文學四十年選・民間文學卷・南海女神——媽祖》共收錄七則相關媽祖的故事，其中六則記錄媽祖身世，另一則記錄媽祖預知災難的能力。〔註42〕

第二本《媽祖的傳說》共收錄五十則相關媽祖的傳說故事，其中二十則主要說明媽祖生平傳說，其他三十則是媽祖顯靈的故事。〔註43〕

第三本《中國民間故事集成・福建卷・媽祖的傳說》共收錄16則相關媽祖的傳說故事，此書中媽祖故事的內容大致不脫《天妃顯聖錄》、《敕封天后志》及《天上聖母源流因果》的範圍。

上列三本在福建收集的故事集共收錄了 73 則相關媽祖的生平傳說故事。在 73 則故事中，有 4 則故事內容完整勾勒媽祖傳奇的一生，於是選擇這 4 則故事來探究媽祖故事的起源地是最適合的。以下依照故事內容排列分析如下：

第一則故事的標題為「默娘出世」，可見這則故事主要記錄媽祖出生的情況，故事概要如下：

> 相傳五代閩王時，東南沿海莆田湄洲一帶，海妖興風。隱居賢良港的都巡官林惟懿的妻子王氏和百姓焚香拜佛，感動觀世音菩薩。一天夜裡，王氏在夢中，見觀音菩薩腳踏蓮花款款而至，慈祥地說：「你家行善積德，今賜胎丸一粒，服後當得慈濟之身。」醒來後，王氏覺得腹部疼痛。過兩三個月，王氏便噁心嘔吐，似有身孕。宋太祖建隆元年 3 月 23 日，王氏腹部震痛難當。突然，一道紅光閃入室內，只聽得四周隆隆作響，這時王氏生下一個女嬰。這嬰兒生下後，不啼不哭，默默無聲，直至滿月。於是，王氏給她取了一個名字叫「默娘」。〔註44〕

這則傳說故事主要記錄媽祖降生在湄州莆田縣，父親是位巡檢官。媽祖是觀音菩薩所賜，故出生時有異象。媽祖從出生至滿月從不哭啼，因而被命

〔註42〕　〈南海女神——媽祖〉，卓鐘霖、陳煒萍主編：《福建文學四十年選・民間文學卷》（福建：海峽文藝出版社，1990 年），頁 209～213、651～652。

〔註43〕　莆田市民間文學三套集成編委會，王武龍主編：《媽祖的傳說》（福建：海峽文藝出版社，1992 年 6 月）。

〔註44〕　〈南海女神——媽祖〉，卓鐘霖、陳煒萍主編：《福建文學四十年選・民間文學卷》（福建：海峽文藝出版社，1990 年），頁 209～210。

名爲默娘。這則故事的內容完整描述媽祖的出生地、身世背景，以及誕生時的特殊景象。

第二則故事的標題爲「窺井得天書」，其故事概要如下：

> 一天，林默一個人站在海邊。普陀山的觀音菩薩知道林默有事，叫善財去莆田湄洲島幫助林默。善財化作老道長，到林默身邊說：「如果你眞有決心，每天對井默誦《觀音經》，七七四十九日以後，你自然會明白。」從此，林默依照道長的指點，對井默誦《觀音經》。坐了七七四十九日，到最後一天，家中五個姐姐以爲小妹得了呆癡病，都來看望她。只見小妹雙手合十，閉目靜坐。大家覺得奇怪，齊聲叫了一聲「阿妹」。林默說：「來了」。話音剛停，井中一道金光一閃，一股濃煙從井底往上沖出來。林默張開雙目，只見井口趴著一隻烏龜，背上馱著一部「金書」。林默立即拿過來翻一翻，書裡沒有字。正當她猜疑時，善財又化作道長，站在她面前說：「善哉！善哉！這是無字天書。你一心好善，感動天庭，送你天書。今後如遇到什麼疑難，只要焚香打坐，口念《觀音經》，那時你一看便知。」林默手捧天書，向道長施禮說謝，一陣風過後，道長不見了。……
>
> 爾後，每逢危難時，林默便翻看天書，解決了許多事。〔註45〕

這則傳說故事的要點是觀音菩薩考驗媽祖的耐心，讓她持誦四十九天的《觀音經》之後，賜予她一部金書。媽祖從井中得到金書之後，凡是遇到危難，金書便成爲媽祖翻查拯救災難的工具，亦使媽祖具有神奇的能力。（另有一說，她是在石林中得到了天書。〔註46〕）

媽祖眞正具有神力後，對其家人及地方上，皆有相當的助益。關於媽祖拯救家人的傳說故事，「伏機救親」的內容描述是最爲典型的，其故事概要如下：

> 有一年，林默的家人要出海，她勸說海上有妖怪作怪，不要出海。家人堅決。於是她到房裡，拿出一捆筷子，外面用紅紙封著，拿給郎爸，請他把它帶在身邊，遇到大風浪，危急時，可將紅紙撕開，扔下海去。郎爸把那捆筷收藏起來，插在內衫裏。林默在家織

〔註45〕〈窺井得天書〉，《中國民間故事集成·福建卷》（北京：ISBN 中心，1998 年），頁 183～184。

〔註46〕書同註 17，頁 189。

布，伏在織布機上困著了。船剛出賢良港，海上刮起當頭風，漁船經風浪的襲擊，萬分危急，郎爸想起林默的吩咐，將藏在身上的那捆筷拿出來，將它拆散，拋下海去。一會兒，海上浮起了無數根大杉木。落下海的漁民抓住杉木，都得救了。郎爸剛拋下竹筷，自己的船也被打翻，危急時，漂來一塊小木排，上面站著一位小娘子，轉身跳進海裡，左手提著郎爸的頭髮，右手拉著秀香的頭髮，嘴裡銜著洪毅的頭髮，輕輕地往木排上拖……這時，娘奶看林默伏在織布機上睡著，就拍了她一下。醒來後，媽祖哭著對娘奶說：「阿爸、阿姐救上來，阿兄無法救了！」第二天，天時很暗。林默跟娘奶、阿嫂、阿姐駛船出海。在海邊找到洪毅的屍體。賢良港裡的人，都感到奇怪，稱林默叫「神姑」。〔註47〕

　　這則故事媽祖展現了另一種不同的神力，她睡夢中靈魂出竅，救助海上船難。且藉筷子變大杉木拯救自己親人。還有一則「焚屋引航」的故事，從故事中可以看見媽祖無私奉獻犧牲的行為是不分國籍國界的，故事概要如下：

　　宋朝時，湄洲出了個奇女子林默，自幼熟悉水性，長大善辨風雲。她常在風雨裡，爲舟船引航，行船的人尊她爲女神。每逢風暴，她會駕舟出海，把漂流在海面的船隻引進秀嶼港。有一天，在她日夜爲商人和漁民引航回家後，伏在桌上入睡了。父母和姐姐們不敢驚擾她，取被子爲他披蓋。臨近半夜時，在睡意中她聽到海面傳來呼救聲。她被驚醒，馬上跑到海邊的崖石旁，聽到隱約傳來呼救聲，是船隊被風暴困住，迷失航向。心想：駕舟引航已來不及，立即轉身跑回家，沒進門就大聲喊叫：「父母兄姐，快跑出厝外去呀！」一家人跑出門後，見她一揮手，將油燈摔向屋檐，點了火，茅棚頓時燃燒起來。湄洲島上火光沖天，羅馬國的船隊，在危急時，見到一片火光，辨清了湄洲灣秀嶼港的方向，船隊安全把船開進來。第二天天一亮，羅馬的商人們上岸答謝放火引航的人。到林默家一看，一片殘垣斷壁，全都明白了。羅馬商人感謝不已，掏出一把把金幣，要重修林家房屋。林默不收，比著手勢說：「房屋馬上就會修好的，請放心！」不一會兒，全島的鄉親們都趕來，有的帶木頭，有的帶

────────────

〔註47〕　書同註17，頁187～188。

瓦片，動手蓋厝。經幾個時辰，一座新樓立在眼前。商人們見這情景，才放下心來。焚屋引航的事傳開後，海內外的商人都說：興化的特產寶貴，但興化人的深情厚意更加可貴！於是，到興化做生意的商人更多了。〔註48〕

這則傳說故事的要點是媽祖焚燒自己的住屋指引羅馬商船入港避難。可見媽祖為了拯救災難，即使犧牲自己也在所不惜。

綜合上列四則媽祖傳說故事，可以知道媽祖出生於莆田湄洲一帶，她是觀世音菩薩賜予王家，因此出生時產生了異象。後來媽祖精進的唸誦《觀音經》，得到天書，因而具有了神力。媽祖藉由神奇的力量，拯救了各式各樣的災難。

媽祖的生平傳說故事除了流傳於福建之外，因時間的遞擅及空間的傳佈，也見於其他區域。

（二）台灣的媽祖傳說

台灣人民對媽祖的信仰起於明、清兩代。在這一時期隨漳、泉兩地人移墾台灣而來，當時移民為祈求航行能順利，因而將媽祖的神像、神符或香火放置在船艙裡。待安全渡海後，就在登岸的地方，蓋間簡陋的小屋奉祀隨船而來的媽祖，最初的媽祖信仰就這樣傳到台灣。

而在荷蘭人統治臺灣時期（1650 年代），有個蘇格蘭人 David Wricht 住在臺灣，寫了很多相關臺灣的事情，其中寫到臺灣漢人的信仰。書中所寫媽祖的部分，經由江樹生先生翻譯，內容大要如下：

> 臺灣漢人祭祀的七十二位神，第三十九個神是女神，稱謂 Nioma（娘媽），也有人稱為 Matzou（媽祖）。她出生於 Houkong 地方的一個城市 Kotzo，她父親是 Houkong 地方的總督。這個 Nioma 決定她終生不嫁，並去住在 Piskadores 島或稱為 Visschers Eiland（漁翁島），當地人稱之為 Pehoe（澎湖島）。在那裡她很神聖地並很可惜地結束了她的一生。

> 她被中國人，甚至中國皇帝，當作有能力的女神供奉。人們依照他生前的大小，雕刻一尊雕像，立在廟裡，並雕有兩個女佴，在她旁邊；兩個鬼靈，受其指揮。每年第三個月的第二十三日為尊敬她的祭日，那時僧侶都會來朝聖進香。她被崇拜的原因，有史書記

〔註48〕 書同註 17，頁 190～191。

載：有一個水師統帥，名叫 Kompo，率領一艘船艦與外國人作戰，
但被逆風吹到澎湖島，所有的船員都無法把錨拉起來。那時，他看
見 Nioma 坐在錨上，就靠近請求她說：如果妳是為仙姑，就請示我
該怎麼辦。Nioma 回答：如果想得到我的祝福，就要親自把我放進
船裡。我們對抗的外國人有大巫師、法師和魔術師，他們會用大法
術，把油灑到海上，讓對方看到整個船艦似乎著了大火。

聽完後，水師統帥親自請 Nioma 上船，當他們到作戰的地方，
外國人果然將油灑在海上，但 Nioma 也灑油到海上，而且灑的比對
方更有力量，更有效用，因此外國國王不得不放棄與中國人作戰。

水師統帥領教 Nioma 的法力，很感念她的法力，在要辭別時，
請求她再顯一個神蹟，以便讓他帶回去給皇帝看。那時水師統帥手
上剛好拿著一支乾藤，Nioma 立刻使乾藤變長，且開花，並有特別
的香氣。水師統帥將乾藤放在船尾的高處，帶著一起回航。回到皇
帝那裡時，報告了航行的情形，皇帝為了感念 Nioma 的效力，下令
全國把 Nioma 視為女神敬奉。且每一艘船的船尾都有 Nioma 的雕
像，海員每天都向這個雕像祭拜。且每一艘船的船尾都有 Nioma 的
雕像，海員每天都向這個雕像祭拜。〔註49〕

這則記錄比較特殊的地方是記錄媽祖的祖籍是香港，父親是地方總督，
後來全家搬到澎湖島居住。此外，媽祖天生具有神力，不僅能「助水師戰勝
外國船艦」，還能「將乾藤變長、開花且帶有香氣」。

（三）浙江的媽祖傳說

在《浙江省民間文學集成‧寧波市故事卷》中，媽祖的傳說故事是這樣
寫的：

媽祖是福建人。

媽祖與她的娘、爹、兄弟五個人，從福建搬到阿拉象山東門，
以討海為業。每日，爹、兄弟出海，媽祖在屋裡掃地，到船埠頭看
天，和漁民聊天，生活方式和打魚漁民一樣。

一日早上，天氣很好，媽祖在家裡掃地。突然，其站得筆直，
一動也不動，牙齒咬緊，兩隻手撐開來，拳頭捏得鐵緊。媽祖娘從

〔註49〕 江樹生：〈荷據時期臺灣的漢人人口變遷〉，見《媽祖信仰國際學術研討會論
文集》（臺灣省文獻委員會編輯，1998 年），頁 26～27。

－85－

灶間走出看見，連忙叫，「囡，囡，咋啦？咋啦？」娘這一叫，媽祖
驚醒，講：「啊呀，姆媽呀姆媽，勿對了。」娘問：「為啥勿對？」
媽祖講：「我剛才做個夢，看見阿拉爹的船翻掉了。」娘講：「天氣
介好，還會翻船？」媽祖講：「姆媽你勿曉得，這叫『現浪』（海中
風平浪靜時，有時海面由於某種原因，會突然掀起巨浪），勿管天氣
好勿好。」娘講：「你剛才做啥？」媽祖講：「剛才是嘴巴銜牢阿
爹，一只手挈一個兄弟，你一叫，我嘴巴一開，爹被現浪捲走淹死
了。」

夜里，果然媽祖的兩個兄弟把船撐回來了。兩兄弟講：「海里現
浪發起，阿爹倒落海，淹死了。」

事情一傳開，都講媽祖是神。後來象山東門人為其造了一座
廟，叫「天妃宮」。廟裡塑了一個菩薩，就是媽祖，叫媽祖娘娘。每
年三月三日，東門人總要到天妃宮拜媽祖娘娘，祈求媽祖娘娘保佑
柯魚人（捉漁人）太平無事。〔註50〕

在這則傳說中，媽祖全家從福建搬到了浙江的象山東門。媽祖是天生具
有神力的，在作夢時，夢見爹的船翻了。她靈魂出竅救她的爸爸和兄弟。這
個記述與福建媽祖傳說的「扶機救親」，在形式上雖然不同，但在靈魂出竅救
親人的內在結構上是相同的。

（四）遼寧的媽祖傳說

中國北方媽祖的信仰，最早起於元朝，因為當時首都在大都（今北京），
北方糧食需仰賴南方的輸送，但運河的水道因年久失修常淤積，漕運因而改
走海道，媽祖的信仰因此循運糧船往北方傳播，成為北方沿海各港口，最通
俗的民間信仰。在《誠意伯劉先生文集》中，清楚紀錄：「國家建都於燕，始
轉粟江南，過黑水，越東萊之罘成山，秦始皇所射於妖蜃之市，悉貼妥如平
地，皆歸功『天妃』，故渤海州郡，莫不有天妃廟。」

後來到清朝，朝廷開始重視東北的發展，遼東半島地區的航運交通和港
口貿易事業得以迅速發展起來。大概到了清末時期，福建的商人也開始到東
北發展，媽祖的信仰在此時隨著山東半島和福建來的商人，擴展到遼東半島
的沿海地區。可知，遼東地區的媽祖信仰與遼東地區的航運事業的發展有著

〔註50〕《浙江省民間文學集成‧寧波市故事卷》（中國民間文藝出版社，1989 年 12
月），頁 223～224。

密切的關係。〔註51〕

在《中國民間故事集成‧遼寧卷》中，收錄了三則關於媽祖傳奇的故事，第一則傳說故事的標題是「成神」，其內容如下：

> 很早以前，有一家姓林的，全家五口：爹、媽、兩個兒子、一個閨女。爹和兩，兒子都是使喚船打魚的。

> 一天晌午，閨女睡午覺。突然，冷丁咬牙瞪眼，兩隻胳膊夾得很緊。媽一見，隨手打了閨女一巴掌：「小死嫚子（對女孩子的稱呼），睡覺也不穩當！」這一巴掌把閨女打醒了，"登棱"爬起來說：「壞了，俺爹落水了！」

> 媽聽了，連忙往窗外看，天晴，一絲風也沒有，就瞪著閨女說：「小死嫚子，敢咒你爹！」

> 閨女說：「俺爹真落水了。俺爹、俺哥他們在深海老洋裡打魚，遭了天氣，我剛才去救他們，嘴裡叼著俺爹，一只胳膊夾著俺大哥，一只胳膊夾著俺二哥。你一巴掌打得俺生疼，俺一張嘴，俺爹從俺嘴裡掉進海裡了。」

> 半晌，兩個兒子回來，一見媽和妹妹，放聲大哭：「俺爹落水了！」媽哭了一陣，問他倆是怎麼回來的。兒子們說：「俺們在深海老洋裡遭了風浪，船翻了，俺爺倆都落水。不知怎的，就覺得有人用胳膊夾著俺，踩著浪回來了。」

> 這就一傳十，十傳百，說老林家閨女是神仙。再找閨女，沒影兒了，再也沒看見。有人說她成了海神娘娘了。〔註52〕

這則名稱為「成神」的故事，其名稱與故事的內容出入甚大，故事中，主要是強調：媽祖「夢中靈魂出竅救親人」完全無提到成神一事。這可能是命名者，想強調媽祖天生具有的特殊神力能救海難，卻誤植為成神的傳說。

第二則故事的名稱為「救漁船」，顧名思義就是記錄媽祖拯救遇難的漁船，故事內容如下：

> 有一條漁船，在大海裡叫大風大浪折騰得眼瞅著要完了，天也

〔註51〕陳耀庭：〈遼東地區媽祖廟初探〉，見《媽祖信仰的發展與變遷：媽祖信仰與現代社會國際研討會論文集》（雲林縣：財團法人北港朝天宮發行 1998 年），頁 309～322。

〔註52〕〈成神〉，《中國民間故事集成‧遼寧卷》（北京：ISBN 中心出版，1994 年），頁 148。

黑了，這可怎麼辦？就在這時候，船老大看見船前面有一盞燈，就扳正了船舵，對準那盞燈跑起來了。說也怪，大風大浪沒停，船跑得可挺穩當。船老大尋思那盞燈離得不遠。可是跑了半個多時辰，那盞燈還在前面不遠的地方閃忽。船老大心裡翻了個勁兒，這準是神靈保佑了，就叫伙計：「掌篷！」伙計愣了：「這麼大的風浪，不敢掌篷啊！」船老大說：「叫你掌篷就掌篷，咱有神仙保佑。」

伙計們只得掌篷，船跑得更快了。約摸過了一個時辰，那盞燈不見了。船老大叫：「下錨」下了錨，大風大浪還沒停，船可挺穩當。黑燈瞎火的也不知道那是什麼地方。

天亮了，一看，船停在東溝外的一條溝裡，像進了船塢一樣。

這消息傳開了，大伙兒琢磨這是哪位神仙救的？琢磨來琢磨去，老林家閨女不是沒有了嗎？准是她成了神，保佑船平安無事。這就給送了個神名，叫海神娘娘。〔註53〕

第三則故事的名稱為「紅頭繩」，這個名稱不容易看出故事敘述什麼事件，只能閱讀內容才可以得知，其內容概要如下：

廟島的海神娘娘廟一年到頭香火不斷，還有人用上等木材雕刻了大船的模型，掛在海神娘娘廟的殿上。

有一回，一條貨船受了氣（遭到風浪襲擊），船上的人慌了神，把幾個大錨都下了，還頂不住，滿船的人哭爹喊娘！這時，迎面來了一條大船。大船上把纜繩扔了過來，貨船上的人接過流子，七手八腳把流子綁在大柱上。大船拖著貨船走。約摸走了半個時辰，大船上有人喊：「進塢了，把流子解下來還給我們吧！」貨船上的人剛要動手解流子，大船上又有人說：「拉倒吧，咱們船上有的是流子，不要了」，接著就聽見斧子砍繩子的聲音，那條大船一直往前開走了。

天亮，一看，這不是廟島船塢嗎？船老大挺奇怪，起風下雨的時候，離廟島少說也有三、四百里，怎麼這麼快就到了？再說前面是大山，根本沒有水路，咱們的那條大船怎麼過去的呢？再看那根流子，哪是流子，是一根砍斷了的紅頭繩！

船老大明白了，是海神娘娘顯靈救了我們，連忙辦了香紙供品，

〔註53〕 同上註，頁149。

下船到海神娘娘廟謝神。進了廟，一看前殿掛的那條雕刻的大船模
型，船底還直滴嗒水呢！〔註54〕

上列兩則故事記載媽祖常常顯聖救人、救船難，這與其他地區的媽祖故
事內容相差不多。但故事中較具特色是「海神娘娘」成了遼東地區人民對媽
祖的另一種稱謂，這驗證了媽祖信仰流傳至中國大陸沿海地區的最北端，並
且曾經對當地的信仰產生一定的影響。媽祖信仰在遼東地區已完全與當地盛
行的「娘娘」神崇拜結合起來〔註55〕。

綜合上述福建、台灣、浙江、遼寧四地媽祖生平傳說故事，可知媽祖生
平的傳說已具有一定的故事型態，即使經過不同時空的移轉，傳說故事亦有
其存在的同質性與差異性。

這四個區域的媽祖傳說故事，福建與浙江明確記錄著媽祖誕生於福建。
浙江的傳說故事更清楚的記錄，媽祖後來因為家庭的因素搬家到臺灣。而
臺灣的傳說故事記錄媽祖的祖籍是香港，後來全家搬到澎湖居住。遼寧的
傳說故事未見記錄媽祖的出生地，但是故事裡記錄媽祖與北方海神娘娘交
互影響，即可以推測媽祖信仰是從南方傳到北方，但是從南方的哪一個地
點，在故事中是看不出來的。從上述的推測，可以說媽祖的故事傳說起源
於南方的沿海地區，且根據文獻史料與傳說故事，可以明確地說就是起源於
福建。

上述的傳說故事內容產生了一些變化，其不同處在於媽祖展現神奇能力
的結果不相同。如：「媽祖夢中靈魂出竅救親人」這類型的傳說故事，在浙
江與遼寧地區，不幸落難的是媽祖的「父親」，但在福建地區是媽祖的「哥
哥」。同樣是要強調「媽祖的神力」這類型的故事，在浙江、台灣與遼寧地
區，媽祖是「天生具有神力的」；福建地區，媽祖是「從井中得天書」後才有
神力。

可見，媽祖在其生平傳說的故事中，常因不同的地區而扮演著不同的角
色，因為角色的經常變換，媽祖的生平傳說得以在眾多地區流傳，民間需
要媽祖的神權加以庇佑，因而將媽祖加以神格化，神性也因地制宜的產生
變化。

〔註54〕同上註，頁 149～150。
〔註55〕中國北方地區，在歷史上本來對於女性神靈的崇拜就非常盛行，北方民眾統
　　　　稱女神為「娘娘」，東北地區也不例外。書同上註。

二、從故事數量的多寡，推論媽祖信仰的興盛度

民間故事經由人民口頭講述出來，經過千萬年的流傳，民間故事分散於各地。然而藉由民間神祇傳說故事數量保存的多寡，推論該神祇在當地民間信仰中的重要性，以及當地民眾對該神祇信奉的熱誠度，應該是具有說服力的。

筆者目前收集相關媽祖的傳說故事約有 208 則，其中流傳於福建地區的故事有 165 則，幾乎佔全部故事量的 70%。而在前一節所談論媽祖傳說故事的基本模式中，記載媽祖的誕生地是福建莆田地區。故從福建地區保存大量的媽祖傳說故事，以及古今文獻記錄媽祖誕生地是福建，兩者互相佐證，應該可以說福建省是媽祖傳說故事的發源地，也是媽祖信仰最興盛的地區。

三、從故事的分佈狀況，顯見故事流傳的區域性

目前筆者收集 208 則相關媽祖的傳說故事，其分佈於遼寧、河北、天津、浙江、福建、廣東、海南、臺灣等八個地區。（詳如下圖）

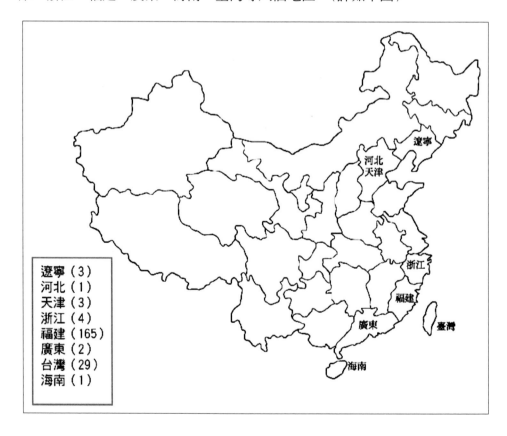

遼寧（3）
河北（1）
天津（3）
浙江（4）
福建（165）
廣東（2）
台灣（29）
海南（1）

　　從圖示中傳說故事的分佈狀況，可見這八個區域的主要特色是全部都是沿海的地區。這種特殊的分佈狀況，可以說受到傳說故事內容的影響。因為在媽祖的傳說故事裡，大部分都記錄著媽祖最擅長海上救難，無論是拯救自己最親的家人，或是國家的外交使節，故事發生的背景都是在大海上，因此傳說故事普遍流傳在沿海地區是受到傳說故事的影響是可以成立的。

　　也因為媽祖常在海上顯神蹟救人，故沿海地區的百姓對於媽祖是相當崇拜的，媽祖信仰在沿海地區相對的也比較興盛，媽祖也因而有海洋女神的稱號。

　　綜上所言，依據各地保存媽祖傳說故事的數量及分佈狀況，可知媽祖原始的樣貌是福建地區的地方神，因為各地人民對於她的行為相當崇敬，因而產生為數眾多的傳說故事。這些神奇的傳說故事經由長時間的流傳，自然擴散到鄰近區域。而媽祖傳說故事大部分流傳在沿海地區，是媽祖傳說故事具有區域性的最佳例證。

第五章　媽祖信仰所形成的媽祖文化

　　媽祖原本是地方上一位具有神奇能力的女性，因爲她救助人民及國家等靈驗事蹟不斷地展現與流傳，在民間，人民在精神上對她產生依賴，因此將她視爲神祇祭拜；至於官方，因爲媽祖救難解厄的能力，能幫助國家解決一些未知的災難，可以安定官員與人民的心，因此對於官方而言，她是有利用的價值，於是官方不斷地賜封褒揚媽祖，提升了她的神格。媽祖因爲民間人民的信任與官方的重視因而形成媽祖信仰。

　　媽祖信仰形成之後，無論海上或陸地上，媽祖都能充分展現她的特殊能力。因爲媽祖傳說故事記述她是一位具有萬能之神的特質，因此儒釋道三教，甚至摩尼教都想將媽祖列入爲他們的神祇。然而媽祖的信仰是無教義、無教儀，甚至無教團的，因此媽祖信仰歸屬於民間信仰是最適合的。

　　從早期媽祖傳說故事的特色，可見媽祖最初救難解厄的能力展現在海上，因此她的傳說故事大部分發生在中國沿海，但是經由政治的影響，官方的重視，以及社會背景的轉變，媽祖信仰產生跨區域且漸進式的傳播，最後成爲國際性的女神。

　　媽祖信仰形成一種風氣，經由時間的流傳，空間的傳播，除了宗教領域之外，在社會上、藝術上及生活上都受到她的影響，故信仰媽祖的現象，可以將它歸入現代文化的一部分，稱之爲媽祖文化。然而，媽祖信仰如何傳播，何以形成一種文化，其特色是什麼，以下試討論之。

第一節　媽祖信仰的傳播

　　媽祖信仰歷經千年，由最初莆田沿海地區地方性的鄉土神，升格爲全國

性的航海保護女神，進而跨區域、跨國家，最後往世界各國傳播。媽祖信仰得以開展至各地，除了媽祖傳說故事的靈驗引人注意之外，官方與信眾的推動是媽祖信仰興盛的基本因素。

當早期媽祖信仰仍處地區信仰時，當地的信眾對於媽祖靈驗的救人事蹟是相信的，但是無法使其他地區的人民認同，至於知識份子或官員而言更是無法談及。直到宋宣和年間官府賜廟額，表明官方對媽祖信仰的的認可，也帶動民間對媽祖信仰的支持。

可見媽祖信仰的傳播，與國家發展的軌跡及社會環境的變遷等因素有很大的關連。以下試圖從媽祖信仰在中國的傳播，及媽祖信仰傳播到臺灣及後續的發展，探討媽祖信仰傳播的歷程與成果。

一、媽祖信仰在中國大陸的傳播

媽祖信仰最早受到官方的重視是在北宋末年。主要是因為北宋宣和四年（西元 1122 年），給事中路允迪出使高麗，航行中遇難，唯獨路允迪所乘的船，因祈禱媽祖而平安歸返。此事稟奏朝廷，皇上特賜廟號「順濟」。這是媽祖信仰得到官方正式認同並受到褒揚的開始，也是媽祖被視為海上保護神開端。從這個事件之後，歷代官府對媽祖顯靈的事蹟認同，媽祖信仰因而得以廣為傳播。

在宋代，南宋遷都到江南，並發展海上貿易。海運的發展及海上狀況的不確定性，促使官方及人民對海神有相當重視與尊敬，加上媽祖在護佑船隻、驅逐海寇及解除旱災等方面有所靈驗，媽祖信仰因而得到在長江下游南岸地區傳播與發展。

到了元代，定都燕京（今北京），當時北方的糧食需靠漕運，海上漕運的安全，是官方及船員最擔心的事。而媽祖信仰傳播到北方，主要是媽祖有助漕運、護糧船的事蹟，官方賜封為「天妃」，進一步提升媽祖至高無上的海神權威。在《元史》祭祀五〈名山大川忠臣義士之祠〉記載如下：

> ⋯⋯惟南海女神靈惠夫人，至元中，以護海運有奇應，加封天
> 妃神號，積至十字，廟曰靈慈。直沽、平江、周涇、泉、福、興化
> 等處，皆有廟。⋯⋯〔註1〕

從這則史料可以看到元代媽祖信仰已傳播到北方的天津、湖南、江蘇、

〔註1〕 宋濂等：《元史》卷七十六，祭祀五（北京：中華書局，1997 年），頁 1904。

泉州、福州、興化等沿海地區。

明初海上漕運的範圍擴大，《明一統志》記載如下：

> 天妃廟，在金州衛旅順口，海舟漕運多泊廟下，正統間命有司
> 春秋致祭，又遼河東岸亦有廟。〔註2〕

上列的記載，可知在明代媽祖信仰已經傳到北方的遼東半島。但是因為海上漕運經常發生海難，因此明朝官員建議漕運轉為河運。永樂十三年，黃河與淮河之間的會通河拓寬工程完成，同時期，平江伯陳瑄也大致完成淮河與長江之間運河的疏通工程，陳瑄率領水軍從海上轉入運河，也將媽祖信仰帶入運河流域。明楊士奇寫〈靈慈宮碑〉文中，記錄陳瑄在淮安府的清河鎮修建媽祖廟，概要如下：

> ……永樂初，命平江伯陳瑄率舟師道海運北京，然道險，所致
> 無幾，乃浚濟寧臨清之河以達北京，以便饟運。歲發數千艘，每春
> 冰泮則首尾相銜而上，河陋且淺，一雨輒溢，雨止復竭，加有洪
> 閘之艱且險，舟稍不戒，非覆則膠。時平江公仍奉命督饟運，嘅然
> 念曰：「凡大山長川皆有主宰之神，能事神則受福。往年吾董海運，
> 凡海道神祠，吾過之必顒顒持敬如神之臨乎前也。間遇風濤及魚龍
> 百怪，有作輒叩神佑，靡不響應。今茲祠祀未建非缺典歟？遂作祠
> 於淮北之清江浦以祀天妃之神。蓋公素所持敬者，凡淮人及四方往
> 來公私之人，有祈於祠下亦皆響應。守臣以聞，賜祠額曰靈慈宮，
> 命有司歲用春秋祭。……〔註3〕

淮安府的清河鎮在大運河與黃河交界處，後來歸屬於清河縣。自陳瑄在當地建廟後，天妃廟成為當地最出名的名勝地。由於此地位於黃河與運河之間，設有調節運河水的水閘，它是漕船必經之處，十分重要。後人將此地的水閘稱為「天妃閘」，天妃閘在清河縣，為諸閘險峻之首。明清文獻經常提到這里的天妃閘。如施閏章寫《天妃閘歌》〔註4〕，內文描述將此是大運河最艱

〔註2〕 李賢：《明一統志》卷二十五，文淵閣四庫全書，頁51。

〔註3〕 （明）楊士奇：《東里續集》卷四十四〈靈慈宮碑〉，文淵閣四庫全書，頁4
　　　　～5。

〔註4〕 施閏章：〈天妃閘歌〉：「黃河怒流動地軸，十舟九舟愁翻覆。臨磯作閘為通舟，
　　　　水急還憂石相觸。挽舟沂浪似升天，千夫力盡舟不前。巫師跳叫作神語，舟
　　　　人膽落輸金錢。梨園唱盡迎神曲，猶殺牛羊啖水族。不爾作難在須臾，鯨鯢
　　　　張口待人肉。嗟爾運漕於國為咽喉，粟米力役家家愁，願持尺牘問陽侯。」《學
　　　　余堂詩集》卷十五，文淵閣四庫全書，頁7～8。

險的河段。

此外，山東兗州的安平鎮（張秋鎮）是運河沿線的重鎮之一，《明會典》記載：「國朝塞張秋決口，功成，改張秋為安平鎮。立眞武、龍王、天妃三廟以鎮之。賜額曰顯惠。又修黃陵岡河口功成，亦賜額曰昭應，俱祀之。」〔註5〕

可見，當時與運河有關的大工程完成，朝廷都要建立水神廟，其中，眞武為北方玄天上帝，北方屬水，明朝人認為：玄天上帝是水域的最高管轄者，所以，明朝涉及水域的信仰，多要樹立玄天上帝廟。龍王是民間最多的水神廟之一，而天妃則是海神廟，過去主要在沿海祭祀。

綜合上述例證，媽祖信仰隨著漕運從沿海改入運河，華北平原不少地方都建立了天妃廟，《明會典》一書提到媽祖廟：「今山東、直隸諸處多有廟，不具載。」〔註6〕不過，這些天妃廟大都建立於河流畔，天妃在當地被人們當作水神崇拜。

關於媽祖信仰在明代的傳播，其中最大的變化就是永樂、宣德年間鄭和七下西洋，這是明代規模最大的遠洋航程。由於航海軍人或水手都信奉媽祖，使媽祖信仰達到一個新的高點。

在《天妃顯聖錄》一書，記載鄭和永樂元年出使暹羅得到媽祖保佑的故事，其概要如下：

> 永樂元年（西元 1403 年），欽差太監鄭和等往暹邏國。至廣州大星洋遭風，舟將覆。舟工請禱於天妃。和祝曰：「和奉命出使外邦，忽遭風濤危險，身固不足惜，恐無以報天子，且數百人之命懸呼吸，望神妃救之！」俄聞喧然鼓吹聲，一陣香風颯颯飄來，宛見神妃立于桅端。自此風恬浪靜，往返無虞。歸朝復命，奏上，奉旨遣官整理祖廟。和自備寶鈔五百貫，親到湄嶼致祭。〔註7〕

這則故事記錄鄭和往暹羅國途中獲得媽祖的拯救，歸航後，拿寶鈔到湄洲祭拜及叩謝媽祖。鄭和準備寶鈔五百貫祭祀媽祖的行為，反映信徒捐贈香油錢的行為在明代已形成。

〔註5〕 徐溥等：《明會典》卷八十五，禮部，四十四祭祀六，合祀神祇一，文淵閣四庫全書，頁11。

〔註6〕 同上註，頁18。

〔註7〕 〈廣州救太監鄭和〉，昭乘：《天妃顯聖錄》，臺灣文獻叢刊第 77 種（台北：臺灣銀行發行，1961 年 3 月），頁36。

　　據文獻記載，媽祖傳入琉球的時間是在 14 世紀的明洪武年間（西元 1368～1398）。琉球的媽祖廟有久米村的上天妃宮、那霸的下天妃宮和久米島天後宮等 3 處。在永樂二年（西元 1404 年）曾記錄鄭和出使日本，但是沒有與媽祖相關的事蹟。至 16 世紀，日本長崎市內建造四大唐寺分別為興福寺、崇福寺、聖福寺和福濟寺。這四大唐寺除了佛教之外，其中東明山興福寺建媽祖堂供奉媽祖。媽祖堂裡有一塊匾額寫「海天司福主」，註有時間為寬文十年（1670 年），媽祖堂安置了渡海時祭祀在唐船上的守護神媽祖像。

　　鄭和下西洋之前，曾經出使暹羅與日本等國，這兩次出使的成果優異，鄭和外交的才能受到明朝朝廷賞識，因此將出使西洋的任務交給鄭和。

　　鄭和下西洋遠航，媽祖顯靈救助的神蹟，在《天妃顯聖錄》及《天妃之神靈應記》都可以見到記錄。

　　《天妃顯聖錄》的記錄如下：

> 永樂三年（西元 1405 年）欽差太監等官往西洋，舟至舊港，遇
> 崔符截劫，順流連艦而至，勢甚危急。眾望空羅拜，懇禱天妃。忽
> 見空中旌旗旆旆雲巔，影耀滄溟，突而江流激浪，賊艘逆潮不前。
> 官兵忽落蕩進上流，乘潮揮戈逐之，一擊而魁首就俘，再擊而躲孽
> 遠潰。自此往返平靜。回京奏神功廣大，奉旨著福建守鎮官整蓋廟
> 宇以答神庥。〔註8〕

　　從這則故事中，可以得知明朝時，鄭和下西洋遇到海賊，當時大家虔誠祈求媽祖，空中的天象忽然驟轉，使得鄭和得以擊退海賊。當時大家都一致認為是媽祖顯靈保佑的緣故。歸航後，上奏朝廷告知媽祖的事蹟，於是奉旨在福建建供奉並廟答謝媽祖。

　　另一篇文章是鄭和最後一次下西洋前留下來的作品，記錄自己的前六次下西洋，歷經的國家及特殊的事件，其中與媽祖相關的事件，概要如下：

> ……自永樂三年奉使西洋，迨今七次，所歷番國由佔城國、爪
> 哇國，三佛齊國、暹羅國，直逾天竺、錫蘭山國、古里國、柯枝國，
> 抵於西域忽魯謨斯國、阿丹國、木骨都束國，大小凡三十餘國，涉
> 滄溟十萬餘里。觀大海洋，洪濤接天。巨浪如山，視諸夷域，迥隔
> 於煙霞縹緲之間。而我之雲帆高張，晝夜星馳，涉彼狂瀾，若履通

〔註 8〕〈舊港戮寇〉，昭乘：《天妃顯聖錄》，臺灣文獻叢刊第 77 種（台北：臺灣銀行發行，1961 年 3 月），頁 36。

> 衢者，誠荷朝廷威福之致，尤賴天妃之神護佑之德也。神之靈固嘗
> 著於昔時，而盛顯於當代。溟渤之同，或遇風濤，即有神燈燭於帆
> 檣。靈光一臨，則變險爲夷，雖在顛連，亦保無虞。及臨外邦，番
> 王之不恭者生擒之，蠻寇之侵略者剿滅之，由是海道清寧，番人仰
> 賴者，皆神之賜也。神之感應，未易殫舉。昔嘗奏請於朝，紀德太
> 常，建宮於南京龍江之上，永傳祀典。……若長樂南山之行宮，余
> 由舟師累駐於斯，伺風開洋，乃於永樂十年奏建，以爲官軍祈報之
> 所，既嚴且整。……〔註9〕

這篇記錄是鄭和自己書寫的，因此內容應該比較可信。在文中可以得知鄭和下西洋至少到過三十幾個國家，木骨都束國位於東部非洲偏北的印度洋岸海港城市，也是索馬利亞第一大城市。可見，鄭和下西洋最遠到非洲東岸。而且整個船隊相當依賴媽祖，只要快遇難，大家一定誠心祈求媽祖顯靈相救。鄭和於是先後在南京龍江、長樂南山興建媽祖廟，提供地方給官軍祭拜媽祖。

綜合上述所論，明代媽祖信仰不僅往中國內陸運河的沿岸傳播，也因爲鄭和下西洋，將媽祖信仰帶往東南亞、日本、東非洲等各地發揚。（圖示如下）

媽祖信仰在現代社會已影響至教育體系。2011 年金榮華教授到浙江溫州參訪，旅途中與一位溫州人，名爲盧前（1943 年）的人士閒談，這位人士無意間說他在八歲入學時，學校於上課之前，老師帶領著學生燒香頂拜媽祖。這個故事記錄在《萬竿晴雨樓吟稿》一書中，其內容如下：

> 閩南學社啓蒙先，頂拜焚香媽祖前。始貢束修方八歲，轉來高
> 殿又三年。校園無恙書聲亮，游子多情世事邊。拾級重登傷老大，
> 錚錚階石總依然。〔註10〕

盧前在書中自己寫註，說明他八歲在閩南學社求學，後來轉學到新碼道小學（高殿）。後來升學進入溫州二中就讀，兩校僅海壇一山之隔。但是盧前並沒有說明上課前膜拜媽祖的原因，筆者推想盧前原先就讀閩南學社，從學校的名稱，可以推斷這間學校可能位於閩南地區，而閩南地區信奉媽祖的風

〔註9〕 （明）鄭和：〈天妃之神靈應記〉，見蔣維錟、周金琰輯纂：《媽祖文獻史料彙編》（第一輯）碑記卷（北京：中國檔案出版社，2007 年 10 月），頁 45～47。

〔註10〕 盧前：《萬竿晴雨樓吟稿》（北京：當代中國出版社，2002 年），頁 10。

氣興盛，祭拜媽祖幾乎已經成為日常生活每日應該做的一件事，因此上課前頂禮焚香祭拜媽祖應該是祈求媽祖保佑學童一切平安，而不至於意味著宣揚散播媽祖的宗教信仰。

二、媽祖信仰傳播到臺灣及其發展

　　清代承襲明代，媽祖信仰除了在神護佑船運、保佑外出的使者以及解決旱水災等方面外，官方開始在海上的軍事活動上，藉媽祖靈威開展國土疆域。其中成效最顯著的是康熙 22 年（西元 1683 年）施琅率軍隊攻入臺灣，當時施琅大肆宣揚媽祖助戰鼓舞士氣，澎湖之戰最後迫使鄭克塽降清，清廷於次年賜封媽祖為天后。施琅攻臺的故事在《天妃顯聖錄》有記錄，其概要如下：

　　　　康熙二十二年六月內，將軍侯奉命征勦臺灣。澎湖係臺灣中道
　　之衝，崔苻竊踞，出沒要津，難以徑渡。侯於是整奮大師，嚴飭號

令。士卒舟中，咸謂恍見神妃如在左右，遂皆賈勇前進。……澎湖
自是肅清。未克澎湖之時，署左營千總劉春夢天妃告之曰：「二十一
日必得澎湖，七月可得臺灣」。果於二十二日澎湖克捷，其應如響。
又是日方進戰之頃，平海鄉人入天妃宮，咸見天妃衣袍透濕，其左
右二神將兩手起泡，觀者如市。及報是日澎湖得捷，方知此時即神
靈陰中默助之功。將軍侯因大感神力默相，奏請敕封，並議加封。
奉旨：神妃已經敕封，即差禮部郎中雅虎等賣御香、御帛到湄，詣
廟致祭。……〔註11〕

這則記錄中的將軍侯就是施琅。〔註12〕在康熙22年時，他奉朝廷的命令
征勦臺灣，當時媽祖是他與士兵精神上的最佳支柱。無論是海上見媽祖現身，
或是媽祖託夢預告戰役將獲勝。媽祖這些靈驗的事蹟，使得施琅與士兵相當
佩服。因此施琅上奏疏請朝廷賜封媽祖。

隔年，康熙23年朝廷賜封媽祖且晉升為天后。是年4月，清廷正式將臺
灣納入版圖，臺灣成為清廷管轄的重鎮，因此置兵萬名防守。施琅首先將鎮
北坊赤崁城南之寧靖王宅邸改為天妃宮，並於澎湖媽宮澳、安平鎮渡口、鳳
山縣興隆莊龜山頂〔註13〕等水師駐紮地分別建置天妃宮給官兵祭拜，並以泉
州開元寺臨濟宗第34世僧戒法標和尚為臺灣府僧綱司事，駐錫府城天妃宮，
管理全臺佛教事務，台灣各官建天妃宮皆由僧侶住持。〔註14〕

施琅不只祭祀媽祖，也順勢在臺灣推展媽祖信仰。他派法標和尚管理天
妃宮，似乎有意將媽祖信仰歸入佛教宗派。這個想法施琅沒有明說，但是北
港朝天宮一直到現今都是由僧侶主持祭典，除了是因為臨濟宗樹壁和尚將媽
祖帶到臺灣，一方面可能是受到施琅的影響。

康熙59年（西元1720年）海寶、徐葆光出使琉球，途中媽祖顯身護航，
平安歸返後上奏疏，皇帝正式將媽祖信仰列入春秋祀典。朝廷的認同使媽祖
信仰成為全國通祀的宗教信仰。

〔註11〕〈澎湖神助得捷〉，昭乘：《天妃顯聖錄》，臺灣文獻叢刊第77種（台北：臺
灣銀行發行，1961年3月），頁45～46。
〔註12〕施琅（1621～1696年），字尊侯，號琢公。福建晉江龍湖衙口村人。明末清初
軍事家，明鄭降清將領，封靖海侯。
〔註13〕原明鄭萬年縣治，今高雄市左營區。
〔註14〕〈明清時期臺灣地區的媽祖祠祀〉，蔡相煇：《媽祖信仰研究》（台北市：秀威
資訊科技股份有限公司，2006年10月），頁372。

　　雍正 11 年之後，清廷下令各省城境內凡有天后廟的都要祭祀天后，而且，要由當地最高長官——總督與巡撫親自祭祀。這一政令對普及天后信仰具有重要的意義。雍正皇帝的催促之下，沿海和南方諸省建立了一座以上的天后宮廟，以方便地方官的祭祀。這使天后信仰的地位大爲提高。

　　過去，只有福建省的個別廟宇是官府祭祀天后的專門場所，其它各省官府對天后之神不甚明白。但自此以后，由于每年春秋二季都有省級官員祭祀天后，其所屬各地官員自然也對天后更爲尊敬。在他們帶動下，各地百姓對天后的信仰更爲虔誠且傳播到中國各省。

　　綜合上述，媽祖信仰的傳播隨著國家的發展，促使媽祖信仰從莆田沿海，隨著漕運開展到中國的北方；因鄭和下西洋的歷史事件，開展到東南亞；因朝廷移民政策的開放，傳播到東方的臺灣。

　　媽祖信仰在明清之際傳到臺灣，在民國 38 年之前，兩岸對於媽祖信仰仍然不斷地宣揚著。但是民國 38 年（西元 1949 年）10 月，中國共產黨在大陸推行一連串改造舊社會的運動，如三反、五反，以及文化大革命。這個運動使傳統社會文化遭到摧毀，各種宗教及民間信仰遭到禁止，宗教建築及文物被破壞，或改造成倉庫、學校、軍營，或者其他用途。此次改造舊社會的運動，造成兩岸社會環境很大的改變，也影響了媽祖信仰的傳播。媽祖誕生地的福建湄洲天后宮建築群，靠近碼頭的聖父母祠被改爲漁具場，其餘廟宇皆被拆除。國共內戰時，中共派軍駐防湄洲嶼。〔註15〕從這一個政治上的轉變，影響了整個社會環境對於媽祖信仰的傳播與繼承。

　　媽祖信仰傳播到臺灣之後，臺灣信眾持續信奉媽祖，使媽祖信仰在台灣蓬勃的發展，根據內政部統計全臺灣已登記的媽祖廟共有 1001 間，媽祖的信眾全球約有 1 億 5000 萬人，其中臺灣至少有 800 萬信眾。〔註16〕從上述的數據，可見媽祖是臺灣非常重要的民間神祇。然而，媽祖信仰除了在臺灣有眾多的信眾之外，臺灣商人到海外四處經商，媽祖信仰也因而傳播到非洲、美國、阿根廷及法國等約二十餘國或地區。〔註17〕上述這些海外地區，其中

〔註15〕蔡相煇：〈從兩岸和平女神到世界文化遺產〉，《新活水雜誌》，中華文化總會出版，第 29 期，2010 年 4 月出版，頁 62～64。

〔註16〕《中國時報》，2011 年 1 月 2 日，第 A8 版。

〔註17〕海外地區信徒分靈北港朝天宮媽祖前往供奉或建廟奉祀者，達二十餘國或地區。見蔡相煇編撰：《北港朝天宮志》（雲林：財團法人北港朝天宮董事會發行，1989 年 1 月），頁 142～145。

以南非及法國這兩個國家，它們傳播與發展媽祖信仰方式比較特殊，以下舉例之。

（一）南非

媽祖信仰傳播到南非的歷程，筆者於 2009 年 12 月 24 日至雲林縣北港朝天宮拜訪北港朝天宮祭祀組組長紀仁智先生，紀先生熱忱且詳盡地描述媽祖信仰傳播到南非的始末。

北港朝天宮媽祖分靈到南非的相關事宜，最早是民國八十八年（西元 2000 年），當時農委會副主委到朝天宮接洽分靈相關事宜。當時主要是南非的華僑或到當地補給的遠洋漁船，向臺灣的漁業局反應，希望能有媽祖到南非保佑他們的平安。但這一次的接洽並沒有達成共識。

民國九十年（西元 2001 年）南非華僑張炳耀先生等人到朝天宮與廟方接洽成功。6 月 28 日，朝天宮組團前往南非開普敦媽祖廟，並迎請一尺六寸天洲媽及香爐、祭器至南非開普敦媽祖廟供奉。信眾們在南非開普敦租一房屋供奉媽祖，開放信眾祭拜的時間是上午 9 時至下午 5 時。10 月 5 日南非開普敦朝天宮總幹事張炳耀先生等一行七人抵達北港朝天宮參訪，並再辦理分靈乙尊聖母及千里眼、順風耳將軍至南非供奉。

南非國土廣闊，旅居南非的僑民分佈各區。媽祖供奉在開普敦，其他區的僑民期望媽祖能出巡繞境、祈福消災。南非開普敦朝天宮與北港朝天宮協商繞境事宜，北港朝天宮應允協助繞境。

第一次協助繞境的時間是民國九十三年（西元 2004 年）1 月 9 日至 12 日舉行四天四夜的繞境活動。繞境祈福的區域有慶伯利市、布魯芳登市、淑女鎮及賴索托共和國首都馬賽魯市等，共計 2600 公里。北港朝天宮除了派員前往協助外，並贈以神轎、涼傘、芭蕉扇、將軍一組、執事牌、大鑼、三角旗、帆旗、大燈等神器，供繞境使用。

由於第一次的繞境，獲得廣大的迴響，民國九十六年（西元 2007 年）1 月 18 日至 22 日舉行第二次繞境活動。北港朝天宮再度協助繞境。這次的活動名稱為「南非開普敦朝天宮天上聖母千里出巡祈福消災繞境」，主要的意旨是「宣揚媽祖慈悲救世、博愛懿德，祈求風調雨順、國泰民安」，活動日期是 2007 年 18 至 22 日計五天五夜，繞境祈福的區域有布魯芳登市、德班、雷地史密斯、大新堡、約堡等，共計 3700 公里。

經開普敦朝天宮大力推廣媽祖文化，六年來許多黑人認同媽祖文化慈悲

爲懷的理念，成了媽祖信徒，也有黑人因爲媽祖的膚色與他們相同，讓他們倍感親切。媽祖所到之處華僑爭相膜拜，當地黑人看到黑面媽祖法相莊嚴、膚色相同，除虔誠跪拜，也爭相扛轎。沿途不僅台商、華僑列隊歡迎，工廠裡的黑人也在路旁等候，有的黑人已是媽祖信徒，知道如何膜拜，不知道的人也跟著合掌拜拜。當地警方爲了媽祖繞境，還調派警車沿途爲繞境隊伍開道，媒體也大幅報導，成爲南非盛事。這次的繞境除了是一次成功的繞境活動，也是一次難得的國民外交。〔註18〕

綜合上述兩次媽祖南非出巡繞境活動的紀錄，得以見到媽祖信仰除了是華人地區的信仰，因爲商人或華僑宣揚媽祖的精神，使得媽祖信仰得以傳播至海外。透過媽祖出巡繞境活動的展現，讓外國人看到了中國民俗活動的樣貌。這種信仰的國民外交，使媽祖信仰傳播的更加快速與廣闊。可見，國家發展軌跡與媽祖信仰傳播有著密不可分的相連性。

（二）法國

目前媽祖信仰傳播至外國的案例，其中最特殊的是法國。其傳播方式根據《聖女春秋》雜誌的記載，法國當地法籍人士和華僑共同組成一個宗教社團，興建一座「眞一堂」，供奉「天上聖母」爲主神，並獲得法國政府立案。眞一堂供奉的媽祖神像在法國形塑，但是神像雕塑之後，必須由一座香火鼎盛的廟宇分靈，供奉的程序才得以完成。因爲路途遙遠，眞一堂的信眾決定以「遙拜」的方式來完成供奉的程序。眞一堂於壬子年，以中文書寫天上聖母祭文，寄到北港朝天宮，委託廟方於當年媽祖誕辰當日於媽祖神前代爲宣讀。信中原文概要如下：

> 眞一堂靈寶祝壽宣經祈安福章
>
> 今據法國巴黎市眞一堂信士一同，遙拜聖母千秋，恭於中華民國臺灣省雲林縣北港鎮朝天宮，奉道宣經，演戲祝壽，答謝植福，信士康德謨偕合眾信人等，……今月二十三日就廟宣經，唱演梨園，虔備牲禮粿品化貢寶金疏財上奉神光，……虔具疏以聞者，右謹具疏百拜，上奉天上聖母爐前，恭望聖恩，俯垂昭格文疏。天運壬子年三月二十三日。〔註19〕

本篇報導記載於中華民國 61 年（西元 1972 年）12 月 12 日出刊的《聖女

〔註18〕 《中國時報》，2007 年 1 月 30 日，第 A11 版。
〔註19〕 《聖女春秋》第一期，中華民國六十一年十二月二十日，第二版。

－103－

春秋》雜誌，信中說明法國眞一堂信士以「遙拜」方式祭拜媽祖，並委託北港朝天宮聘請戲班演戲，向媽祖祝壽。眞一堂寄給北港朝天宮的信是在西元1972年寄達的。

隔年（西元1973年）法國眞一堂再度致函北港朝天宮，並附寄國際匯票美金二百十九元，委託代辦演戲酬神。該堂信眾包括當地法籍人士及華僑約有數百人。〔註20〕

從法國眞一堂寫給北港朝天宮的信中，可見媽祖信仰傳播到法國，除了分靈的方式相當特殊之外，媽祖的精神也獲得法國政府單位與法籍人士的認同。

綜合上述所言，媽祖信仰傳播到臺灣後，從臺灣又傳播到其他國家，如日本、南非、法國及美國等國家，可見媽祖信仰到了臺灣後更加興盛，且傳播力也增強。（圖示如下）

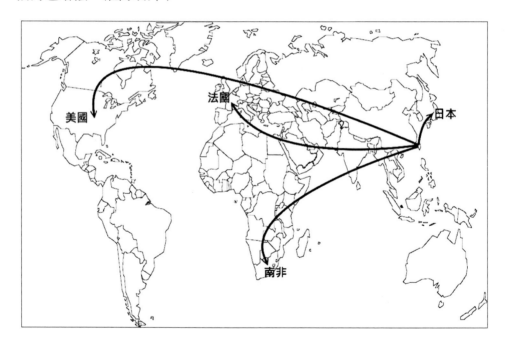

三、會館爲傳播媽祖信仰的橋樑

在中國，早期會館是指同省、同府、同縣或同業的人在京城、省城或大商埠設立的機構；分爲地域性會館與行業性會館。主要是提供同鄉、同業聚

〔註20〕《聖女春秋》第五期，中華民國六十二年四月三十日，第二版。

會或寄寓的場所，且有供奉本鄉本土習慣尊奉的神祇或先賢。

　　自宋以後，海上貿易興盛，海商供奉媽祖，沿海航運商所到之處，都建有會館性質的天后宮，一個商埠有多少個會館就有多少天后宮；亦或是船工將沿海一帶的媽祖廟當作會館，所以媽祖、觀世音菩薩和關聖帝君，這些都是全國各地會館供奉的神祇，其中尤其以福建會館最多。〔註21〕

　　會館除了是貿易的中心、船工聚會娛樂的場所，也是人民祭拜媽祖的地方。在東南亞華僑的社會中，會館是一個方言群和地緣性的社團組織，會館要處理華僑社會的日常事務，要聯絡感情、促進團結，要保存發揚中國傳統文化。而當時華僑的生活中心是媽祖廟，所以華僑社會會館的形成多與媽祖廟聯繫在一起，也使媽祖成為華僑和世界性的信仰。

　　東南亞的天后宮，其中與福建會館相結合最具歷史的是新加坡的天福宮。天福宮建廟時間為西元1841年，已有170多年的歷史。它是福建會館的前身，是由福建幫人士建造並經營，所以也叫「媽祖宮」。新加坡開埠時期，南來北歸的華人，因所乘帆船就泊在宮前不遠之處，所以都會到宮內祭拜媽祖。〔註22〕除了天福宮，林厝港亞媽宮、林氏九龍堂等，也都供奉媽祖。而馬來西亞馬六甲的青雲亭、寶山亭，檳榔嶼的觀音亭（廣福寺）都有奉祀媽祖。東南亞的新加坡、馬來西亞等各地的地緣會館內皆兼祀媽祖。

　　會館與媽祖廟的互相依存關係，使媽祖信仰更加無遠弗屆。會館在傳播媽祖信仰的過程中佔有很大影響力與地位。

第二節　媽祖文化的形成

　　媽祖的傳說故事經由時間的流傳、空間的播散，媽祖具備解除災惡、醫療疾病等特殊能力，媽祖成為民眾精神上的支柱，信眾建廟供奉媽祖，媽祖成為眾人信奉的神祇，媽祖信仰自成民間信仰的一個種類。民間百姓信奉媽祖極為虔誠，以及官方歷代不斷地重視，媽祖信仰從福建莆田地區民眾信奉的地方神，進而傳播至世界各地。

　　媽祖信仰經由官方或民間長時間的積累，直到二十一世紀的今日，媽祖

〔註21〕吳金棗著：〈媽祖廟與會館〉，《江海女神・媽祖》（新潮社出版，1992年），頁141。

〔註22〕賴世昭：《新加坡華人的天后信仰》（新加坡：新加坡國立大學中文系，1994年），頁36。

信仰已不再純粹只是民間信仰的一環，而是影響現代社會文化動脈的一股潮流。居住於媽祖信仰圈的人們，因為媽祖信仰的興盛，因而有特別與媽祖相關的人文活動與生活方式。

這些人文活動與生活方式可區分為三大方向來探討：一、文學與藝術，二、祭祀與民俗活動，三、社會事業與公益活動等。這些受媽祖信仰影響而產生的文化現象就是媽祖文化。以下試分析媽祖信仰與媽祖文化之間的相關性與影響力。

一、文學與藝術

媽祖信仰成為一個具有特色的信仰之後，媽祖成為各項創作題材的主角。特別是文學與藝術領域紛紛將媽祖加入創作必要的角色或元素。以下分別探討媽祖在文學與藝術這兩方面所呈現的特殊性。

（一）文學方面

在文學方面，媽祖故事隨著口頭的傳播流傳於民間，由於媽祖的靈驗事蹟頗為特殊，因此媽祖自然成為文人筆下的主角，其故事情節亦成為小說中不可或缺的題材。故事被寫成小說後，為了增加可讀性與趣味性，情節會增加。

最先以媽祖為主角寫小說的作家是明代的吳還初，吳還初撰寫的《天妃娘媽傳》是第一本以媽祖為主題的長篇小說。吳還初在文學領域開啟了這個風氣，之後文學界紛紛起而效尤。

以媽祖為主角的現代小說，目前已出版有周濯街《媽祖》〔註 23〕、羅國偉《媽祖全傳》〔註24〕、黃玉石《林默娘‧媽祖傳奇》〔註25〕等三本。

上述這些文學作品，主要是受媽祖文化影響下所產生的長篇小說，這些作品是本文的主要材料。除了長篇小說之外，其他文類在此不列入討論。上述這些作品的內容、特色與價值，將在第六章第一節再詳盡討論。

（二）藝術方面

媽祖成為民間主要信仰的神祇之後，直接影響人民的生活文化。早期人民依賴媽祖，祈求她救護眾生；現在，民眾發揚媽祖的精神，藉由各種藝術

〔註23〕 周濯街：《媽祖》（台北：國家出版社，2001 年 3 月）。
〔註24〕 羅國偉：《媽祖全傳》（合肥：黃山書社，2004 年 10 月）。
〔註25〕 黃玉石：《林默娘‧媽祖傳奇》（台北縣：新潮社文化出版，2007 年 5 月）。

展現的方式，宣揚媽祖特殊的傳說故事與奇特神蹟。目前在藝術方面，有以說唱方式宣揚媽祖傳說故事的戲曲，如歌仔戲、莆仙戲、黃梅戲、京劇、粵劇等。以表演方式演繹媽祖傳說故事精華的舞蹈，如現代舞劇等，以科技方式拍攝模擬媽祖傳說故事的電影動畫等。

　　上述戲曲、舞蹈以及電影動畫，都是以藝術方式宣揚媽祖的傳說故事，從這些藝術作品中展現出來的媽祖精神、特色與影響，將在下一章進一步探討這些藝術作品的娛樂性與教育性。

二、祭祀與民俗活動

　　明朝之前，祭祀媽祖的儀式、活動與時間無論官方或民間都不固定，也沒有標準的規範，大都是隨機而爲之。到了明朝，官方祭祀神祇時沒有特別列祀媽祖，僅將她位列群祀，享有歲時祭祀。官方每年在媽祖誕生日、春季以及秋季的某月這三個時日，照例派官員致祭媽祖。

　　民間則按各地區習俗祭祀媽祖。而明初《繪圖三教搜神大全》卷四〈天妃娘娘〉記錄媽祖誕生日是三月二十三日。此後官方或民間信仰者祭拜媽祖以此爲依據，且列這一日爲祭祀媽祖最重要的日子。〔註26〕

　　雖然官方與民間都有祭祀媽祖，媽祖的名氣也遍及南北沿海各地，但是因爲祭祀媽祖的方式仍屬於隨性的儀式，導致媽祖信仰只能算是地方上各區域的民間信仰，無法正式進一步發展至各地。直到清代，媽祖顯神蹟拯救官員，媽祖得以正式列入春秋二祭的神祇。

　　然而，官方與民間的祭祀不同，產生的許多不同的祭拜方式與活動。以下個別分析官方的祭祀及民間的民俗活動，兩者之間的差異性與趣味性。

（一）官方的祭祀

　　至清康熙年間海寶、徐葆光兩位使者出使琉球，返航時遇風災，呼叫天妃而免於災難。《天妃顯聖錄》記載：「康熙五十八年，冊使海寶、徐葆光多用卯針，幾至落漈。虔禱得改用乙辰針，又筊許二十八日見山；果見葉堅。復禱得西北風，一夜抵港。歸舟至鳳尾山，旋風轉船，篷柁俱側；呼神復正。至七星山，颶作桩走，幾觸礁；呼神獲免。」〔註27〕

〔註26〕王見川、皮慶生著：《中國近世民間信仰：宋元明清》（上海：上海人民出版社，2010 年 12 月），頁 163。

〔註27〕昭乘著：《天妃顯聖錄》，臺灣文獻叢刊第 77 種（台北：臺灣銀行發行，1961年 3 月），頁 68。

海寶、徐葆光認爲他們能夠平安返航與天妃保佑有關，於是返回後請求朝廷賜給天妃春秋二祭的地位。康熙五十九年（西元 1720 年）禮部對海寶、徐葆光的答覆如下：

> 今天妃默佑封舟種種靈異，應令該地方官春秋致祭，編入祀典。候命下之日，行令該督、撫遵行可也。臣等未敢擅便，謹題請旨等因。康熙五十九年八月初三日題，本月初六日奉旨：『依議』。」
> 〔註28〕

春秋二祭制度的實行，使得天妃在清廷祭祀諸神中的地位提升了一級，亦使媽祖信仰在國家祀典中的地位達到最高。雖然官方將媽祖列入國家祀典中，但是官方的祭祀是依照一定的程序，不僅氣氛嚴肅莊重，而且祭品也有一定的規定。參與祭典的人員，除了官員之外，就是地方上的名紳、名商等有地位的人，普通百姓無法參與祭典，僅能觀看祭典之後的一些娛神節目。至於官方與民間祭祀媽祖的方式如何進行，其差別在哪裡，容下一章再說明之。

（二）民俗活動

自雍正年間以後，清朝的地方官開始正式祭祀媽祖，但是官方重視的祭典，民間百姓無法隨性參與，因此民間自成一套祭祀媽祖的方式。民間酬神祭祀媽祖大都以迎神賽會的方式呈現，這種方式就是一般所謂的「廟會」，它是一種以廟宇爲中心，以祭祀神祇爲主體，公眾性且開放式的宗教信仰活動。民眾爲了使酬神祭祀的內容活動更多元化，因而集結民間信眾的力量組織了一些民俗社團，使迎神賽會的內容具有娛神娛人的作用。

這些民俗社團，大部分是某一個地區的居民自發性組織起來的，是民間最基層的組織。民間社團的產生，除了使迎神賽會的場面更加入熱鬧之外，也促進了地方上經濟產業的發展。民間爲了迎媽祖，創造出一些與媽祖相關的行業，如：舞龍舞獅團、鑼鼓陣等，這些行業產生的經濟效益，穩定了百姓的生活，使媽祖信仰更貼近民間，也形成特有的媽祖文化。然而因爲媽祖文化而產生的民俗活動與特有行業，下一章將論述之。

三、社會事業與公益活動

媽祖廟與現代社會結合最具體的成果是媽祖廟的現代管理。雖然目前所見媽祖廟裡供奉的神明，仍是民間信仰諸神合祀的形式，但是因爲媽祖信仰

〔註28〕 徐葆光著：《中山傳信錄》（台北：臺灣銀行發行，1972 年 3 月），頁 62。

的興盛，信眾爲了方便祭祀媽祖，或媽祖顯神蹟，因此各地興建許多供奉媽祖的寺廟，這些寺廟的規劃、興建、經營與管理等相關問題，常造成原本以民間組織形式發展建造而成的媽祖寺廟產生許多紛擾事件。

政府爲了管理這個龐大的民間組織，內政部於民國二十五年（西元 1937年）1 月 4 日訂定發布「寺廟登記規則」。政府頒佈寺廟管理規則後，寺廟以現代化的方式管理，廟宇成爲民眾信仰的中心，並積極投入社會活動，形成一個文化區的特色。民間的寺廟在有制度的管理之下，得以穩定的發展。臺灣的一些具有歷史與知名度的媽祖廟，因爲有制度的管理之下，媽祖廟對社會事業與公益活動，皆有具體的貢獻與成效。以下以各地媽祖廟發展的社會事業與推廣的公益事業分說現代媽祖廟對社會的貢獻。

（一）社會事業

目前有制度、組織的媽祖廟，在社會事業方面皆有具體的貢獻，如成立圖書館、媽祖文化研究中心、媽祖文化大樓、媽祖醫院等，無論是人文或醫療，在社會上的具體建設都深具影響力。

（二）公益活動

媽祖廟是媽祖信眾的信仰中心，而在公益活動方面，媽祖廟常在社會中扮演重要的角色。如設立急難救助金，在民眾危急時，媽祖廟扮演救難的角色，宣揚媽祖救難解厄的精神。還有獎助學金、福利基金會、兒童家園等機關單位的設立，都是展現媽祖廟參與社會公益活動。

綜上所述，媽祖信仰形成媽祖文化，媽祖文化的形成，使人們創造了媽祖的文學與藝術，祭祀與民俗活動，以及媽祖廟的現代化管理、社會事業與公益活動。這些現代的媽祖文化，將在後續各章節分別討論之。

第三節　媽祖經書的編撰

經書泛稱一切可爲常法典範的書籍。媽祖信仰興起於民間，屬於民間信仰，本無媽祖經典的存在。然而媽祖信仰在傳播的過程中，受到道教、佛教，以及儒家思想的影響，這些教派爲了將媽祖納入其宗派中，因此創作出與媽祖相關的經典讚誦媽祖神奇的能力與靈驗的事蹟。

但是媽祖信仰興盛於民間，早期信奉媽祖的信眾沒有完整的組織，這些媽祖經典在讚誦或傳抄的過程中，沒有固定的單位組織加以收藏整理，因此

佚失於民間各地。或者編撰者書寫出來的經典，不具代表性，也就沒有流傳下來。

關於媽祖經書流傳以及編撰的情況，蔡相煇教授在《媽祖信仰研究》書中，整理分析媽祖經書保存編撰的情況，如：清康熙 60 年（1721）吳興方行愼、尹珩據《太上老君說天妃救苦靈驗經》加以申衍擴充纂成《天后經懺》，道光 11 年（1831）吳縣潘良材以其書「卷帙繁雜，恐無當於聖心」先後請人校訂，未成稿，再請李存默修訂後以《弘仁普濟天后聖母經懺》爲名於道光 18 年（1838）由九如堂梓行。全書內容含：天后聖化序、天后聖化本誓眞經、天后壇下誓法懺卷上、天后壇下戒持懺卷中、天后壇下感應懺卷下、天后壇下三懺法卷終、天后經懺跋、小序等 8 個單元。至清光緒 14 年（1888）楊浚編纂《湄洲嶼志略》，亦錄有《天上聖母眞經》，亦據《太上老君說天妃救苦靈驗經》編成，唯上述清代編修版本，內容都無法呈現教化功能，故流傳不廣，臺灣各圖書館及廟宇俱未見收藏。〔註 29〕

民間宗教的經書或善書，無論是撰寫或保存本來就不容易，從蔡教授研究媽祖經書流傳情況的一文中，可見媽祖經書的完成，主要是因爲媽祖信仰興盛，信眾爲了在祭祀媽祖的儀式中，能有一套完整屬於讚誦媽祖庇護民間大眾的經書，於是信眾各自撰寫媽祖經書，讚嘆媽祖天生具有的神奇能力。

雖然媽祖信仰無間斷地興盛，但是媽祖經書卻未受到妥善的收藏，本文以目前保存尙且完整的四本媽祖經書：《太上老君說天妃救苦靈驗經》、賴玄海編撰《湄洲慈濟經》、李開章編撰《天上聖母經》及傳妙撰《天上聖母經》作爲基本材料。從四本經書的經文中，分爲三大方向來探討，首先分析媽祖經書的特色、其次瞭解作者撰寫的目的，最後說明唸誦經文的功能。

一、媽祖經書的內容，以其生平傳說故事爲基本素材

目前保存完整的媽祖經書，其經文的共同特色就是以媽祖生平的傳說、神異的誕生、神奇的事蹟等故事，作爲撰寫經文的主要材料。以下列舉之。

（一）《太上老君說天妃救苦靈驗經》

《太上老君說天妃救苦靈驗經》這本經書全文約有 2500 個字，經文的內

〔註 29〕 蔡相煇著：《媽祖信仰研究》（台北：秀威資訊出版，2006 年 10 月），頁 518～523。

容分為四個部分：志心歸命禮、啓請咒、奉禮咒、天妃救苦靈符。〔註30〕以下從經文的四個部分，分述經文內容取材特點。

1. 經文的開頭，是以七個字為一句的詩句，共有十四句。其中五句以媽祖生平傳說為主要素材。試舉如下：

……。威容顯現大海中，……。護國救民無壅滯，扶危救險在須臾。……。

邪魔鬼魅總歸依，魍魎妖精皆潛伏。……。〔註31〕

從詩句中的內容，可以看出經文的開頭，以媽祖具有萬能的神力為開端，將媽祖天生具有神異的能力呈現出來，讚誦媽祖神力的意味相當濃厚。

2. 志心歸命禮的部分，以媽祖的生平傳說故事連貫而成，其內容如下：

浦沱勝境，興化湄州，靈應威德非常，孝感神通廣大，救厄而平波息浪，扶危而起死迴生，大慈大悲，救苦救難，勅封護國庇民明著妙靈昭應弘仁普濟天妃。〔註32〕

上述內容記載媽祖的出生地在興化湄洲，她為人孝順，具有解救海上災難以及拯救百姓性命的能力，最後官府褒獎並賜予封號。

3. 啓請咒的部分，也是以七個字為一句的詩句，共有二十四句。詩句中有五句主要以媽祖靈異的事蹟。列舉詩句如下：

……。上聖天妃功護國，……。……。東列西華排鬼將，南征北討助神兵。……，簡書勅命掃妖精。……。……，扶害除災利澤興。……。〔註33〕

經文中記錄念唱讚誦媽祖護國、收妖，幫助百姓解決災難等神力。媽祖的能力更加多元化。

4. 奉禮咒是本經文最主要的部分，更加完整地將媽祖的生平傳說運用於經文當中。節選其概要如下：

……。爾時太上老君在無極境界，觀見大洋溟渤……，出沒變化精妖鬼怪，……。有諸眾生，或以興商買賣，採寶求珍，出使遐荒，交通異域，外邦進貢，上國頒恩，輪運錢糧，進納貢賦，舟船

〔註30〕〈太上老君說天妃救苦靈驗經〉，張國祥校：《正統道藏》，明正統 10 年刊，萬曆 35 年續藏（台北：藝文印書館影印發行，1960 年），頁 104～107。

〔註31〕同上註，頁 104。

〔註32〕同上註。

〔註33〕同上註。

往復，風水不便，潮勢洶湧，⋯⋯其諸鬼神，乘此陰陽變化，翻覆舟船，損人性命，⋯⋯。於是廣救真人上白天尊曰：斗中有妙行玉女，於昔劫以來，修諸妙行，誓揚正化，廣濟眾生，普令安樂。

於是天尊乃命妙行玉女降生人間，救民疾苦，乃於甲申之歲，三月二十三日辰時，降生世間。生而通靈，長而神異，精修妙行，示大神通，救度生民，願與一切含靈解厄消災，扶難拔苦，功圓果滿，白日上升，土神社主奏上三天。於是老君敕下輔斗昭孝純正靈應孚濟護國庇民妙靈昭應弘仁普濟天妃。⋯⋯是時老君聞天妃誓言，乃敕玄妙玉女錫以無極輔斗助政普濟天妃之號，賜珠冠雲履，玉珮寶圭，緋衣青綬，龍車鳳輦，佩劍持印，前後導從，部衛精嚴，黃蜂兵帥，白馬將軍，丁壬使者，檀香大聖，晏公大神，有千里眼之察奸，順風耳之報事，青衣童子，水部判官，佐助威靈，顯揚正化。〔註34〕

經文中記載媽祖生前原是妙行玉女，太上老君見民間妖精鬼怪出沒，於是命她降生人間，解救人民疾苦。媽祖降生的日子是三月二十三日。媽祖天生具有通靈的能力，長大之後，經由修練，神力更加靈異廣大。她聽聞法音之後，發願救助各種災難。太上老君也賜給她無邊的法力。並說明百姓只要虔誠信奉，凡是都能迎刃而解。妙行玉女功果圓滿之後，白日上升回天庭，太上老君敕封她為輔斗昭孝純正靈應孚濟護國庇民妙靈昭應弘仁普濟天妃。

（二）賴玄海編撰《湄洲慈濟經》

賴玄海編撰的《湄洲慈濟經》經文結構分成祝香咒、天上聖母寶誥：志心歸命禮、湄洲天上聖母慈濟真經經文三個部分。〔註35〕以下從經文的三個部分，分別敘述經文內容取材特點。

1. 祝香咒，敘述焚香可以上達天庭。

2. 天上聖母寶誥：志心歸命禮，敘述媽祖為觀音化身，拯救百姓各種災難，收服神魔鬼怪為身邊的左右護法。內容概要如下：

⋯⋯，天上聖母，代天宣化，誠感咸服，⋯⋯其生也從觀音化身，立坤道之極則，靈慧隱顯，鬼神咸服。書符治病，機上救親，舫海尋兄，神來護迎。擲草駕舟，憫莆大旱，神蹟顯存。菜嶼長青，

〔註34〕同上註，頁105～106。
〔註35〕賴玄海，《湄洲慈濟經》，清光緒18年（1892年），元旦刊印。

閩浙雨患，禱告而遙去虯龍。吉蓼風災，演法乃逃二孛，千里眼、順風耳、海神晏公，皈依大道。高里鄉收髮鬼，皈爲臺下服役，荒丘中、波浪中，攝魄迷魂，名曰嘉應嘉佑，去邪歸正，並收之，列水闕仙班，共有十八位。隨處護法，生前之靈異，天后志歷歷可稽，迄今禦災捍患，英靈顯赫，亙古無有。……〔註36〕

3. 湄洲天上聖母慈濟眞經經文，這是經文主要的部分。內容完整地敘述媽祖的傳奇的一生，與民間的媽祖傳說故事可說是同出一轍。以下將經文分爲四個部分，探討經文取材要點。

（1）敘述媽祖生平

……孚子惟愨公，爲都巡官，即聖母父也。娶王氏，生男一，名洪毅公，女六，聖母其第六乳也。父母二人，廣行陰騭，樂善不倦，敬祀觀音大士。父年四旬餘，每念一子單弱，朝夕焚香祝天，願得哲嗣爲宗支慶。歲已未夏六月望日，齊戒慶讚大士，當空禱拜。夜夢大士告之，曰：汝家世敦善行，上帝式佑。乃出丸藥示之，曰：服此當得慈濟之貺。遂娠。宋太祖建隆元年，庚申三月二十三日，方夕，見一道紅光從西北射室中，晶輝奪目，異香氤氳不散。俄而聖母降生焉，至彌月不聞啼聲，因名曰默。〔註37〕

（2）記錄媽祖成長歷程

甫八歲，從師讀書，悉解文義。十歲餘，喜淨几焚香，誦經禮佛。十三歲時，有老道士玄通者，來其家。聖母樂捨之，道士曰：若具佛性，應得入正果，乃授聖母玄微秘法。十六歲窺井，見神人捧銅符一雙，擁井而上，有仙官一班迎護狀。聖母受符，遂通靈變化，驅邪救世。〔註38〕

（3）描述媽祖救助各種災難

秋九月，父與兄渡海北上，時西風正急，聖母方織，忽於機上閉睫，顏色頓變，手持梭，足踏機軸。母怪，急呼之醒，而梭墜。泣曰：阿父無恙，兄沒矣。……聖母因兄溺水，同母嫂渡海尋屍，見神護迎，突然水色澄清，兄屍已浮水面。此後凡遇聖母誕辰，半

〔註36〕同上註。
〔註37〕同上註。
〔註38〕同上註。

夜即有大魚成群，環列於湄嶼之前，若拜舞狀，黎明始散，他日無之。是日，漁者不敢下網。

嶼之西，有鄉曰門夾，當港口出入之衝，商舟遭風，衝礁侵水，舟人哀號求救。聖母乃擲草數根，化成大杉，排駕至前，舟因大木相附得不沉。

……聖母年二十一，莆大旱，縣尹詣聖母求禱，聖母因祈焉。未幾，平地水深三尺，……咸懼呼頂禮，稱神姑功德。

聖母年二十三，西北方有二神，一號順風耳，一號千里眼，出沒為祟。聖母手中絲帕一拂，二神持斧擲下不起，遂依法皈為左右二將。時有東海晏公，或變為神，或變為龍，伏法為部下總管，統領水闕仙班，護民危厄。

歲疫氣流行，莆縣尹闔署病篤，吏告以海濱神姑法力廣大，能起死回生，……尹齋戒親詣請救，聖母曰：此係天數，何敢妄干。尹哀懇曰：人民生死懸於神姑，幸憫而救之。聖母念其素稱仁慈，代為懺悔，取菖蒲九節，並書符咒，令貼病者門首，煎飲之，病者立瘥。……

高里鄉突有陰怪，含沙侵染百病，村人共詣神姑求治。聖母取符咒，令貼病者床頭。聞屋瓦響處，一物如鳥，拚飛而去。追擒之，變一撮枯髮。舉火焚之，突現本相，兀兀一小鬼，叩拜曰：願皈臺下服役。收之。

聖母年二十六時，正月霪雨至夏不止，閩浙盡罹其災。有司奏聞。眾乃詣神姑解救。……乃焚香焚符，當空禱告。少頃，忽轉一陣大風，濃雲解散，眾見雲間有虯龍逍遙而去，遂大霽，是歲大熟。有司覆奏神姑之功，奉旨致幣褒獎。……

時有二神，名曰嘉應、嘉佑，或於荒丘中攝魄迷魂，或於巨浪中沉舟破艇。聖母化一貨舟，拍浮而遊，嘉佑乘潮而前，聖母以咒壓之，遂懼而伏。聖母又從山路獨行，嘉應將犯之。聖母持塵一拂，彼遂幻變退避。歲餘，復出為祟。聖母令人各焚香齋戒，奉符咒，自乘小艇遨遊於煙波之中。嘉應見之，即衝潮登舟，坐於桅前，不覺舟駛到岸。聖母佇立船頭，遂悔罪請宥。並收之，列水闕仙班，共有十八位。凡舟人值危厄時，披髮虔請求救，悉得其默

佑。〔註39〕

這段經文撰寫媽祖拯救五種不同的災難，第一種：扶機救親：媽祖扶在織布機上，靈魂出竅拯救海上遇難的親人；第二種：擲草救商船：一艘商船觸礁，媽祖擲草化爲大杉木支撐商船；第三種：解決水、旱災；第四種：取草藥醫治瘟疫；第五種：收服神魔妖怪。

（4）說明媽祖白日飛昇

> 宋太祖雍熙四年丁亥，聖母年二十九，秋九月八日，聖母語家人曰：……明晨乃重陽日，適有登高之願，預告別期。眾咸以爲登臨遠眺，不知其將仙也。次晨焚香演經，謂諸姊曰：今欲登山遠遊，以暢素懷，道阻且長，諸姊不得同行，……。聖母遂渡海徑上湄峰最高處，但見濃雲橫岫，白氣互天，恍聞空中絲管聲，白日飛昇。嗣後屢呈靈異，里人敬之，立祠祀焉，號曰通賢靈女，至今咸靈顯赫護國救民。〔註40〕

這段經文撰寫宋太祖雍熙四年（988年）九月九日，媽祖在湄峰頂上白日飛昇，當時她二十九歲。爾後她不斷地的顯現靈異事蹟，於是信眾建廟供奉她，且封她爲通賢靈女。

（三）李開章編撰《天上聖母經》

《天上聖母經》是臺灣地區流傳較廣的一本有關媽祖的經典，全書結構分成序、凡例、誦經法、焚香咒、寶誥（志心歸命禮）、天上聖母經、天上聖母成道眞言、眞言論、禮儀、天上聖母略史、字韻、施本芳名表、版權頁，共有十三個單元。〔註41〕

這本經書的內容，比前面兩本的內容多，但是講述媽祖生平傳說故事主要在第六單元「天上聖母經」，這個單元的特色就是以三字經的方式寫成經文。其內容概要如下：

> 憶宋代，建隆時，……女聖人，默娘兒，林家女，湄洲居，父母善，祖先慈，積善家，慶有餘，生聖母，出凡姿，生彌月，不聞啼，名默娘，眾稱異，幼讀書，萬事知，能作文，能作詩，孝父母，

〔註39〕同上註。

〔註40〕同上註。

〔註41〕李開章編撰：《天上聖母經》（臺灣新竹州苗栗郡銅鑼庄，斐成堂活版部印刷，日本大正10年（1921）1月15日刊印）。

守倫規，傳聖道，遇眞師，受眞訣，指靈機。……救世法，出鄉里，海陸難，我扶持，能驅蛟，能喚雨。常救急，常扶危，降魔法，振神威，收二將，在北西，二將名，是何誰，千里眼，順風耳，輔聖母，多救濟，民同胞，物同與，湄港魚，禁網圍，恩澤大，物皆知，祝壽誕，物知禮，魚聚會，參拜儀。功滿足，行成期，通賢女，人稱奇，廿九歲，丹熟時，純陽體，法身飛，早成道，似顏子，上帝詔，不敢違，登湄峰，到瑤池，金童迎，玉女隨，見王母，蟠桃會，登金闕，拜玉帝，玉帝封，天后位。……至清帝，有康熙，琅南征，艦近湄，遇暴風，艦隊危，琅祈禱，我扶持，助戰勝，凱旋歸。琅奏上，帝歡喜，御筆寫，作敕語，稱忠孝，稱仁慈，封聖母。〔註42〕

這段經文的內容與前面的相似，大都以媽祖的傳說故事作爲經文的基本取樣素材，完整呈現媽祖的身世背景以及神異事蹟。

（四）傳妙撰《天上聖母經》

傳妙編撰的《天上聖母經》全書結構分爲香讚、淨口葉眞言、淨身業眞言、安土地眞言、普供養眞言、開經偈、天上聖母經、完經讚、回向偈，合計共有九個單元。〔註43〕

而經文主要的內容在第七單元「天上聖母經」，其內容概要如下：

　　……時值宋興，建隆庚申之歲，三月二十三日金烏將西，時有紅光一道，晶瑩奪目，直射湄洲，異香滿室，氤氳不散，俄頃之間，聖女托跡於林家，奇哉彌月，不聞啼哭之聲，故命名曰默娘。幼而聰穎，凡姿不類與群女，從師就學，一讀成誦而文義皆通。事親至孝，閩省女流稱第一。資性迴異，喜愛淨几焚香，信奉觀音，誦經禮佛虔誠。長遇名師，傳授玄門秘法，日夜殷勤參修，未久便能悟諸要典。時年十六，窺井得符，遂得靈通變化，驅邪救世，演大神通，常駕彩雲飛渡大海，救護舟船，眾皆唧恩載德，尊稱通賢聖女。芳華二九，功圓果滿，重陽之日，湄峰頂上，白日飛昇。爾時彩雲密布，天樂齊鳴，竟脫凡胎而入聖胎。

　　自今以後，屢顯神靈，降福與人間，來去縹緲，隱現乎江淮河

〔註42〕同上註。
〔註43〕僧人傳妙：《天上聖母經》（北港朝天宮管理委員會發行，臺中市瑞成印刷公司印刷，民國61年（1972年）2月刊印）。

—116—

海之中。……累昭靈異，有禱而必應，虔祈默相，無感而不通。密
演神咒，收伏二將在西北，一明千里眼，一聰順風耳，遂服神威而
皈正教，隨侍效命察奸報事，輔吾救世，護國佑民。……故累代錫
命，寵頒褒旌，迨至清帝敕封天上聖母之號。……〔註44〕

這段經文撰寫媽祖誕生於宋建隆庚申之歲（960年）三月二十三日，出生時現出一道紅光，到滿月之日仍然沒有啼哭，因此被命名為「默娘」。她從小聰穎過人，也相當孝順，在閩南地區名氣響亮。她信奉觀音，勤讀經典。十六歲於井中獲得靈符，因而具有神力。二十九歲在湄峰頂上飛昇。爾後在江河之中，常見媽祖顯神靈救災難。收伏千里眼順風耳，成為她的隨身侍衛。她護國佑民的事蹟，歷代都受國家褒獎，至清代皇帝敕封為「天上聖母」。

綜合上述四本媽祖經書的經文，可以明確的看出經文的內容完全取自民間流傳的媽祖生平傳說故事，其中唯一有差異的是媽祖媽祖的身份。《太上老君說天妃救苦靈驗經》撰寫媽祖是太上老君分派至人間的妙行玉女，其他三本經文撰寫媽祖是林氏家族的女兒。

二、媽祖經書的內容，隱喻撰寫者對宗教的意念

從目前保存尚且完整的四本媽祖經書經文中，除了《太上老君說天妃救苦靈驗經》的撰文者不詳，其他三本雖然知道撰寫經書的作者，但是對於作者的事蹟，經書裡都沒有記載。然而，撰寫媽祖經書的作者，其撰寫動機、想法與目的，應該會融入在經書的內容之中。

以下分別從經文的內容，分析四本經書所隱喻的宗教意念。

（一）《太上老君說天妃救苦靈驗經》

《太上老君說天妃救苦靈驗經》這本經書的經文，所傳達的宗教意念是最明確的。在經文最後一個部分是「天妃救苦靈符」，這部分最特殊的就是撰寫者在經文中畫了一張靈符（圖樣如下），而其經文內容如下：

敕符咒曰

輔斗真人，感應化生。一符一水，救濟萬民。除災去障，永保安寧。

急急如律令。

〔註44〕同上註。

齊天聖后，北斗降身。三界顯跡，巨海通靈。神通變化，順濟
稱名。三十二相，相貌端成。隨念隨應，至聖至靈。威光顯赫，護
國庇民。海風吹浪，至祝降臨。一心瞻仰，顯現真身。虛空出現，
統領天兵。威神下降，鬼伏神驚。莆田土主，聖化竹林。北斗大聖，
驅逐邪精。消災散禍，家國安寧。急急如律令。

天妃靈符，如有急告焚香，念前咒七遍，書此符，用井花水磨
乳香調服，自然安好，無不應驗。〔註45〕

這段經文告知信奉媽祖的信眾，遇到危難時，焚香念敕符咒七遍，書寫
天妃靈符，最後以井花水磨乳香調和服之。這些解決危難的方式就是道教術
士消災解厄時所使用的方式，因此《太上老君說天妃救苦靈驗經》的經文，
隱喻著撰寫者欲將媽祖列入道教信仰體系，也具體的畫出靈符的圖樣。（靈符
圖示如下）

天妃救苦靈符

（二）賴玄海編撰《湄洲慈濟經》

賴玄海編撰的《湄洲慈濟經》一書中，其宗教意涵不夠濃厚，經文內容
很多都是在勸導百姓孝順、順應天理、行善助人，以及為人處事的道理，或
許作者是想藉經文傳達儒家教化世人的方法與概念，更期望民間宗教在社會
上也會有教化的功能。經文內容概要如下：

〔註45〕 書同註2。

……孝是富貴根，德是子壽源，木無根縱榮豈能久，水無源雖滿立見涸，日月有時而盈，亦有時而昃，天之道如是也。氣數有時而剝，亦有時而復，地之道如是也。人本天地以生，時也命也運也，亦豈不如是乎，善德之人，立功以俟命，是謂達乎天、達乎地，以成一世之達人也。……天運轉，地應之，人亦成之，理數之乘除，難免劫運之轉移，世界奢奢，滅惡度善之理寓焉。惡者不容其在世，善者不忍其遭苦，生也死也，可驚亦可喜也，數盡而歸，天道輪迴，所以別善惡也。人悲之，天更憐之，成神者有之，轉世者有之，陰司了一案，陽間多一亂，陽間行一逆，陰司多一犯，陽不見陰，陰不見陽，無怪世人茫茫然昧昧然也。古今治亂，豈曰無因，一世興衰，前業現憑，福中禍，禍中福，陰騭之轉移也。前業帶來，功未滿，有翼亦難飛，有足亦難走，世人知之否，恩也怨也，世世投生，報復難了也。善心格天，神祇上奏，尚其勉旃。……借身度世善功留，留下人倫作世法，留下道學後世傳，不以功業累罪名，不以富貴誤善緣，三教神佛皆如此，玉皇苦修今在天，今在天。看爾世人入選仙，聖母前身亦如此，今亦登堂聽經篇，聽得經篇善在前，山川毓秀出聖賢，世人能學此，何必演劇聽歌舞，謝神賽願來謝此，聲聲金玉超萬古，天官賜福神人樂，四時花開別有天，金馬玉堂天上客，仙家佛國心地連，聖母仙塵塵災掃，度向人間立志堅。〔註46〕

從這段經文中，作者不斷地勸人為善，強調生活必須順應大自然，人與人之間的恩怨不要在乎等做人處理的道理，可見作者在撰寫這本經書時，心中思考著藉由經書的文字，說明儒家教化的思想。

（三）李開章編撰《天上聖母經》

李開章編撰的《天上聖母經》，在經書的開頭序的部分，具體的說明此本經書的宗教意念，經文內容如下：

唐代臨濟宗系，傳南嶽法者，道一禪師，姓馬名祖，當代既得法成道矣。邢州淨土寺，萬松行秀禪師曰：宋代聖母，唐代之馬祖降生；唐代之馬祖，即宋代聖母之前身也，所以世人稱聖母，名曰馬祖，如此由也。近今俗寫馬字，左傍添一女字，此媽字，康熙字

〔註46〕書同註7。

典，莫補切，音姥，俗讀若馬平聲，稱母曰媽；又俗曰：媽祖是祖母二字，祖母即婆字，敬稱馬祖婆是也。

此經，吾先祖向邢州淨土寺傳來，天保辛卯貳年（1831），吾先祖攜帶此經渡臺，至今秘藏 90 年間，從來世人尊敬聖母，僅知其靈驗，不知其道德功能，今吾不敢再秘，叨蒙內務省，著作權登錄，嚴禁轉載，印刷發行之後，使世人皆知聖母道德功能，亦可爲後世希賢希聖者之模範。

吾願仁人君子，朝夕虔誠焚香代念誦，靈驗最速，所求如意，不可思議功德，豈曾消災降福已哉。

大正庚申（1920 年）歲次，時於仲秋。斐成堂編輯部內，李開章序。〔註47〕

此段經文的序，蔡相煇教授認爲序文，人、事、時、地，樣樣俱全，乍看似爲可信，但經加查證，卻也有疑點。據《景德傳燈錄》的記載，道一禪師爲唐代漢州人，俗姓馬，故稱馬祖，住南康龔公山；與序文所說：「馬祖道一姓馬名祖」顯爲不符。又據《新續高僧傳》，萬松行秀爲宋代高僧，通孔老百家之學，著有《祖燈錄》、《鳴道集》、《辨宗說》等書。

媽祖林默娘雖然是宋代人，但在宋代尚未成爲國家祀典，聖母稱呼也是清代中葉才產生；序文引述行秀所說「宋代聖母，唐代之馬祖降生」一語，眞僞也有問題。「邢州」爲隋代行政區名稱，末代改爲河北省邢臺縣，至清代改稱順德府，是一個古代的地名，當時已不通用。「天保」爲日本仁孝天皇年號，天保 2 年爲清道光 11 年（1831），距本書出版恰 90 年。

序文雖有許多不通之處，但從其行文，卻也可發現李開章對佛教史有相當涉獵，並曾受過漢文及日本教育；而其印書動機，則在藉神道推廣道德教育，兼爲臺灣的媽祖信仰創造信仰的理論基礎。〔註48〕

可見這本經書，將佛教的概念融入媽祖經書之中，藉由經書的流傳，經由信眾的認同，最後將媽祖列入佛教的神祇。

（四）傳妙撰《天上聖母經》

傳妙編撰的《天上聖母經》是這四本經書中，唯一有記載編撰者身份的。傳妙是一位出家僧人，從身份推斷他撰寫的經文，應該隱喻著佛教教義。

〔註47〕書同註 13。
〔註48〕書同註 1。

除了從編撰者的身份推論之外，經文的內容即可以做爲一個印證的例子。內容概要如下：

> 末法轉時，眾生造業深重，世道崎嶇，人心奸詐莫測，蓋謂受身之後，去聖時遙，佛法無因見聞，因果歷然不信，孰知善惡兩途，業感之勝劣，明闇相形，招報之差別。善者，則謂人天之勝途，惡者，則謂三塗之異轍，修仁義則歸於勝，興殘害則墜於劣，其居勝者，良由業勝，非諍競之所要，受自然之妙樂，趣無上之逍遙，其墜劣者，良由業劣，處三塗之劇苦，受地獄之嚴刑，悲長夜之難旦，而優劣皎然，世人莫能信之，以吾我故，好起疑惑，以疑惑故，多不向善，不受人勸，自任其力，造諸惡事，常習愚癡，從迷至迷，隨物欲以漂汎，由苦入苦，逐色聲而貪染，只圖眼前受用，不顧身後招殃，以致茫茫於苦海之中，無由解脫，然非聖賢出世，何能拯拔。〔註49〕

從這段經文內容，可以看見傳妙是受過佛教教育的僧人，因此他所撰寫的經文，與佛經的氣息相當接近。

綜合上面的分別討論，可以說撰寫經書的作者，撰寫經書的動機主要是想宣揚自己的宗教理念，藉由撰寫媽祖經書，將媽祖列入其個人信奉的宗教體系當中。但是媽祖信仰畢竟是民間信仰，因此撰寫經書的作者，不能將自己的宗教思想明白寫在經文中，因此大部分都是用隱喻的方式，融入個人的宗教信仰。媽祖經書大都由個人獨立編撰而成，導致經文的內容隱含了道教、佛教，以及儒家教化等不同的宗教意念。

三、媽祖經書的內容，反映唸唱持誦經文的功能

媽祖經書之所以流傳下來，除了媽祖廟祭拜唱誦需求之外，還有一個更實際的功能，那就是媽祖經書的內容，記載著持續不斷地唸唱持誦媽祖經文，可以獲得媽祖的庇佑，信眾因爲這項功能，得以將媽祖經書加以保存。以下分述四本經書，其所反映唸唱持誦經文的功能。

（一）《太上老君說天妃救苦靈驗經》

《太上老君說天妃救苦靈驗經》在奉禮咒的部分，說明百姓只要唱誦媽祖經書，即可以免除災難，萬事順心如意。經文內容概要如下：

〔註49〕 同註15。

世間若有男女恭敬信禮，稱其名號，或修齋設醮，建置道場，或清淨家庭，或江河水上轉誦是經一遍，乃至百遍千遍，即得祛除災難，殄滅邪魔，疾病自痊，官災永息，行兵臨陣，凶惡自離，囚獄之中，自然清泰。賊寇不侵，惡言無害，田蠶呎百倍，牛畜孳生，財祿盈餘，經營獲利，行商坐賈，採寶求珍，海途平善，無諸驚恐，求官做事，遂意稱心。〔註50〕

這段經文中，明確地說明稱誦媽祖名號，轉誦媽祖經文千百遍，可以逃脫各式各樣的災難。可見透過不斷地唸唱持誦媽祖經文，唱誦者可以獲得身心靈的平靜，而且不論你從事何種行業，都可以獲得庇佑。

（二）賴玄海編撰《湄洲慈濟經》

賴玄海編撰的《湄洲慈濟經》一書中，明確地說明唱誦媽祖經的功能。其內容如下：

……此經傳下界，闡出陰陽理，人能虔心誦，皇天必佑汝，一人誦此經，其身可平安，人人誦此經，人人得安全，誦經一遍准一功，持誦千遍保壽元，赦除前業身脫苦，赦除世厄免後冤，富貴功名憑祖德，子孫福祿憑陰騭，若為父母念，孝行感動天，若行亡化念，超生赦罪愆，陰功如浩大，快樂得成仙，印施十本功一百，印施百本功滿千，善功完滿憑德求，賜下財星衣食優，衣食優時行善果，文呂註祿家能保。……〔註51〕

這段經文說明唸誦媽祖經文的功能有獲得安全，保壽命，消除前世業障。如果為父母唸誦媽祖經，這種行為會感動天庭；為亡者唸誦經文，可以積陰德。除了唸唱媽祖經書之外，這本經書特殊之處，就是勸信眾印製經書，透過印製經書能累積功德，且助印經書的數量越多，功德累積的能量更大。在臺灣的廟宇裡，無論是個人或團體印製或捐贈的風氣仍然存在。在廟宇、車站等公共場所，常見各種經書擺放給百姓自由取閱，期望能達到推廣經書的功能。可見，經文中的內容，對於百姓是有影響力的。

（三）李開章編撰《天上聖母經》

李開章編撰的《天上聖母經》，在經文中說明了唸誦媽祖經書的 14 項功

〔註50〕 書同註2。
〔註51〕 書同註7。

能，其內容概要如下：

> 1逢颶風，舟船危，念此經，風自微。2多疾病，身體虛，念此經，易療醫。3瘟疫盛，傳染時，念此經，疫自離。4末劫年，多險嶇，念此經，保安居。5久旱魃，禾枯死，念此經，降大雨。6婦人孕，難產時，念此經，易生兒。7妖魔祟，人被迷，念此經，祟走移。8洪水害，暴風雨，念此經，風雨止。9拜北斗，延命期，念此經，壽期頤。10人無子，來求嗣，念此經，產賢兒。11命運凶，多是非，念此經，訟獄離。12諸地獄，血污池，念此經，天堂居。13超九祖，度魑魅，念此經，出輪迴。14消災害，保鄉里，念此經，福自歸。功德大，難思議，靈驗多，難盡辭，佈甘露，施法雨，真言篇，同誦之。至乾隆，淨土寺，大禪師，諸賢士，乩筆術，諸法備，顯聖蹟，揚名譽，遺一經，傳萬世。〔註52〕

這段經文鉅細靡遺地說明持誦媽祖經文能改變天象、治療疾病、驅除瘟疫、安定民生、解除水旱災、驅除妖魔、延長壽命、脫離官司、協助孕婦順利生產或解決不孕症等生活上的大小事，最後甚至能超脫生死輪迴。上述這些念誦經文的功能，使得媽祖經書具有吸引力。

（四）傅妙撰《天上聖母經》

傅妙編撰的《天上聖母經》也說明了唸誦持誦經書的功能，但是內容不如上一本經書具體，其內容概要如下：

> 凡有淨信男女，竭誠致敬而禱者，如影隨形，似響隨聲，皆從其願而錫之福，若有違心悖逆之輩，則有時豈無一二示警，以堅善信之心，其或未然，故於降祥降災之中，安知彰善癉惡之驗。……是故，世人朝夕焚香虔誠奉誦此經者，我即隨其音聲，於怖畏急難之中，示大威神之力，袪除險難，殄滅魔軍，禪獲安泰。……或有見聞是經，能轉念受持讀誦者，當知人其功德力，莫可稱量。若有正信男女，曉悟宿因，知福德感，應當一心修習正法，捨離慳貪，喜結眾善，勤行布施，修齋作福。諸如精進不懈者，豈惟只是此世善根深厚，來生智慧自然增長，令彼內魔不起，外患無侵，安閒自在修學一切法門，斷除煩惱雜念，同登覺路，捨業報身，得解脫樂，

〔註52〕　書同註13。

　　生生世世，行菩薩道，利益一切有情，庶幾善果周隆，妙利無窮，

　　世人信受聽我語，神光照耀護汝身。〔註53〕

　　這段經文的內容說明唸唱持誦媽祖經書，媽祖將隨著唱誦的聲音，展現她的神威，幫助信眾解決災難，也說明轉念誦讀媽祖經書，能累積無限量的功德。而這段經文明顯的挪用佛教術語，如斷除煩惱雜念，同登覺路，捨業報身，得解脫樂，生生世世，行菩薩道等。

　　上述四本經書內容所撰寫唸唱持誦媽祖經文的功能，可以推論媽祖經書撰寫的動機，除了宣揚媽祖的精神之外，也想藉由編撰經書的機會，發揚媽祖拯救各種災難、解決各種生活問題的神奇力量。最重要的是希望信眾能持續的唸唱持誦媽祖經書，累積自己的福報，進而利益眾生。

　　綜合上述媽祖經書的特色，可以推論媽祖經書的內容，大都以媽祖的生平傳說為基本的素材，經文內容的特色就是完全沒有脫離民間流傳的媽祖傳說故事，可見藉由媽祖經書，宣揚媽祖神奇的傳說故事，應該是編撰者書寫經書的動機一之。

　　而經文的內容，融入編撰者對宗教的意念，藉由編輯撰寫媽祖經書的機會，將媽祖歸納為某一類宗教的神祇，或許是編撰者書寫經書的目的。

　　最後，經書的內容，反映唸唱持誦經文的功能，這是媽祖經書得以保存至今日的主要因素。我們可以理解，生活於百業競爭的年代，如果唸唱持誦媽祖經，無法獲得實質的功效，媽祖經書只會被束之高閣，放置在廟宇的結緣區，或者圖書館的特殊典藏區提供學者學術研究。

〔註53〕書同註15。

第六章　媽祖文化影響下的文學與藝術

　　媽祖文化形成後，媽祖成為文學及藝術領域中的主要角色。在文學領域，最早出現描寫媽祖形象的是洪邁的《夷堅志》，這是一本筆記小說，從這本小說中發現媽祖顯靈的事蹟，可見當時民間崇拜媽祖，文人才會隨手將這個特殊的故事記錄下來。《夷堅志》之後，文學領域陸續出現書寫媽祖形象的小說。

　　除了文人受到媽祖的影響，藝術家佩服媽祖犧牲救難的精神，因而創作出一些優秀的藝術作品。在藝術領域，媽祖影響的範圍相當廣，舉凡戲曲、舞蹈、電影動畫都有媽祖的影子，藝術家將媽祖的形象帶入藝術領域，提升了媽祖在社會上的價值。

　　本章分別從文學與藝術領域切入，從這些作品探討媽祖在文學與藝術的領域裡，所呈現出來的樣貌與特色。

第一節　鋪陳媽祖故事的小說

　　到明代吳還初編撰《天妃娘媽傳》，這本書是目前最早以媽祖故事為主題的文言長篇章回小說，至今也有周濯街著的《媽祖》、羅偉國撰的《媽祖全傳》、黃玉石著的《林默娘·媽祖傳奇》等三本以媽祖為主題的白話長篇小說流傳於市面。

　　本章以這四本長篇小說出版的先後次序，分別於下列各節探討以媽祖故事為底本而創作的長篇小說，其作者、內容特色、故事差異與傳承價值。

一、吳還初《天妃娘媽傳》

《天妃娘媽傳》一書目前可見於古小說集成、中國古典小說研究資料叢書、中國古代珍稀本小說三套叢書及台灣文獻匯刊，還有七賢書局選的《媽祖傳》等。上述這些書中皆註明，《天妃娘媽傳》一書是依據日本雙紅堂藏明刻本。本文以這五本書爲主要資料，以下分析《天妃娘媽傳》的作者、小說內容，及其版本。

（一）作者

《天妃娘媽傳》這本長篇章回小說的作者是吳還初，其生平事蹟在史志書上無記載，文學史上亦不提。吳還初的生平資料很少，僅明刻本《天妃娘媽傳》卷首題「南州散人吳還初編，昌江逸士餘德孚校，潭邑書林熊龍峰梓」，下卷卷尾雙行牌記題「萬曆新春之歲，忠正堂熊氏龍峰行」；及《郭青螺六省聽訟錄新民公案》卷首《新民錄引》署名「大明萬曆乙巳（1605 年）孟秋中浣之吉，南州延陵還初吳遷拜題」兩條記錄。

由上列兩條記錄可以推知吳還初的本名是吳遷，字還初，延陵是吳氏郡望。而南州，古代稱爲漳州，南唐保大四年（946）改名南州，歷經 20 年，宋太祖乾德四年（966）又復名漳州。明洪武之年（1368）稱漳州府，至萬曆時不變。吳還初應是明萬曆漳州府人，只是早期有些文人喜好用自己戶籍地的別名爲自號，因此他自號南州散人。散人即是指閒散逸士，他名不見經傳，個人經歷無從查考，而何時何因到熊龍峰行編書等亦不詳。

熊龍峰是明代嘉靖、隆慶、萬曆時期建陽地區一位通俗文學的出版家及刻書家，他是福建建陽忠正堂書坊的主人。在明代，建陽書坊主要編刻通俗讀物，尤其是章回小說，書坊常雇用文人來編寫書籍，吳還初就是其中的雇員之一。〔註1〕

明代建陽是全國刊刻中心之一，刻書業發達，而福建、江西相鄰，交通方便，這就爲江西文人入閩提供了可能。吳還初編撰《天妃娘媽傳》，與他合作、校讎書稿的「昌江逸士餘德孚」也是江西人。昌江在今江西波陽縣。吳還初屬於這些文人群體中的一員。

〔註 1〕 曾經民：〈明刻本《天妃娘媽傳》考略〉，見許在全主編：《媽祖研究》（廈門：廈門大學出版，1999 年 1 月），頁 245～246。

（二）小說提要

　　方彥壽先生曾說：《天妃濟世出身傳》是最早描寫媽祖故事的長篇小說。小說是根據福建沿海一帶民間流傳的媽祖傳說蒐集整理而成的。〔註2〕全書內容共分為三十二回，全篇小說摘要如下：

　　　　北天妙極星君的女兒名玄真，端午佳節時到碧蓮池賞魚，偶見池塘旁有一行螻蟻將要渡過池塘，玄真女摘一荷葉放入池中，螻蟻見葉，爭相登上。不料突然一陣陰風吹翻荷葉，螻蟻皆喪生於池塘中。晚上玄真女夢見眾蟻向她哭訴，說是猴、鱷二妖所害。玄真於是告訴星君，星君布下天羅地網捉拿二妖，二妖變為蚊蟲逃脫。玄真心裡想二妖會再傷害無辜，為救生靈於是辭別父母立誓滅此二妖。

　　　　玄真告別星君，身邊跟隨一位侍女，她們先到瑤池，拜見西王母，王母賜靈丹一顆，她即刻吞服，元神因此倍增，開始能聆受心法。西王母令其前往南海拜見觀音菩薩，觀音菩薩說明二妖，一是世尊座後鐵樹上獼猴精，一是雷音寺裡齋供堂所懸木魚精，因正月十五日世尊在凌霄殿宴飲群臣，監視二妖的看管者偷閒，二妖脫逃密藏在你苑中。如今被妳激怒，奔走入凡間，恐怕禍及民間的人事物。我現在傳授擒拿二妖的方法，送妳一個團兒盒及鐵馬一匹，這兩物無事先收藏起來，有事才拿出來用。玄真聽聞觀音菩薩的點化後，乘著鐵馬飛回北天。到北天之後，他告訴雙親想到凡間滅除妖怪的決心，雙親瞭解她的想法，玄真女於是拜別雙親，托生於福建興化府莆田縣林長者家。

　　　　玄真女十六歲時，聽聞猴、鱷二妖，逃脫天網。鱷奔東海，欲圖王霸，為東海龍王所知，遣解忠領兵拒戰，大敗而逃。見一牛跱，欲憩其中，為眾鯢鮒所拒，鱷蹋鯢鮒盡死。又過一陷阱，聞群蛙鼓噪，一蛙指引其至小天池中求黿相助。鱷至小天池，誘黿起兵，復至東洋與海苦戰，又為大敗。無奈，別黿向南而去，得南海紅蛇之助，又欲奪南海龍王之國，復為大敗，又逃向東海。一日，玄真忽於機杼上睡去，轉見鱷精在東洋作怪，四百商船將為沉沒，玄真與

〔註2〕　方彥壽：〈最早描寫媽祖故事的長篇小說──《天妃出身濟世傳》的建本〉，《台灣源流》，89年春季刊，頁129～130。

鼉精鬥法，正酣戰中‧忽爲侍女喚醒，一舟沉沒，鼉亦未能除，只救得商船四隻。自是，林長者女漸不食人間煙火，唯禮拜觀音，奉侍父母。

林女漸長，求親者日至。有陳族，世代科第，家聲甲諸莆陽，遣媒約秦晉之好，林長者欲許之，請鄰婦入勸玄眞。玄眞一心向道‧堅辭。終白日化身，飛往湄州。

再說猴精得脫天網，奔往西番。途中盜得一貓精之法索及諸寶物。又于田間，使法術，偷食一老農夫飯食，且見農夫之媳美，遂化作其子，入老農家，至翁姑不能辨孰爲其子，婦亦莫辨孰爲己夫。入晚，以眉蟲使各人入睡，猴乃得與婦歡合。農夫潛至張家山，請張法師捉妖，猴精方懼逃。入西番。過弱水河，至弱水國，居一土地廟中，假冒玉帝卷簾大將，托夢社長。社長轉奏國王。國王親入廟行香，又大建廟宇，祀之，封鎮國大將軍，果然靈驗，且數年間歲豐人安。猴又助國王征伐小蠻。陣戰之時，小蠻軍中所見，漫山遍野盡是猴子猴孫，皆不戰而潰。東征西伐，所向披靡，國力更強。遂漸生睥睨中夏之志。佐國奠長嗟嘁喇獻計，建造羽車一輛，取可觀而不可載之義，難成而顧易敗之意，遣使入貢中國。漢帝集群臣議，辭受兩端，自辰至午，了無明見。番使回報，番王以中國無人，乃興兵入寇。妖猴作法，大敗漢節度使李鬱、廣騎大將軍張威，擒李、張二人。漢君臣無奈，出榜招納賢能術士。

詔至莆陽，一道士張某被征。張仍設計，薦林二郎以代。二郎者，林長者子，玄眞兄也。二郎無奈，至湄州廟中，禱求妹子玄眞。入夜，玄眞果乘仙鶴至，教以陣戰之法，授以經咒秘訣，又贈火旗一面，風扇一把，且囑二郎「取爐前一撮香，囊而帶之」，謂扣囊而呼，妹則輒在；復贈神馬一匹，二郎乘馬歸家。林二郎應召赴命，行至鄱陽湖，有龜精，嘗爲觀音收鎮，囑龍王守管，以五湖龍王齊至洞庭賀壽，龜得脫。玄眞護兄至此，恰遇龜精興風作浪，收之，鎮押原處，眾舟得脫，而二郎舟亦平安到岸。眾人捐金，建廟祀之。

林二郎至京，天下術士，也鱗集輻輳而至。定於教場復選，法高者付以重任。二郎先期扣香囊請妹妹玄眞相商。次日赴教場，見

四方術士。玄真白日現身雲端，朝廷封二郎為護軍，以李茂統京衛
五萬赴邊。軍至大同，兩軍相戰，番兵正要失敗，妖猴作法，漫天
皆猴子猴孫。漢兵正慌亂，二郎扣香囊，玄真現於雲端，與妖猴鬥。
二郎又以玄真所賜風火扇扇起烈火，風助火勢，眾猴無處逃生，番
兵大敗，十死七八。妖猴逃回弱水國中，再點三萬精兵入寇。二郎
排八卦陣，擒番王。玄真追妖猴，妖猴躲入弱水岩，天兵大索三日
而不得。玄真召當坊土地，訪知妖猴存身之地。而妖猴又已投巡山
大王。山中四方百餘里，水皆有毒，若飲，三日即死。真人兵馬趕
至，誤飲毒水，皆昏悶僕地。玄真往南海觀音處，求得甘露，將眾
救醒。終獲二妖。巡山大王者，乃一虎精也，玄真斬之，縛猴妖歸，
斬於漢軍教場。番王知妖猴已死，正傷心不已。時漢帝旨下，釋番
王，番王稱臣奉貢，送張、李二將歸漢。林二郎奏凱回朝。漢明帝
知玄真之功，於南郊親祭，敕封玄真為護國庇民天妃林氏娘娘，林
長者為誕聖公，安人為育聖母，二郎為靖國法師護教聖兄，閩省舉
薦官員，也各有封賞。州鎮官員，又至湄州，為玄真更新廟宇。玄
真上表謝恩。

　　謝恩歸來，至揚子江。有白蛇精與鰍精，常危害商船行客，天
妃娘娘知之，化一客商，載寶物行於江。鰍與蛇正欲用力將船掀
翻，被娘娘擒獲，斬殺。救了一宦家二十餘口，宦者為主廟。歸至
莆田，見有雞精作祟，將裂一產婦胞胎，娘娘驅妖相救，母子得安
然無恙。

　　娘娘斬殺雞精後回至湄州，知鱷精又於東洋為害，娘娘約龍王
共剿，終將鱷精收伏。南海觀音奏明上帝，林長者，安人、二郎俱
得白日飛升。〔註3〕

　整部小說以媽祖的傳說故事情節為底本，只是媽祖的名稱換成玄真，她
暗中幫助她的兄長收服妖怪、斬猴妖、敗蕃兵等。漢明帝於是敕封她為護國
庇民天妃林娘娘。之後，林娘娘又滅鱷精，各地因而立廟祭祀。小說中所描
寫的主要情節，如與龜精與妖猴鬥法、救護商船等，都是媽祖故事裡有的情
節。特別是第六回「玄真女興化投胎」、第九回「玄真女機上救舟」（附錄三）、

〔註3〕　（明）吳還初編：《天妃娘媽傳》，收於《古本小說集成》（上海：上海古籍出
　　　　版社，2001年9月），頁70～72。

第十回「玄眞女湄州化身」與第十六回「林二郎鐵馬渡江」（附錄四），這四回主要的故事情節，與前面所提媽祖傳說的「默娘出世」、「媽祖機上救親」、「媽祖升天」與「媽祖騎鐵馬渡江」四則，可謂同出一轍。

（三）小說與故事不同處

小說第六回「玄眞女興化投胎」與前述福建地區「默娘出世」〔註4〕傳說的情節相似之處是：玄眞女三月二十三日，奉觀音菩薩的旨意，降生於福建興化府縣林長者家，誕生時靈光耿耿，照耀如日。不同的是母親的姓氏原爲王氏改爲蔡氏。

小說第九回「玄眞女機上救舟」與媽祖「伏機救親」〔註5〕傳說的情節完全相同，這一回的寫作手法完全源自媽祖的傳說。小說中描寫玄眞女在機杼上睡去，發現在東洋有四五隻商船被鱷精所翻弄；爲了救助，夢中跑去拯救海上遇妖精作怪的商船，口啣一艘，兩手足隻持四艘與鱷精鬥法；然而，爲了回應母親喚醒的聲音，口中所啣遂墜入水中，最後只救商船四艘，沒有完全搭救成功。

其中與傳說略有不同的是，將救父兄改爲救護商船，將狂風惡浪等大自然的災難加以擬人化，改爲與鱷精在海上鬥法。而小說中的鱷精與妖猴，可以推斷是源自民間傳說中的海怪晏公、其屬下千里眼順風耳、嘉應嘉佑等魔怪。與鱷精鬥法時，玄眞女利用「經咒」及「眞言大步罡鬥」等道教的法術，這些是新插入的情節。

小說第十回「玄眞女湄州化身」與「媽祖升天」〔註6〕傳說相同的情節是：玄眞一心向道，堅辭婚事，最後白日飛升至湄州。

而第十六回「林二郎鐵馬渡江」與故事「媽祖騎鐵馬渡江」的內容相同。二郎所騎的鐵馬，馬匹的特徵、功能與神性和媽祖所騎的鐵馬可說是同一品種的馬，只是騎馬的角色由媽祖轉換爲林二郎。故事概要如下：

> 林默十八歲時，一日午時，聽到門外傳來馬嘶聲，心想湄洲島
> 居民慣用舟楫，從沒見過馬。只有村頭東面的古榕樹下，立著一尊
> 鎮邪鐵馬。第三天夜裡，她側耳細聽，又聽到馬的叫聲，從村頭東

〔註4〕 此則傳說見《中國民間故事集成‧福建卷》（北京：ISBN 中心，1998 年），頁209～210。
〔註5〕 同上註，頁187～188。
〔註6〕 同上註，頁191～192。

面傳來。她急忙出門，到村東頭的古榕樹下，走近鐵馬，摸摸馬身。馬身上的斑斑鐵銹竟成茸茸細毛，手觸著感到微微溫熱。她繞著鐵馬巡看，鐵馬竟眨著雙眼，嘴裡噴出白氣，馬尾輕輕擺動。她放大膽子一翻身，跨上鐵馬，往馬脖子上輕輕地捶了一拳，鐵馬發出一陣嘶鳴，昂起頭，奮開啼，馱著林默離開村莊，奔向大海。鐵馬就像馳騁在千里平川。只要她的左手指向哪裡，鐵馬就奔向哪裡；右手五指收攏，鐵馬就嘎然止步。她很高興，心想，有了這匹鐵馬，不管鄉親們遇上什麼災難，即可騎鐵馬救助。天色微明，她把左手向村莊一揮，鐵馬轉過頭來，箭一樣沿著原路奔回古榕樹下。她跳下馬，用手輕輕地撫摸，鐵馬會意地向她點了一下頭，就一動也不動的站立著。從這以後，她常騎著鐵馬，在海面上，營救遇難的漁民、客商。後來，她升天為仙，鐵馬也跟隨她去。直到現在，還有人見過林默身著紅色披風，騎著褐色神駿，在海面上巡遊，護衛著航海的人們。〔註7〕

通觀《天妃娘媽傳》，此傳採用常見的章回體小說形式，全書內容，既有南海觀音，又有北極星君之女玄真下凡興化林家，投胎化身湄州，構想玄真女（天妃）神通廣大，有無限的法力；小說以玄真女降服猴精、鱷精為主線貫串全書。小說中將媽祖的生活年代虛構為東漢明帝時期，而不是民間認為的北宋年間，這是小說與傳說的不同之處。

從小說概要的分析，這部小說的價值在可說是凌駕方志之上的，方志所記載的靈蹟，多為後人編造或官方書寫出來的，小說多少保存了明代對天妃的民間傳說，對今後關於媽祖的民間文學研究提供了極為珍貴的資料。

（四）傳本分析

目前以媽祖為主題，且保存完整的古典小說《天妃娘媽傳》，共有四種不同的傳本。以下依照出版先後次序，分析四種版本的特色與差異：

第一本是 1990 年上海古籍出版社，根據日本雙紅堂藏明萬曆建陽刻本複印本，出版了黃永年先生的標點本，作為《中國古典小說研究資料叢書》的一種，作者標明「（明）吳還初」，其餘未詳細記載。書前的黃永年先生校點說明中說：「上卷卷首題『南州散人吳還初編，昌江逸士餘德孚校，潭

〔註7〕〈麗水市故事歌謠諺語卷〉，見《中國民間文學集成浙江省麗水市卷》（麗水市民間文學集成辦公室出版，1989 年），頁 435～437。

邑書林熊龍峰梓』。下卷卷尾有『萬曆新春三歲忠正堂熊氏龍峰行』雙行牌記。」〔註8〕

　　第二本是 1991 年中國文聯出版公司出版《中國通俗小說總目提要》，此書記錄比較詳細。有提要、目次，作者也記為吳還初，但是版記「萬曆新春三歲」作「萬曆新春之歲」。〔註9〕（附錄五）

　　第三本是 1992 年高雄泉源出版社出版《媽祖傳》。依據七賢編輯群在其〈編審記要〉中所言：「為方便讀者熟知，將原書名《天妃娘媽傳》易名為里巷皆知的名稱《媽祖傳》。本書為明朝吳還初所著，然此書在我國早已失傳，直至近年方知日本雙紅堂藏有此明刻孤本。此書用字有較深者，本書期能廣為讀者所接受，擇其難者而註釋之。」〔註10〕

　　第四本是 2001 年上海古籍出版社，根據日本雙紅堂藏明刻孤本影印出版《天妃娘媽傳》，作為研究《古本小說集成》之一。書內封上欄為圖像，約占全頁的三分之一；下欄題「鍥天妃娘媽傳」（附錄六），目錄頁題「新刻宣封護國天妃娘娘出身濟世正傳」（附錄七），全書分為上下兩卷，共三十二回。正文卷端題「新刊出像天妃濟世出身傳」（附錄八）。書內插圖為連環畫式，所以版心又題《全像天妃出身傳》。所謂《全像》，是指此書自始至終每頁均有插圖。版式分上下兩欄，上欄圖畫，約占版面三分之一，圖的兩側各題以五言聯語一對；下欄文字，約占版面三分之二，正文半頁十行，每行十六字。〔註11〕這是明代建本小說的常見版式，稱「上圖下文」。〔註12〕大陸學者薛世平先生曾說：根據專家考證，從字體、版式以及文字內容來看，《天妃娘媽傳》確實是明代萬曆時福建陽書坊所編刻。〔註13〕

　　綜合上列各版本的紀錄，可知《天妃娘媽傳》這本小說在中國失傳已久，

〔註8〕　官桂銓：〈《天妃娘媽傳》作者吳還初小考〉，《學術研究》第六期（1995 年 1月），頁 107。

〔註9〕　江蘇省社會科學院明清小說研究中心文學研究所編：《中國通俗小說總目提要》（天津：中國文聯出版，1991 年 9 月），頁 70～72。

〔註10〕　〈編審記要〉，見吳還初：《媽祖傳》（高雄：泉源出版社，1992 年）。

〔註11〕　（明）吳還初編：《天妃娘媽傳》，收於《古本小說集成》（上海：上海古籍出版社，2001 年 9 月。

〔註12〕　方彥壽：〈最早描寫媽祖故事的長篇小說——《天妃出身濟世傳》的建本〉，《台灣源流》，89 年春季刊，頁 129～130。

〔註13〕　薛世平：〈評《天妃娘媽傳》一書的學術價值——兼說孫行者的原型在閩的論爭佐證問題〉，《福建師大福清分校學報》（1995 年第 3 期），頁 33。

現存的版本都是根據日本雙紅堂藏明刻孤本影印出版。它是現存最早一部以媽祖故事爲主題的章回小說，其名稱又稱《鍥天妃娘媽傳》，全稱《新刻天妃出身濟世傳》、《新刊出像天妃濟世出身傳》或《新刻宣封護國天妃林娘娘出身濟世正傳》及《媽祖傳》。

二、周濯街《媽祖》

（一）作者

周濯街，1946 年 4 月 17 日出生於中國湖北省黃梅縣。曾以「周衍」的筆名發表過一部分小說作品。1982 年開始發表以中國神話爲主要題材的小說。作品有中國長篇神話小說系列一～七，分別爲：鬼中豪傑──鍾馗、男婚女嫁之神──月老、造字之神──倉頡、玉皇大帝與觀世音、玉皇大帝全傳、七仙女正傳、綠林青樓之神──白眉。曾經擔任過湖北省作家協會的主任，湖北省民間文藝家協會副主席等職務，有「中國大陸最著名的神話小說大師」、「當代的蒲松齡」、「楚天怪才」、「鄂東鬼才」等稱號。

他的作品除了前述長篇神話小說系列之外，還有神仙傳系列：炎帝、媽祖、灶王爺、閻王爺、和合二仙等。民間神祇系列有：房中始祖彭祖、逍遙大仙呂洞賓、財神始祖趙公明、大慈大悲觀世音、笑口常開彌勒佛。其它作品有：精忠岳家拳、財神爺趙公明、小兒之神──項托、財神到、天仙配（熊誠、曾有情、周濯街合著）等。

其中最出名的作品是以民間傳說《天仙配》來展開聯想，而作者著作的長篇神話小說《七仙女正傳》，中國大陸或香港等地區都把本作品拍攝爲電影與電視劇。作者在《媽祖》一書的後記說：「在《媽祖》之前的十部神仙傳記中，『傳』所撰寫的大多是神仙們未列仙班之前的事，『記』大都是撰寫各位神仙『修成正果』的全過程，唯有這一部用了近十萬字的篇幅，交代媽祖列仙班之後『爲人民服務』的各種豐功偉蹟。」〔註 14〕

本節將探究周濯街神仙傳系列：《媽祖》一書的內容特色、故事差異與傳承價值。

（二）內容特色

《媽祖》全書內容共分爲二十章，每一章作者皆各立標題（附錄九），與

〔註 14〕 周濯街：〈後記〉，《媽祖》（台北：國家出版社，2001 年 3 月），頁 357。

摘要，而這本長篇小說的內容摘要如下：

五代十國時期媽祖的父親林願爲巡檢官，恰逢天下大亂、群雄爭霸，巡檢林願不願意爲君主驅使本國老百姓去屠殺別國的老百姓，毅然辭官不做，遷居到距離莆田縣城八十餘里的湄州嶼上，靠打魚爲生。林願之妻陳氏，在一個進香的晚上，夢見觀音送她一枝優缽花，令其吃下，不久便有身孕。

這時天界的赤腳大仙向玉皇大帝討封海神，以保佑出海漁民平安。但玉帝認爲已有四位海神（四海龍王），沒必要再封海神。但東海龍王的兒子（金鯉魚），被老漁夫捕獲到，爲求漁夫放了他，道出海龍王所以拒絕保佑漁民，主要是因爲他們站在海域王國與魚鱉蝦蟹的立場，認爲漁民們捕魚的行爲是不對的，但又覺得漁民捕魚是自食其力的正當勞作，於是四位龍王便達成了不保佑，也不加害的共識。老漁夫放走了金鯉魚，海龍王不願保佑漁民的消息便在沿海一帶慢慢傳開。玉皇大帝聽了赤腳大仙說這段故事後，便對太上老君說海神非封不可。

天界爲了挑選海神，赤腳大仙和太白金星穿上隱身衣去天河邊看群仙競渡，王母娘娘點撥他們注意一位海上飛的老頭，果然，他乘一葉芭蕉飛到對岸奪冠。天河擺渡女化裝成老頭，在男神競渡中奪冠後，宣布放棄冠軍榮譽，露出女兒眞相。於是她被選中爲海神，由赤腳大仙選擇地點，王母娘娘選擇林願夫婦爲她的父母轉世投胎，取名林默娘。

長大後，林默娘無意間顯出了能預知即將發生災難的能力，凡聽了她提醒的人，都躲過了災難。他們在危急關頭時，會看見一位紅衣少女立在船頭幫他們扯篷、掌舵，使他們化險爲夷。五位哥哥背著家裡人出遠海販貨遇風暴，林默娘突然稱「風疾」犯了，躲到屋裡施法，默娘以出元神法，使元神飛到遠海去救在海上的五位哥哥，海上五條船桅索被林默娘手腳並用地抓住四條，嘴裡咬住一條。後來因爲父母的喊叫，默娘不小心開口回應，大哥因此不幸遇難。後來，居民一旦遇上突如其來的風暴，林默改以手持竹竿、腳踏蘆蓆的方式，在海上救護了難計其數遇難的漁船和商人。爲了讓遇難者可以儘速脫險，她也在腰間插一柄鋒利的板斧，每到關鍵時刻就

用它砍纜繩、桅杆等。後來廣東、廣西、福建等地區幾乎每一條船上都會在媽祖神像前供著一柄繫著紅綢的利斧，平時誰也不准動它，到了船隻遇到危險時才用來自救脫險，這種習俗就是那時候傳下來的。

默娘在海上救難的次數不斷增加，範圍也不斷擴大。這時海裡的海龍王發現打魚的越來越多，漁民死的越來越少，得知原來是林默娘救了漁民，於是在默娘海上救人過度疲勞的時候，海上突然捲起大風浪害死默娘，後來漁民們建廟供奉林默娘的肉身於湄州。媽祖廟落成之日，漁民們親眼目睹了林默娘死而復生的情景，天上仙樂裊裊，降下雲車載林默娘飛升成仙，從此林默娘就被稱為海神，海神廟遍布沿海地區。

後來廟裡的媽祖除海上救護漁民的神職之外，還要擔負送子、治病的功能，王母娘娘看媽祖忙不過來，就派修成正果的湄州名醫保生大帝前來幫忙。保生大帝對媽祖產生了愛意。保生大帝的父母在其成正果之際，隨其拔宅飛升，父母也被列為仙班，保生大帝質問赤腳大仙，為什麼沒有讓媽祖的父母一起成仙？王母娘娘說明如果讓他們位列仙班，不僅剝奪了他們一年一度女兒團聚的機會，而且會導致媽祖的崇拜者們無法舉行「送媽祖回娘家」的酬神儀式。保生大帝瞭解原因之後，他幫助海神與龍王說和，解除他們的誤會。並且替海神解決許多困難，心中一直企盼的是能早日與海神成婚。但有一日，媽祖向保生大帝說他自作多情，他聽到這一句話，氣的扭頭就走。於是福建和臺灣地區傳說著，每年三月二十三日媽祖生日這天，保生大帝便會作法隆雨，洗去媽祖臉上的胭脂花粉，以解心頭之恨。媽祖也不示弱，到了第二年三月十五日保生大帝生日那天，媽祖便刮風，吹掉保生大帝的龍袍以示報復。

媽祖海上救難的神蹟本來只在莆田地區，後來經由崇拜者帶著媽祖的神像出外捕魚或經商，媽祖信仰得以傳到香港、台灣等地。明朝鄭和奉命出使，他知道不管是漁民或船商，天妃媽祖是他們的精神支柱。於是鄭和出海之前做了三件事。其一是為每一艘船設置一個「聖堂艙」，媽祖為主船神，千里眼、順風耳為輔助神。其二為他自己乘坐的指揮船，設置「天妃艙」供奉從湄州分靈的媽祖神像。

其三做一面大旗，上書「海神天妃」四個大字，高高地懸掛於指揮船的桅杆上。鄭和下西洋時，海上遇狂風大作，船上會看到媽祖手舉紅燈導航並前去平息風浪。而清朝戚繼光打倭寇時，媽祖化作壯士、少女前去相助，終於致勝。〔註15〕

小說的特色如下：

1. 整篇小說以白話文的方式呈現媽祖的故事，運用開門見山的書寫方式，將媽祖的身份明確地在文章中寫出來。

2. 小說一開始就帶有宗教色彩。如：小說中出現的玉皇大帝、王母娘娘、赤腳大仙、太白金星、四海龍王等道教神仙的角色。這些角色除了使小說增添道教色彩之外，明白地告訴讀者，媽祖原本是道教神祇之一。

3. 作者將小說發生的時代提前到五代十國，而媽祖誕生的年代與故事相同是宋代。而媽祖的出生地點與父母，是赤腳大仙與王母娘娘幫她選擇與決定的。

4. 媽祖年輕時展現海上救難的能力，結果卻葬生海裡。如媽祖少年時期經常顯靈救漁民、漁船、商船等，導致海龍王心生怨氣，陷害媽祖葬生海裡。

5. 媽祖死後，信眾處理的方式與開頭書寫的宗教色彩產生矛盾。如媽祖葬生海裡之後，後人建媽祖廟，將媽祖以肉身菩薩的方式供奉起來。這種行為是佛教才有的。可能是作者創作的過程中，閱讀到媽祖是觀音顯靈送給她母親的記錄，因此以佛教的方式處理後事。

6. 小說中媽祖成神之後，媽祖廟遍佈沿海甚至到香港、台灣等地。而其助人的能力與範圍也漸漸擴大，成為萬能之神。小說更是出現許多人性化的部分，如媽祖與保生大帝的情感問題，還有媽祖化身壯士幫助作戰等。

7. 小說也提點出因為媽祖的信仰而產生的民俗活動。如「送媽祖回娘家」、「迎媽祖」、「出巡散福」、「討泥娃」、「求花」等。象徵媽祖信仰漸漸地深入人民的生活。

陳明剛先生在周濯街的《媽祖》一書寫了一篇序，其中讚嘆作者：「關於

〔註15〕書同上註，頁26～355。

航海女神媽祖的長篇神話小說的創作僅有古書和民間傳說的資料仍然難以完成，還必須借助想像的雙翅才能騰空飛翔，成功地創作這部《媽祖》。……二十世紀九十年代的神話小說作家周濯街爲諸神立傳，仍然需要煽動自己強有力的想像與幻想的雙翅，這是創作成功的關鍵。不過，古代先民的想像是『不自覺』的，而周先生的想像卻是自覺的小說創作」〔註16〕。

可見從周濯街《媽祖》這本長篇小說，可以推想作者創作時，試圖想將媽祖列入道教的神仙之中，但是基於古書和民間傳說對於媽祖的記錄，大都將媽祖的角色融入於儒釋道的故事中，所以作者只能在角色的安排上多加入一些道教神仙，而小說內容的題材是結合古籍資料、民間傳說及作者的想像才得以完成。

三、羅偉國等撰《媽祖全傳》

（一）作者

2004 年 10 月合肥黃山書社出版發行《媽祖全傳》，書中記載撰文者共有三位，即羅偉國、胡文、羅壹三位先生。書背登錄主編者爲陳琪先生。繪圖者爲潘之、李華佑、谷吉三位先生。但在書中，關於這些撰文者、主編者及繪圖者都沒有相關的資料記錄。

羅偉國先生爲這本書寫了一篇前言，依據前言所闡述，我們可以得知這本書所述媽祖的故事，大多取自民間傳說，爲了使讀者對媽祖的傳說有一個較爲感性的認識，特請畫家潘之、李華佑、谷吉先生爲故事配圖，成此《媽祖全傳》。〔註17〕書中詳盡地介紹林默娘一生，從其家世談起，到她一生的傳奇性人生旅程。

（二）內容特色

《媽祖全傳》一書，共分爲 30 章節，每章皆有標題名稱（附錄九），共18 萬字，277 頁，277 張插圖。內容大多取自民間傳說，通俗易懂，圖文並茂，生動形象地體現媽祖海上女神的顯赫威靈。其內容摘要如下：

> 五代閩王時，任都巡檢的林願，因爲處於兵荒馬亂的時局，於是他辭官退隱到距離莆田縣城 80 餘里的湄州嶼上，以打魚爲生。他的妻子陳氏爲他生了五個兒子，但他們夫妻倆期盼能有個女兒。陳

〔註16〕〈陳序〉，書同上註，頁2。
〔註17〕羅偉國：〈前言〉，《媽祖全傳》（合肥：黃山書社，2004 年 10 月），頁6。

氏每日向觀音菩薩上香，既請菩薩保佑丈夫和兒子出海平安回來，也祈求菩薩保佑自己賜與女兒。

有一天晚上，妻子夢見觀音菩薩贈送一朵優缽花給她吃，從那天起，她就懷孕了。陳氏懷孕整整十四個月，到了農曆三月二十三日生下了一個不哭不笑的女孩兒。林願為她取了一個林默的名字，女兒聽到父親給她取的名字，竟然就笑了，而且還笑出聲音來。林默滿月時抓周明志，第一次抓了一只漁船模型，第二次用雙手捧起一尊觀音菩薩像。林默在賓主不注意的時候，將手中的觀音菩薩像置於桌子上，雙手合十，口中似乎唸唸有詞，還向觀音菩薩拜了三拜。五歲時，林默便能誦讀《般若波羅密多心經》；八歲已熟讀《妙法蓮華經》、《不空羂索神變真言經》等重要佛典。十二歲之後便能預告災禍、預測天氣及治癒疾病。

長大後，林默擅長游泳且性格剛烈不服輸。往後常以元神出竅的方式穿著的紅衣到海上救難。但有一次她正與父母談話時，感應到五位在海上的哥哥遇難，他即刻以身體不適為藉口回房休息，到房裡以「元神出竅」的方式到海上拯救遇海難的五位哥哥。她雙手各拉一條船，雙腳各拖一條船，口中又咬著一條船。正當她快將船隻拉到安全的地方時，林願對她又喊又推，她為了要回應，口中的船就掉入了水裡。大哥駕駛的船因而消失無蹤跡。因為這次拯救的失敗，最後她決定以後以肉身赴海上救難。每次赴海上救難，林默便在腰間插著一把鋒利的斧頭，必要時，當機立斷，砍斷拖累漁船的漁網纜繩。後來，福建、廣東等地的船上，都在媽祖神像前，供放著一把繫著紅綢帶的斧頭。

林默到了十八歲，她的父母告訴她別因為忙救人而壞了自己的婚姻大事。但幾次有人來說媒林默都沒有意願，後來告訴她的父母，她終身不嫁，要留在父母身邊盡孝道。她的父母知道她志在弘揚正道，救助海上遇難的人，因此再也不提出嫁的事。

不久之後，有一天林默在湄州附近的海上，聽到水面上傳來呼救聲，她迅速趕過去，只見船底朝天的小舢舨上，坐著一位渾身濕透的少婦，拼命喊叫快救我兒子。林默發現不遠處有一位小男孩在水中掙扎，她駕著輕舟飛奔似的將小男孩救起，母女平安無事。而

林默穿紅衣到海上救難的事蹟，幾乎家喻戶曉，再加上少婦現身說法，因此人們籌錢建一座神女祠紀念她。不管是出海打魚的漁民，或是航海經商的商人，都到神女祠祈禱拜祭。因為紅衣少女已經成為人們心目中航海的海神。而被救的母子視紅衣少女為再生母親，因此稱她為娘媽或媽祖，供奉的祠稱娘媽祠。

最後林默為了救落水的漁民，因為自己太累而不幸葬身大海。兩天之後，人們在海灘邊發現紅衣少女的遺體。起初以為她累了，坐在礁石上休息，但老是坐著一動也不動，後來才發現已經死了。她的哥哥知道這件事，提出將林默遺體運回家，當作肉身菩薩供奉，於是用八個轎夫抬著一頂大轎，後面跟著許多人敲鑼打鼓，將林默的遺體抬回家，當時人們稱抬轎子的隊伍為送媽祖回娘家。從此以後，東南沿海地區，每年在為媽祖誕辰而舉行的廟會上，都會舉行「送媽祖回娘家」這一儀式，以此來表示對媽祖的親近和崇敬。

林默生前，人們為她建神女祠；死後，人們又為她建了神女廟。廟建好之後，人們用木製的手推車，讓穿著嶄新的嫁衣、披著紅色斗蓬的林默坐在車上。整座湄州嶼的人，不管男女老少都出動，為神女舉行「送嫁」儀式。人們敲鑼打鼓，吹奏表演，擁著林默所坐的車直到媽祖廟。林默被請進媽祖廟，坐上雲狀座台後，湄州嶼的老老少少，爭先恐後地向媽祖進香、磕頭。突然間，天空傳來一陣仙樂，雲朵襯托著一輛裝飾精緻的車輦。湄州百姓目睹林默靈魂出竅，白日坐車輦升天的盛況。他們說林默靈魂升天，軀殼留在人間保佑人民。

林默升天後，人們在面臨危難之際，都會看到一位紅衣少女現身救他們。如：宋路允迪出使高麗，船隊其他七艘船都翻了，只有路允迪的船，面對大風浪時，突然有一位紅衣少女從天而降，扶住桅杆，使這艘官船安然度過災難。媽祖除了顯聖於海上的救難之外，其他像圍剿海盜、驅除瘟疫、降雨除旱、保佑水軍官兵、攔住海潮、庇護漕運等也都會顯聖救國家或百姓，因此受到歷代帝王的敕封。也幫助鄭成功收復台灣，鄭成功為了酬謝媽祖護佑，修廟紀念媽祖的開台之功。清聖祖時，媽祖以助克澎湖有功，再獲加封，

並列入了祀典之中。〔註18〕

小說重點是:

1. 小說以時間順序闡述了媽祖的一生。如觀音托夢贈花、林默誕生、生而靈異、救助海難、命喪大海、白日升天、死後顯靈救助各種災難。這些基本情節與前述媽祖故事相似。只是小說創作了許多人性化的一面。如媽祖周歲時的抓周儀式、擅長游泳、掌控船舶,具有爭強好勝的個性都細膩的在小說中呈現出來。

2. 媽祖以肉身到海上救難,腰間常插著一把斧頭,必要時用來砍斷拖累漁船的漁網及纜繩,這是民間傳說故事中沒有的情節。

3. 小說創作了湄州地區的人民,在媽祖生前先建祠,死後建廟供奉她的情節,主要在於呈現媽祖不管是在世或者升天,都不斷地幫助百姓,使得人民對她無限的崇敬。

4. 小說中創作了「送媽祖回娘家」的民俗活動,這個概念一直延續至今,現今只要有媽祖廟的地區,通常每年在媽祖誕辰前後,會例行舉行這種儀式,來表示對媽祖的追思與崇敬。

5. 媽祖周歲時自己向觀音菩薩佛像跪拜、喜愛誦讀佛典等行為是佛教徒基本的形象。而以肉身菩薩供奉的方式處理是佛教處理後事的方式。

6. 在家庭倫理方面,強調媽祖是一位孝順的女孩,加入了儒家以孝傳家治國的基本原則。

7. 媽祖先天具有預知災禍、預報天氣、元神出竅到海上救難的能力,與民間巫覡道教替人民消災解惑的能力可說同出一轍。

綜合上述,這部以媽祖為主題創作的小說,將媽祖視為一位民間具有特殊能力的人,無論是佛教、道教、民間信仰或傳統基本倫理道德,只要是能幫助人的宗教或觀念,媽祖都能接受。而且無論是家裡的事,或者國家的事,她都能在適當的時間點處理完成,並適度展現她的能力。

四、黃玉石《林默娘‧媽祖傳奇》

(一)作者

黃玉石是《林默娘‧媽祖傳奇》一書的作者,但是在這本書中,對於作

〔註18〕 書同註160。

者並沒有任何相關記載。只能從書中可以得知作者是福建莆田人，他所從事的工作應該與文學創作有相關。

黃玉石先生在後記說：「近年來，在『海神媽祖』林默娘的故鄉——福建莆田，掀起了一個史無前例的弘揚媽祖精神、促進世界和平的熱潮。湄州島媽祖廟和賢良港媽祖祠，吸引著無數海內外同胞，紛至沓來，尋覓海神的遺跡。應運而生的媽祖神話集和媽祖學術論文集，相繼出現在書攤上。我作為莆邑一民，難免要拜讀這些書籍。在拜讀間，不知為何，林默娘和她父母的形象，總是在我的眼前隱隱約約出現。看到這裡，心中就不由得產生了這樣一種想法：既然歷史上的林默娘是一個民間女子，那麼，當年她是怎樣立志於救苦救難事業？怎樣在海上捨生忘死拯救遇難船隻？她所處的是一個什麼樣的時代，與廣大航海者和貧苦百姓又有什麼樣的血肉關係呢？還有，她的父母是怎樣培養她成長的，又是怎樣支持她奮鬥事業的？更有，林默娘所以能由一個民間女子成為後人心目中十分崇敬的護海女神，這由人成神的內在規律又是什麼？想到這些，我心裡便難以平靜，深感自己作為林默娘故鄉之人，有責任把她為窮苦百姓救苦救難的不平凡一生，用長篇小說形式表現出來。……於是，待案頭的長篇小說《錢四娘》完稿，我就再次前往湄州島和賢良港，進行實地調查訪問和搜集材料。……特別要致謝的，是大畫家范曾先生。再次揮毫為拙作《林默娘》題寫了書名。《林默娘》是一部文學作品，而以文學形式來表現媽祖不平凡的一生，弘揚媽祖偉大的精神，這還是初步的嘗試。……」〔註19〕

（二）內容特色

2007 年 5 月由台北縣深坑鄉新潮文化事業出版的《林默娘・媽祖傳奇》一書，全書共 20 萬個字，分作二十六章，書中每一個章目都沒有標題，只有訂定章次。關於小說的內容其摘要如下：

> 閩南一帶一位有名的巡檢林惟愨，家住湄州賢良港，從小與大
> 海和船隻打交道，所以十分熟悉海事。他四十歲時育有五女一男，
> 經常擔憂一子單弱，難以傳宗接代。她的夫人王氏朝夕向府堂中的
> 觀世音菩薩祈求在賜一個男兒。周世宗顯德六年六月十五日的晚
> 上，王氏夢見天空中來了觀音菩薩，告訴她：「爾家世代行善積德，

〔註19〕　〈後記〉，見黃玉石著：《林默娘・媽祖傳奇》（台北：新潮社文化出版，2007年 5 月）。

自當得慈濟之報。」言畢，把一朵優缽曇花給她，還給她一顆丸藥。
之後，觀音菩薩飄然而去。王氏將藥丸吞服下去，過不久遂感有身
孕。宋太祖建隆元年三月二十三日，王氏十月懷胎已滿，左右鄰居
見到湄州島上空出現一道紅光，直射入林府又聞林府內飄散出陣陣
氤氳的香氣。就在這時，王氏在室內生下一個女嬰，女嬰自出世到
滿月，不啼不哭，夫婦給她取名叫默，人們親膩地叫她默娘。林默
娘長到七歲之後，總是喜歡穿紅色的衣裳，不喜歡吃葷食，常跟母
親到海邊接水亭燒香拜佛，喜愛到海灘看大潮大浪並到淺灘學游
泳。到十五、六歲時，默娘跟隨她的父親到泉州灣巡邏，看到漁船、
商船等各式船隻，並到觀音亭、龍王廟及靈岳祠參拜。自從林默娘
跟隨父親出海一次，回家後常喜歡獨居一室焚香敬佛，並潛心學習
《金剛經》。王氏夫人見女兒虔誠敬佛，便特意請人用檀香木另雕一
尊觀音菩薩像，供在她閨房旁邊的靜室中，以方便她清晨和深夜燒
香。經過一些時日，莆田地區瘟疫盛行，沿海百姓對瘟疫，只信巫
不信醫。郎中不敢得罪現人，任由這些巫現拐騙百姓的血汗錢。默
娘看見這種情況相當嚴重，於是向她的父親懇求說：「阿爸，我要學
醫，除掉瘟神，不讓惡現巫婆再坑害人」。一日，玄通道長以老翁的
樣子到默娘家，並從他的包袱內取出許多道家醫書，吩咐默娘先精
讀那些醫書經典，且告知四年之後的夏五月中旬，自有傳授其秘法
的人會出現。三年過去，默娘只讀醫書不識草藥，有人告訴她，草
木島有一位雲中藥人，他會教人家認識草藥，默娘於是到草木島拜
師採藥，學習分辨草藥。默娘學會認識草藥之後，以草藥醫治傳染
病並將所得到的一點醫術，盡數告訴莆邑諸郎中，請他們一起盡力
為眾百姓治病。然而地方上的巫現仍然常以拐騙的手段欺騙民眾，
默娘因而不管白晝或夜晚都外出行醫，且不管自身安危與巫現對
抗。默娘行醫多年，她的父母期望她多學習一些女生應該具備的才
能，如紡紗刺繡等，如此才能找一個好的人家完成終身大事。默娘
無意出嫁，一心只想行醫救人。有一天，她到一個小嶼採藥，聞到
湄洲人用來供佛的蘭花香氣撲鼻而來，心裡想這種味道和菜花子相
似，菜花子容易種植，蘭花不容易。於是他灑下很多菜花子的種子，
讓鄉親一年四季有充足的花來供佛。有時默娘會隨父親出海巡邏，

一日她見一艘船遇難，於是她丟一支杉木堵住船的破洞救了整艘船員。

有一天井中出現一位玄通道士，送給她一個銅符，並說銅符內有洞察海妖作祟的秘訣。一日，默娘在紡織機上打瞌睡，夢見父兄海上遇難，最後大哥罹難。後來，默娘常穿朱衣在海上救海難，並有預知災難的能力，適度的解救百姓。她的父母去世後，隔年的九月九日，她看到天空中來了滿面笑容的女媧娘娘和觀音菩薩，她跟著兩位神仙飛昇到天空。〔註20〕

小說的重點是：

1. 默娘出生於湄州賢良港，家中有五位姊姊和一個哥哥。母親終日向觀音菩薩祈求能賜一個男兒，後來生出默娘。

2. 默娘出生時出現一道紅光，且不啼哭。長大後喜歡穿紅色衣服、不喜歡吃葷，常和母親到接水亭燒香拜佛。母親見她虔誠敬佛，特意雕一尊觀音菩薩像放在靜室，好讓默娘方便膜拜。

3. 默娘成年後，親見莆田地區瘟疫盛行，郎中卻無醫治瘟疫的醫術和良藥。而且當地百姓相信巫覡，因此常常向巫覡苦求令符與仙藥，但最終還是無法醫治瘟疫。許多百姓因而窮愁潦倒，甚至因親人的去世而家破人亡。

4. 默娘見莆田地區因為瘟疫盛行造成的慘狀。於是她向她的父親要求學習醫學，並且說明她不認同民間巫覡能醫治瘟疫。這是這篇小說和前幾篇小說最大的不同之處。

5. 默娘學醫的過程巧妙地出現了玄通道長，並贈送道家醫書給她自行閱讀，且告訴她四年之後的夏五月中旬，自有傳授其秘法的人會到來。果然時間一到，出現了草木藥人傳授分辨草藥的方法。默娘學成之後，到處行醫救人，也常常因為為了醫治特殊疾病而發現或尋獲許多奇特草藥。

6. 默娘把她所學的醫術傳授給莆田地區的郎中，希望百姓不要再迷信巫覡能夠治病。

7. 小說其他各章節的故事情節，大抵與前面所述媽祖故事的基本情節相似，故在此不再贅述。

〔註20〕黃玉石：《林默娘‧媽祖傳奇》（台北：新潮社文化出版，2007年5月）。

從後記的記載，可以窺知作者創作這部小說的源由。主要是作者的故鄉在福建莆田，對於媽祖有一種特殊的情感，而宣揚媽祖的事蹟更是他撰寫這篇長篇小說的使命感。

作家黃玉石創作《林默娘》這部長篇小說，作品通過神化了的媽祖許多捨己救人的故事，來表現她全心全意為百姓救苦救難的崇高美德和偉大精神。小說揭示了歷史上林默娘由一個民間女子成為後人心目中護海女神的內在必然規律，讀之使人愈覺得媽祖的可信、可親與可敬。

第二節　說唱媽祖故事的戲曲

媽祖故事經由流傳之後，除了故事內容更加多元化之外，呈現故事的方式也多了許多種方式。以下依筆者目前蒐尋到的戲曲，如歌仔戲、莆仙戲、閩劇、京劇、戲曲、舞蹈詩劇等六種說唱媽祖故事的戲曲。這些戲曲大都在中國大陸表演與製作，筆者欲觀看或取得完整的影片不易，僅能從網路蒐羅出一些相關的資料，或片段的戲曲影片。

筆者藉由可獲得的材料為本節文章的基本素材，爾後將不斷地蒐集材料，增加本文在戲曲上的素材。以下依六種不同戲曲的內容，分別說明媽祖傳說故事，在六種戲曲中呈現出來的特色與成效。

一、歌仔戲

目前有兩齣以媽祖傳說故事為主題的歌仔戲，一齣製作演出的地區在廈門，而另一齣製作演出的地點在台灣。

（一）「心燈」

這齣歌仔戲是新編媽祖戲劇碼，2002 年由廈門特區劇作家路冰、黃漢忠兩位創作的大型新編媽祖故事歌仔戲，主要由廈門青年歌仔戲劇團演出。此劇以「海上和平女神」為題材，共分為七個場面，即：「觀音易聖嬰」、「古井得銅符」、「鬥智收二將」、「落難坡密謀」、「同心平疫瘟」、「心燈照本真」、「心燈映寰海」等。

從這七個場面的標題，可以看出這齣歌仔戲裡的媽祖是觀音賜予的，曾經從古井中獲得銅符，因此具有神奇的能力收伏神魔，同時控制瘟疫的傳播。

（二）「海神天后──林默娘」

這齣歌仔戲是蘭陽戲劇團 2005 年秋季創作的新戲，是國內首次將媽祖的傳說故事，以歌仔戲的方式登台演出，劇本是 2004 年教育部劇本徵選比賽優等獎作品。這齣戲以人性化的方式呈現「海神天后──林默娘」的故事，透過歌仔戲讓民眾認識媽祖的一生。劇團為詮釋媽祖的傳說故事，邀請大神尪、官將首等民間藝術社團參與演出，融入民間的風俗。2005 年 9 月初於宜蘭南方澳媽祖文化節中舉行戶外首演。〔註21〕

此劇的劇情內容從媽祖出世到得道成神的過程，以傳記的方式描述媽祖一生的傳奇故事。本劇共分為九場，即「霞光震蛟」、「聖音出喉」、「窺井得符」、「占卜天象」、「元神出竅」、「莆田大旱」、「禱雨濟民」、「重陽飛升」、「媽祖回娘家」。本劇結局媽祖是以「捨身救人」成就神格，迴避「玉帝來召、重陽昇天」的神話，劇情彰顯媽祖慈悲救世的偉大情操，而不以神話玄理為主題。

本劇內容與媽祖傳說故事有兩個不同之處，一是千里眼順風耳的角色為二妖奉觀世音菩薩之命，自媽祖出世即隨侍在側護衛的神將。二是媽祖明知海晏害死姐夫與兄長，且化為人形擔任地方官員，卻不平妖收魔，反而任其逍遙法外為所欲為，最後還贈符相助並為之求情。

雖然本劇劇情與民間流傳的媽祖傳說故事有些差異，但是傳說故事經由不斷地流傳，故事的情節架構會有所變化，因此本劇劇情的轉變是合乎常理的。

二、莆仙戲

莆仙戲是福建省古老劇種之一，原名「興化戲」，流行於古稱興化的莆田、仙遊二縣及閩中、閩南的興化方言地區。其戲班足跡遍及福州、廈門、晉江、龍溪、三明等地市。莆仙戲表演古樸優雅，不少動作深受木偶戲影響，富有獨特的藝術風格。

莆仙戲的特色為：行當沿襲南戲舊規，原來只有生、旦、貼生、則旦、靚妝（淨）、末、醜等七個角色，俗稱「七子班」。音樂傳統深厚，唱腔豐富，迄今仍保留不少宋元南戲音樂遺響。聲腔主要是「興化腔」，它綜合溶化莆仙

〔註21〕南方澳南天宮金媽祖全球資訊網──媽祖訊息，網址：http://www.yalon.com.
　　　　tw/datmajou/webginmajou/groupactive.asp。上網日期：2011 年 12 月 30 日。

民間歌謠俚曲、十音八樂、佛曲法曲、宋元詞曲和大麯歌舞而形成，用方言演唱，是一種具有濃厚地方色彩和風味的聲腔。

2004年10月31日在湄洲島舉行首演的莆仙戲「林默娘——媽祖」，是由著名劇作家鄭懷興創作編寫的莆仙戲劇碼。由王少媛女士主演，仙遊鯉聲劇團演出。

三、閩劇

閩劇也叫福州戲，被公認爲福建最具代表性的劇種之一，至今有400多年的歷史，閩劇流行於福州十邑及周邊地區，也深受港澳臺地區的觀眾所喜愛。

《媽祖》是福建省閩劇團演出的大型閩劇，由鄭懷興編劇，於2004年在全省各地隆重演出。劇本根據媽祖一生不平凡的際遇，爲民救苦救難，塑造了一個極其典型的舞臺藝術形象。其劇本有下列三種：

1. 《天妃降龍全本》，劇情描述天妃降服東海龍王的神話故事。
2. 《媽祖出世》，劇情內容是有關媽祖出世的神話傳說。
3. 《天妃廟傳奇》，是近代邑人林纖編寫的有關天妃廟的戲。

四、京劇

2004年8月5日爲了迎接天津市建立600周年和中華媽祖文化研究會的正式成立。由天津京劇院創作，京劇院實驗劇團排演的京劇《媽祖》，在天津濱湖劇場首次演出。京劇《媽祖》是根據海內外廣爲流傳的福建莆田市湄洲島的媽祖故事編創而成的，表現海上女神扶危濟困、醫病救難、捨身爲民的情懷。此劇由劇作家馬金星、劉益民編劇，青年演員王豔扮演林默娘。

五、戲曲

《媽祖——林默娘》是一部六集戲曲片。由著名劇作家鄭懷興編劇。該劇講述林默娘從一個海邊女子成爲海上女神媽祖的歷程，揭示人生的價值在於奉獻的媽祖精神。2005年，戲曲片由中央電視臺與福建省威洋影視文化傳播有限公司聯合錄製。

六、舞蹈詩劇

2000年南京軍區歌舞團創作了一齣大型舞蹈詩劇「媽祖」。此劇以壯觀的

場面，絢麗的表現手法和優美的舞蹈詩化語言，展示媽祖的人生美德。全劇共分為《詠》（序）、《天孕》、《海靈》、《心浴》、《風泣》、《雲唱》和《頌》（尾聲）等 7 個場面。此劇扣除前後兩個場面，其中五個場次依序分別敘述了媽祖的誕生、觀天象獲得天書、給百姓治病、解救海難和升天。

第一場「天孕」，呈現媽祖即將誕生，一隊仙女手持紅燈，從天幕後的高斜坡由上而下飄下來，有著生命從天而降的畫面效果。媽祖誕生後，百姓歡舞，隨即眾舞者利用一條紅色的彩帶，拉扯成搖籃，讓嬰兒媽祖在上面輕悠地蕩著。

第二場「海靈」裡，主要闡述媽祖夜觀天象變化，進入夢境。這時舞臺上星月齊集，她們簇擁著媽祖，與之同歌共舞。同時也充分表達少年媽祖了解民間疾苦的情感和行為。而這種行為的表達在第三場「心浴」得到拓展和延伸。主要是瘟疫肆虐，媽祖從發髻上拔下銀簪，刺臂取血。這時樂聲猶如泉鳴，燈光驟然間射出殷紅。血滴進泉水之中，草、樹、山、水頓時綠了。天、地、人恢復了生機。

第四場「風泣」，是重點場次，敘述媽祖及其母親在飽含深情地談論媽祖的婚嫁。母女倆人想像媽祖出嫁時的美好情景：花轎顛行、鼓樂歡唱。而在這時，風濤聲驚破媽祖母女倆人的幻覺。媽祖奮不顧身投入解救海難的搏戰之中。這個場面這故事顯然取材於媽祖「伏機救親」的傳說。

第五場「雲唱」，主要是表演媽祖升天的場面。用抖動的黑藍色幕布遮滿整個舞臺，表現海浪波濤洶湧的情況。

這齣舞蹈詩劇，除上面提及的那些場面外，還有船民手中誇大的船槳及其奮槳之舞等等，都極好的藝術效果。

第三節　提煉媽祖故事精華的舞蹈

媽祖故事流傳千年之久，在早些年前，人們宣揚媽祖神奇的事蹟都是以口頭講述、文字記錄、或說唱展演的方式呈現。直到二十一世紀，媽祖成為華人信仰習俗的精神表徵，媽祖故事在藝術界有了一種全新的詮釋方式。首次以現代舞劇呈現媽祖故事的是，臺灣著名舞蹈家樊潔兮女士。樊女士創作「媽祖林默娘」舞劇並領銜演繹，她與北京中央民族大學舞蹈學院師生擔綱演出，是海峽兩岸首度在舞蹈藝術上的聯手演出。她是第一位將媽祖故事用

現代舞舞劇的方式展現在藝術領域上的舞蹈家，讓媽祖文化在藝術界以另一種面貌呈現。

媽祖林默娘舞劇於 2009 年 8 月 7、8、9 日三日在台北國家戲劇院演出。筆者從媒體報導得知演出消息並購買首演日的票。但不巧演出前一日莫拉克颱風襲台情況慘重，導致 7 日的首演取消，筆者因而錯過了現場觀看舞劇的機會。2011 年 7 月筆者與潔兮杰舞團聯繫，經由舞團助理的協助，在 7 月 22日專訪了舞團團長樊潔兮女士，暢談她的舞蹈人生，創作「媽祖林默娘」舞劇的緣由、歷程，以及這齣舞劇的內容特色與展演成果。

一、「媽祖林默娘」舞劇的創作歷程

舞蹈家樊潔兮女士創作「媽祖林默娘」舞劇，很大因素與她的生長背景有關。樊女士誕生於澎湖縣馬公市，她的住處在澎湖天后宮附近，中間相距不到二百公尺，從小經常跟隨著母親去天后宮祭拜媽祖。求學期間，全家搬到屏東市居住，也時常到屏東市的天后宮拜拜，對於媽祖的形象她相當熟悉。

樊潔兮女士從小熱愛舞蹈，但對於歌舞昇平、動作僵化的民族舞蹈，她總認為能有不同的演出方式。14 歲時，在中央日報看到兩張旅美舞蹈家黃忠良演出「乾坤」的舞照，舞照裡舞者的肢體張力與美感讓她驚豔，於是她決心投入舞蹈。

中國文化大學舞蹈音樂專修科畢業後，留學日本，獲得東京谷桃子芭蕾學校「準團員最高技術修了書」。1985 年與攝影家柯錫杰先生結為夫婦，定居紐約，隨當代現代舞大師 Alwin Nikolais、Murry Louis 等學習舞蹈。這些嚴謹的專業經歷造就了她在芭蕾、現代、中國舞等具備了深厚的基礎。

1986 年樊潔兮女士到敦煌旅行，這趟旅行她見到一些專門研究敦煌舞蹈的舞者。但她覺得他們太過注重形象的模仿，卻忽略了精神層面的探究。她主張飛天〔註 22〕是舞蹈的素材，演出時沒有固定的形式，不能只是臨摹壁畫上的舞姿，做敦煌考古，還要找出敦煌的精神，尤其裡面的宗教內涵，是值得進行再創作的。

回到紐約之後，樊女士將重心放在敦煌精神和菩薩造型上，將自己的舞

〔註22〕 飛天，是佛教中乾闥婆和緊那羅的化身。原是古印度神話中的娛樂神和歌舞神，後被佛教吸收為天龍八部眾神之一，她的任務是在佛國裡散發香氣，為佛獻花、供寶，棲身於花叢，飛翔於天宮。

蹈藝術從頭打造。1986 年的敦煌之旅是樊潔兮舞蹈生涯的重要轉捩點。她自言：「走了一趟敦煌，她以敦煌洞窟的壁畫為素材，逐漸創造出一套名為「舞想」的舞蹈風格，包括眼神與吐納、手勢、腳位、S 形腰身等，都是西方舞蹈中沒有的。比如 S 形的身段，如何讓身體自然呈現出菩薩的美，而又不顯造作僵硬。她發現 S 形的腰身不應是緊繃的，而是應該放鬆，在吐氣的過程中讓身體自然放鬆下沉。」

1987 年以「舞出敦煌」為名，在紐約發表首演，獲得紐約市文化局藝術獎章，及紐約州文化藝術基金會（C.C.F）獎章。她的舞蹈跳出傳統的敦煌舞之外，甚至捨棄了傳統飛天必配的彩帶，光靠手臂的搖曳帶出翩然飛天的感覺。

1993 年返台定居後，更積極地延續她舞蹈風格的深層型塑之旅，從東南亞海上絲路的小乘佛教舞蹈語彙，與日本的「能」樂中，淬取東方舞蹈藝術的養分，經過不斷的融合沉澱，終於創作出另類美學的新舞種——《舞想 Vu. Shon》。這套取自於敦煌、卻又超越敦煌的舞種，具有內斂、含蓄，並呈現幽玄之美的靈性舞蹈，讓舞蹈家樊潔兮在兩岸三地，研究及編創敦煌舞蹈的華人中，成為傑出的引領者之一。

在跳了十多年飛天之後，樊潔兮女士突然感到一種莫名的寂寞。她漸漸明白，那種寂寞來自「飛天」這種虛構的形象。她自言：「飛天是佛教裡面被創造出來的一個角色，是一個虛無縹緲的靈性的東西，不是一個實體。我想，為什麼我不夠滿足，就是因為我需要一個活生生的真人。到底什麼樣的人物適合跟飛天的純潔靈魂做結合？」

2000 年開始萌生塑造媽祖林默娘舞劇的想法。2001 年找作曲家賴德和先生討論舞劇的音樂，但是當時賴先生認為這是天方夜譚。而樊潔兮認為關於神仙事蹟的舞劇，其內容會有一些神怪的角色，必須要一些科技去協助古典的素材，才能走出現代風格。在舞台、燈光、動畫、作曲、服裝以及道具都必須完善策劃，最後到設備完善的劇場作演出，這樣才可以達到編舞者想像的效果。

開始創造林默娘舞劇時，樊潔兮女士才意識到飛天已經跟了她許多年，無論怎麼跳都是飛天。直到有一天，她在台南的天后宮無意間看到一則日文資料，裡面提到林默娘喜歡在月光之下練武，她頓時得到啟發。她自言：「飛天是輕柔飄逸的，但是林默娘在月光下鍛鍊的武術是比較陽剛，安靜與神秘

的。以對比的方式區分出肢體展現上的不同形式。」之後，她開始揣摩帶有陽剛氣的肢體狀態。她認為西北的飛天與東南的林默娘精神上是一脈相承的。乍聽之下好像很遙遠，但兩者都與佛教有密切的關係。林默娘本身是一位佛教徒，在佛教的精神裡面，她們的具體語彙是可以通達的。林默娘原為湄洲的一名平凡女子，甘願放棄男女之情，學習醫學天文知識，全心修行幫助鄉人漁民，也與飛天的服務精神相當符合。

2001 年，樊女士以「舞想 2001」登上臺灣國家戲劇院的舞台，她讓臺灣觀眾有機會親眼目睹她融會了敦煌舞 490 多個動作變化而成的飛天女。

2002 年巴黎有一些表演藝術活動邀約臺灣藝術家參與，當時文建會主委陳郁秀女士相當欣賞樊潔兮的舞蹈作品，主動邀約補助樊女士前往法國巴黎演出。她向陳主委提了媽祖舞劇的想法獲得贊同。但因為經費的因素，只能作舞劇的其中一幕，無法作全本舞劇。因此樊潔兮在巴黎台北新聞文化中心單獨演出「媽祖──月見之舞」，全場 12 分鐘，是一支個人單獨舞蹈。這一支舞名為月見之舞的來源就如前面所敘述的：一日，樊女士到台南天后宮，無意間發現一則文獻記錄媽祖在晚上的時候，會在月光下默拜、冥想，以及練武功。而練武功的武就和肢體動作結合。後來這支獨舞放入林默娘舞劇第四幕，總共演出 17 分鐘。

「媽祖──月見之舞」在巴黎首先發表後，受到西方人特別的注意。樊潔兮女士更著手進行策劃林默娘舞劇，她想以「舞想」的舞蹈方式，結合中西舞蹈的元素，編演一齣媽祖羽化成仙的舞劇。

二、「媽祖林默娘」舞劇的內容特色

（一）舞劇製作團隊

媽祖林默娘舞劇製作的團隊堪稱金牌班底。世界級攝影大師柯錫杰為製作人和視覺總監；兩岸最著名的舞臺燈光師林克華做燈光設計；從美國回來著名的動畫師李哲榮出任動畫設計；法國道具設計專家 Jean-Paul R ichon 設計舞臺佈置；美國著名時裝品牌 R alphLauren 時尚設計師吳貞瑩為舞劇設計很有現代風格的服裝；作曲則是以中國曲風聞名的臺灣音樂人賴德和。舞劇的全劇本是樊潔兮與沈惠如共同討論完成的。

（二）舞劇劇目與特色

媽祖林默娘舞劇的劇作架構分為五大幕：

第一幕：使者降臨、母女情深、海上驚變

內容特色：玉帝使者降臨凡間，林默與母親熟練地編織著布匹。海岸邊突然來了許多圍觀的人潮，一位穿著紅衣的女子在船上駕馭著海水，一切恐懼馴服成乖巧的貓咪。大海交出了俘虜，但最後爸爸得救，兄長被大海吞噬，只留下一具永遠沈默的軀體。

第二幕：青梅竹馬、仙醫情緣

內容特色：18 歲的林默情竇初開，少年深情的眼眸令她心動。使者啟動喚心術，林默看到大海中兄長的身影，自認天責重任難卻。她徹悟犧牲私己之情愛，揚長而去。少年痛心惋惜，經使者點化，他暗中以醫術的天賦在旁協佑，化身林默的守護者。

第三幕：降伏惡靈

內容特色：千里眼與順風耳是一對惡靈兄弟，斂財又散播瘟疫。林默挺身而出，發揮至高的醫術。玉帝使者派遣風火神，發揮風火絕技，協助她把作惡的兄弟降服歸正，成為她得力的左右侍衛，一位耳聽遠方、一位眼觀十方，合力照福村民。

第四幕：風竹細雨、望月觀潮、媽祖——月見之舞

內容特色：林默穿著紅衣走進幽深的竹林，似乎潛入深沉的大海。她在月下觀望潮汐，精鍊武術，冥想生姿。輕旋慢舞中，她逐漸蛻變成仙女的模樣。（圖示如下）

第五幕：騰雲升飛、眾迎媽祖

內容特色：穿著紅衣的林默，就像一尊雕像站立在船頭，宛如指引迷津的女神。在險境的浪花中穿梭自如，連水族都趕來朝聖，想一睹她神聖的容顏。眾人下跪祈求，使者現雲端，她自水中緩緩地飛昇，雲霧圍繞、群鳥歐歌，身影優雅莊嚴地俯瞰著人間。〔註23〕

這齣舞劇以人性化的方式闡釋媽祖林默娘的一生，是媽祖林默娘羽化成仙的全劇本。樊潔兮女士強調：這齣舞劇展演方式以舞蹈肢體為主，不作戲劇型態的演出，舞劇偏向抽象意境的演繹，即使全劇分為五幕，但是每一幕都可以獨立演出。從舞劇中可以發現編舞者創造了四個新穎的面向。

〔註23〕舞劇劇目與內容特色見媽祖林默娘舞劇演出手冊，2009 年 8 月。

1. 舞劇加入前所未有的新角色

舞劇中最特別的是編舞者創造了兩位新的角色，在媽祖故事中從未出現過的人物。一位是永遠在旁觀看林默的使者；另一位是幫林默收伏惡靈的風火神。

編舞者樊潔兮女士言：舞劇中我自己獨創使者與風火神這兩位新角色，主要是我認爲媽祖是一位新時代女性，她在民間救難濟貧，這過程中她身旁應該有一位使者默默地觀察、守護著她。在適當的時間會提醒她在人間需要承擔的事，有危難時會派神仙來協助她解決困難。使者主要是貫串舞劇的中心者。

而創造風火神這個角色，第一個想法是我認爲媽祖成仙之前，年齡不夠成熟，人生經歷不夠豐富，因此無法獨自收伏妖魔。應該由觀察她許久的使者，派一位能呼風喚雨的神仙協助她。第二個想法是爲了舞劇的舞台效果。風火神的出場是以火舞的方式呈現，火舞將舞劇拉到最高潮，全場爲之驚呼連連，這是火舞第一次在國家戲劇院正式演出。創造這些新角色是發展傳統故事的一個發想，讓故事多一些新的元素。

2. 動畫設計使舞劇夠具現代性

早期的傳統舞劇，在演出時，我們甚少見到動畫的配合。而媽祖林默娘

舞劇全劇都有動畫的配合，增加了舞劇的多彩與美妙。如：第二幕舞者演出林默情竇初開。為了凸顯這悲劇愛情的一幕，動畫設計李哲榮特別將柯錫杰的一幅「盛開的花」攝影作品進行了動畫處理。舞臺背景上一朵紅色的玫瑰花，從花蕊開始，慢慢地褪色枯萎，代表愛情的緣起緣滅。這樣的顏色轉變極為緩慢與不易察覺，但當觀眾為林默娘最後的愛情抉擇感傷時，會驀然發現整個舞臺的氛圍也創造出愛情失落的寓意。最後一幕林默娘成仙升天，透過動畫的科技手段，讓樊潔兮變成了 5 個分身，將五個分身打在五顆星星上飛上天空，星星再慢慢集結在一起變成月亮。這些動畫都是舞劇全新的創舉，也讓舞劇更具現代性。

3. 舞台道具的精緻提升舞劇的品質

舞台道具是由法國道具設計專家 Jean-Paul Richon 設計，他運用裝置藝術的概念在舞台上佈置所需的場景。如舞劇第二幕主要是詮釋林默與仙醫相戀的情緣，於是場景妝點成佈滿花朵的花園，亦隱射吳真人學醫過程、辨識花草的醫術能力，同時象徵吳真人茁壯的愛苗。但最後這段戀情並無開花結果，所以在舞台中央放置三顆枯樹，隱喻兩人愛情的障礙與惆悵。

4. 古典南管配樂融合東西文化

媽祖林默娘舞劇是一齣結合芭蕾舞、敦煌舞、武術與日本能劇的現代舞劇。然而舞劇的音樂以閩南傳統的南管樂音來配樂，創造了東西藝術結合的新典範。

三、「媽祖林默娘」舞劇的展演成果

舞蹈家樊潔兮女士言：「媽祖林默娘舞劇在國家劇院演出結束，是我的舞劇的開始。」這齣舞劇在台灣展演得相當成功，樊潔兮也因為這齣舞劇的展演，讓媽祖文化真正進入了藝術的殿堂，人們對於民間宗教特色的呈現有了新的方式。這齣舞劇從信仰本質出發，藉由舞蹈藝術的演繹，呈現出臺灣庶民文化的內涵。舞劇成功展演了，但是舞蹈家樊潔兮女士對於這齣舞劇仍有期許。

第一、舞劇應該在最前面的第一幕有一個暖場，安排一個獨舞，先闡釋林默的個性、特色與獨特性，讓觀眾先瞭解媽祖這個角色。第三幕要再修正作曲的部分，例如救海難時，音樂需到達一個高潮。千里眼順風耳出場，應該神秘詼諧的，嬉鬧村民，給村民帶來麻煩。另創造一位使者的角色，玉皇

大帝派來觀察千里眼順風耳，第三幕使者認爲可以將千里眼順風耳收服爲林默的左右手，各有所長，可以幫助林默解救海難。使者回去向玉皇大帝稟報，使者派火神來收服妖怪。這兩個角色都是我創造出來的。之前服裝是傳統的紅綠色褲子，收服之後，穿盔甲出來拜見林默。

第二、期望舞劇能機會到大陸演出。媽祖林默娘舞劇是樊潔兮女士將幾十年來舞蹈的基礎與學習其他功夫的養分融合，如敦煌舞、瑜珈、氣功等中國功夫的功法，全部灌入這次的編舞。舞蹈肢體動作的發想，主要來自敦煌壁畫的舞姿，它是樊女士舞蹈的基本養分。關於敦煌壁畫舞姿，有她自創的風格。因此她認爲以敦煌舞爲架構，融入小乘佛教的舞蹈藝術、中國武術的吐納，與日本「能樂」的內斂張力，透過手、眼、足、身，精鍊出如詩句般的舞蹈，如果能到大陸演出，應該是兩岸三地中西舞蹈文化與宗教文化的最好展現。

第四節　突出媽祖神蹟的電影動畫

媽祖的故事除了上述的方式呈現之外，現代科技也將媽祖的形象做了一些時代性與趣味性的改變。無論是電視劇、電影或是動畫，都把媽祖故事發生的時代背景拉到現代的環境，將媽祖的形象多了許多的創意與變化，加上許多媽祖的神蹟，使得觀看的民眾，對於媽祖更加神格化，也更加敬重。

以下以電視劇、電影及動畫，三大媒體傳播方式，探討媽祖形象在這些現代化的作品中所呈現的樣貌。

一、電視劇

（一）中國大陸

1. 電視劇：「媽祖」

製作單位：莆田市人民政府、北京網連八方文化傳媒有限公司

總製片人：楊平

集數：30 集

語言：漢語普通話

主要演員：劉濤飾演媽祖

2011 年 6 月 13 日，福建省莆田市政府與北京網連八方文化傳媒有限公司正式簽訂協定，聯合拍攝 30 集神話電視劇「媽祖」。

電視劇「媽祖」總投資人民幣 3600 萬元，將於 2011 年 10 月初在莆田開拍，主要拍攝地是媽祖祖廟所在地湄洲島，大陸與港、台演員將連袂出演，預計於 2012 年 1 月完成攝製。

依據媒體介紹，電視劇「媽祖」以廣泛流傳的媽祖民間傳說為素材，經過整合、加工、改造及大膽的藝術創作，融神話、傳奇、懸疑、武打、愛情等多種極具看點的電視元素於一體，藝術地塑造一個可敬可愛的媽祖形象。

「媽祖」電視專題片，作者蔣維錟、王樹祥，由中華民俗資料片攝製組攝製。1989 年開拍，分為上下集。生動記述了媽祖生平事蹟。

2. 電視連續劇「媽祖傳奇」是一部十集的連續劇，2000 年由莆田電視臺放映。其內容分別是：媽祖出世、古井受符、妙手初試、醫巫鬥法、治瘟壓邪、伏機救親、焚屋引航、湄峰祈雨、驅鬼治貧、除妖升天等。

「媽祖傳奇」是由中國文聯影視中心、中國電視藝術家協會、北京飛天藝術中心、重慶軍神影業公司聯合攝製的四十集電視連續劇。電視以中國東南沿海民眾及東南亞各國人民世代稱頌的媽祖的神奇經歷為題材，並以民間廣泛流傳的媽祖熱愛勞動、熱愛人民、見義勇為、扶貧濟困、無私奉獻的高尚情操和感人事蹟為主要故事線索。由歌唱家宋祖英領銜主演，扮演媽祖的角色，男主角由體操運動員李小雙擔任。

3. 電視連續劇「華夏海神」，是在編劇陳志明的創作文學劇本（2004 年 12 月由三秦出版社出版發行）基礎上，編成 20 集的電視連續劇。此劇具體描寫了媽祖從出生到升天短暫而偉大的人生，表現了媽祖由人至神的傳奇人生，形象深刻地揭示了媽祖文化的真實內涵。

此劇由深圳會景影視公司、南方影視節目聯合制作中心、深圳電影製片廠組成聯合攝製組，邀請中華媽祖文化交流協會參與拍攝。

4. 影視文學劇「湄洲島奇緣」是中國大陸政協副主席張克輝先生創作的大型影視文學劇。劇本在《湄洲日報》和《中華媽祖》雜誌連載發表。正式劇本於 2005 年發表，2006 年開拍。

本劇以媽祖故鄉為背景，媽祖故事為襯托，搬演一段臺灣與中國大陸血緣相親的故事，展現了媽祖故鄉的風土民情。

（二）臺灣

1. 電視劇「媽祖外傳」是一部主要描述臺灣黑面三媽故事的電視劇，1987 年 7 月由台視電視公司拍攝。

2. 電視劇「天上聖母媽祖」是台灣電視公司 2008 年八點檔連續劇之一，製作人是曹景德，製作單位是萬大傳播有限公司。

劇情概要如下：

仙界，掌管八河司雨的大龍神涇河龍王不守天規，致使百姓遭天災之苦。媽祖奉玉皇大帝旨令，率千里眼、順風耳要抓拿涇河龍王與其門徒小龍女治罪，因而展開正邪鬥法。刁鑽的小龍女遁逃。涇河龍王受傷不敵，化作一條惡龍逃離。

凡間，黃家媳婦玉鳳被誣陷通姦殺夫，囚於木籠內遊街示眾；其間，玉鳳被推落水中，命在旦夕。玉鳳的八歲兒子天保悲泣祈求著。正在追逐涇河龍王的媽祖聞聲救苦，心生慈悲，急忙施法救了玉鳳一命，但同時也讓那惡龍趁隙逃脫。

觀世音菩薩曉諭媽祖、千里眼與順風耳：務必儘速抓回涇河龍王與小龍女，將之正法；否則，涇河龍王於凡間將轉化成禍世魔頭，且將牽動皇室天命、蒼生禍福。不過，觀世音菩薩交代：不可擅用法術，以免逆天運、礙輪迴。

二、電影

1. 「聖女媽祖傳」是由香港國光電影公司出品的電影。作者文泉（原名陳文泉）。電影劇本完成於 1954 年 10 月初，1955 年 5 月由新人出版社出版放映。這部影片的內容主要參考郁永河《裨海紀游》、張燮《東西洋考》、北港地區流傳的媽祖傳說和《北港朝天宮由來記》等相關資料。影片由作者文泉擔任導演，周曼華、古軍、李行、葛香亭、張小燕等人主演。全劇演出媽祖隻身尋盜、深入虎穴、奮勇投井、海中救父、白日升天、觀音親迎等傳奇故事。

2. 「聖母媽祖」是臺灣士紳林章於，1955 年間出資開拍的一部媽祖電影。女主角是著名的閩南語影后江帆。

3. 「懷舊電影——媽祖 DVD」是一部精選電影。導演是侯錚，演員為嘉凌、李麗華、岳陽等人。影片的規格為長度：87 分鐘·全區 DVD·繁體中文字幕·國語發音，是屬於精選電影珍藏版。這部電影的劇情簡介如下：

默娘自幼聰敏過人，八歲啟蒙就學，讀書過目不忘。十三歲能知過去未來，是一般人的心目中是一位福慧雙修的才女。除此之外，默娘更喜游泳，

即使狂風大浪，她都能如意的在水中游，沿海一帶居民，流傳默娘是海神轉世，家中兄姐亦常戲呼其為小仙姑。默娘十八歲時已盡悉秘興所授大法，變成一位文武全才的才女。默娘收服千里眼與順風耳後，聲名遠播。

這一天莆田縣令親自來湄洲求見默娘，言西山有一千年怪獸作祟，弄的四境廣旱千里，民不聊生，雖屢次發動官兵，怎奈妖怪神通廣大，官兵死傷無數，特來求默娘設法。默娘立刻應允，送走縣大人後，立刻帶千里眼與順風耳前往。兩人大喜，跟隨默娘，駕風前往，果見西山怪獸張牙舞爪，默娘與兩人合力與那怪獸大戰終日，始將之降服，回轉湄洲。千年怪獸死後，東海獨角孼龍怒氣難消，極欲尋思為其好友報仇，乃在默娘生辰之日，喚起傾盆大雨，使得林府賓客不能到賀，默娘本不理會，但是雨勢特大，終使水傾四鄰，災廣千里，默娘至此再也不能袖手旁觀，於是召來古井之中的小白龍與金柳二將，三人乘龍前往東海……。

三、動畫

《海之傳說——媽祖》是一部北京中影集團聯合影視有限公司與臺灣中華卡通製作有限公司聯合攝製出品發行的動畫。這部卡通電影從前期企劃到製作完成共花費三年的時間，製作投資 1500 萬元人民幣，總動畫繪製張數達十五萬張，動員海峽兩岸近兩百名動畫創作藝術家共同攜手完成。動畫內容採用 3D＋2D 畫面的方式製作，在最重要的海水場景與畫面特效上，更是由製作團隊運用全 3D 影像電腦軟體演算而成。畫面精美，故事精采，有歡樂有淚水，有 Q 版千里眼、順風耳。動畫的廣告也活潑地呈現媽祖、千里眼順風耳的樣貌，圖示如下。

整部動畫的演出時間共 90 分鐘。於 2007 年 7 月 27 日首映，由臺灣中環娛樂集團發行。動畫的配音由孫翠鳳（飾默娘配音），趙婷婷（飾小默娘配音）。

這部動畫劇情概要如下：

媽祖娘娘出生不哭不鬧，且有元神護身，海中來的水母怪想對剛出生的默娘不利時，元神便顯現將水母怪趕跑，而打鬥過程中，水母怪碰落燭臺而點燃了窗簾，雖然家人即時撲滅，但仍使默娘受到驚嚇，從此開始懼怕火。默娘從小聰明善良喜歡幫助別人，也很關心漁民的艱苦生活，十二歲跟隨父母到寺廟燒香時，得到觀音菩薩的指引，並拜仙道玄通為師學習法術。在前

往上山學藝的途中，默娘碰到水精千里眼與金精順風耳想將默娘帶回當媳婦，逃跑過程中默娘受到驚嚇而昏倒，所幸元神即時顯現並未使其得逞，並將兩人收伏，從此便跟隨在默娘左右成為其護法。

　　默娘死後，元神不能在人世間停留太久，默娘的元神漸漸變得透明，也代表著她即將要離開。當她準備升天時，三頭怪控制了龍王，向人類發起大規模的進攻，默娘使盡所有法術，將災難平息，自己卻也煙消雲散。慈悲的觀音菩薩超渡了默娘的元神，並且幫助默娘成仙，成為人類在海上的守護神——媽祖娘娘。

動畫廣告

第七章　媽祖文化與民俗活動

　　民間信仰是一種民間自發的行為，它沒有嚴格的教規、教義和教團組織。現今媽祖的信仰圈遍佈世界各大洲，供奉媽祖的廟宇數量眾多，信奉媽祖的信眾雖多，但並非各地信仰圈都有發展出各自的特色。有些地區承襲媽祖信仰發源地福建莆田地區留下來的民間風俗，有些地區把媽祖的信仰加以擴充、變化，使媽祖信仰呈現出多元的樣貌，成為民間生活的一部份。媽祖信仰在各地展現不同的風貌與特色，這些因為媽祖信仰衍生出的生活方式與人文活動，有別於其他民間宗教，故稱之為媽祖文化。

　　媽祖文化的產生與傳播，其主要的中心是媽祖廟。媽祖廟是祭拜媽祖的神聖空間，也是信眾心靈寄託、抒發情感的地方。因此媽祖信仰圈的特殊活動，大部分在媽祖廟舉辦與推廣。信眾或團體藉由舉辦或參與活動，表示對媽祖的崇敬，更希望能得到媽祖的保佑。這些因為信奉媽祖，衍生而出的特殊生活方式，產生於民間，由人民自發參與，呈現出不同特色的信仰民俗。

　　關於信仰的民俗，中國民俗學者烏丙安先生在《中國民俗學》一書中下了一個定義，他說：「民間信仰的傳承或信仰習俗有它特定的範圍，這個範圍就是民間的經濟生活與社會生活中具有信仰色彩的事象。而這個事象隨著社會的進步、科學的發達，以及人們文化程度的提高，一些迷信事象逐漸失去神異色彩及力量，人們在長期生產與生活經驗中找出一些合理性，於是把這些事象從迷信的桎梏中解放出來，形成了一種傳統的習慣。這些傳統習慣無論在行為上、口頭上或心理上保留下來，直接間接用於生活目的，這便是俗信。俗信在民俗生活的行事中，早已形成了自然而然的日常習慣，其形式多

種多樣，而且比較普遍地被群體社會所認可、所習慣。在民間，俗信直接或間接被用於生活目的，不僅沒有什麼消極的弊害，往往還產生一定的積極作用。⋯⋯有的增添人們的喜慶，有的緩解人們勞累和緊張，⋯⋯；還有的俗信警戒人們遠離邪惡，有的俗信敦促人們為人善良。正是俗信在百姓們的民俗生活中，潛移默化地左右著人們最真實的生活細節。」〔註1〕

可見人民對神祇的崇拜，常因為信仰而形成與神祇相關的生活習慣，稱之為信仰民俗。這種信仰民俗與迷信大不相同，它所展現出來的是一種特殊景象。有的是一種傳統的儀禮，如媽祖廟的歲時祭儀。有時還具有娛樂民心、激勵士氣等作用，是一種普遍地被群體社會所認可的活動，如媽祖廟的廟會。這些民俗活動經由長時間的舉行，產生獨有的特色與產物，在百姓們的民俗生活中創造了一些經濟價值。

媽祖信仰形成至今一千多年，信奉媽祖的區域散播於世界各地。各地媽祖信仰形成的媽祖文化，有其同異之處。分散於世界各地的媽祖廟為數眾多且各具特色，本文以《宗教大辭典》定義的世界三大祖廟為探討範圍。其定義為：「供奉媽祖之廟稱媽祖廟，以莆田湄洲島媽祖廟、天津媽祖廟、臺灣北港媽祖廟為三大祖廟。」〔註2〕作為本章主要探討的區域。

本章試圖從三大媽祖祖廟的媽祖文化圈，探討媽祖文化在民間產生的信仰民俗，而這些信仰民俗具有的活動內容與特色，傳承後呈現出來的產物等，都是本章討論的重點。

第一節　媽祖廟的歲時祭儀

媽祖信仰在宋代形成之後，各地區紛紛建廟供奉媽祖，媽祖廟成為信眾祭祀集會的場所。宋、元、明、清歷代無論是官方或民間皆祭拜媽祖，但是祭祀的方式與時間並不固定。

元代，媽祖信仰與朝廷的漕運政策有密切的關係，凡是媽祖顯神蹟幫助漕運解決危難，朝廷得知訊息後，即派員舉行祭祀，或是地方官員在漕運開

〔註1〕　烏丙安著：《中國民俗學》（新版）（瀋陽：遼寧大學出版社，2003年7月），頁267～271。烏丙安：〈“俗信”：支配中國民俗生活的基本觀念〉，見周星主編：《民俗學的歷史、理論與方法》（北京：商務印書館，2006年3月），頁158～159。

〔註2〕　〈媽祖〉，任繼愈主編：《宗教大辭典》（上海：上海辭書出版社出版，1998年8月），頁497。

航之前，地方官員舉行例行性的祭祀祈求航程順利；或是皇帝在春秋二季以及其他特定節日派遣官員祭拜媽祖。故元代，帶官方性質的媽祖祭祀活動，主要有兩種類型：一是朝廷為答謝媽祖顯聖護國的謝祭，二是官員因個別因素的致祭行為。這兩種祭祀活動，既不固定，亦沒有標準模式，純屬隨機而為。

明代南北運輸沿襲宋代漕運的方式，雖未特別重視媽祖，但是媽祖位列群祀，仍享有歲時祭祀。大約自明萬曆中期起，朝廷每年在春季正月十五日，媽祖誕生日和秋季某月這三個時節派員致祭媽祖。

至清雍正十一年，朝廷下令各省州縣建媽祖祠，且春秋兩季地方官員必須到媽祖祠祭祀，官方春秋兩季固定祭祀媽祖的祭典因而形成。

清廷在康熙五十九年（西元 1720 年）將媽祖列入正式祀典中的神祇。清康熙年間，朝廷雖承襲明政府在媽祖生日當天以及春、秋兩季祭祀媽祖的習慣，然而清代春秋兩季制祭媽祖的時間是相當明確的。根據嘉慶年間刊行的《清俗紀聞》，清代官方祭祀媽祖，春祭是在二月上亥日，而秋祭則是八月上亥日。〔註 3〕

一般來說，官建的媽祖廟，僅在春、秋二季及媽祖誕生日農曆三月二十三日，才舉行祭祀活動。由于媽祖列入祀典，這些活動有一定的程序要遵守，不僅氣氛較嚴肅、莊重，供品亦有規定，而參與的人員除官員外，大概只有地方士紳、名商，普通百姓是無緣參與的，僅是祭祀完後的演戲民眾可以觀看。

關於媽祖祭典，蔡泰山教授在〈析論媽祖文化信仰習俗對民間影響及作用〉一文中，將歷代媽祖祭祀的形式分為六種，如郊祭、廟祭、海祭、舟祭、堂祭及家祭。〔註 4〕這六種祭典的特色，在此不再贅述。

清康熙之後，關於媽祖廟祭祀媽祖的祭品、儀式、程序及過程等特色分述如下。

一、祭品簡單莊重

清代對祭祀神明有嚴格的規定，特別是祭祀時用的祭品更加講究。根據

〔註 3〕　王見川、皮慶生著：《中國近世民間信仰：宋元明清》（上海：上海人民出版社，2010 年 12 月），頁 163。

〔註 4〕　蔡泰山：〈析論媽祖文化信仰習俗對民間影響及作用〉，南亞技術學院 2011 海峽兩岸民俗暨民間文學學術研討會，會議時間：2011 年 12 月 17～18 日。

文獻的記錄：「祭祀天后時，在祭祀時間的前一日，必定委派官省牲〔註5〕，監視宰牲。委員著補服〔註6〕至廟。封帛完畢後，禮生引至省牲所省牲；禮生接毛血供香案上。省牲官行一跪三叩禮。禮畢，退。」

　　按周代人的觀點，祭品不整齊，會使神靈不悅，神靈不悅，便不會降福給民眾。所以，祭品一定要經省牲官檢視過。被選中的牲口經過檢驗後，即可宰殺。按照《周禮》規定的程序，宰殺牲口後，要將血和毛少許以盆裝置，擺在神位前，以告訴神祇：犧牲的牲畜已經宰殺，毛色純正的。其次，從祭祀時陳設的禮品來看，祭媽祖時必須陳設：帛一、白瓷爵三、羊一、豕一、酒樽一、樽一、鉶一、簠簋各一、籩豆各四。

　　上述這些禮器在周代禮儀專著中都可找到。例如，鉶即為鉶鼎，是周代盛粢和羹的器皿，用青銅制成。簠簋成為周代禮品《禮記‧樂記》曰：「籃簋俎豆，制度文章，禮之器也。」簠用於裝稻粟，大多是方形，少數是圓形；簋用於盛黍稷，多為圓形，也有方的，二者皆以青銅制成。籩和豆皆為周代禮器，豆以木制成，籩的形狀與豆一樣，但是用竹編成。在清代祭禮中，用籩盛棗、粟、菱、榛、脯、鹽、魚、餅等食品，這一制度承襲周代制度。

　　周代祭祀神明，有明顯的等級制度。對最高神明，朝廷祭以太牢之禮，稍低一等級的神明，則用少牢之禮。所謂「太牢之禮」与「少牢之禮」的差異，在於奉獻犧牲的東西不同。「太牢之禮」奉獻給神明的是牛、羊、豬，而「少牢之禮」所奉獻給神的是羊、豬。

　　《福建通志》、《建陽縣志》等書記載的祭孔子、關帝、天后的儀禮相互比較，清廷祭孔子、關帝都是用「太牢」之禮，祭品為一牛、一羊、一豬，而祭祀天后僅用少牢之禮，祭牲為一羊、一豬；再從祭祀時所用禮器看，祭孔子的禮器為：「白瓷爵三、登一、鉶二、筐二、簋二、籩十、豆十、酒樽一」；祭天后時用：「白瓷爵三、酒樽一、鉶一、筐簋各一，籩豆各四。」〔註7〕祭

〔註5〕　「省牲」是《周禮》中即有記載的一道程序，它的目的是檢查獻給神祇的犧牲是否符合條件，肌體有無肥賬，毛色有無純正，牲數有無齊足。若將毛色駁雜、肌體瘦瘠的牲口獻給神，則是一種不恭的表現，假使牲口短少，則更是無禮了。

〔註6〕　清朝官員服飾，指在清朝政府中有正式職位官員的官方著裝，正式名稱為補服。著裝分為帽、外衣、朝珠、朝靴。清政府對官員的辦公著裝有著明確的限制，不同品級有不同的著裝，不能自行更改裝束。

〔註7〕　李再灝等：道光《建陽縣志》卷六，典禮志（北京：北京圖書館出版，2008年），頁235。

天后的禮器少於祭孔子的禮器。這表明在清道光年間，清朝官民眼中天后的地位，還不及文武二位聖人。

二、祭祀程序與過程具傳統性

有關祭祀的一切準備工作做好之後，第二天開始正式祭祀。祭祀的過程如下：

> 正祭日……五鼓，各官至廟，著采服。主祭官簽祝文畢，啓鼓。引贊引主祭官詣盥洗所。盥畢，引至行禮處立。通贊唱曰：執事各司其事，祭官就位，陪祭官各就位，瘞毛血，迎神。引贊贊：上香！（引主祭官於神位前立）引贊贊：跪！叩首！捧香生跪進，主祭官受香，拱舉，授接香生，上炷香于爐，又上瓣香。畢，引贊贊：叩首！興！復位！行二跪六叩禮。各官俱隨行禮。興，奠帛。行初獻禮。引贊贊：詣天后神位前立！引贊贊：跪！叩首！奠帛！捧帛生跪進，主祭官受帛，拱舉，授接帛生獻。畢，引贊贊：獻爵，執爵生跪進，主祭官受爵，拱舉，授接爵生獻，畢。引贊贊：叩首！興！引贊贊：詣讀祝位！（主祭官詣讀祝位立。讀祝生至祝案前，捧祝版立於案右）引贊贊：主祭官，陪伴祭官俱跪！讀祝生讀祝！其後，讀祝生讀祝文。讀祝生讀祝畢，捧祝福的版仍供案上。引贊贊：行三叩禮！各官具隨行禮，興，復位，通贊唱：行亞獻禮！（如初儀，不讀祝，獻帛。）復位。通贊唱：行終獻禮！（與亞獻禮同）通贊唱：撤饌，送神！主祭官、陪祭官俱行二跪六叩禮。禮畢。通贊唱：讀祝者捧祝，執帛者執帛，各詣燎位！祝文在前，帛次之。主祭官傍立，候祝帛過仍復位。通贊唱：望燎！引贊引主祭官詣望燎所立，祝帛焚半，通贊唱：禮畢！退班！〔註8〕

從祭祀程序看，其主要內容是上香、叩頭及奉獻祭品。上香是主祭官的權利。隨後祭祀天后有三獻之禮，第一次爲「初獻」，眾官員向天后行禮，奉上帛和爵，最後是祝文；第二次爲「亞獻」，再次奉上爵，第三次爲「終獻」，眾官員行禮完後，焚燒祝文與帛。三獻禮在《儀禮》一書中有記載，《舊唐書》儀禮志亦有記載，可見，它是一項從古至今，歷代承襲的祭神禮儀。此外，獻神所用祭品、盛祭品的容器，都與周代制度有關，這都說明清代祭祀媽祖

〔註8〕 同上註，頁280。

的儀式是周代祭神方式的延續。

　　清代的中國流行佛教與道教，但佛教與道教在中國的傳播，都不過只有 2000 多年的歷史，春秋戰國以前，中國是沒有道教與佛教的。因此，周代朝廷的祭祀儀式，絕對不是佛教或道教的一種，習慣上，宗教學界將夏商周三代流行的中國傳統宗教稱之為「宗法性宗教」，清代祭祀神靈的方式，是中國有 3000 多年歷史的宗法性宗教的延續。

　　天妃上升為天后之後，名義上已經被列入朝廷祭祀的頂級神明，但在各地的祭祀制度中，天后所享受的待遇還比不上孔子與關帝君。例如，清代官員祭祀關帝君，都是用三跪九叩之禮，而根據《建陽縣志》的記載，祭祀天后用的是二跪六叩之禮，這比祭祀關帝君明顯差了一個等級。不過，比較《建陽縣志》與《羅源縣志》對天后儀禮的記載，在二者文字背景大致相同的前提下，二者明顯不同在於：《羅源縣志》所記載的儀禮，敬天后也是用三跪九叩之禮！凡《建陽縣志》記載用「二跪六叩」之處，《羅源縣志》全都記成「三跪九叩」。此外，道光《惠安縣續志》記載：祭天后「前後三跪九叩首，三獻飲醴，受胙與關帝君同。」這表明沿海的羅源、惠安二縣，其祭天后的等級要比內地建陽縣高一些。這是一個十分有意思的差異，雖說清廷頒布了統一的祭祀天后儀式，但各地執行仍有差別，內地官民對天后的事蹟不具特殊性，所以，他們嚴格按照清廷的規定去做；而沿海諸縣，都將航海保護神看作是生存的基本保障，所以他們要用最高禮節來祭祀天后。

三、祭祀天后的祝文具特色

　　《建陽縣志》與《羅源縣志》都載有祭祀天后的祝文，內容大致一樣，此處選擇《羅源縣志》的記載：

> 維道光某年歲次某月某朔越祭日某干支羅源縣知縣某致祭于敕封護國庇民、妙靈昭應、弘仁普濟、福佑群生天后尊神曰：維神菩薩現身，至聖至誠。主宰四瀆，統御百靈。海不揚波，浪靜風平。舟航穩載，悉仗慈仁。奉旨崇祀，永享嘗蒸。茲屆仲春（秋），敬荐芳馨。希神庇佑，海晏河清。尚饗。〔註9〕

　　這段文字都是圍繞著航海展開，表明清廷祭祀天后的目的在於保護航

〔註9〕　羅源縣志地方志編纂委員會：《羅源縣志》卷 12（北京：方志出版社出版，1998 年），頁 172～173。

運。清代海上航運大發展，相應的海盜活動也日益猖獗，清朝水師為了鎮壓海盜，經常在海上航行，所以天后的保佑對他們來說是必要的。

　　上述清代春秋祭祀的內容與特色，可以看出官府規劃的形式嚴謹。無論是祭品、儀式等都已經具有一定的規範。

　　分佈於各地的媽祖廟，各廟宇因為分佈地區的風俗民情與地理環境的不同，各自發展出自己祭祀媽祖的儀式，以下以莆田湄洲島媽祖廟、天津媽祖廟、臺灣北港朝天宮（媽祖廟）三大祖廟，分別敘述三間祖廟歲時祭儀的內容與特色。

（一）莆田湄洲島媽祖廟

1. 早期的祭祀

早期祭祀儀式分為家庭祭祀和宮廟祭祀兩種。家庭祭祀包括：

(1)「船仔媽」崇拜，主要是漁民和航海者在船上供奉媽祖神像，祈求航海安全，這是媽祖信俗最原始的形式之一。

(2)對海祭拜，是湄洲島和其他地區的漁民、船民在海邊或在沙灘上擺上供桌、貢品面對大海，向媽祖祭拜。

(3)家中供奉，就是島上漁民和居民在家中的神龕上供奉媽祖像點香、祭拜。

(4)汽車上掛媽祖像，祈求出入平安。

宮廟祭祀分成日常祭祀和廟會祭祀兩種。

日常祭祀是由媽祖信眾到媽祖廟向媽祖神像行禮，主要包括獻鮮花、點香火、擺貢品、行跪拜禮以及燃鞭炮、燒金帛、題緣金等方式。

廟會祭祀則舉行祭祀大典。祭祀大典形成於西元11世紀，西元1788年被列入國家祭典，場面恢宏、莊嚴隆重。包括：

(1)儀程，主要有司祭人員就位、迎神、上香、讀祝文、行三獻之禮和三跪九叩禮、送神等。

(2)司祭，湄洲媽祖祖廟主持人擔任主祭，世界各地媽祖分靈廟負責人參加陪祭。

(3)祭器，祭壇上配有燭臺、香爐、鐘鼓等。

(4)祭品，供桌上擺放用麵粉、香菇、木耳等食品製成仿海洋生物和自然山景等。

（5）儀仗，由清道旗、鑾駕、仿古兵器等組成。

（6）祭樂，由樂生用嗩吶、鼓、磬、琴、笛等 28 種樂器演奏地方曲調和曲牌。

（7）祭舞，由舞生執鳳羽、龠管，採用雲步、疊步等傳統戲曲舞步。

2. 現代的媽祖祭典儀式

現代的媽祖祭典儀式是傳承了千年積淀的媽祖祭典文化，是一種「活態文化」。莆田湄洲舉行祭典時儀仗隊、護衛隊、司禮生、舞生等都穿著宋代服飾，整個祭典莊嚴、典雅，充分展示了媽祖祭典文化的歷史傳承性。莆田湄洲媽祖祭典儀式一般有十大章程：

（1）鼓樂齊鳴，鳴放禮炮。

（2）司禮生引主祭者、陪祭者就位。

（3）儀仗隊、護衛隊、繡旗隊、樂生、歌生等就位。

（4）司禮生宣布祭典儀式開始，奏樂。

（5）全体肅立、上香、迎神，行三跪九叩大禮。

（6）主祭者宣讀祭文。

（7）禮樂中行三獻禮，即初獻禮、亞獻禮、終獻禮。

（8）焚祭文、焚寶帛。

（9）鳴炮奏樂，禮成。

（10）禮成全體退場。

（二）天津媽祖廟

天津的媽祖文化與其當地的民俗文化相結合，天津媽祖廟特別以民間皇會形式作爲酬神的一種重要廟會活動。本來，在民間以花會娛神、拜祭的活動由來已久，至今仍有不少地區保留這種風俗。每逢三月二十三日媽祖生日，天津都要舉辦迎神賽會。每年都有花鼓會、法鼓會、獅子會、大樂會、中幡會、重閣會等幾十檔花會到娘娘廟前參加一年一度的進香慶典。天津人把這種專爲天后娘娘舉辦的迎神賽會稱之爲「娘娘會」，也叫廟會。

各檔花會分別由商業、漁業、航運業、碼頭工人、近郊荣農，乃至外地香客等各行各業、各界人士出資分別籌辦。由於各自的愛好不同，因此每一檔花會形式內容都不一樣，又由於每一檔花會都代表一個行業的文化素養和審美情趣，因此，各行各業都在暗地裡較勁，想比別的行業辦得更出眾。迎接媽祖生日之際，便是各行各業，各界人士比賽花會之時，故所謂的「迎神

賽會」之說，即由此而來。

娘娘會主要由「進香」、「歸寧」、「送駕」三個部份組成。

1. 進香

進香是在三月二十三日這天上午，各路香客，各檔花會全部到娘娘廟前聚齊，並依次為媽祖焚紙、上香、送功德錢或送燈油、捐燈油錢。也有人在此捐款為媽祖神像塗漆、裝金等。更多的則是在當日為媽祖換衣袍、斗篷、獻紅布、獻供果。如果曾因某件事情向娘娘許過願的，也可以藉這個機會還願。

2. 歸寧

進香儀式結束，「歸寧」儀式開始。「歸寧」便是送媽祖回娘家。但早期交通不便，天津離湄洲的距離太遠，不可能將媽祖送回湄洲。只能象徵性地將媽祖送回設在天津城北的閩粵會館。後來隨著參加迎神賽會的人數逐漸增多，便將媽祖的娘家遷到如意庵，並塑有聖父母神像，以便娘娘在「歸寧」之際能與父母團聚，共享天倫之樂。

「歸寧」的儀式是：首先將媽祖從宮內接出來，坐在輦駕上，再由香客鳴炮奏樂地將其送回娘家去。沿途除了數以萬計的崇拜者夾道歡送之外，更有數十檔花會沿途表演、護送，這種護送的過程又叫「出巡」。

3. 送駕

出巡是娘娘會的高潮，氣氛最熱烈，場面最壯觀。這天，人們衣著莊嚴筆挺，商店大都張燈結綵，比過年還要熱鬧。

媽祖在「娘家」住滿三天，歸寧的儀式便結束了。第四天上午，又由歸寧出巡時的原班人馬，送娘娘回宮，其程序與送娘娘回家時一樣，只是行進方向正好相反。沿途同樣是數以萬計的崇拜者夾道歡迎，同樣有幾十檔花會沿途表演、護駕，這便是第三項儀式「送駕」。

清朝乾隆年間，有一年的陽春三月，乾隆皇帝路過天津，正好趕上天后娘娘的生日廟會。乾隆皇帝看了各種民俗表演後，忍不住大加讚揚，並恩賜給管事人員幾件黃馬褂和幾面會旗。自此以後，天津人為了感謝皇帝的恩寵，不僅把娘娘會改稱為「皇會」，而且越辦越盛大。

天津皇會一直辦到民國期間仍未停息。最後一次是民國二十五年，即公元 1936 年農曆三月二十三日至二十七日，時隔不久，日本侵略軍發動了「七七事變」，人們便再也沒有心思和精力去操辦這一年一度的廟會。

至於皇會的內容與特色，下一節再加以論述。

（三）臺灣北港媽祖廟

臺灣北港媽祖廟就是現今的北港朝天宮。早期北港朝天宮沿襲傳統祭祀媽祖的方式，每年舉行二次祭典，一為慶祝元宵，一為慶祝聖誕。而每次祭典，天后鑾駕，均有出巡境內。日據末年，日政府為消滅臺灣固有文化，禁止一切迎神賽會，朝天宮祭祀媽祖的活動曾中輟一時，至光復後數年，復再舉行。但是已有若干改變。

現在臺灣北港朝天宮的祭祀，除了與民間上元、中元、下元三大年節相結合之外，媽祖的聖誕與飛升成道日，廟方仍是以傳統祭典的方式祭祀媽祖，以下分述年節與傳統祭典。

1. 上元祭農曆（正月十五日）

上元祭典其初比較祭聖隆重，農曆正月十五日，先以各種陣頭藝閣（竹閣番，連環坪，桌仔藝等），隨天后鑾駕，遶行各街，至廿七、八日繼續遊行，觀者如堵，稱盛一時。其時尚無電燈，夜間遊行，皆燃火把。此種火把，購自福建，火力甚強，兒童司火，繞行街中，宛如巨大火龍，尤稱壯觀。而參觀者，來自遠近，名為欣賞藝閣，實多為賭而來，故十五日看過遊行，即逗留賭場，互相聚賭，至廿八日祭畢始散。

後來，賭風漸熄，眾議改正，乃在十五日至十七日三天，連續舉行遊行；各項陣頭，爭奇鬥巧，仍甚盛況。至民國四十四年，以正月間，天冷風強，兒童裝扮各種藝閣，參加遊行，有礙身體，再改在農曆正月十五日，舉行一天遊行。迨至民國五十四年，為響應國策改良社會風氣，由管理者王吟貴首倡，縮小行列，節省經費，以舉行花燈大會以來，已無藝閣參加遊行，僅於夜間若干鼓樂隨行出廟，巡行街中，供人焚香而已。

2. 媽祖誕辰（農曆三月廿三日）

媽祖誕辰紀念日，北港朝天宮於清晨六時正開始祭祀媽祖。祭祀前幾日先召開董監事會議，商討參與祭祀的人員與分配祭祀人員擔任的任務。

（1）祭祀人員分擔任務

主祭一人，陪祭若干人，通唱一人，讀祝一人，引贊二人，司毛血二人，司帛一人，司旗一人，司傘一人，司燈二人，司爐二人，司旌二人，司節二人，司扇二人，司扉二人，司爵一人，司饌二人，司香一人，司鼓一人，司

幛一人，司鐘一人，糾儀一人，司鉞二人，司鈌二人。

（2）祭祀的祭品

具備祝帛，羊一，豕一，牲禮一付；筵席一，青果四色，糕餅四色，粿類若干，依照左開順序，隆重排列。

（3）祭祀人員服裝

董事長擔任主祭，董監事及地方人士任執事，與祭人員均著長袍馬掛。

（4）祭祀程序

① 早期先到聖父母殿祭祀，現在將聖父母的神位請到正殿一起祭祀。

② 典禮開始：擂鼓三通；揚炮、奏大樂、啓扉、陪祭就位、主祭就位、執事者各執其事、全體肅立、瘞毛血（奏細樂）主祭行盥洗禮、盥洗、復位。

③ 行上香禮：主陪祭跪、上香、叩首、再叩首、三叩首、興、復位。

④ 行迎神禮：軌事者各執其事、鳴鐘鼓迎神、主陪祭跪、叩首、再叩首、三叩首、興、跪、叩首、再叩首、六叩首、興、跪、叩首、再叩首、滿叩首、興、樂止。

⑤ 全體向　天上聖母行最敬禮：脫帽、敬禮、戴帽、復位（奏細樂）。

⑥ 行初獻禮。

⑦ 行讀說禮：主陪祭跪、俯伏（樂止）。讀祝文生就位、跪、讀祝文、讀畢興、平身、主陪祭跪、叩首、再叩首、六叩首、興、復位（奏細樂）。

⑧ 行亞獻禮。

⑨ 行終獻禮。

⑩ 行飲福酒受胙禮：主陪祭跪、叩首、飲福酒、受福胙、再叩首、滿叩首、興、復位。

⑪ 全體向　天上聖母行最敬禮：脫帽、敬禮、戴帽、復位（奏大樂）。

⑫ 行送神禮：軌事者各執其事、鳴鐘鼓送神、主陪祭跪、叩首、再叩首、三叩首、興、跪、叩首、再叩首、六叩首、興、跪、叩首、再叩首、滿叩首、興。

⑬ 焚金帛

⑭ 司帛者奉帛、讀祝者奉文

⑮望燎〔註10〕、復位、禮畢退班。

3. 中元普渡（農曆七月十三至十五日）

本省俗尚中元普度，即佛家所謂盂蘭盆會也。以前北港鎮普渡，分為「街普」，「廟普」。朝天宮之普渡，依例定於農曆七月九日舉行，茲將前後行事，分別列記於下：

（1）農曆七月初一日

豎燈篙。俗稱「開鬼門」，依例本宮自此日起，必在宮前豎立燈篙，幢幡，以照幽魂。

（2）農曆七月八日

放水燈。是夜住持必在宮中舉行法事，引眾至溪，流放屋型燈籠。

（3）農曆七月九日

舉行普度。每年由本鎮五大姓（即峰山蔡姓，青陽蔡姓，許姓，楊姓，陳姓）輪流主普。事前主普人要先向族人募捐，籌備普度，至九日晚間，在其群居之地，宰豬殺羊，陳設祭品（俗稱肉山）。本宮則須供奉各大姓等之斗燈並在宮前排設祭品，由本宮和尚主持法事，築壇誦經，濟度孤魂。祭品例設五列。中央一列由草湖公館排設漢席看牲、豬羊。其傍二列，排設八種點心粿粽。再其旁兩列，由各商就其所出產，來供奉棧數：棧以竹編，用以環列祭品，如雞棧，鴨棧，米粉棧等。並在中山路適中地點，築一孤棚，高二丈餘，排設米飯，粿粽，祭畢打鑼為號，由眾攀登孤棚，爭奪祭品。此種行事，大東亞戰爭發生時，已經廢止。光復後，為遵守政令，改在農曆七月十三日起三天，統一舉行。由本宮住持僧主持法會，超渡國軍陣亡將士、大陸死難同胞、水陸孤魂等，並祈求國泰民安。民眾均以米、餅干、素果等供品祭拜，普渡眾生，法會至十五日下午放焰口後結束。

4. 媽祖成道紀念日（農曆九月九日）

農曆九月九日是媽祖飛昇成道紀念日，朝天宮依例於清晨舉行大祭典，並恭請聖父母神位到正殿，以表弘揚孝道及慎終追遠之意，祭典儀式與聖誕祭典相同。

〔註10〕燎是指燃燒帛祝的火花。望燎的用意，就是要看著焚燒的煙火冉冉昇天，象徵著民間所奉獻的心意與東西，都化成煙及火上達神鑒。

5. 下元祭典（農曆十月十三日至十五日）

自農曆十月十三日起三天，於三官大帝殿恭設祭壇，聘請高僧主持祈安消災大法會，祈求國泰民安。

第二節　媽祖廟的廟會型態

廟宇是台灣傳統宗教信仰的核心所在，除了附著於廟宇本身靜態的祭祀對象、祭祀空間、宗教信仰文物等之外，以廟宇為中心所發展出的動態活動、慶典及習俗等，更是台灣傳統宗教信仰文化中的重要成分。在傳統漢人社會諸多動態文化中，這類通稱為「廟會」。

廟會即一般所謂的「迎神賽會」，乃是以廟宇為中心而以祭祀神祇為主體的公眾性宗教信仰活動，其起源可追溯自中國古代的宗廟社郊制度。宗廟社郊是指祭祀神靈的信仰形式，宗廟是祭祀祖宗的場所，後來也衍生成為祭祀先賢之場所而社郊是宗廟之外的祭祀場所，主要是祭祀天地神祇。社神即社稷之神，社祭即土地崇拜，與之相連相應的另一種自然神崇拜即是郊祭，所祭祀的對象為以天為主的神祇，包括日、月、星辰等，是社祭的延伸，也是宗廟制度的補充。〔註 11〕在中國古代，宗廟原為皇室以至於士等上層階級所祭祀祖先的專利。《禮記‧王制》載：「天子七廟，三昭三穆，與太祖之廟而七；諸侯二昭二穆，與太祖之廟而五；大夫一昭一穆，與太祖之廟而三；士一廟，庶人祭於寢。」

一般庶民並不能立宗廟以祭祀祖先。中國古代在帝王以「天子」自居的情形之下，郊祭所崇祀的神祇，以「昊天上帝」為尊；其次，也因為「以農立國」的國祚大計，故次尊土地山川諸神，而兼有社祭之精神，因此有「皇天后土」之並稱。

對於一般庶民階層而言，宗廟之祭與郊祭是不允許的，再加上一切民生取諸土地，又有安土重遷之傳統，故特重土地諸神之祭祀。《禮記‧祭法》說：「王為群姓立社，曰大社；己自為立社，曰王社；諸侯為百姓立社，曰國社；諸侯自為立社，曰侯社；大夫以下，成群立社，曰置社。」其中百姓成群所立之社，一般稱為「鄉社」，祭祀社神之行為稱為「社祭」，而祭祀社神之所，亦即後世「社廟」之起源。因此以祭祀土地神為主的「社祭」活動，便普遍

〔註11〕高有鵬：《中國廟會文化》（上海：上海文藝出版社，1999 年），頁 8。

盛行於民間，這類活動即後世所通稱的「社火」或「廟會」，成為廣土眾民最主要的信仰活動。

媽祖廟中常見的進香、繞境等活動，官建的媽祖廟是不舉辦的，因為迎神賽會是清代法令所禁止的，當然禁令執行與否，則在地方官的意願與責任。有的地方官曾嚴格執行，《福建省例》中收有幾則案例。然而有的官員以文字方式勸禁，或認為只要迎神賽會不致引起事端或有益於教化百姓，是不必禁止的。

以下仍以三大媽祖祖廟分別敘述這三大媽祖信仰圈，以媽祖廟為中心，因媽祖祭祀衍生而出的民俗活動，從這些民俗活動的內容與特色，探討分析媽祖文化在不同地區，其廟會呈現出來的樣貌。

一、莆田湄洲島媽祖廟

湄洲媽祖祖廟的廟會是指特定節日和重大祭祀活動，具體包括：

1. 媽祖誕辰。每年農曆三月廿三媽祖誕辰日。
2. 媽祖升天。每年農曆九月初九媽祖逝世紀念日。
3. 割火分靈。各地建媽祖分靈廟時要捧著神像到湄洲媽祖祖廟舉行「取香灰」的分神儀式。
4. 謁祖進香。媽祖分靈廟每隔一定時期到湄洲媽祖祖廟謁祖進香，俗稱「回娘家」，一次陪同進香的團隊人數有的多達 7000 餘人。
5. 媽祖巡遊。湄洲媽祖金身在湄洲島和臺灣、金門、澳門等地分靈廟巡遊，接受膜拜。
6. 民俗表演。湄洲媽祖祖廟還進行舞龍、舞獅、擺棕轎、耍刀轎、舞涼傘等民俗表演，表演人員多為民間藝人，參加人數最多可達幾十萬人，場面壯觀。

涉及媽祖的民間習俗主要包括：

1. 演戲酬神。媽祖分靈廟如有舉行慶典活動或者戲劇演出，都要恭請媽祖神像駕臨觀賞或請戲班演員到媽祖神像前「弄仙」。
2. 媽祖元宵。湄洲島每年正月初八到十八各家各戶都恭請媽祖神像參加元宵活動。
3. 謝恩敬神。家族舉行感恩蒼天儀式，男女老少統一著裝列隊到媽祖廟敬請媽祖參加。

4. 媽祖遊燈。漁民、農民、市民等在節日的晚上都提著「媽祖燈籠」繞遊。

5. 媽祖服飾。湄洲婦女平常頭上都梳著帆船狀的髮髻，著藍色的上衣和紅黑相間的褲子，表示對媽祖的敬仰和對家人出海平安歸來的期盼。

6. 聖杯問卜。用木質半月形「聖杯」，向媽祖祈求解決疑難問題的方法。

7. 換花求孕。湄洲已婚未育婦女與媽祖神像頭上的花互換來求賜孕。

8. 佩戴香袋。到媽祖宮廟祈取小香袋戴在小孩身上，以保平安。

9. 誕辰禁捕。湄洲漁民在媽祖誕辰日前後自發不下海捕魚，體現人與自然和諧相處。

10. 媽祖彩車。媽祖巡遊隊伍中裝扮有關媽祖故事的彩車。

11. 大門貼符。百姓在大門上貼著媽祖的神符。

12. 頸項佩玉。脖子上掛著媽祖的玉像。

13. 托看小孩。如果父母外出，將小孩託付給媽祖廟看護。

14. 媽祖掛脰。在媽祖巡遊過程中，信眾向媽祖神像的頸項上掛上用紅繩子系的金鎖、銀鎖或錢幣。

二、天津媽祖廟

皇會，原被稱為「娘娘會」或「天后聖會」，民間口傳它起源于清康熙四年（1665）。其實，在此之前民間已存有一定規模的酬神祭祀活動，因為差不多在元至元年間（1278～1288 年左右）的天津已建起第一座天后宮，在這漫長的歲月中，民間的祭祀活動只是在規模上小於皇會，在名稱上不叫皇會罷了。

漕運的興起，促使天津成為重要的交通運輸樞紐和商品集散中心，特別是當長蘆鹽的管理中心移到天津后，加上官督商銷的引岸專商制的推行，使天津出現了一大批具有封建壟斷性質的豪門巨富，大大加強了天津城市經濟的實力。這些都為皇會的形成提供了豐厚的物質基礎。

此外，歷代皇帝對天后的褒封和對皇會的賞賜以及天津地方官府給予的認可和一系列商業優惠政策，亦對皇會的興盛起到了很大的促進作用。特別是天津居民五方雜處，且有不少人從事長期漂泊不定的海上運輸、買賣以及繁重的搬運勞動，這種毫無生命保障的單調、枯燥生活使他們強烈渴望與家人團圓，並培養了他們相聚互助的性格，使他們形成了凡事愛湊熱鬧、講義氣、肯出錢出力的社會心態和純樸的參與意識。在當時，熱心公益、急公好

義、濟困扶弱已成爲天津城市生活中的理想人格模式。因而，皇會的舉辦是在這樣一個擁有廣泛的群眾基礎的條件下發展壯大起來。

天后宮廟會是天津眾多廟會中最爲隆重、影響最大的廟會。娘娘廟會一年舉辦好幾次，除了農曆三月二十三日天后誕辰大慶之外，五月初，海運頻繁，海船出海或返港，如果平安無事，也要慶賀一番，由商賈出資，一爲酬謝娘娘，二爲船工平民自娛和娛人。特別是農曆臘月十五至正月初一還要舉辦盛大的廟會。可見，天津的廟會是在民間宗教信仰的感召下形成，同時又在既娛神又娛人的豐富燦爛的表演行會中發展，更重要的是與商業活動日益融合後壯大起來的，這一點在後來形成的皇會中表現得尤爲突出。

皇會是一個有組織、有計劃并有嚴格規定的廟會形式。其籌劃之精細、措施之完備、會規之嚴密、等級之分明、儀禮之繁縟，非一般廟會所具備。皇會的行會更是異彩紛呈，一切儀仗裝飾、人員服制、表演技藝都力求盡善盡美，花錢費事在所不惜，務必要求其如何美麗，如何風光，融聚了天津民間各種技藝的精華。所有出會儀式、典禮莊嚴隆重，不厭繁縟，成爲當時「全國務省惟一的神話盛事」。

皇會的會期、路線及會規如下：

（一）會期

皇會從農曆三月十五日起至二十三日天后娘娘誕辰日爲止，共舉行九天。這期間除十六日、十八日、二十日、二十二日四天有行會表演外，其餘五天時間均爲各地民眾大規模地進香朝拜、貿易往來、會親訪友、看戲游觀以及一些陳設老會、聖會的座會設擺等慶賀活動。

由於參加皇會活動的人很多，且已不局限於天津當地居民，因此，爲保障安全，皇會籌備處即天后宮掃殿會對皇會期間的香客敬香時間做了嚴格的規定，即農曆三月十五日、十七日、十九日、二十一日、二十三日五天爲女子敬香日期；十六日、十八日、二十日、二十二日四天爲男子敬香日期。後來的千福寺在農曆三月十七日聖駕值寺期間，爲安全起見也對香客的敬香時間作了上午爲男子下午爲女子的規定。

在皇會期間，最隆重、最壯觀、最熱鬧、最吸引人的要數十六日、十八日、二十日、二十二日這四天的行會活動。以至於後來民間不少人都認爲皇會只舉辦四天，並將皇會作爲民間各道老會、聖會進行行會表演的代名詞。

農曆三月十六日為「接駕日」，天后娘娘及為其伴駕的送生娘娘、子孫娘娘、癍疹娘娘、眼光娘娘要被接到天后娘娘行宮（最初在閩粵會館，後又改在如意庵和千福寺），接受香火並駐蹕至十八日。

農曆三月十八日為「送駕日」。這一天要把十六日接去的天后娘娘及其隨駕的送生娘娘、子孫娘娘、癍疹娘娘、眼光娘娘神駕送回天后宮。

農曆三月二十日、二十二日兩天為「天后娘娘出巡散福日」屆時，天后娘娘要乘華輦出天后宮，沿天津城出巡，接受沿途香客的叩拜，散福於民間。這時，送生娘娘、子孫娘娘、癍疹娘娘、眼光娘娘也要乘坐寶輦隨駕。各表演老會、聖會伴駕於左右，皆拿出渾身解數盡力各顯其能。這兩天的行會表演較十六日接駕和十八日送駕更多，更精彩。

關於接駕和送駕在時間上的稱謂，天后娘娘的娘家人和天后宮的掃殿會人員在理解上有所不同，依天后宮掃殿會而言，十六日為送駕，十八日為接駕。

（二）路線

皇會的行會路線基本上是繞天津城內外而行，但就出天后宮和回天后宮這一出一進而言，行進的路線是不能一樣的，也就是說出去時要走一條路線，回來時要另走一條路線。同時，不僅接駕、送駕，以及出巡散福這四天的行會路線各不相同，而且每次舉辦皇會的出會行走路線亦有所不同。〔註12〕

（三）會規

參加皇會的老會和聖會在行會前均要舉行一番儀式。

第一：要先一天舉辦設擺

設擺即在自己會址地或宮南宮北大街處亮出本會出會所使用的行頭、道具、執事等供眾人觀看。法鼓會則多在廟前及其周圍候駕，因其既是表演文玩藝兒的會，同時又兼為儀仗會，有「半副鑾駕」之美譽。法鼓會設擺的格局都大體相似。一般是本會的大纛旗放在正中央，前面擺有鼓箱，鼓箱四角插著四個鐺架，鼓前放置條案或八仙桌子，將鈸、鐃、鉻等樂器放在上面，其它儀仗按行會的順序要求分兩側八字排開。到了晚間，儀仗的一百多個燈籠通宵點燃，使人感到一種神聖，同時增加了熱鬧、喜慶的氣氛。

〔註12〕尚潔著：《皇會》（天津市：百花文藝出版社，2006年9月），頁77～78。

第二：祭祀神佛

民間各道老會、聖會都有自己供奉的神靈，無論何時出會，必要由會頭主持，先舉行祭拜，祈福，向神靈辭行，然後才可出會，因各會表現形式和內容不同，故祭祀的方法也各不同。有的會要到當地的土地廟舉行供奉老郎神（唐明皇）儀式，如秧歌老會全體會員要面向神位肅立，由傘頭（即表演時舞傘之人）把傘供在神案上，然後點燃香燭，會頭喊號三叩首，站起後傘頭將傘請到隨身挎著的傘囊里，方可出發。〔註13〕

第三：供響器或主要道具傢伙

響器傢伙，是指各道會表演和指揮所用的樂器、道具等，被視為會中的寶物，敬奉和愛惜的程度如同對待自己的生命一樣。有的會將出會時使用的會鑼常年供在神像前的供桌上，每次出會前都由會頭進行祭拜。會頭要先淨面，在神像前三拜九叩，敬香祈禱，以求出會順利，安全無事，謂之「請鑼」。當行會回來後，再舉行叩謝儀式，稱為「歸朝」。有的會則將表演的主要道具常年供在神像前的香案上，并用黃布纏包好。每次出會前，會頭率全體會員淨手，上香，叩拜。之後，才可將道具拿出，拆解下黃布，進行出會表演。

第四：張貼黃報

當接到掃殿會的請會出會邀請後，各會要到天后宮將寫好的黃報按掃殿會的要求貼在規定地點。

第五：進天后宮向天后娘娘報到

在有行會表演的四天里，各道會要聽從掃殿會的安排，根據出會排列順序，依次進天后宮向娘娘敬香叩拜。並且唱誦「八仙慶壽歌」〔註14〕

第六：拜會

拜會，是民間各道老會、聖會之間的一種禮儀性極強的交際方式。特別是在同一時間內參加同一活動，或是在途中偶然相遇，必須拿出事先備好的帖子（有統一格式，注明會名），由各道會的會頭要相互交換，以示尊敬。因而，各會都備有放會帖的專用盒子。若是平日里以相互學習、切磋技藝和聯絡感情為目的的拜會活動，則還要鳴放兩掛鞭炮。

〔註13〕 同上註，頁 81。
〔註14〕 同上註，頁 83。

　　各會自身所定的會規，大體上相似，都以文明禮讓和嚴格的行爲規矩以及勸善等內容爲主。如有的會規要求會員在外要行善，在家孝父母，不欺人，不結伙，練玩藝兒要齊心，以致對自己會所練技藝也要求不得外傳；還有的會規定會員先禮後行，見人要和氣，遇事要忍耐，不可強暴行事；有的甚至出警句「福緣善慶，樂益安然」，即表達與他會同慶同樂、團結爲本、不起爭端的辦會宗旨。〔註15〕

　　特別是各會在參加行會表演時還要求會員舉止嚴謹，不許說笑、打逗、亂看。尤其是男女上妝後，更不得相互混雜嬉鬧。有的甚至還有禁止會員抽大煙的會規，從行爲上規範了會員，在社會上有一定的積極進步意義。

　　當然，任何事物都不是絕對的，都會有正反兩方面的問題出現。盡管皇會行會規定的規矩以及各會本身的會規都比較嚴格，特別是都以禮讓謙恭爲首，但也不乏在參加行會中的一些爭強好勝、以強欺弱、自高自大的風氣存在，這也是人本身性格弱點的一個體現。

　　如果按表現形式和內容劃分，可將這些會種分爲六種類型，它們是指揮協調類、公益服務類、儀仗鑾駕類、座會設擺類、還願勸善類、玩藝兒表演類。

（一）指揮協調類

　　指揮協調類只有一道會，即天后宮掃殿會。

（二）公益服務類

　　公益服務類包括了十餘種二十餘道會，較著名的有鹽坨六局淨街老會、窯洼果子店梅湯聖會、老縣署接香老會、南門內老接香會、宮南香鍋老會、宮前請駕會、東門里同議請駕會、侯家后敬儀請駕會、運署前運署請駕會、針市街誠議請駕會、庚濟護棚會、沼濟護棚會、上善護棚會、公善防險會、黃繩會、叉子會、以及城后獻茶會、妙峰山聯合總茶棚會等。

（三）儀仗鑾駕類

　　儀仗鑾駕類有十餘種近十餘道會，以錢商公會慶祝門幡老會、針市街公議太獅聖會、太獅德照老會、拴馬樁雲照靈官老會、長順華蓋寶傘聖會、河東雜糧店善念鑾駕老會、經司胡同鑾駕老會、赫赫堂鑾駕老會、運署護駕老

〔註15〕同上註，頁８４～８５。

會、侯家後公議日罩老會、如意庵日罩老會、城內板橋胡同寶輦聖會、通綱黃轎聖會等最爲著名。

（四）座會設擺類

座會設擺類是既參加座會設擺又參加行會表演的會種。所謂座會設擺是將會中華貴精美的道具、燈飾、旗幡等物品在事先搭好的大棚中展覽，供香客和游人參觀，如受到掃殿會邀請參加行會表演，則在行會的時間內出會，參與隨駕伴駕的行會演出。較著名的設擺會有十餘種二十餘道，後來，由於座會設擺類會的陣勢雍容華貴，富麗堂皇，故又逐漸被列爲天后娘娘的儀仗隊，成爲帶有鑾駕儀仗性質的會種。

（五）還願勸善類

還願勸善類主要的有十餘種十多道會，即慶善堂巡風聖會、余慶堂巡風聖會、積善堂頂馬會、懷古堂頂馬會、東門外南功店海屋添籌燈亭聖會、普善花童聖會、花瓶巡風會、積善堂道童行香聖會、城內寶塔花瓶聖會、道童花瓶聖會以及報事靈童聖會等。

（六）玩藝兒表演類

玩藝兒表演類的內容最多、最豐富，也是皇會最精彩的部分。有近三十餘種的三百餘道會，它又包括鼓樂表演、戲曲說唱、舞藝耍技、寓意造型等四小類表演內容。

天津皇會的行會過程中，參與行會或進行各種表演的團體都有其特色，而其後續的發展成果更令人撐目結舌。

三、台灣北港媽祖廟

台灣廟會的類型，若以舉行的時間來區分，有定期性廟會與不定期性廟會。定期性廟會一般以結合歲時節慶與神明聖誕舉辦之祭祀、迎神活動爲主，以及廟宇爲信眾舉行的例行性之祭祀、祈福活動；不定期性廟會舉行的時間不一定，通常在廟宇或聚落有特殊需求時，如廟宇慶成、入火安座，以及爲聚落信眾消災祈福所舉辦之法會、繞境活動等。

其次若就廟會的性質來說，主要有神誕型廟會、節慶型廟會、祭典型廟會等三大類型。神誕型廟會主要爲慶祝主神聖誕而舉行，其規模大小不一，舉行的方式也相當多元，可以結合三獻禮、禮斗、進香、遶境等內容。節慶

型廟會乃是應傳統節日而舉行，一般較爲盛大者如元宵節以燈會爲主的元宵廟會，農曆七月以中元普度爲主的普度廟會等。祭典型的廟會則以舉行大型祭典儀式爲著，如南台灣地區的迎王祭典（王醮）、慶成醮典、祈安醮典、禮斗法會、超薦法會等。若僅就儀式的性質方面來說，台灣常見者即有醮典、法會、進香、遶境、暗訪、請水、安營、犒軍等不同的名目。

廟會舉行之目的仍以祈福、解厄、超度等爲主的傳統宗教功能爲主，亦是一般民眾所關心的目標，其次才是附帶而來的娛樂、休憩與社會、經濟等功能。因此在中心位置的神祇、祭儀與環繞其周邊的供品、祭具等，就構成了廟會的主要核心；而外圍的相關活動，如戲曲演出、陣頭展演，以及遶境、出巡之類的迎神活動，也環繞著核心的神祇、祭儀而形成一個兼具神性與世俗性的信仰性社會活動

廟會活動既以祭祀神祇以及相關的祭儀爲核心，唯宗教氣息濃厚的祭儀通常又都是神聖而嚴肅者，又是往往只有少數「權力者」才能參與的。不過一場廟會之舉行，除了嚴肅的祭儀之外，也必須同時具有歡樂氣息的相關活動，才能營造出廟會的熱鬧氣氛，以獲致「娛神（鬼）、娛人」的目標，而這些外圍的活動則正是一般民眾較爲容易參與的，同時也都必須仰賴廣大民眾在財力、人力方面的支持，更成爲一般民眾所歡迎的節慶性娛樂活動。

因此，廟會活動在台灣常民社會中具有多元化的功能，除了核心的信仰功能之外，伴隨而來的娛樂功能、人際交誼功能、甚至是經濟功能等，使得廟會也成爲蘊含民間文化、展現民間生命力的重要活動。

廟會以祭祀神祇爲主，爲了遂行祭祀神祇並爲信眾消災祈福，在廟會活動中，通常以祭典儀式的舉行爲中心。爲了祭典儀式的進行，廟宇通常會委託專業的宗教執事人員作爲中介者來司祭，諸如道士、法師、禮生等，並準備品類豐富、數量眾多的祭祀用具、供品等，以表現信眾對於神祇的虔敬。

此外，爲了營造廟會的歡慶氣氛，圍繞神祇與祭典儀式而伴生者，常有許多迎神繞境與陣頭、演戲等表演活動，以達到娛神、娛人的目的；而隨著人潮的聚集，在廟會活動中往往也在廟宇周遭形成臨時的市集，也帶動了經濟活動的熱絡與貨物的流暢。繞境與進香如同地方的嘉年華會，吸引觀光客帶來大量的消費。

清代台灣民間的媽祖廟的進香、繞境等活動，由於大部分的地方官員是採取勸禁或放任的態度，因而得到一定程度的發展。至清代中期除了北港朝

天宮至台南府城郡城廟（即大天后宮）的巡歷現象出現外，從文人筆記中，我們亦可看到各地往北港媽祖廟的進香情況。同治年間的吳子光在《一肚皮集》卷十八即說：

> 獨天妃廟無市肆無之，几合閩粵為一家焉。廟以嘉義北港為最赫。每歲二月南北兩路人絡繹如織，齊詣北港進香。至天妃誕日則市肆稍盛者，處處演戲，傳徒嗜此若渴，抱麋則至不貲云。﹝註16﹞

文中所謂南北兩路人到北港進香，並不是說台灣北部、南部民眾去北港進香。對當時交通而言，這種情況並不容易，就算是有這種情形，但數量亦不多，而是指以北港祖廟為中心點，北至彰化、大甲一帶，南至台南、高雄附近的信眾到北港進香。

《彰化縣志》記載，南瑤宮信眾歲往北港進香，男女塞道，屢著靈應之事，而劉家謀的《海音詩》則提到嘉南一帶，每年幾千人進香北港，往來盜不敢劫的情形。由此可知，清代中期的北港進香活動，人數已極可觀，尤其是其中顯現的宗教神聖氣氛，連盜賊都害怕。

除北港進香外，清代中期亦有信眾至大陸湄洲祖廟進香的，如鹿港的舊祖宮即「歲往湄洲進香」。這些進香活動，沿路除鳴鐘打鼓外，亦焚燒壽金，紙灰四散，引起官府的指責與示禁。

台灣民間的廟會型態大約分為兩種形式，一是繞境，二是進香。

（一）繞境

所謂「繞境」是指神明每年定期巡視其轄區，以安定人心、驅逐邪煞，是神明的「例行性任務」。「進香」則是信徒迎請神明前往外地廟宇的拜會、聯誼活動，藉此鞏固雙方情誼，因此進香不只是神與神之間的聯誼，更是人與人之間的交流。神明繞境、進香是台灣民間最常見的宗教活動，是信徒的自發性行為，繞境進香隊伍來自社會各階層，無論男女老少、貧富貴賤，沿途相互扶持、關懷。參與的動機大多是為還願、贖罪、或祈求平安，藉由長途跋涉以答謝神恩、祈福消災或洗滌罪業。

早期進香組織通常以老年人和婦女為主，他們以進香苦行方式，來祈求神明保佑親人。繞境進香活動不僅是一項單純的宗教活動，也是信徒聯誼活動，更承載著無數信徒的苦難，藉由宗教的力量安撫心靈、淨化人心，激發

﹝註16﹞吳子光：《一肚皮集》卷十八，台北縣：龍文出版社，2001年，頁256。

人性的光輝，讓每一個焦慮不安以及無助的心靈得到撫慰。

目前台灣地區的媽祖進香活動，以通霄拱天宮白沙屯媽祖進香徒步路程最遠；大甲鎮瀾宮媽祖進香規模最大；北港朝天宮媽祖遶境則最震撼人心，媽祖遶境進香堪稱台灣最有代表性的民俗活動。

上述媽祖進香與繞境的民俗活動，以台灣北港朝天宮爲中心，因此北港朝天宮成爲台灣最具影響力、且分靈最多的媽祖廟。

北港朝天宮的歷史沿革如下：清康熙三十三年（西元 1694 年），樹璧和尚自湄洲嶼朝天閣奉請媽祖來台，航途中遇暴風雨漂流至北港，樹璧和尚認爲此爲神意，遂將媽祖奉祀於笨港街，仿湄洲朝天閣故名「朝天宮」。起初僅以茅草建造，至 1700 年始建廟奉祀。日治以前，北港媽祖均由雲林口湖出海至湄洲嶼朝天閣進香，回程則到台南大天后宮駐駕，北港方面稱此活動爲「南巡」，而台南稱「進香」，因立場不同引發不同解釋。北港朝天宮自 1895 年甲午戰爭後改爲「遶境」，時間爲每年農曆三月十九、二十日。每天媽祖遶境隊伍從清晨啓駕，直到次日凌晨四、五點才回廟，沿途民眾都會擺設香案，並且燃放鞭炮迎接媽祖神轎，成爲北港最熱鬧的日子。

北港媽祖遶境活動陣容裡的陣頭場面浩大，其觀賞重點是「藝閣」以及「炸轎」。藝閣又稱「詩意閣」，最大的特色是以眞人扮演。日治時期藝閣多爲藝妓所扮演，現在則由兒童妝扮，大多是信徒的子女，相傳坐於閣上者可祈福保平安。以前是以人力抬閣，之後改牛車或板車裝閣，現則以花車裝置。

北港媽祖遶境的鑾轎中有六頂，分別安坐祖媽、二媽、三媽、四媽、五媽、六媽等媽祖，其後爲虎爺神轎。這頂神轎在出巡遶境的行進中，信徒使用大量的鞭炮轟炸，希望事業「愈炸愈發」，炸轎瘋狂的程度可與台東炸寒單爺及鹽水蜂炮相比擬。北港朝天宮建廟迄今已三百多年，是現今香火最鼎盛的媽祖廟之一。其廟會活動自清代已聞名全台，北港媽祖遶境規模宏大、場面壯觀，是最具震撼力的媽祖遶境活動。

（二）進香

1. 大甲媽祖繞境進香

大甲媽祖遶境進香是目前台灣民間規模最盛大、動員力最強的常態性宗教活動。大甲媽祖進香起源於清代，當時每隔十二年前往湄州朝天閣進香，但因規模不大且非常態性活動，因此並未引起注意。日治中葉因大安港廢港，

兩岸交通逐漸阻隔，大甲媽祖進而轉向北港朝天宮「割火進香」。

一九七三年起國內各媒體大肆報導大甲媽祖前往北港「謁祖進香」的訊息，而且經常以大甲媽祖「回娘家」作爲標題，引發一連串爭議，基於大甲媽祖到北港進香經常被說成「回娘家」、「謁祖」，因此一九八八年起，鎮瀾宮取消往北港進香改往新港遶境進香。大甲媽祖從北港「謁祖進香」改到新港「遶境進香」，不僅是名稱的不同，箇中意義更代表大甲媽祖轄區的擴大，也象徵自我地位提昇。八天七夜的大甲媽祖遶境進香活動，信徒來自全國各地，行程經台中、彰化、雲林、嘉義等二十幾個鄉鎮市。

往返三百多公里，參與人數眾多、規模盛大，其準備工作自元宵便揭開序幕。每年元宵節以「擲筊」方式決定啓程日期、時間後，由有意參與搶香的團體、廟寺，協調決定「頭香」、「貳香」、「參香」的順序，各香需義務聘請劇團演出爲媽祖祝壽，並於進香期間聘請藝陣隨行。

媽祖起駕之前，鎮瀾宮需將進香「頭旗」綁在左側龍柱上，並在沿途停駕或駐駕處貼香條通知沿途信徒，媽祖起駕、回駕及經過當地時間。媽祖起駕前廟方舉辦「起馬宴」宴請工作人員，並進行「犒軍」儀式，以犒賞神兵神將，起馬宴同時也具有「隔離」作用，起馬宴後，所有參與人員必需開始齋戒，直到祝壽大典後方能開葷。

大甲媽祖遶境進香，主要科儀有祈安典禮、上轎、起駕、駐駕、祈福、祝壽、回駕及安座等八大典禮，這些儀式除了具有宗教意義外，也同時有安撫人心、強化信仰的作用。祈安典禮是在出發前一天舉行，主要向媽祖稟告進香相關事宜，祈求進香活動順利、香客平安。淨轎儀式後，將正、副爐媽、湄洲媽三尊媽祖迎請入轎安座即爲上轎典禮。大甲媽祖起駕時間都在午夜十二點左右，當起駕時辰一到，點燃三響「起馬炮」，進香隊伍便啓程前往新港。

歷經三天四夜之後，進香隊伍抵達新港奉天宮，迎媽祖入廟安座後舉行駐駕典禮，主要意義在感謝媽祖庇佑，使進香過程平安順利。祈福典禮則是祈求媽祖爲信徒消災解厄，植福延壽。進香活動第四天，信徒虔誠爲媽祖舉行祝壽大典，此爲進香活動的最高潮，並向媽祖「擲筊」決定回駕時間，當天午夜舉行回駕典禮，進香客跟隨媽祖返回大甲。第八天進香隊伍回到大甲，遶境市區後，在信徒簇擁下回到鎮瀾宮，隨即舉行安座大典，叩謝媽祖庇祐進香活動順利完成，一年一度的大甲媽祖遶境進香活動正式落幕。

　　大甲媽祖進香期間，沿途信眾都義務供應餐飲，並擺設香案迎駕，更有許多流傳於民間可祈求平安、增加運勢的習俗，例如以搶轎方式挽留媽祖、鑽轎腳求平安、向媽祖求敬茶治病、向報馬仔拿紅絲線求姻緣、與三太子交換奶嘴祈求孩子好搖飼、觸摸執士隊的文昌筆求考運等。從這些現象可以發現，只要是與媽祖進香有關的器物，都會被賦予「神聖性」，這些行為背後所反映的其實是民眾內心的焦慮和無助，畢竟壓抑的心靈需要宣洩的管道，只不過他們選擇向媽祖傾訴，而不是找生命線或心理醫師。每一年媽祖進香團所經之處，常常可見跪地迎接媽祖的信眾，在神轎出現的時候崩潰痛哭，無論什麼委屈，在這一剎那都獲得紓解。

2. 白沙屯媽祖北港徒步進香

　　苗栗通霄拱天宮白沙屯媽祖往北港朝天宮進香，是台灣路程最長的媽祖進香活動，進香時間約八、九天，往返路程將近四百公里，其進香特色在於路線是由媽祖決定，並無固定之行程，而且每年停駕、駐駕、行走路線均不同，過程充滿驚奇。

　　清乾隆年間，渡海來台開墾白沙屯的先民供奉一尊軟身媽祖於民家，至清同治二年（西元 1863 年）由地方仕紳集資興建媽祖廟。據傳在未建廟前，白沙屯民眾即有到北港進香的習俗。白沙屯是位處於濱海的小村落，每年拱天宮媽祖往北港進香成為小村落一年一度的大事，藉由進香活動凝聚村民的向心力，許多離鄉背景的白沙屯子弟皆會回鄉參與此盛會，媽祖進香也是白沙屯民眾的「成年禮」。

　　白沙屯媽祖信徒於每年農曆十二月十五日向媽祖「擲筊」決定次年進香日期及相關儀式的時辰後，便著手進行進香的前置工作。白沙屯媽祖進香活動堅持全程徒步進行，沒有固定行程表，也沒有特定的停駕地點，所有行程皆是依照媽祖鑾轎的「踩轎」而定，神轎經常突然穿越馬路，走進田野小徑、涉水過溪，時而不預警休憩於民宅、市場、學校、工廠等，全程由媽祖引領遶境路線。

　　一般進香隊伍中，「頭旗」是進香隊伍的前導，但是白沙屯媽祖進香隊伍，媽祖鑾轎是真正引領進香隊伍的最高統帥，每當媽祖鑾轎改變前進方向時，頭旗必須秉持「只前進不後退」的原則，繞道再回到進香隊伍的前哨。

　　白沙屯媽祖進香活動由媽祖主導進香路程，與其它事先由人為安排的進香活動截然不同，成為進香活動的最大特色。

　　「三月瘋媽祖」是台灣重要的民間信仰活動。媽祖崇拜反映「唐山過台灣」的歷史背景，也是海洋文化的表徵。媽祖原為航海之神，主要任務在保護漁民、庇祐航行安全，隨著移民的播遷來台，媽祖的職務開始轉變，舉凡健康、事業、農事、感情等皆成為媽祖的業務範圍。

　　在人心徬徨無助的時候，媽祖成為台灣人民最重要的心靈依靠，儼然是為台灣人的守護神，而每年元宵之後到三月廿三之間，各地媽祖的遶境進香活動更是台灣民間最重要的宗教活動。

第三節　媽祖廟會形成的相關產物

　　從與媽祖相關的祭祀儀式與廟會活動，可以見到因為祭祀媽祖而產生的特殊組織與物品。廟會中的特殊組織是百姓參與媽祖祭典自發而成的民間團體。而廟會活動貼近百姓生活，人民也自然創作出以媽祖為主題的創意商品。以下依與媽祖相關而形成的特殊組織及創意產品，分別說明特殊組織與創意產品的內容與特色。

一、與媽祖相關而形成的特殊組織

　　從本章第二節所討論媽祖廟的廟會型態中，可以見到因為廟會而產生一些民間組織。

（一）行會

　　天津天后宮因為有皇會，而形成迎神賽會而產生掃殿會、花鼓會、法鼓會等民間組織。皇會在行會過程中，參與行會或進行各種表演的團體都是以「某某地區某某老會」和「某某地區某某聖會」的名稱出現的。起初，名稱中的「老會」和「聖會」在叫法上有著嚴格的區別和規定。通常能稱作「老會」的，必須具有三方面的條件：一是其會成立的歷史久遠，起碼都是三代以上的子弟會；二是在表演內容和技巧上都有獨到之處，高於別會，並得到他會的普遍認可；三是參加過迎接皇帝聖駕的儀式，有的甚至受到過皇封和賞賜。

　　顯而易見，「聖會」必然屬於小字輩的一般會了，但它可以隨著時間的推移和演技的日臻嫻熟，得到有名望的幾道老會的評議下，升格至「老會」的名稱。但到后來有的要求就不那麼嚴格了，名稱的起法隨意性較強，老會、

聖會已無區別可言，亦不特別刻意顯出資格了。

　　參加皇會行會的老會和聖會的數量，每次都有增減，這與當時經濟實力的狀況有著密切的關係，最多時可達一百五十餘道會，最少則只有三四十道。無論會的數量多少，其所包含的會種是基本不變的。即有掃殿、淨街、梅湯、接香、請駕、護駕、護棚、防險、黃繩、叉子、茶棚、門幡、太獅、寶傘、鑾駕、日罩、燈亭、寶鼎、寶塔、杠箱、重閣、高蹺、捷獸、秧歌、跑竹馬、花鼓、抬閣、法鼓、挎鼓、大樂、十不閑、蓮花落兒等等近七十餘種，每種都有一至數個團體組織，或服務，或表演，構成龐大的老會、聖會隊伍。

（二）神明會

　　媽祖廟中的神明會是具体組織、運作進香事宜的推手。北港媽祖廟在清代中期至少已出現二媽、三媽的轎班會，碑文上即記載咸豐六年（西元1856）五月朝天宮二三媽眾轎班捐錢重修台南大天后宮一事可作証明。日据時期的《台灣私法》記載：彰化南瑤宮以擁有眾多神明會著稱，南瑤宮的媽祖有九尊，每尊各有一團神明會及財產。其會員遍及彰化、台中、南投等地，其中二舊媽會有兩千六百餘會員，六媽會有一千七百餘會員。由於各會境內地區遼闊，所以每年由各角，頭輪流祭祀。舉行祭祀時，由輪值的角頭預先到南瑤宮迎來神像，各角頭集中祭祀后送回神像，而朝天宮的信徒遍及全台，神明會亦比南瑤宮多，每年的媽祖誕辰前後，便會出現來自各地涌進無數手持小旗、小燈的信徒。

　　一般來說，神明會有兩種，依附於寺廟（活動）而存在的神明會只是其中之一。另一種是以祭祀共同神佛而組成的團體，參加此會者稱為會腳、社友或爐下。會員少者四五名，多則兩千餘名。通常由各人捐出一定金額購置神像及香爐，如有餘款則存儲作為該會財產。會員捐出的金錢稱為壓爐銀或插爐銀。

　　這些神明會是清代台灣人信仰媽祖在寺廟之外的另一種表現形式。會員每年一至數次共同舉行祭祀，並聚餐或演戲，神明均置爐主一名，主辦祭祀及其他有關事務，任期一年或半年，由會員輪流或以抽簽決定。「爐主」之名是緣於保管祭祀用香爐，會腳是以爐主的對稱。較具規模的神明會大多另置頭家數名輔助爐主，亦有置董事長、社長或監掌等管理經費收支，爐主僅擔任祭祀者。從現在的神明會數据來看，清代中葉已出現不少信仰媽祖的神明

會或叫「天上聖母會」。

因北港朝天宮而形成的神明會共有 12 個，其成立時間、主祀神、過爐時間、擲爐主地點及吃會日期，如下：

北港朝天宮神明會過爐日期一覽表

神　明　會	成立時間	主祀神	過爐日期	擲爐主地點	吃會日期
金垂髫太子爺會	1963 年	太子爺	農曆 4 月 8 日	朝天宮	農曆 4 月 8、9 日
朝天宮虎爺會	1694 年	虎將軍	農曆 6 月 6 日	朝天宮	農曆 6 月 6 日
		朱王公			
金福綏土地公會	1925 年	笨港境主	農曆 2 月 2 日	朝天宮	農曆 2 月 2 日
		福德正神	農曆 5 月 17 日		農曆 5 月 17 日
金瑞昭註生娘娘轎班會	1991 年	註生娘娘	農曆 5 月 3 日	朝天宮	農曆 5 月 3 日
雲林縣莊儀團協會	1927 年	千里眼將軍	農曆 4 月 7 日	朝天宮	農曆 4 月 7 日
		順風耳將軍			
六媽金順崇轎班會	1938 年	天上聖母	正爐：農曆 4 月 26 日 副爐：農曆 4 月 27 日	朝天宮	農曆 4 月 26、27 日
五媽金豐隆轎班會	約 1911 年	天上聖母	正爐：農曆 4 月 17 日 副爐：農曆 4 月 18 日	朝天宮	農曆 4 月 17、18 日
四媽金安瀾轎班會	1911 年	天上聖母	農曆 4 月 20 日	朝天宮	農曆 4 月 20 日
三媽金盛豐轎班會	1819 年	天上聖母	農曆 4 月 28 日	朝天宮	農曆 4 月 28 日
二媽金順安轎班會	1819 年	天上聖母	農曆 4 月 15 日	朝天宮	農曆 4 月 15 日
祖媽金順盛轎班會	1910 年	天上聖母	農曆 4 月 10 日	朝天宮	農曆 4 月 10 日

（三）舖會

舖會是傳統的同業公會，除了可提供同業聯誼外，在媽祖遶境期間出錢出力配合慶典活動，並且贊助藝團、藝閣及上元花燈展。以下是北港 23 個舖會的名稱、創立年代、奉祀神及過爐日期：

北港舖會一覽

舖　　戶	舖號名稱	創立年代	祖師爺或行會祀神	組織成員	過爐日期
菜舖	金豐順	1837	媽祖	菜販	農曆3月12日
鮮魚舖	金海順	1837	媽祖	魚販	農曆4月6日
點心舖	誠心順		媽祖 千里眼 順風耳	飲食、點心業者	農曆3月22日
豆干舖	金珍順	1837	媽祖	豆類加工業	農曆4月26日
醬油舖	海山珍	1837	媽祖	醬油業	農曆4月16日
布郊	金慶順	1837	媽祖	布商	農曆4月20日
紙箔舖	金隆順	1837	蔡倫先師 媽祖 福德正神	金、香、燭販賣商	農曆4月15日、10月3日
米舖	金寶順	1837	神農聖帝	米商	農曆4月26日
麵線舖	金長順	1837	九天玄女	麵線製造業	農曆2月15日
敢郊	金興順	1837	媽祖	敢仔店（南北雜貨店）	農曆4月24日
屠宰舖	金義順	1837	媽祖 玄天上帝	屠宰業	農曆3月3日、24日
什穀、油車、飼料	振玉豐	1837	媽祖	種子、飼料、油車業	農曆8月 爐主擇期辦理
青果舖	金珍順	光復後	媽祖	水果商	農曆4月24日
老葉檳榔舖	金福順		媽祖	檳榔業	農曆4月29日
百貨郊	金百順		媽祖	百貨業	農曆10月5～15日 爐主擇期過爐
餅舖	金清珍		媽祖 孔明先師 （灶君陪祀）	糖果、製餅業	農曆4月 爐主擇期過爐
電器商	金毫順	光復後	媽祖 千里眼 順風耳	電器商	農曆6月1日
藥舖	元本善	1862	媽祖 神農聖帝	中醫藥業	農曆4月26日

銀樓舖	金銀樓	光復後	媽祖 利賜爺 （聚寶眞君）	銀樓商	農曆 9 月 17 日
西藥舖	金安順	1964	媽祖 神農聖帝	西藥商	農曆 8 月 20 日
運輸舖	金通順	約 1975	媽祖 太子爺 福德正神	客貨運輸、汽車材料、維修保養業	農曆 4 月 11 日、8 月 12 日
魯班公會	先師府	約 80 年	關聖帝君 巧聖仙師 普庵仙師 荷葉仙師 爐公	土木建築、建材五金業	農曆 4 月 27 日
旅社、餐廳舖	駐鞍莊		媽祖	旅社、餐廳業	不詳

（四）陣頭

因媽祖信仰的關係，產生許多因宗教活動、廟會有關的民間表演團體或文武陣頭。這些陣頭大約可分為南管、北管、龍團、武館、歌仔戲、西樂團及傳統技藝團體等類別，以參加媽祖遶境或廟會為主。

名　　　稱	創始年代	主祀神	特　色	過爐日期	擲筊產生爐主地點
雲林縣金聲順古樂協會	1855	田都元帥	開路鼓	農曆 8 月 10 日	會館（中山南路 24 號）
聖震聲開路鼓	1962	西秦王爺	開路鼓	農曆 8 月 27 日	會館（太平路 43 號）
北港樂團	1925	媽祖 至聖先師	西樂	農曆 8 月 16 日	爐主宅
麗聲樂團	日據	媽祖	西樂	農曆 8 月 21 日	爐主宅
北港武城閣	1859	子游夫子 孟昶	南管	農曆 8 月丁日	會館（朝天宮歷史館）
集斌社	1746	子游夫子 孟昶	南管	農曆 8 月丁日	爐主宅
集雅軒	1858	西秦王爺	北管	農曆 6 月 24 日	會館（博愛路 62 號）
新街錦陞社	不詳	田都元帥 媽祖 蕭府千歲	北管	農曆 5 月 16 日	新街巡天宮
振樂社	不詳	西秦王爺	歌仔戲	農曆 10 月 24 日	爐主宅

哨角震威團	清初	軒轅聖帝 媽祖	哨角	農曆 4 月 8 日	會館
北港飛龍團	約百年	四海龍王 媽祖 田都元帥	龍團	農曆 5 月 6 日	會館
北港新龍團	1951	媽祖 田都元帥 濟公禪師	龍團	農曆 2 月 15 日擲 筊決定過爐日期	朝天宮
北港德義堂龍 鳳獅	清末	宋太祖 白鶴祖師 達摩祖師 五顯華光	龍、鳳、 獅對打	農曆 6 月 16 日	爐主宅
北港德義堂本 館	約 70 年前	宋太祖 白鶴祖師 達摩祖師	龍、鳳、 獅對打	農曆 10 月 5 日	爐主宅
北港勤習堂國 術館	1915	媽祖 宋太祖	宋江陣 白鶴獅	農曆 8 月擲筊決 定過爐日期	朝天宮
龍鳳國術館 鳳陽國術館 （老塗師中國 武功學院）	約 40 年前	媽祖 達摩祖師 田都元帥 宋太祖 白鶴禪師	獅陣 國術	農曆 4 月 農曆 10 月 5 日	爐主宅 會館
維德堂	約 50 年前	達摩祖師	獅陣	農曆 10 月 15 日	爐主宅
北港聚英社玄 龍陣	1995	哪吒三太 子	龍團	未定	未定
北港三重武德 堂國術館	約 20 年前	達摩祖師	獅陣	農曆 10 月 5 日	爐主宅

二、以媽祖爲主題的文化創意商品

　　媽祖廟會活動貼近百姓生活，人民也自然創作出以媽祖爲主題的創意商品。依商品的作用可分類爲祈福商品、日常用品，以及紀念商品。

（一）祈福商品

　　媽祖廟宇供奉的媽祖是提供百姓祭拜的神祇，信眾透過祭拜儀式祈求媽祖庇佑。然而除了透過祭拜神祇獲得平安的方式之外，文化創意者創作了以媽祖爲主角的祈福商品。祈福商品可以隨身攜帶，或者擺放在適當的地方。目前筆者所見的媽祖祈福商品如下：

1. 開運廟盅

廟盅內放置一尊媽祖娘娘神像，祈求之前先將盅蓋打開，以博杯的方式，詢問媽祖是否可行。廟盅可以隨身攜帶，除了方便詢問問題之外，神明也隨時隨地護佑著信眾。博杯開運走廟盅圖示如下。

2. 聚寶盆

這款聚寶盆主要是將媽祖神像放置於擺滿水晶的聚寶盆，象徵祭拜媽祖可以凝聚各種能量，甚至招來財富。媽祖守護水晶聚寶盆圖示如下。

（二）日常用品

1. 筆記本

這款樣式的筆記本，以金紙為主題製作成媽祖金紙筆記本。金紙是人與神明溝通的一種媒介，藉由媽祖金紙筆記本傳達信眾祈求護祐的各種事件。媽祖金紙筆記本圖示如下。

2. 發票收納夾

此款收納夾以媽祖神像圖作封面，裡面放置發票，期望媽祖保佑中獎。媽祖發票夾圖示如下。

3. 時鐘

以 Q 版媽祖做成的時鐘，名為「Q 版好神鐘」，圖示如下。

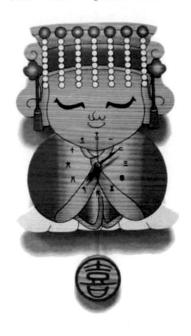

4. 頭巾

現今時下年輕人常使用的頭巾，也以媽祖作主題，創作出各式各樣的媽祖頭巾。如 BUFF 電音媽祖 COOLMAX 頭巾，圖示如下。

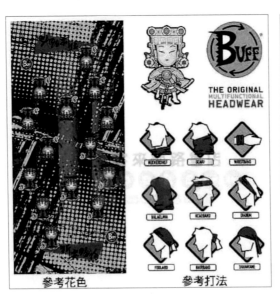

5. 隨身碟

現代的 3C 商品，也創作製造了以媽祖爲主題的隨身碟。款式眾多，試舉兩種樣式，圖示如下。

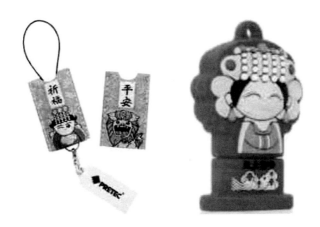

6. 晴雨二用傘

以 Q 版媽祖神像，製作無接縫 Q 版媽祖自動抗 UV 二用傘，圖示如下。

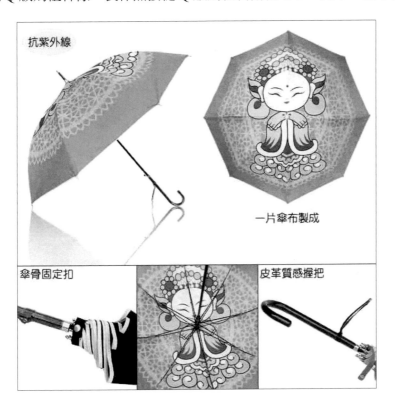

7. 名片座

以媽祖神轎外型及媽祖廟的建築外觀，透過木紋質材拼組出立體精緻的建築模型，可放置名片或便條紙，圖示如下。

（三）紀念商品

1. 公仔

目前市面上以媽祖為主題的公仔款式多樣化，筆者舉二種不同作用的公仔，圖示如下。

（1）開運公仔——媽祖娘娘

（2）紀念性公仔──Q版媽祖

2. 紀念短T

大甲鎮瀾宮配合媽祖遶境製作了一系列媽祖紀念短T，衣服樣式眾多，筆者舉兩種款式，圖示如下。

（1）乘浪媽祖

（2）花彩媽祖

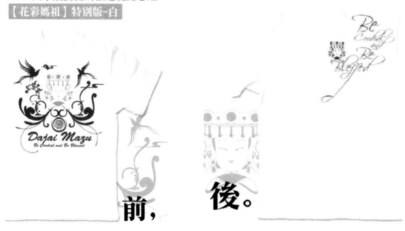

3. 郵票

以媽祖神像為郵票圖樣，圖示如下。

4. 彩券

　　臺灣彩券於 2011 年以媽祖爲主題，發行「台灣好神」刮刮樂。票面結合民眾熟悉的擲筊、抽籤詩等祭祀流程，模擬金光閃閃的天后宮上香祈福概念。「台灣好神」每張售價新台幣 100 元。圖示如下。

第八章 媽祖文化與現代社會

媽祖文化在現今華人的社會中已形成一種特殊的文化現象，可以說有華人的地方，就會有人信仰媽祖，甚至興建媽祖廟供奉媽祖。媽祖廟是信眾膜拜媽祖的所在地，慶典祭祀集會的場所。可見，媽祖廟是信眾精神上的寄託，更是宣揚媽祖神奇事蹟的中心。

從宗教信仰的功能而言，民間信仰象徵著地方民眾的共同意識，信仰所在的寺廟跟當地的政治、經濟，以及文化發展息息相關。媽祖信仰自然也不例外，各地出名的媽祖宮廟，往往都是當地的政經中心，大都由地方信眾與士紳積極參與宮廟的事務，將信眾捐獻的香油錢回饋鄉里，從事社會公益慈善事業。例如：補助地方建設、設立急難救濟金或專款專用獎學金等。媽祖廟將媽祖慈悲為懷、救苦救難的無私精神發揚光大，信眾對媽祖的信仰亦更加虔誠。

媽祖信仰一直處於民間信仰的狀態，沒有任何教條與教義的約束，信眾向媽祖祈求生活上任何事務保佑的方式是相當開放與自由的。信眾可依照自己的意志隨時到媽祖廟上香，向媽祖傾訴自己的煩憂，祈求媽祖協助保佑事情能順利完成，或者向媽祖祈求聖籤，寄望從籤詩中獲得媽祖的指點走出迷津。

二十一世紀的今日，媽祖信仰依舊興盛，但是信眾的生活方式改變，媽祖文化的內涵也跟著改變。媽祖廟除了早期的功能仍舊存在，為了適應現代社會的變化，媽祖廟的功能更多元地發展。媽祖廟在現代社會所扮演的角色，除了是信眾的信仰中心之外，廟方主動且積極地投入社會事業與民間的公益活動，一方面期望媽祖文化能繼續傳承，一方面亦希望媽祖文化能在現代社

會中佔有一席之地。

媽祖文化與現在社會的結合，目前最顯著的成果，可由下列四大方向來探討。

首先是媽祖廟的現代管理，媽祖廟的管理從早期信眾自由參與轉變成有組織的現代化管理，信徒只要參與廟方舉辦的董監事選舉，便有機會參與媽祖廟的管理，進而協助廟方事務。

第二個成果是媽祖廟積極投入社會事業，期望對社會能有所貢獻。

第三媽祖廟為了發揮媽祖捨身救難的精神，主動加入公益活動的行列。

第四個是集合上述三個成果而成的媽祖文化觀光旅遊。

以下分別從媽祖廟的現代管理、媽祖廟的社會事業、媽祖廟的公益活動，以及媽祖文化的觀光旅遊，探討媽祖廟與媽祖文化在現代社會所扮演的角色與呈現出來的成果。

第一節　媽祖廟的現代管理

根據官方統計資料，近幾十年來臺灣宗教發展可謂相當蓬勃，但是官方統計分類，只是一種便於管理與登記的形式分類，在實質上並無法包括絕對大多數臺灣居民信仰的內涵，因為百分之八十以上的臺灣民眾，其宗教信仰都是擴散式的，屬於一種綜合陰陽宇宙、祖先崇拜、泛神、泛靈、符籙咒法而成的複合體，其成分則包括了儒家、佛家與道家的部分思想教義在內，而分別在不同的生活範疇中表現出來。〔註1〕

過去五十年間，臺灣的民間宗教信仰有不少的變化，但是大體上還保有其原有的基本特徵，而且有著長遠的傳統。二十一世紀基金會社會研究委員會，在 1989 年曾經針對 1988 年台灣的宗教現況從事評估，同年文化委員會也做出了相同的評估，發現台灣民間宗教信仰的重要現象：（一）民間信仰崇拜的特徵強調靈驗性、功利性本質。（二）競相前往大陸祖廟進香謁祖。（三）術數的持續流行〔註2〕。根據中央研究院民族研究所的「台灣地區社會變遷基本調查」資料顯示，全台百分之六十五的成年人口是民間信仰者，可見民眾

〔註1〕 黃紹倫：《中國宗教倫理與現代化》（台北：臺灣商務書局，1992 年），頁 114 ～115。

〔註2〕 許茂新：〈臺灣宗教管理之政策分析〉，東海大學公共行政研究所碩士論文，1999 年，頁 95。

對宗教信仰的依賴性相當的強。

　　目前台灣有關宗教的法令主要以兩項爲主，一爲民國十八年國民政府公佈施行的「監督寺廟條例」。該法針對佛、道二教，且只管佛道寺廟之財產；政府雖多次修改，但都未成功，故本法雖未廢除，但名存實亡。二爲民國二十五年內政部公布之行政命令，「寺廟登記規則」，實施至今要求佛道寺廟必須登記。除了此兩法外，其餘均爲中央或地方的行政解釋令函與行政命令規章〔註3〕。長期以來由於欠缺宗教法源，而宗教行政實務上與宗教事務上日益繁雜，於是有關宗教的解釋函令〔註4〕，已漸成爲宗教依循的法令根據。

　　政府又陸續提出各種規範宗教團體的法案，例如台灣省政府民國五十八年擬出「台灣省寺廟管理辦法」草案、民國六十八年內政部提出「寺廟教堂條例」草案、民國七十一年台灣省政府爲實施神壇管理研擬「台灣省神壇管理辦法」，民國七十二年內政部再提出「宗教保護法」草案，以及立法院第二屆第四會期中亦有「宗教團體法」草案。〔註5〕。可見，近年來對於宗教立法的工作，台灣省政府與內政部不斷努力，又宗教立法事宜因宗教團體對於立法方向是以「宗教團體法」或「宗教法人法」亦或其他內容尚無共識，因此有關立法事宜遲遲未有定論，還需要相關單位與宗教界協調商議才能有效取得共識。

　　直至民國九十年三月內政部已草擬完成「宗教團體法」草案（附錄九），一方面是要整理現有的法令，另一方面則是要研擬其他新的法律替代，也就是制訂宗教相關法律的可能性和必要性。「宗教團體法」草案，由行政部門提出，目的在於促使宗教法的立法能夠處理宗教管理問題，協助宗教團體登記備案，解決現行都市道場建物、既有山林寺廟土地問題，以及鼓勵宗教團體合法化。

　　由於目前宗教團體的組織型態依循著各種不同的法規，所以目前在規範宗教團體上，因組織型態的不同受到不同法規範的約束。例如：宗教團體可以依不同的法規而出現不同的組織形貌，若選擇以財團法人的形式，可依民法及內政部訂頒的「內政業務財團法人監督準則」而設立社會福利暨慈善基

〔註3〕將現行宗教法規，以及內政部與臺灣省政府資料綜合整理後，有關宗教法令的部分可以區分有四類，分別爲基本法規、業務法規、解釋令函。相關法規舉凡宗教土地、宗教建築、宗教財稅、神壇與其他等之規定。

〔註4〕內政部編印：《宗教法令彙編》，宗教解釋函令已達七百七十六種，1996年。

〔註5〕瞿海源：《宗教法研究》，內政部，1989年。

金會；也可以依「文教財團法人監督準則」而設立為文教基金會。此外，若選擇以社團法人的形式，此則依「人民團體法」規定成立宗教人民團體，並依民法至各地方法院辦理社團法人登記。

或者，宗教團體亦可選擇用非法人團體的形式，這可分為二類，第一，依據人民團體法規定登記為「無法人資格」之宗教團體，這類團體又細分為兩種類型：（1）依據「寺廟監督條例」規定可以登記為寺廟者，（2）不具有登記為寺廟資格，但卻依人民團體法向主管機關登記為社會團體者。第二，不能依據人民團體法向所屬政府機關登記，這類組織既無法人資格，也非依人民團體法向主管機關登記的宗教團體，如神壇、禪修寺或基督、天主教之地方教會。〔註6〕

宗教團體具有這麼多樣的形式，我國相關法規該如何允許其出現型態，以及該監督這些宗教團體的發展，這是政府需考慮的問題。目前宗教團體出現之型態分為五種：宗教財團法人、宗教社團法人、宗教非法人團體、寺廟、神壇。

1949 年 8 月 12 日，國民政府退居台灣，發佈戒嚴令，增設動員戡亂臨時條款，凍結憲法部份條文。宗教自由的政策，即有所修正。原則上，五大宗教：佛、道、天主、基督和回教，享有憲法上宗教自由傳佈的權利，而一般的民間信仰，亦可自由活動，但不能違反「善良風俗」。至於民間教派在 1949 年前是合法登記的，准許重新登記、合法傳教，例如道院，萬國道德會，若未登記或是非法宗教，則要取締。至於新興宗教一律不准登記，不能公開傳教。這一禁令，雖有變通的案例出現，但在原則上，一直持續至 1987 年解嚴前。1988 年「人民團體組織法」通過，各式社團或宗教皆可組織登記，申請公開活動，可說是真正「宗教自由」時代的開始。

在戒嚴時期，對媽祖信仰的發展，影響最大的是 1963 年 8 月，公佈實施的「台灣省改善民間習俗辦法」。根據該辦法，各寺廟每年只能舉行一次祭典，祭品限用清香、茶果、鮮花，其須用牲祭者，以豬羊各一頭為限。這一時期政府對民間信仰寺廟的限制，除了端正禮俗之外，另有二項措施影響台灣寺廟的生態；一是要求寺廟成立「財團法人」，希望藉此健全寺廟財務管理與解決廟產糾紛，二是獎勵寺廟集資興辦公益慈善事業。

〔註6〕 官有垣：〈非營利組織在台灣的發展：兼論政府對財團法人基金會的法令規範〉，《中國行政評論》第 10 卷第 1 期，頁 78。

在這些政策引導下，台灣的媽祖廟紛紛成立財團法人，並從事公益慈善事業，這是戰後灣媽祖信仰變遷的一個重要面向。以下試以北港朝天宮的演變狀況為例。

北港朝天宮，朝天宮自康熙三十三年，臨濟正宗第三十四世高僧樹壁擔任第一代開山住祠，歷代衣缽綿延不絕，至頓超、松茂師徒相繼圓寂，乃改聘台南竹溪寺臨濟宗高僧眼淨師為住持，眼淨師於民國六十年圓寂由其徒然妙師繼任住持，民國七十六十二月然妙師圓寂，續聘其徒常定任住持，至今已三百多年。

朝天宮創廟以來，廟務悉由歷任住持及僧侶管理，而自民國十年起，為求管理之合理化，由地方紳商主倡成立信徒代表大會，推選管理委員，並訂立「北港朝天宮管理委會管理章程」及「北港朝天宮管理委員會辦事細則」，藉由管理章程與辦事細則推進廟務的發展。

民國十年三月成立「北港朝天宮管理委員會」，推選管理委員十六人，分掌庶務、營繕、祭祀、會計、監查諸務，任期二年。至民國十四年，管理委員精簡為 11 人，任期為三年一任，連選得連任。迄民國六十二年，共產生 17 屆管理委員會，曾任委員達百餘人。民國六十二年，為了配合政府政策，將管理委員會改組為財團法人，於 9 月 30 日信徒代表大會選舉第一屆董事監事，共選出董事 13 名，監事 3 名。並訂定「財團法人北港朝天宮捐助章程」（附錄十）及「辦事細則」，成立董事會。〔註7〕

民國九十九年（西元 2010 年）北港朝天宮第八任董事屆滿，由於當任董事長曾蔡美佐在立委任內，因與丈夫曾松山假藉「媽祖社會福利慈善基金會」名義，製作不實發票、收據向國營事業詐取補助款近 7 百萬元，經高等法院依偽造文書等罪名判處曾蔡美佐 2 年 6 個月徒刑，其丈夫曾松山則被判刑 3 年，兩人不服上訴最高法院，最後被最高法院駁回上訴，全案定讞，對朝天宮董事會改選選情產生影響。

民國九十九年十月三日北港朝天宮舉辦董監事選舉。朝天宮董監事選舉選務委員會挨家挨戶分發選舉公報，公告所有董監事候選人名單、學經歷、照片，還有參選抱負。董事部份 31 名候選人，角逐 19 席，監事部份則是 4 名候選人角逐 3 席，除了有候選人親自駕駛宣傳車在街頭拉票，也有人組成「董事聯盟」、「清流聯盟」聯合拜票。因這項選舉不符合公職人員選罷法相

〔註7〕《聖女春秋》第九期，中華民國六十二年九月三十日，第一版。

關規定，讓賄選傳聞甚囂塵上。選務人員在轄區內張貼反賄選標語，如「你的一票決定朝天宮的未來興衰」、「千里眼在監視、順風耳在監聽，你的一票要慎選」，呼籲大家要謹慎投票。此次選舉總投票人數為 6604 票，投票數五千一百七十九票，六十九張廢票，投票率七八點四二。最後董事新人達 10 人過半數、連任 9 人，監事 3 席全是新人。〔註8〕

　　從北港朝天宮管理的轉變歷程，可以見到媽祖廟管理制度是隨著社會的脈絡演進的。由於媽祖信仰的興盛，欲參與廟方事務的人員增加，為了使廟務有秩序的推進，廟方接受政府的輔導，訂定制度、法規，是寺廟與現代社會結合最佳的方式。

第二節　媽祖廟的社會事業

　　媽祖信仰興盛之後，媽祖的傳說故事與顯靈事蹟廣為流傳，媽祖的信徒受到神力庇佑，捐獻香火錢答謝神明。廟方將信徒的香火錢回饋鄉里地區，積極經營社會事業，以宣揚媽祖救助災難的精神。關於各式種類的社會事業，目前臺灣媽祖廟經營成果卓著的種類有醫院、圖書館及文化大樓，以下分別敘述其特色與價值。

一、醫院

　　媽祖廟從事醫療相關事業，最先開始的是北港朝天宮。民國二十五年北港朝天宮於媽祖廟的後方設立貧民診療所，廟方聘請專業醫師為民眾看診服務。凡是家庭狀況清寒的民眾，診療所一律免費看診。

　　民國六十六年北港朝天宮為了提升醫療水準擴大社會服務，籌資興建媽祖醫院（現為中國醫藥大學北港附設醫院），民國七十三年北港朝天宮與中國醫藥學院（現為中國醫藥大學）協議在北港創設醫學院，培育醫護人才造福社會。民國七十四年初興建教學大樓、圖書館及學生宿舍。歷經八年籌建，醫院於民國七十四年十一月落成開幕，成為當時雲嘉地區最具規模的醫院。學校於民國七十五年完成，中國醫藥學院北港分部新生開始上課。媽祖醫院由北港朝天宮捐建，醫院的經營管理全部由中國醫藥大學負責。媽祖醫院不僅是醫療機構也是學術機構，二者合而為一，造就醫學人才與擴大醫療服務

〔註8〕中時電子報，2010/10/03，03：00 許素惠／雲林報導，上網日期 2011/09/20。

有相當廣大助益。

中國醫藥大學秉持弘揚媽祖精神，博愛濟世造福社會的意旨，民國九十六年新制醫院評鑑結果為「優等」，並通過新制教學醫院評鑑，於民國九十七年正式升格為區域教學醫院，目前共設急性病床 300 床、特殊病床 141 床（包含加護病房及呼吸照護病房），並提供護理之家的服務。

媽祖醫院是臺灣唯一由媽祖廟捐資興建的醫院，現在為雲林縣唯一獲得評鑑優等的區域教學醫院，是雲嘉地區守護民眾健康的重要醫療機構。

二、圖書館

媽祖廟在社會事業上另一項卓著的貢獻是興建圖書館。媽祖廟的圖書館除了提供民眾閱讀的場所，亦收集保存與媽祖相關的文獻。在台灣由媽祖廟出資捐建而成的圖書館數量不少，其中具有特色的是台北關渡宮、台北慈祐宮，以及新港奉天宮興建的圖書館，以下分述之。

（一）台北關渡宮圖書館

台北關渡宮圖書館位於關渡宮停車場旁。民國九十年（西元 2000 年）落成啟用。館樓空間二樓為自修室，提供讀者自習閱讀之用，三樓為開架式閱覽室，典藏中文圖書、期刊、報紙等資源，全館共計約有一百個閱覽座位。館藏資源分為三類，中文圖書約 5000 冊，依中國圖書分類法排列；中文現行期刊約 30 種，置於期刊架；中文現行報紙約 6 種，置於報紙架。

台北關渡宮圖書館館藏採開架陳列管理，讀者可自由取閱，閱畢請讀者歸還原處。借閱圖書或辦理借書證，只要年滿十四歲或國中以上在學學生，持身分證即可申請。

（二）財團法人台北市松山慈祐宮附設圖書館

財團法人台北市松山慈祐宮附設圖書館於民國六十七年落成啟用，斥資新台幣 1,000 餘萬元。圖書館座落於台北市信義區虎林街 26 巷 3 號。建築總面積為 1,419.18 平方公尺，建築共五層樓；一樓為閱覽室，陳列國內各大報紙及雜誌；二樓為女生自習室；三樓為男生自習室；四樓為圖書室；五樓為會議廳及社教課教室。館內設有 300 餘個閱覽空間及藏書 17,000 餘冊。

凡是設籍在台北市 13 歲以上的民眾，憑國民身分證或軍人身分證及一寸半身照片二張，並交保證金新台幣 100 元即可申請辦理借書證。

圖書館為增進社區學習風氣，提高社會文化素養，定期辦理社會教育課

程，如日語班、閩南語漢學班、書法班、國畫班等。這些課程是這間圖書館最大的特色。

（三）新港奉天宮世界媽祖文化研究中心

新港奉天宮世界媽祖文化研究中心位於嘉義縣新港鄉中山路 17 號。民國九十九年（西元 2010 年）正式開幕啓用。目前收藏有來自全台兩百多間廟宇所提供相關書籍與論文千餘冊，更不乏極具歷史文獻、歷屆大甲媽遶境珍貴照片等，甚至還有馬來西亞華僑快遞當地相關媽祖資料。

中心由新港奉天宮主辦與管理，並委託社團法人淡南民俗文化研究會等單位進行企劃，且聘請中央研究院民族所研究員張珣義務擔任中心主任，聘請南台科技大學王見川教授擔任副主任，並聘請重要國內外學者擔任學術顧問以及相關成員。希望打造新港成爲媽祖研究的重鎮，讓研究學者，不必全台南北奔波，透過館內搜尋系統，便能網羅所有相關媽祖的資料。

三、文化大樓

媽祖信仰興盛之後，媽祖廟爲了提供信眾休憩、開會，以及展覽文物的地方，於是興建了文化大樓，供應信眾使用。目前臺灣有兩間廟宇興建文化大樓，一爲大甲鎮瀾宮，二爲北港朝天宮。這兩間廟宇興建的文化大樓，其特色如下：

（一）大甲鎮瀾宮文化大樓

大甲鎮瀾宮建造文化大樓，其成立的宗旨爲弘揚媽祖文化，推動民俗才藝活動，發展地方藝文風氣，提昇地方文化水準。民國八十九年三月五日鎮瀾文化大樓落成。

文化大樓共有六層樓，仿國父記念館外型設計，內設有藝年廣場、演藝廳、展示廳、中小型會議室、媽祖文物館、圖書館等。

（二）北港朝天宮媽祖文化大樓

北港朝天宮媽祖文化大樓是中式建築物共有五層樓，內有道場、演藝廳、文物館、圖書館等，其中五樓的媽祖景觀公園最具特色。景觀公園是一個有亭台、樓閣、曲廊、花園一應俱全的中國式庭園建築。其中最引人矚目的是一座高 40.5 公尺的媽祖石雕像。這座石雕像是西元 1988 年，北港朝天宮與大陸湄洲天后宮締結互贈媽祖巨型石雕神像，作爲締結至親的標誌。民

國八十二年（西元 1994 年）十二月二十九日開工，在大陸分成三百六十塊花崗石雕塑，再一塊塊安裝，經二年三個月的施工，疊成一尊莊嚴慈祥的媽祖雕像。

上述兩座文化大樓分別位於台中市與雲林縣，雖然由不同的廟宇興建，但是文化大樓的內部陳設大同小異，可見分佈於各地的媽祖廟在社會事業上的理念有異曲同工之妙。

第三節　媽祖廟的公益活動

媽祖廟所舉行或參與的公益活動相當多，主要在社會救助、成立福利基金會，或舉辦慈善救助活動等公益活動。

一、災難救助

關於媽祖廟的災難救助，可分為：發放救濟金、分發糧食，以及提供災民住所。

（一）發放救濟金

民國六十一年四湖區漁會及口湖區漁會所屬漁船十二艘，於十二月十二日在雲林嘉義外海遭遇強風翻覆，造成死難達四十五人。朝天宮管理委員會主任委員王吟貴，認為媽祖生於福建湄州漁村，生前對於漁民生活至表關懷。此次四湖、口湖兩鄉漁民發生災難，雲林縣北港朝天宮管理委員會，秉承媽祖關懷漁民精神，於民國六十一年十二月以慰問金，致贈四湖、口湖兩鄉漁船海難漁民家屬。朝天宮按戶向遇難家屬致送慰問金五百元，四十五戶共二萬二千五百元。〔註9〕

媽祖廟發放救濟金是全國性的，如民國六十三年十月臺灣東北部水災災情嚴重，北港朝天宮於十一月二日召開第一屆第十三次董事會決議朝天宮捐五萬元救濟金，分配宜蘭縣三萬元、台東縣一萬元，基隆市一萬元。〔註10〕

（二）分發米糧

2011 年 5 月 5 日臺南安平開臺天后宮關懷與回饋鄉里，結合信徒們共同發心愛心捐贈白米義舉，捐贈台南市北區及安平區第一、二、三款低收入戶

〔註 9〕《聖女春秋》第二期，中華民國六十二年一月二十日，第一版。
〔註 10〕《聖女春秋》第二十五期，中華民國六十四年一月一日，第一版。

每戶 10 公斤白米 1 包，共計約 1 千戶受惠。凡符合北區及安平區低收入戶之家庭，區公所將協助發放通知單，通知各低收入戶家庭於 5 月 5 日至 7 日上午 8 時 30 分至下午 5 時領取。安平開臺天后宮總幹事陳宏明表示，希望透過開臺天后宮的善舉，可為低收入戶略盡一份心力，幫助他們稍稍減緩生活上的經濟壓力，亦讓低收入戶家庭能感受到社會的愛心。社會局機要秘書呂維胤感謝安平開臺天后宮的愛心捐贈白米義舉，嘉惠低收入戶家庭，也期望透過該宮愛心捐贈之舉，能發揮拋磚引玉的效果，喚起更多社會人士與團體，將關懷的心化作成具體行動，共同關心需要幫助的弱勢族群，讓社會充滿更多的關懷與溫情。〔註 11〕

除了上述廟方與信徒聯合捐助白米，還有另一種方式是運用中元普渡的祭品，如：白米、醬油等民生必需品。例如：2011 年 8 月 13 日安南區鹿耳門天后宮，在廟埕舉行中元普度。鹿耳門天后宮附近民眾，將祭品拿至廟前集中祭拜，是地方上最大規模的公普。今年鹿耳門天后宮普度，配合政府政策，希望民眾以金代賑，累計購買三千多公斤白米。廟方表示，普度結束後將陸續發放弱勢團體。〔註 12〕

（三）提供災民住所

媽祖廟興建香客大樓，提供香客進香時住宿。而香客大樓，有時可以改變它的功能。如：

2009 年 88 水災，台南安南區，土城地區淹水，鹿耳門聖母廟緊急提供災民過夜住宿，成為災民收容所。〔註 13〕

2010 年 10 月 21 日宜蘭縣暴雨釀災，蘇澳鎮尤其慘重，此次災害除造成蘇澳鎮近 2,500 戶家戶淹水外，蘇澳鎮（含南方澳）亦有多處坍坊及土石流，民眾因災害無法返家居住，便入住南天宮香客大樓。據南天宮管理委員會主任委員陳正男表示，南天宮並非蘇澳鎮公所所設定之災民收容救濟場所，但南天宮在第一時間，即主動提供香客大樓房間約 80 間供災民入住，主要是本

〔註 11〕 原文網址：NOWnews【在地情報】台南市／安平開臺天后宮「捐白米　送愛心」照顧低收家庭 http://www.nownews.com/2011/05/05/11468~2710284.htm#ixzz1mEjMVwtm。上網日期：2011 年 12 月 5 日。

〔註 12〕 中華日報，記者陳銀全報導，「鹿耳門天后宮普度　賑米扶弱」，2011 年 8 月 13 日。

〔註 13〕 自由時報南部新聞，記者蔡文居、洪瑞琴／台南報導，「廟宇、活動中心　成災民收容所」，2009 年 8 月 11 日。

著媽祖的慈悲關懷信仰。〔註14〕

二、成立福利基金會

　　大甲鎮瀾宮，於民國92年12月8日正式成立「財團法人大甲媽社會福利基金會」。以根紮媽祖宗教基礎、重建良好社會價值、發揚倫理道德觀念及奠定社會安寧秩序爲宗旨，結合民間組織的力量，擇定政府未做或尚未完善的項目，有系統地協助現有社會福利制度下照顧不到或照顧不足的弱勢族群。

　　大甲媽社會福利基金會的成立，是期盼台灣人人關懷弱勢族群；育幼院籌備設立之目的，是希望凝聚共同的關心與協助，多幫助一些失依兒童使弱勢少驚悸痛苦。

三、慈善救助活動

（一）醫療救濟

　　媽祖廟本著媽祖救苦救難的精神，還有民間故事流傳的媽祖天生具有醫療瘟疫惡疾的能力，因此媽祖廟常不定期地舉辦義診活動。如：

　　桃園市慈護宮（媽祖廟）於民國99年10月8日，早上9：30分舉辦義診活動。桃園慈護宮主任委員吳正宗說，本著媽祖慈悲救人的精神，舉辦義診活動期望能獲得信徒認同。〔註15〕

　　北港朝天宮於民國100年10月1日，舉辦愛心捐血活動，地點在廟前廣場。朝天宮希望喚起民眾共同響應『捐血一袋，救人一命』拜媽祖兼做功德。爲鼓勵大家響應捐血活動，凡參與捐血民眾現場將贈送精美紀念品。捐血500cc將贈媽祖雕刻筆筒及石雕媽祖；捐血250cc將贈石雕媽祖及北港媽祖公仔。〔註16〕

（二）助學金

　　媽祖廟除了救助災難之外，也會提供獎助學金，幫助弱勢家庭的兒女求學。如：

〔註14〕　宜蘭縣社會處縣政新聞，「暴雨受災戶無家可歸，蘇澳南天宮主動收容」，2010年11月11日。

〔註15〕　城市通活動情報，「桃園市慈護宮（媽祖廟）舉辦義診活動」，2010年10月8日。

〔註16〕　北港朝天宮文化採訪組，「20111101愛心捐血＋媽祖醫院義診活動」，2011年10月2日。

　　基隆市的慶安宮（供奉媽祖）2011 年 10 月 29 日頒發度第二次大專和高中清寒學子暨信徒子女獎、助學金。慶安宮主委童永表示，廟方為發揚天上聖母「基隆媽」悲天憫人、慈悲為懷的精神，以及幫助清寒學子無後顧之憂的念書。於民國九十四年九月經全體管委會委員開會決議後，開始辦理每年二次的頒贈清寒學子獎助學金，迄今共辦理十三次，受到「基隆媽」慈悲關愛的學子多達 803 人，頒贈的獎助學金有四百八十一萬元，未來仍將繼續辦理這項獎助學金，以發揮「基隆媽」悲天憫人、慈悲為懷的精神。〔註17〕

（三）贊助公益團體各項設施及活動

　　民國 92 年 4 月 24 日豐原市慈濟宮媽祖廟為了替媽祖慶生，捐出 5 部警車、一輛消防水箱車跟一輛清潔車，並且跟隨在為媽祖祝壽的陣頭中出巡，希望媽祖能夠庇祐地方。廟方表示一共耗資 1000 萬元，都是信徒的善款。鄭炳錫說：「市民信徒 100 元、50 元累積起來的，其他沒有接受任何贊助。」〔註18〕

　　民國 100 年 4 月 25 日高雄市鳳山區媽祖廟（雙慈亭）回饋鄉里，捐贈救護車和警備車給高雄市消防局，恰巧適逢農曆媽祖聖誕日。雙慈亭將信徒愛心化為具體行動，捐贈價值將近 6 百萬元，具有四輪傳動功能的救護車、救護器材及兩輛警備車。歷年來總共捐贈 29 輛垃圾車、載送遊民醫療車、救護車、消防車、警備車以及各式消防使用的救災救護器材給高雄市政府。今年更選在媽祖聖誕日捐贈高雄市那瑪夏區及三民消防分隊一部具有四輪傳動功能的救護車和兩部警備車給消防局鳳山和鳳祥消防分隊。〔註19〕

　　綜上所述，媽祖廟的公益活動除了救助各種災難之外，也對於社會上各種弱勢家庭或團體給予援助。

第四節　媽祖文化的觀光旅遊

　　2011 年 9 月 2 日至 9 日中國文化大學金榮華教授等人應北京中國民間文藝家協會之邀，至福建考察當地民間信仰的發展情況。八天的考察行程中，

〔註17〕 臺灣新生報，記者王世明／基隆報導，「慶安宮贈清寒學子獎助學金」，2011年 10 月 31 日。
〔註18〕 TVBS 電子報，記者：張桂端、蔡正順／台中縣報導，「媽祖誕辰，媽祖廟捐警車消防車」，2003 年 4 月 24 日。
〔註19〕 中華日報，記者吳門鍵／鳳山報導，「鳳山雙慈亭再捐救護車警備車」，2011年 4 月 25 日。

到了福州、莆田、泉州、漳州、廈門等地。此次考察，筆者很榮幸也參與其中，希望從實地考察的過程中，尋找文獻記錄裡所記載的媽祖誕生地及媽祖飛昇成道之處等傳說地點。

我們一行人從福州驅車前往莆田，乘坐渡輪前往湄州島。車子一進莆田市，隨行導遊詳盡地介紹莆田地區發展史，除了現代工業的建設之外，講述早期人民的生活，總離不開媽祖救助百姓等神奇事蹟。前往湄州島渡輪船中人聲鼎沸，除了一般旅遊信眾，我們遇見一位身著僧服的出家人，金教授與他寒暄之後，得知他欲往湄州島觀光旅遊。來自各地的旅人與出家人乘著同一艘渡輪前往湄州島，這些景象足見媽祖信仰在莆田地區，不僅在宗教上具有影響力，在觀光旅遊上也有號召力。

然而，中國近幾年的轉變，使得早些年書中記載的文獻與照片已非原本樣貌。繼之而起的是壯麗雄偉的廟宇建築，媽祖文化在湄州島，除了宗教信仰的展現，觀光旅遊發展的成效更加卓著。相對於臺灣而言，年代久遠香火鼎盛的媽祖廟宇，其建築風格是袖珍典雅的古蹟與湄洲島上新廟宇的樣貌是大不相同的。本文從莆田湄州島目前的樣貌，探討媽祖文化觀光旅遊的特色。

一、壯麗宏偉的廟宇建築，奠定媽祖文化的觀光旅遊

由於媽祖信仰的興盛，信徒捐助給媽祖的香火錢相當可觀，其建設經費也相當的足夠。廟方將信徒捐贈的香油錢用於建設媽祖廟的整體建物上，以吸引更多信眾到媽祖廟觀光旅遊。故興建壯麗宏偉的媽祖廟，是奠定媽祖文化觀光的基本要素。

二、媽祖城的建立，促進媽祖文化的觀光旅遊

（一）媽祖城簡介

籌建中的「媽祖城」位於湄洲島與秀嶼港之間，與中國國家級旅遊度假區湄洲島隔海相望，規劃面積為 15 平方公里，其中圍海造地 4.87 平方公里。整個城區分為 7 個功能區，包括綜合服務區、濱海度假區、文化古跡風貌區、漁港遊艇碼頭區、生態休閒區、紫霄洞風景區和居民遷建區。作為湄洲島國家級旅遊度假區的延伸，「媽祖城」將嚴格控制開發強度，建成一個集旅遊購物、觀光休閒等多種功能於一體，具有南方特色的現代化濱海旅遊城市。

與此同時,「媽祖城」還將採用市場化運作方式,廣泛吸納海內外民間資金參與建設。該區域中現有的港裏媽祖祖祠、抗倭古城、宋代古碼頭、紫霄洞風景區等將融入媽祖城總體規劃,得到有效的保護和利用。其中,綜合服務區爲核心區,具有購物、商貿、餐飲、娛樂等功能;文化古跡風貌區以港裏媽祖誕生地和抗倭古城牆爲主;濱海度假區則利用連綿的小山丘,以低層高級別墅式建築爲主,局部點綴小高層。

(二)「媽祖城」的具體內容如下

1.「媽祖城」的位址

忠門媽祖城位於秀嶼區忠門半島東南部,毗鄰湄洲島國家旅遊度假區,用地屬秀嶼區山亭鄉範圍。東鄰紫霄洞風景區,西接東吳開發區和力寶大地城,距秀嶼區約 23 公里,距中心市區約 40 公里。項目所在地是媽祖的誕生地,與湄洲媽祖祖廟都是世界媽祖文化的發源地。

2.「媽祖城」的專案規模

媽祖城規劃總用地面積約爲 15 平方公里,其中圍海造地新增用地面積 4.87 平方公里,實際可開發灘塗面積 4.46 平方公里,外堤圍堰長度 5.4 公里,內堤護岸長 3.6 公里。擬依託湄洲祖廟,利用媽祖的知名度,建設具有南方濱海城市特色的媽祖城,與東吳開發區和力寶大地城協調建設。

(三)「媽祖城」建設內容:本專案主要建設七大功能區

1. 綜合服務區

用地面積約 185 公頃,主要安排購物、商貿、賓館娛樂、餐飲等功能,並根據規劃的街道建設城市商會特色街,形成購物片區、小吃片區、商貿片區、娛樂片區等。

2. 文化古跡風貌區

用地面積約 100 公頃,以港裏媽祖誕生地和莆禧抗倭古城牆爲據點,圍繞綜合服務區形成帶狀的風貌保護區。

3. 濱海渡假區

用地面積約 165 公頃,利用西側連綿的小山丘,建設低密度的高尚別墅渡假區,配套建設少量休閒娛樂設施。

4. 居民遷建區

用地面積約 115 公頃,位於濱海渡假區和綜合服務區之間,爲今後湄洲

島部分居民外遷的安置用地，同時可容納忠門半島內的部分拆遷安置居民。
該區將配套建設中、小學校和文化娛樂設施、商業服務設施。

5. 漁港遊艇碼頭區

用地面積約 150 公頃，擴大現狀有文甲漁港規模，建設成為國家中心漁
港和遊艇碼頭，並在該區北面陸域部分建設海洋世界觀賞區。

6. 生態休閒區

用地面積約 280 公頃，以自然山體和後坑水庫為依託，形成大面積的生
態休閒區。

7. 紫霄洞風景區

用地面積約 315 公頃，利用紫霄洞所在山體怪石建設自然風景區。

（四）「媽祖城」總投資

本項目圍海造地基礎設施投資估算總額為 93275 萬人民幣，每畝造價約
14.67 萬人民幣。

三、臺灣媽祖文化觀光旅遊發展

民國六十一年十一月九日臺灣省政府交通處發函指定北港朝天宮為「臺
灣省宗教紀念物觀光區」。此事主要是省議員林蔡素女在臺灣省議會第四屆第
九次大會建議：「北港一年有六十萬人到媽祖廟，請將該區指定為觀光區」。
經交通部派員視察北港朝天宮（即媽祖廟）歷史悠久，建築雕塑，均具藝術
欣賞價值，經報奉省府核准，列為「宗教紀念觀光區」，並洽請各旅遊機構列
入旅程。〔註 20〕北港朝天宮配合被指定為觀光區，廟方為促進觀光事業，召
開信徒代表座談會，出席信徒約兩百餘人，決定擴大舉辦花燈展覽，增加地
方繁榮。〔註 21〕

媽祖信仰傳播至臺灣，由於早期來臺的百姓必須坐船渡過臺灣海峽，
海上驚險的情況，使百姓對於媽祖的信仰更加虔誠。許多歷史悠久的媽祖廟
宇，廟宇的建築都是官方認定的古蹟。由於媽祖廟理的建築優美，媽祖廟自
然也成為民眾觀光旅遊的景點，而且到媽祖廟參拜的人是不分任何宗教的，
這是媽祖信仰與其他宗教不同的特點。

〔註 20〕《聖女春秋》第一期，中華民國六十一年十二月二十日，第一版。
〔註 21〕同上註。

第九章　結　論

　　本章將透過本論文第二章到第八章的討論與研究，總結媽祖故事與媽祖文化兩者之間交互影響的過程、特色與成果。最後對於媽祖文化的推廣，提出一些建議，期望媽祖精神能在現代社會中持續流傳。

　　綜合前面的論述，可知媽祖故事是成就媽祖信仰最基本的元素。信眾以說講故事的方式，宣揚媽祖的神蹟，可見，媽祖故事是宣揚媽祖信仰最基本的工具。媽祖故事經由時間的流傳、空間的擴散，直接或間接地影響人民的生活。這種特別與媽祖相關的生活方式，稱之為媽祖文化。

一、媽祖傳說故事的影響力，創造成就媽祖文化

　　從時間長河的角度而言，歷代媽祖故事的流傳與變化，對每一個朝代的經濟與政治皆有些許的影響力。無論在哪一個朝代，媽祖扮演的角色總是靈活多變、能文能武。因為媽祖故事的精彩，所以在空間上得以流傳到世界各處。從福建為出發點，往北促進航運交通；往南成為僑民的精神食糧；往東安定民心，及宣揚媽祖救苦救難、慈悲為懷的精神。媽祖故事具有深遠的影響力，所以在一千多年之後的今日，媽祖成為人民生活的一部份，有些地區因為媽祖而有與她相關的生活方式，這些特殊的生活方式，累積起來成為有特色的媽祖文化。

二、現代媽祖文化應具有教育特色

　　人類學家常以信仰圈，來說明一個地區因為信仰而展現出來的特殊性。但是現代的媽祖文化，應該走出傳統生活的窠臼。媽祖原本是地方一位神奇的女性，因為具有神奇及特殊的能力，以救助苦難著名。後來媽祖成為神，

加上官方的重視，媽祖與民間似乎產生了一些距離。畢竟在民間，神與人是不同的，人見到神，內心不自主產生景仰或畏懼之心。

　　然而，21世紀的現代社會，媽祖信仰和以前已大不同。社會環境的改變，媽祖廟在現代社會上，除了扮演信眾膜拜、祈求媽祖的場所之外，爲了使媽祖天生具有神奇能力的故事在人民心中不衰退，除了原先具有宗教特質的空間之外，媽祖廟應該轉型成爲傳授媽祖精神的教育場所，使媽祖廟成爲宣揚媽祖精神的中心。筆者認爲有兩種方式可以進行，第一：以媽祖廟爲主要場所，定期舉辦媽祖故事導讀講座，從故事中引導新一代的年輕人，瞭解媽祖文化內在的意涵。第二：定期培訓古蹟解說員，教導古蹟維護的方法，以及古蹟保存的重要性等，使人民瞭解媽祖廟保存的意義與價值。

　　總之，現代的媽祖文化，除了早些年傳承下來的熱鬧的廟會活動之外，應多一些內心上啓發的教育，使媽祖的精神能深入人心，行之於言行。

三、媽祖文化的前瞻與未來

　　關於媽祖文化的推動，如果能由政府部門、學界、商界、新聞媒體等相關組織組成推動媽祖文化小組。在擁有行政資源優勢、學術優勢、資金優勢以及媒體資源的情況下，鼓勵、推動、扶持媽祖文化，相信推展媽祖文化是具有前瞻性的。

　　還有，除了推展現代化的媽祖文化之外，傳統的媽祖祭典文化也要傳承並教育下一代，使年輕世代的年青人瞭解媽祖祭典文化所代表的意涵。

　　而祭典的傳承實質上是一種文化的傳承，祭典的保護實質上是一種文化的保護。對於祭典文化的保護，不應是博物館的、被動的保護，而應是在不斷發展和傳承中的保護。傳承祭典文化，應維護相對原生態的文化發展環境，強化群眾在文化保護中的核心主體地位，發揮它的社會功能。而祭典文化的保護則需要祭典活動的開展與推廣，并且由政府和社會協同運行。

　　推動媽祖文化必須政府、社會與人民，三方面通力合作，如此媽祖文化才不至於因爲社會的進步而不被重視。因此，以講述故事的方式，宣揚媽祖事蹟，期望能吸引年輕一輩的少年人，瞭解媽祖文化的本質與意涵。媽祖廟主動舉辦符合現代人需要的課程，藉由主動的出擊，讓媽祖文化開啓另一片天。

引用文獻

以下各類書籍依作者姓氏筆畫由少至多排列

壹、古籍

1. 中華媽祖文化交流協會等編：《媽祖文獻史料彙編》（第一輯）（檔案卷、碑記卷、散文卷），北京：中國檔案出版社，2007 年 10 月。

貳、現代著作

1. 中國民間故事集成全國編輯委員會：《中國民間故事集成》，北京：中國 ISBN 中心出版。（遼寧卷，1994.09）、（浙江卷，1997.09）、（福建卷，1998.12）、（海南卷，2002.09）（天津卷，2004.11）、（廣東卷，2006.05）。

2. 王必昌：《重修臺灣縣志》（臺灣文獻叢刊第一一三種）（第一冊），臺北：臺灣銀行，1961 年。

3. 王見川、李世偉：《台灣媽祖廟閱覽》，台北縣：博揚文化事業有限公司，2000 年 8 月。

4. 王見川、皮慶生：《中國近世民間信仰：宋元明清》，上海：上海人民出版社，2010 年 12 月。

5. 王武龍主編：《媽祖的傳說》，福建：海峽文藝出版社，1992 年 6 月。

6. 李露露著：《華夏諸神——媽祖》，臺北：雲龍出版社，1999 年 3 月。

7. 李揚編：《作家文學與民間文學》，青島：中國海洋大學出版社，2004 年 9 月。

8. 吳還初撰：《天妃娘媽傳》，上海：上海古籍出版，1990 年 6 月。

9. 吳祥總編輯：《北港朝天宮建宮三百年活動系列——北港媽祖暨藝閣環島繞境・祥和社會民藝之旅》，雲林縣：財團法人北港朝天宮董事會，1998 年 7 月。

10. 吳祥總編輯：《北港朝天宮環島繞境活動回顧》，雲林縣：財團法人北港

朝天宮董事會，1998 年 11 月。

11. 余燧賓主編：《基隆市民間文學采集（一）》，基隆：基隆市立文化中心，1999 年 6 月。

12. 何綿山：《閩文化概論》，北京：北京大學出版社，1996 年 11 月。

13. 金榮華：《比較文學》，台北：福記文化圖書出版，1992 年 9 月。

14. 金榮華：《禪宗公案與民間故事》，台北：中國口傳文學學會，2007 年 9 月。

15. 金榮華主編：《民間故事論文選》，台北：中國口傳文學學會，2005 年 5 月。

16. 金榮華：《中國民間故事與故事分類》，台北：中國口傳文學學會，2007 年 9 月

17. 金榮華：《澎湖縣民間故事》，臺北：中國口傳文學學會，2000 年 6 月。

18. 金榮華：《澎湖縣民間故事》，臺北：中國口傳文學學會，2000 年 6 月。

19. 尚潔：《皇會》，天津市：百花文藝出版社，2006 年 9 月。

20. 周星主編：《民俗學的歷史、理論與方法》（全二冊），北京：商務印書館，2006 年 3 月。

21. 林明裕著：《媽祖傳說》，臺北：東門出版社，1998 年 1 月。

22. 林慶昌著：《媽祖真跡：兼註釋、辨析古籍《敕封天后志》》，廣州：中山大學出版社，2003 年 12 月。

23. 周濯街著：《媽祖》，臺北：國家出版社，2001 年 3 月。

24. 卓鐘霖、陳煒萍主編：《福建文學四十年選·民間文學卷》，福建：海峽文藝出版社，1990 年 12 月。

25. 林志杰：《臺灣的祖廟》，廈門：鷺江出版社，2010 年 6 月。

26. 林國平、彭文宇：《福建民間信仰》，福州：福建人民出版社，1993 年 12 月。

27. 林曉東、陳永升編：《媽祖文化與華僑華人文集》，北京：中國文史出版社，2008 年 11 月。

28. 殷登國著：《中國神的故事》，台北：世界文物出版社，1993 年 10 月。

29. 胡萬川編輯：《大甲鎮閩南語故事集》，台中：台中縣立文化中心，1995 年 6 月。

30. 姜佩君編著：《澎湖民間傳說》，台北：聖環圖書，1998 年 6 月。

31. 胡萬川編輯：《大安鄉閩南語故事集（二)》，台中：台中縣立文化中心，1998 年 6 月。

32. 胡萬川編輯：《大安鄉閩南語故事集（三)》，台中：台中縣立文化中心，1999 年 11 月。

33. 胡萬川等編輯：《雲林縣閩南語故事集（一）》，雲林：雲林縣文化局，1999 年 12 月。

34. 胡萬川編輯：《苗栗縣閩南語故事集（二）》，苗栗：苗栗縣文化局，2001 年 12 月。

35. 胡萬川等編輯：《雲林縣閩南語故事集（二）》，雲林：雲林縣文化局，2001 年 1 月。

36. 胡萬川編輯：《苗栗縣閩南語故事集（三）》，苗栗：苗栗縣文化局，2002 年 12 月。

37. 胡萬川等編輯：《彰化縣民間文學集（17）線西伸港福興地區》，彰化：彰化縣文化局，2002 年 4 月。

38. 胡萬川等編輯：《彰化縣民間文學集（18）芬園花壇秀水地區》，彰化：彰化縣文化局，2002 年 4 月。

39. 胡萬川編輯：《台南縣閩南語故事集》，臺南：臺南縣文化局，2002 年 4 月。

40. 高丙中：《中國人的生活世界——民俗學的路徑》，北京：北京大學出版社，2010 年 4 月。

41. 徐曉望：《福建思想文化史綱》，福州：福建教育出版社，1996 年 7 月。

42. 徐曉望：《福建民間信仰源流》，福州：福建教育出版社，1993 年 12 月。

43. 財團法人北港朝天宮董事會編輯：《媽祖信仰國際學術研討會論文集》，雲林縣：財團法人北港朝天宮董事會，1998 年 9 月。

44. 張珣：《文化媽祖：臺灣媽祖信仰研究論文集》，台北市：中央研究院民族學研究所，2004 年 4 月。

45. 張珣：《媽祖·信仰的追尋》，台北縣：博揚文化事業有限公司，2008 年 8 月。

46. 許葉金著：《媽祖全書》，臺北：文京圖書出版，1999 年 10 月。

47. 陳慶浩、王秋桂主編：《臺灣民間故事集》，臺北：遠流出版社，1989 年 6 月。

48. 陳慶浩、王秋桂主編：《福建民間故事集》，臺北：遠流出版社，1989 年 6 月。

49. 陳益源等編輯：《雲林縣閩南語故事集（五）》，雲林：雲林縣文化局，2003 年 5 月。

50. 陳麗娜整理：《屏東後堆客家民間故事》，臺北：中國口傳文學學會，2006 年 10 月。

51. 黃哲永編輯：《朴子市閩南語故事集》，嘉義：嘉義縣立文化中心，1999 年 6 月。

52. 黃文賢主編：《竹山鎮民間文學採錄・鄉村傳說老故事集》，南投：竹山鎮公所，2002 年 8 月。

53. 黃玉石著：《林默娘・媽祖傳奇》，臺北：新潮社文化，2007 年 6 月。

54. 賀挺主編：《浙江省民間文學集成・寧波市故事卷》，北京：中國民間文藝出版社，1989 年 12 月。

55. 趙麟斌：《閩台民俗述論》，上海：同濟大學出版社，2009 年 2 月。

56. 鄭志明主編：《文化台灣・卷二》，台北：大道文化事業有限公司，1997 年 6 月。

57. 鄭志明、孔建中：《北港朝天宮的神明會》，嘉義縣：南華管理學院，1999 年 11 月。

58. 鄭志明：《臺灣新興宗教現象——傳統信仰篇》，嘉義縣：南華管理學院出版，1999 年 1 月。

59. 蔡相煇：《媽祖信仰研究》，台北市：秀威資訊科技股份有限公司，2006 年 10 月。

60. 鍾敬文主編：《民間文學概論》（第二版），北京：高等教育出版社，2010 年 8 月。

61. 羅偉國等撰：《媽祖全傳》，合肥：黃山書社，2004 年 3 月。

62. 麗水市民間文學集成辦公室編：《中國民間文學集成浙江省麗水市卷》，浙江：麗水市民間文學集成辦公室出版，1989 年 8 月。

63. （英）愛德華・泰勒著、連樹聲譯：《原始文化：神話、哲學、宗教、語言、藝術和習俗之發展》，桂林：廣西師範大學出版社，2005 年 1 月。

參、期刊論文

一、期刊

1. 山本曾太郎：〈朝天宮媽祖雜感〉，《台法月報》12(8)，1918，頁 113～118；12(10)，1918，頁 129～136。

2. 方彥壽：〈最早描寫媽祖故事的長篇小說——《天妃出身濟世傳》的建本〉，《台灣源流》，89 年春季刊。

3. 石萬壽：〈明清以前媽祖信仰的演變〉，《台灣文獻》，1989b，40：2，頁 1～21。

4. 石萬壽：〈康熙以前台澎媽祖廟的建置〉，《台灣文獻》，1989c，40：3，頁 1～28。

5. 石萬壽：〈清代媽祖的封諡〉，《台灣文獻》，1990，41：1，頁 139～152。

6. 朱天順：《元明時期促進媽祖信仰傳播的主要社會因素》，《廈門大學學報》第 4 期，1986 年。

7. 朱天順：《媽祖信仰的起源及其宋代的傳播》，《廈門大學學報》第 4 期，1986 年。

8. 李豐楙：〈媽祖傳說的原始及其演變〉，《民俗曲藝》第 25 期，1983 年。

9. 李獻璋：〈「媽祖信仰研究」自序〉，《大陸雜誌》60：1（抽印本）。

10. 李獻璋：〈元明地方志的媽祖傳說之演變〉，《台灣風物》，1961，11：1，頁 20～38。

11. 李獻璋：〈元明媽祖資料摘鈔〉（上下），《台灣風物》13：3，1963b，頁 21～34；13：4，1963b，頁 14～26。

12. 李獻璋：〈以三教搜神大全與天妃娘媽傳爲中心來考察媽祖傳說〉，《台灣風物》，1963a，13：2，頁 8～29。

13. 李獻璋：〈安平、台南的媽祖祭典〉，《大陸雜誌》，1965，30(9)，頁 276～280。

14. 李獻璋：〈琉球蔡妓婆傳說考證關連媽祖傳說的開展〉，《台灣風物》13：5，1963c，頁 17～28；13：6，1963c，頁 14～26。

15. 李獻璋：〈笨港聚落的成立，及其媽祖祠祀的發展與信仰實態〉，《大陸雜誌》35：9，1967，頁 7～11；35：8，1967，頁 22～26；35：9，1967，頁 22～29。

16. 李獻璋：〈媽祖傳說的原始形態〉，《台灣風物》，1960，10，頁 7～22。

17. 李獻璋：〈媽祖傳說的開展〉，《漢學研究》8：1，1990，頁 287～307。

18. 官桂銓：《《天妃娘媽傳》作者吳還初小考〉，《學術研究》第 6 期，1995 年。

19. 翁佳音：〈有關北港媽祖的兩條清代資料抄釋〉，《台灣風物》39(1)，1989，頁 139～143。

20. 高麗珍等：〈民俗宗教主祀神祇分布初探──以雲林縣爲例〉，《地理教育》第 13 期，1987 年，頁 141～155。

21. 連景初：〈媽祖祭典與出巡〉，《台南文化》，1968，8(3)，頁 58～59。

22. 張珣：〈女神信仰與媽祖崇拜的比較研究〉，《中央研究院民族學研究所集刊》，1996，79，頁 185～203，台北：中央研究院民族學研究所。

23. 陳金田：〈天上聖母繞境〉，《台灣風物》，1983，33(1)，頁 45～52。

24. 黃美英：〈神聖與世俗之間──媽祖儀式活動的剖析〉，《台灣春秋》，1990，2(10)，頁 286～290。

25. 黃美英：〈媽祖香火與神威的建構〉，《歷史月刊》，1993，63，頁 43～46。

26. 黃應貴：〈女神信仰與媽祖崇拜的比較研究〉，《中央研究院民族學研究所集刊》，1996，79，頁 185～203，台北：中央研究院民族學研究所。

27. 楊惠娥：〈媽祖過生日〉，《光華雜誌》，1979，4(6)，頁 28～37。

28. 溫振華：〈北港媽祖信仰大中心形成初探〉，《史聯雜誌》4，1984，頁 10 ～20。

29. 劉汝錫：〈從群體性宗教活動看台灣的媽祖信仰〉，《台灣文獻》，1986，37(3)，頁 21～50。

30. 劉還月：〈媽祖傳說——台灣有關媽祖的種種趣聞〉，《台灣的歲節祭祀》，1991，頁 232～239。

31. 薛世平：〈評《天妃娘媽傳》一書的學術價值——兼說孫行者的原型在閩的論爭佐證問題〉，《福建師大福清分校學報》，1995 年。

32. 魏愛棠：〈媽祖神話的隱喻與歷史進程〉，《莆田高等專科學校學報》第 3 期，2001 年。

肆、學位論文

一、博士論文

1. 蔡相煇：《明清政權更迭與臺灣民間信仰關係之研究——清初臺灣政治與王爺、媽祖信仰之關係》，台北：中國文化大學史學研究所博士論文，1984 年。

2. 張榮富：《民間信仰與媽祖神格的建構——宗教社會學的詮釋》，台中：東海大學社會學系研究所博士論文，1993 年。

3. 謝永昌：《海神媽祖研究》，香港：香港珠海大學歷史研究所博士論文，2000 年。

二、碩士論文

1. 黃美英：《權力與情感的交融——媽祖香火儀式分析》，新竹：國立清華大學社會人類學研究所碩士論文，1991 年。

2. 吳豔珍：《媽祖顯聖研究》，台北：淡江大學中國文學研究所碩士論文，1995 年。

3. 賴世昭：《新加坡華人的天后信仰》，新加坡國立大學榮譽學位論文，1995 年。

4. 范明煥：《新竹地區客家人媽祖信仰之研究》，桃園：國立中央大學歷史研究所碩士論文，2002 年。

5. 蔡碧峰：《神明會與台灣民俗文化傳承關係研究——以北港朝天宮為例》，嘉義：國立中正大學台灣文學研究所碩士專班碩士論文，2010 年。

附　錄

附錄一 媽祖生平傳說及歷代受封年表

宋

帝號	年號	年數	西元	大　事　紀　要	備　註
太祖	建隆	元	960	3月23日天后誕生，月餘未聞啼聲，故命名默。	誕生
	乾德	五	967	年8歲，到師塾求學。	
	開寶	元	968	年9歲，悉研金鋼經、可蘭經……等經典。	
		二	969	年10歲，誦經禮佛，閒幫母織布，是大家公認的孝女。	
		五	972	年13歲，道士玄通授以玄微秘法，悉研參悟。	
太宗	太平	元	976	年17歲，湄洲港一商船沉覆，以擲草化木，附身救商。	
		三	978	年19歲，織機救父溺，航海尋兄。	
		七	982	年23歲，收千里眼、順風耳為將，降龍子，收晏公為部總。	
	雍熙	四	987	年28歲，9月9日重陽節登湄峰山巔，道成昇天。	成道
		四	987	鄉人初建祠祀之，號「通賢神女」。	初建祠
哲宗	元祐	元	1086	鄉人於莆之海東高墩建廟塑像崇祀之，號「聖墩」。	
	元符	元	1098	莆南六十里的楓亭新建妃廟，凡禱應驗。	
徽宗	宣和	四	1122	高麗使路允迪感神恩，奏奉旨賜「順濟」匾額立祠江口。	初始欽賜祠額
高宗	紹興	二六	1156	郊祀禮成，覃恩百神，特封「靈惠夫人」。	初封夫人
		二八	1158	以神威赫制屢犯寇賊，遂為官捕，加封「靈惠、昭應夫人」。	第二次封爵
孝宗	乾道	二	1166	指示甘泉治瘟疫，加封為「靈惠昭應崇福夫人」。	第三次封爵
	淳熙	一一	1184	以溫、臺剿寇賊有功，加封「靈惠昭應崇福善利夫人」。	第四次封爵
光宗	紹熙	三	1192	以救災解旱大功褒封，進爵「靈惠妃」。	第五次封爵初晉妃
寧宗	慶元	四	1198	感神助使霖雨獲得聲，加封「助順」二字。	第六次封爵
	嘉定	元	1208	平大奚寇、現身抗金兵，加封「顯衛」二字。	第七次封爵

		十	1217	以救旱並擒賊寇神助有功，加封「靈惠助順顯衛英烈妃」。	第八次封爵
理宗	嘉熙	三	1240	錢塘潮決堤至艮山祠，若有所限而退，封「靈惠助順顯衛英烈嘉應妃」。	第九次封爵
	寶祐	二	1254	旱，禱之雨，封「靈惠助順嘉應英烈協正妃」。	第十次封爵
		三	1255	封「靈惠助順嘉應英烈慈濟妃」。	第十一次封爵
		四	1256	封「靈惠協正嘉應慈濟妃」。	第十二次封爵
			1256	以建造錢塘堤有功，加封「靈惠協正嘉應善慶妃」。	第十三次封爵
		五	1257	朝廷以神妃護國庇民大功追封林家，褒封父、母、兄、姐。	親屬初受封爵
	景定	三	1263	禱捕海寇，得反風，膠舟就擒，封「靈惠顯濟嘉應善慶妃」。	第十四次封爵

元

帝號	年號	年數	西元	大　事　紀　要	備　註
世祖	至元	一八	1281	以庇護漕運，封「護國明著天妃」，或封「廣祐明著天妃」。	第十五次封爵晉天妃
成宗	大德	三	1299	以庇護漕運，加封為「護國庇民明著天妃」。	第十六次封爵
仁宗	延祐	元	1314	因漕運遭颱風大浪得神助，加封為「護國庇民廣濟明著天妃」。	第十七次封爵
文宗	天曆	二	1329	以怒濤拯溺加封「護國庇民廣濟福惠明著天妃」，遣官致祭天下各廟。	第十八次封爵
惠宗	至正	十四	1354	加封「護國輔聖庇民廣濟福惠明著天妃」。	第十九次封爵

明

帝號	年號	年數	西元	大　事　紀　要	備　註
太祖	洪武	五	1372	以神功顯赫受封，敕封「昭孝純正孚濟感應聖妃」。	第二十次封爵晉聖妃
成祖	永樂	元	1403	庇護鄭和下西洋有功，欽派官員整理「湄洲祖廟」。	
		七	1409	以神屢有護助大功加封「護國庇民妙靈昭應弘仁普濟天妃」。建廟南京城外，額曰「弘仁普濟天妃之宮」。	第二一次封爵復天妃之號廟稱宮之始
		一八	1420	遣御史劉麟、內官孔用等諧湄致祭。	

宣宗	宣德	五	1430	以出使諸番得庇，俱遣太監並京官及縣府官員詣湄嶼致祭，修整廟宇。	
		六	1431		
武宗	正德	元	1506	御賜「河清海晏、風調雨順、配天同功」。	

清

帝號	年號	年數	西元	大　事　紀　要	備　註
聖祖	康熙	一九	1680	將軍萬以征勦廈門得神陰助取捷，並使遠遁，具本奏上，敕封「護國庇民妙靈昭應弘仁普濟天妃」。	第二二次封爵
				欽賜「御香御帛」遣官詣湄致祭。	
				勒加「天上聖母」稱號。	始稱天上聖母
		二二	1683	使琉球欽使，汪輯、林麟。	
				開督姚啓聖委官詣湄致祭起建鐘鼓樓。	
				福建水師施琅重建「梳妝樓、朝天閣」並敬立「撫我則后」。	
		二三	1684	水師施琅率軍平定澎、臺後，晉封「天后」，封號爲「護國庇民妙靈昭應弘仁普濟天后」，並遣官詣湄致祭。	第二三次封爵晉天后之始
		五九	1720	翰林海寶、徐葆光等奉使琉球還，以媽祖默佑封舟有功，奏准列入「春秋祀典」。	正式列祀典
世宗	雍正	四	1726	御書「神昭海表」繪匾於湄洲、廈門、臺灣三處天后宮懸掛。	
高宗	乾隆	二	1737	晉封「護國庇民妙靈昭應弘仁普濟福佑群生天后」。	第二五次封爵
		二二	1757	加封「誠感咸孚」，封號「護國庇民妙靈昭應弘仁普濟福佑群生誠感咸孚天后」。	第二六次封爵
		五二	1787	頒「恩霑海國」匾額大學士嘉永福康安敬立於鹿港天后宮。	
		五三	1788	加封「顯神贊順」，封號「護國庇民妙靈昭應弘仁普濟福佑群生誠感咸孚顯神贊順天后」。	第二七次封爵
仁宗	嘉慶	五	1800	加封「垂慈篤祐」，封號「護國庇民妙靈昭應弘仁普濟福佑群生誠感咸孚顯神贊順垂慈篤祐天后」。	第二八次封爵
		六	1801	敕封天后之父爲積慶公，母爲積慶公夫人。	
		一一	1806	發藏香五柱，命疆吏詣沿海各天后宮祀謝。	

		一四	1809	欽使提督巴圖魯敬立於鹿港天后宮，頒「虔牙靈床」匾額。	
		二一	1816	福建巡撫王紹蘭敬立於鹿港天后宮，頒「福蔭揚帆」匾額。	
宣宗	道光	六	1826	加封「安瀾利運」，封號「護國庇民妙靈昭應弘仁普濟福佑群生誠感咸孚顯神贊順垂慈篤祐安瀾利運天后」。	第二九次封爵
		一八	1838	加封「澤覃海宇」，封號「護國庇民妙靈昭應弘仁普濟福佑群生誠感咸孚顯神贊順垂慈篤祐安瀾利運澤覃海宇天后」。	第三十次封爵
		二八	1848	加封「恬波宣惠」，封號「護國庇民妙靈昭應弘仁普濟福佑群生誠感咸孚顯神贊順垂慈篤祐安瀾利運澤覃海宇恬波宣惠天后」。	第三一次封爵
文宗	咸豐	元	1875	欽賜御書「與天同功」匾額，於鹿港天后宮。	
		二	1852	加封「導流衍慶」，封號「護國庇民妙靈昭應弘仁普濟福佑群生誠感咸孚顯神贊順垂慈篤祐安瀾利運澤覃海宇恬波宣惠導流衍慶天后」。	第三二次封爵
		三	1853	加封「靖洋錫祉」，封號「護國庇民妙靈昭應弘仁普濟福佑群生誠感咸孚顯神贊順垂慈篤祐安瀾利運澤覃海宇恬波宣惠導流衍慶靖洋錫祉天后」。	第三三次封爵
		五	1855	加封「恩周德溥」，封號「護國庇民妙靈昭應弘仁普濟福佑群生誠感咸孚顯神贊順垂慈篤祐安瀾利運澤覃海宇恬波宣惠導流衍慶靖洋錫祉恩周德溥天后」。	第三四次封爵
				加封「衛漕保泰」，封號「護國庇民妙靈昭應弘仁普濟福佑群生誠感咸孚顯神贊順垂慈篤祐安瀾利運澤覃海宇恬波宣惠導流衍慶靖洋錫祉恩周德溥衛漕保泰天后」。	第三五次封爵
		七	1857	加封「振武綏疆」，封號「護國庇民妙靈昭應弘仁普濟福佑群生誠感咸孚顯神贊順垂慈篤祐安瀾利運澤覃海宇恬波宣惠導流衍慶靖洋錫祉恩周德溥衛漕保泰振武綏疆天后」。	第三六次封爵
穆宗	同治	十一	1872	加封「嘉佑」，封號「護國庇民妙靈昭應弘仁普濟福佑群生誠感咸孚顯神贊順垂慈篤祐安瀾利運澤覃海宇恬波宣惠導流衍慶靖洋錫祉恩周德溥衛漕保泰振武綏疆嘉佑天后」。	第三七次封爵
德宗	光緒			光緒年間，朝廷對媽祖的襃封封號不再增加，改以頒賜御匾的方式。	

附錄二　《天妃顯聖錄》、《敕封天后志》、《天上聖母源流因果》目次比較表

目次 ＼ 書名	《天妃顯聖錄》	《敕封天后志》	《天上聖母源流因果》
生平傳說	1 天妃誕降本傳	1 神降	1 求佳兒大士賜丸
			2 聞異香我后降世
			3 遇道人秘傳玄訣
	2 窺井得符	2 窺井	4 窺古井喜得靈符
	3 機上救親	3 機上救親	5 運神機停梭救父
		4 航海尋兄	6 聞疾呼失柁哭兄
	4 化草救商	5 救商	
	5 茱甲天成	6 茱嶼常青	7 資民食瀉油生菜
	6 掛蓆泛槎		8 渡滄海指席爲帆
			9 救舟人小草成杉
	7 鐵馬渡江		11 策鐵馬代楫渡江
	8 禱雨濟民	7 禱雨	10 解旱災甘霖沛野
	9 降伏二神	8 降伏二神	12 收神將演咒施法
	10 龍王來朝		13 率水族龍子來朝
	11 收伏晏公	9 收晏公	14 投法繩晏公歸部
	12 靈符回生	10 懇請卻病	15 莆田尹求符救疫
	13 伏高里鬼	11 收高里怪	16 高里鬼現相投誠
	14 奉旨鎖龍	12 除水患	17 逐雙龍春夏雨止
	15 斷橋觀風	13 除怪風	18 驅二孛南北津通
	16 收伏嘉應、嘉祐	14 收伏二怪	19 破魔道二嘉伏地
	17 湄山飛昇	15 湄島飛昇	20 證仙班九日昇天
飛昇後的故事	18 顯夢闢地		
	19 禱神起椗	16 起椗	22 驅水怪咸願捐金
	20 枯楂顯聖	17 聖墩神木	23 憑枯楂聖墩立廟

21 銅爐溯流	18 銅爐溯流	24 得銅爐錦屏建祠
22 朱衣著靈	19 現身渡劫	27 答神麻千秋崇祀
23 聖泉救疫	20 聖泉救疫	26 療民疫井號聖泉
24 托夢建廟	21 托夢建廟	21 示地利創始建廟
		25 護糧船額頒靈惠
25 溫台勦寇	22 溫台勦寇	28 助皇師一將成功
26 救旱進爵	23 救旱	
27 甌閩救潦	24 救甌閩潦	29 止陰潦轉歉爲豐
		30 除水患收魔爲將
		31 明前跡神槎再現
28 平大奚寇	25 平寇追封	32 助討逆合家受封
29 一家榮封		
30 紫金山助戰	26 金山助戰	33 顯聖威金人碎首
31 助擒周六四	27 助擒草寇	34 率神將周寇亡身
32 錢塘助堤	28 錢塘助堤	35 錢塘江遏水成隄
33 拯興泉饑	29 濟興泉饑	36 興泉郡招商買米
34 火燒陳長五	31 焚陳長五	37 廟廊下火焚惡黨
35 怒濤濟溺	30 助漕運	38 波濤中默佑漕船
36 神助漕運		
37 擁浪濟舟	32 擁浪浮舟	39 現火光明師無恙
38 藥救呂德	33 藥救呂德	40 授丸藥呂德回生
39 廣州救太監鄭和	34 救鄭和	41 聞仙樂鄭和免險
40 舊港戮寇		
		42 過小磯楊洪脫災
41 夢示陳指揮全勝	35 示陳指揮	
42 助戰破蠻	36 破倭蠻	
43 東海護內使張源	37 救張元	
44 琉球救太監柴山	38 救柴山	
45 庇太監楊洪使諸番八國	39 庇楊洪	

46 托夢除奸		43 草彈章託夢除奸
47 粧樓謝過	41 崔苻改革	
48 清朝助順加封	42 助風退寇	
49 起蓋鐘鼓樓及山門		
50 大闢宮殿		
51 托夢護舟	49 托夢護舟	46 過柑碈夢祐王臣
52 湧泉給師	43 片泉濟師	44 憫軍行流泉解渴
53 燈光引護舟人	44 引舟入粵	
54 澎湖神助得捷	45 澎湖助戰	45 平澎湖陰魔神將
55 琉球陰護冊使	46 保護冊使	47 晝夜順風護冊使
	47 海岸清泉	
	48 潮退再漲	
		48 春秋崇祀沛皇恩
		49 佑漕船利運天津
		50 送冊使奉詔中山
		51 警憊兵顯靈上海

附錄三 《古本小說集成・鍥天妃娘媽傳》第九回

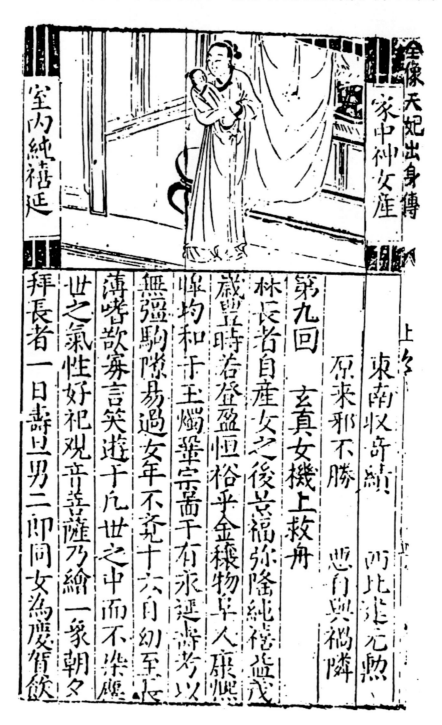

全像天妃出身傳

家中神女產

室內純禧延

上半

東南收奇緒　兩此並元勲、

原来邪不勝　惡自與禍隣

第九回　玄真女機上救冊

林長者自產女之後萬善福弥隆純禧益戒

藏豐時荷登盈恒裕乎金穀物阜人康熙

畢均和乎玉燭蕃宗籍于有永延禱祷以

無彊駒隙易過女年不究十六自幼至長

薄嗜欽寡言笑遊十丸世之中而不染塵

世之氣性好祀覌音菩薩乃繪一象朝夕

拜長者一日壽旦男二即同女為慶賀飲

附錄四　《古本小說集成·鍥天妃娘媽傳》第十六回

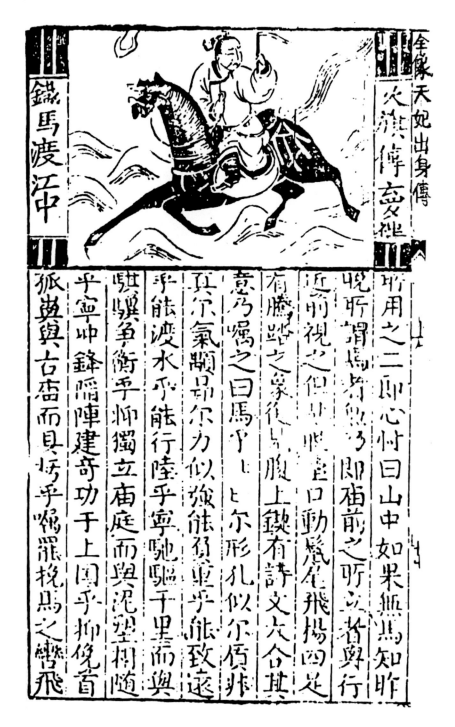

附錄五 《中國通俗小說總目提要・天妃娘媽傳》版記

附錄六　《古本小說集成‧鍥天妃娘媽傳》版面

媽祖故事與媽祖文化研究

附錄七　《古本小說集成・鍥天妃娘媽傳》目錄頁題

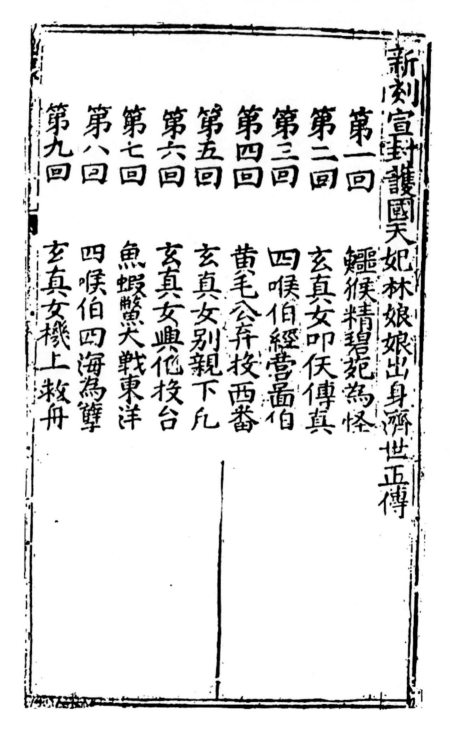

新刻宣封護國天妃林娘娘出身濟世正傳

第一回　鼉猴精碧苑為怪
第二回　玄真女叩夭傳真
第三回　四嗪伯經營畫伯
第四回　黃毛公弃投西番
第五回　玄真女別親下凡
第六回　玄真女興他投台
第七回　魚蝦鱉黿犬戰東洋
第八回　四嗪伯四海為簪
第九回　玄真女機上救舟

附錄八　《古本小説集成‧鍥天妃娘媽傳》正文卷端

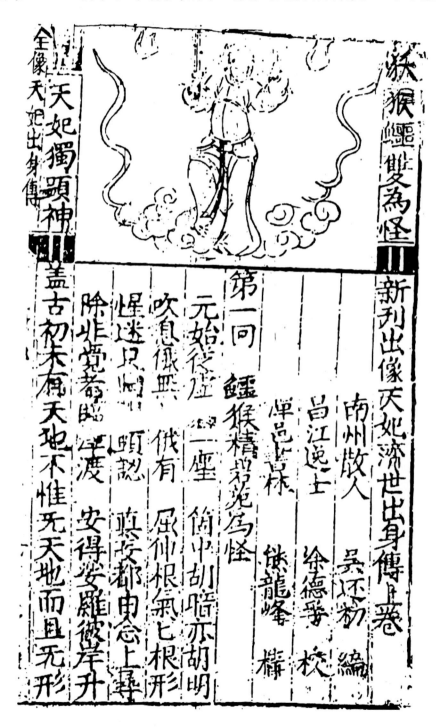

附錄九　宗教團體法草案

條　　文	說　　明
第一章　總　則	章　名
第一條　為維護信仰宗教自由，協助宗教團體健全發展，特制定本法；本法未規定者，適用其他法令之規定。	本法之立法宗旨。
第二條　本法所稱主管機關：在中央為內政部；在直轄市為直轄市政府；在縣（市）為縣（市）政府。 　　主管機關為處理宗教事務，得遴選宗教界代表及學者、專家十五人至三十七人參與提供諮詢意見，其中宗教界代表不得少於成員總數三分之二；其遴聘及集會辦法，由主管機關定之。	一、第一項明定宗教團體之主管機關。 二、第二項明定主管機關處理宗教事務，得遴選宗教界代表及專家、學者提供諮詢意見，並授權由各主管機關定其遴聘及集會辦法。
第三條　依本法完成登記或設立之宗教團體為宗教法人。 　　全國性宗教團體得設立分支機構或分級組織，接受該團體之監督輔導。	一、按現行法制，除法律另有規定外，依法創設權利義務主體者，乃以民法規定之社團法人與財團法人為依據。惟宗教團體組織屬性特殊，爰參酌國外法例，依民法第二十五條規定之意旨，另創設宗教法人，以別於民法上之社團與財團，於第一項明定依本法完成登記或設立之宗教團體為宗教法人。 二、第二項明定全國性宗教團體得設立分支機構，接受該團體之監督輔導。
第四條　本法所稱宗教團體，指從事宗教群體運作與教義傳佈及活動之組織，分為下列三類： 一、寺院、宮廟、教會。 二、宗教社會團體。 三、宗教基金會。	一、明定宗教團體定義。 二、鑑於目前國內宗教類別有十餘種之多，其從事宗教祭祀及活動場所名稱甚多，無從一一涵蓋，且其宗教團體之組織、制度及成員之特性不同，爰明定宗教團體之分類名稱，俾依其特性分別規範其組織與活動。 三、第一款所稱寺院、宮廟、教會，係指本法施行前依監督寺廟條例與寺廟登記規則登記之寺廟、依民法與內政業務財團法人監督準則所設立之各類宗教財團法人，及將來本法施行後以宗教建築為基礎而設立之宗教團體。至其名稱因各宗教對其傳教場所用詞各異，如佛教之寺院、庵堂、道教有宮廟、堂觀、一貫道之佛道堂、基督宗教之教會、教堂……，不一而足，無從一一列舉，故以寺院、宮

	廟、教會概括稱之；第二款所稱「宗教社會團體」係指以個人或團體所組成之宗教組織；第三款所稱「宗教基金會」係指捐助特定金額所組成之宗教組織。
第五條　在同一行政區域內，有同級同類之宗教法人者，其名稱不得相同。	明定宗教法人名稱之限制，以免混淆。
第六條　依本法完成登記或設立之宗教團體，由主管機關發給宗教法人登記證書及圖記。	依本法完成登記或設立之宗教團體，即具有宗教法人資格，無須向法院辦理法人登記，逕由各該宗教法人主管機關發給宗教法人登記證書及圖記。
第二章　寺院、宮廟、教會	章　名
第七條　寺院、宮廟、教會指有住持、神職人員或其他管理人主持，為宗教之目的，有實際提供宗教活動之合法建築物，並取得土地及建築物所有權或使用同意書之宗教團體。 　　寺院、宮廟、教會發起人或代表人應檢具申請書、章程及其他應備表件，向寺院、宮廟、教會建築物所在地直轄市或縣（市）主管機關辦理登記；具有隸屬關係之十三所以上寺院、宮廟、教會，且分布於十三以上直轄市或縣（市）行政區域者，向中央主管機關辦理登記。 　　前項登記之資格要件、應備表件、審查程序及其他應遵行事項之規則，由中央主管機關定之。	一、第一項明定寺院、宮廟、教會之定義。 二、第二項明定以宗教建築物之數量及座落劃分為地方或全國性宗教團體組織，單一寺院、宮廟、教會應向其建築物所在地直轄市或縣（市）主管機關登記；十三所以上寺院、宮廟、教會具有隸屬關係之寺院、宮廟、教會分布於十三直轄市或縣（市）行政區域者，向中央主管機關辦理登記，俾明確劃分其主管機關。 三、第三項明定寺院、宮廟、教會登記之資格要件、審查程序之規則由中央主管機關定之。
第八條　寺院、宮廟、教會之章程，應載明下列事項： 一、名稱。 二、宗旨。 三、宗教派別。 四、管理組織及其管理方法。 五、法人代表之名額、職權、產生及解任方式；有任期者，其任期。 六、財產之種類與保管運用方法，經費與會計及其不動產處分或設定負擔之程序。 七、法人之主事務所及分事務所所在地。 八、章程修改之程序。 　　寺院、宮廟、教會之章程，除應載明前項事項外，並得載明解散事由與程序、解散後賸餘財產之歸屬及其他必要事項。 　　第一項第五款法人代表之名額超過三人時，其相互間有配偶或三親等以內血親、姻親關係者，不得超過其總名額三分之一。	一、第一項明定寺院、宮廟、教會章程應載明之事項，俾利其依章程運作與管理。 二、基於宗教事務自治原則，於第二項明定寺院、宮廟、教會之章程除應載明組織管理方法等重要事項外，對解散後賸餘財產之歸屬及其他必要事項，亦得於章程中載明，俾減少不必要之困擾。 三、第三項明定法人代表親等之限制，以利組織之健全。

第三章　宗教社會團體	章　名
第九條　宗教社會團體指以實踐宗教信仰為目的，由個人或團體組成之社會團體。 　　宗教社會團體分全國、直轄市及縣（市）二類。 　　直轄市及縣（市）宗教社會團體由團體組成者，其發起團體不得少於十個；由個人組成者，其發起人不得少於三十人。 　　全國性宗教社會團體由團體組成者，其發起團體數不得少於三十個，且應分布於十三以上直轄市或縣（市）行政區域；由個人組成者，其發起人數不得少於一百人，且其戶籍應分布於十三以上直轄市或縣（市）行政區域。	一、第一項明定宗教社會團體之定義。 二、第二項明定宗教社會團體分全國、直轄市及縣（市）等二類，並為使各類宗教社會團體確實發揮其功能，爰於第三項及第四項明定其設立條件。 三、宗教社會團體由團體組成及個人組成之計算方式，採分別計算，不得以個人與團體混合計算其發起人額數。 四、宗教社會團體分全國性由內政部主管及地方性由直轄市或縣（市）政府主管，為明確規定全國性及地方性宗教社團受理標準及條件之主管機關，參酌社會團體許可立案作業規定訂定全國性與縣（市）級設立標準，俾使將來實務執行避免窒礙難行情況。
第十條　宗教社會團體之籌設，應由發起人檢具申請書、章程草案、發起人名冊及其他應備表件，向主管機關申請許可。 　　前項申請許可應備表件、審查程序及其他應遵行事項之規則，由中央主管機關定之。	一、參考人民團體法第八條，於第一項明定宗教社會團體應向各該主管機關申請許可。 二、第二項明定宗教社會團體申請籌設之應備表件、審查程序之規則，由中央主管機關定之。
第十一條　宗教社會團體經許可籌設後，應於六個月內召開發起人會議，推選籌備委員，組織籌備會；籌備完成後，應於三個月內召開成立大會。 　　前項成立大會，因故不能召開時，經主管機關核准者，得展延一次，其展延期間不得超過三個月；屆期仍未召開時，原籌設許可失其效力。 　　發起人會議、籌備會議及成立大會，均應通知主管機關，主管機關得派員列席。	宗教社會團體籌備及成立大會召開程序。
第十二條　宗教社會團體應於成立大會後三十日內，檢具章程、選任職員簡歷冊，送請主管機關許可設立。	宗教社會團體成立三十日內，應檢具相關表件送請主管機關許可設立。
第十三條　宗教社會團體之章程，應載明下列事項： 一、名稱。 二、宗旨。 三、宗教派別。 四、組織區域。 五、會址。 六、任務。 七、組織。 八、會員之權利及義務。 九、會員入會、出會及除名。	一、第一項明定宗教社會團體章程應載明之事項，俾利宗教社會團體依章程運作與管理。 二、基於宗教事務自治原則，於第二項明定宗教社會團體之章程除應載明組織管理方法等重要事項外，對解散後賸餘財產之歸屬及其他必要事項，亦得於章程中載明，俾減少不必要之困擾。 三、為健全組織，爰於第三項至第五項明定法人代表之名額及親等之限制。

十、會員代表、理事、監事之名額、職權、任期、選任及解任。 十一、會議。 十二、財產之種類與保管運用方法、經費與會計及其不動產處分或設定負擔之程序。 十三、章程修改之程序。 　　宗教社會團體之章程，除應載明前項事項外，並得載明解散事由與程序、解散後賸餘財產之歸屬及其他必要事項。 　　第一項第十款理事之名額，不得少於五人，最多不得超過三十一人，並須爲單數；理事相互間有配偶或三親等以內血親、姻親關係者，不得超過其總名額三分之一。 　　監事名額爲理事名額三分之一，任期與理事同。 　　監事相互間或監事與理事間，不得有配偶或三親等以內血親、姻親關係。	
第四章　宗教基金會	章　名
第十四條　宗教基金會指以特定金額之基金爲設立基礎，並以推展宗教相關公益、慈善、教育、醫療及社會福利事業爲目的所組成之團體。 　　宗教基金會分全國、直轄市及縣（市）二類，其基金數額由主管機關定之。但直轄市及縣（市）類者，不得超過全國類之基金數額。	一、宗教基金會係指本法施行前依民法及內政業務財團法人監督準則許可設立之以捐助一定基金所成立財團法人組織及將來依本法許可設立之宗教基金會。 二、明定宗教基金會之定義、類別，有關基金數額，則由各該主管機關定之。
第十五條　宗教基金會之籌設，應由捐助人檢具申請書、章程及其他應備表件，向主管機關申請許可。 　　前項申請許可應備表件、審查程序及其他應遵行事項之規則，由中央主管機關定之。	一、第一項明定宗教基金會應向各該主管機關申請許可。 二、第二項明定宗教基金會申請許可應備表件由中央主管機關定之。
第十六條　宗教基金會之章程，應載明下列事項： 一、名稱。 二、宗旨。 三、宗教派別。 四、管理組織及其管理方法。 五、董事名額、產生方式、任期、任期屆滿之改選及任期屆滿不辦理改選之處理方式。 六、設有監察人者，其名額、任期及產生方式。 七、董事會之職權。 八、財產之種類與保管運用方法、經費與會計及其不動產處分或設定負擔之程序。 九、法人之主事務所及分事務所所在地。 十、章程修改之程序。 　　宗教基金會之章程除應載明前項事項外，並得載明解散事由與程序、解散後賸餘財產之歸屬及其他必要事項。	列明宗教基金會章程應載明及得載明之事項，俾利其管理及運作。

第十七條　宗教基金會以董事會為執行機構，置董事長一人，由董事互選之。 　　董事之名額，不得少於五人，最多不得超過三十一人，並須為單數；董事相互間有配偶或三親等以內血親、姻親關係者，不得超過其總名額三分之一。 　　置有監察人者，名額為董事名額三分之一，任期與董事同。 　　監察人相互間、監察人與董事間，不得有配偶或三親等以內血親、姻親關係。	一、宗教基金會屬他律法人性質，故於第一項明定宗教基金會以董事會為執行機構、董事長之人數及產生方式。 二、第二項至第四項明定董事、監察人之上下限額數及擔任董事、監察人之親等額數限制。
第五章　財　產	章　名
第十八條　宗教法人因出資、徵募購置或受贈之不動產，應造具不動產清冊送經主管機關備查。 　　前項不動產登記名義人應為該宗教法人，並由該法人章程所定有權管理之人管理之。	宗教法人因出資、徵募購置或受贈之不動產，應造具不動產清冊送主管機關備查，且其不動產應以宗教法人名義登記，以避免宗教法人財產私有化產生紛爭及社會問題，俾利監督。
第十九條　宗教法人之財產及基金之管理，應受主管機關之監督；其監督辦法，由中央主管機關定之。 　　宗教法人之不動產，非經主管機關許可，不得處分、變更或設定負擔。 　　前項許可應備表件、審查程序及其他應遵行之規則，由中央主管機關定之。 　　宗教法人辦理獎助或捐贈，應符合章程所定之宗旨；其對特定團體或個人所為之獎助或捐贈，超過財產總額一定比率者，應經主管機關許可。 　　前項財產總額一定比率，由主管機關定之。	一、第一項、第二項及第三項明定宗教法人之財產及基金管理應受主管機關之監督，且其不動產之處分應經主管機關許可及許可應備表件、審查程序及其他應遵行之規則，由中央主管機關訂定，以確保宗教法人之財產。 二、第四項及第五項明定宗教法人辦理獎助或捐贈超過財產總額一定比率者，應經主管機關許可。
第二十條　宗教法人於本法施行前已繼續使用公有非公用土地從事宗教活動滿五年者，得檢具相關證明文件，報經主管機關核轉土地管理機關，依公產管理法規辦理讓售。 　　前項供宗教目的使用之土地，得優先辦理都市計畫或使用地變更編定。 　　各級政府擬定或變更都市計畫時，應以維護既有合法宗教用地及建築之完整為原則。	一、第一項明定宗教法人在本法施行前已繼續使用公有非公用土地從事宗教活動滿五年者，得依公產法規辦理讓售。 二、第二項明定供宗教目的使用之土地，得優先辦理都市計畫或使用地變更編定，俾解決宗教法人土地使用問題。 三、第三項明定各級政府擬定或變更都市計畫時，應以維護既有合法宗教用地及建築之完整為原則。
第二十一條　寺院、宮廟、教會之會計基礎採現金收付制，應設置帳簿，詳細記錄有關會計事項。 　　宗教社會團體及宗教基金會之會計年度起迄以曆年制為準，會計基礎採權責發生制，應設	關於宗教法人之會計基礎，為配合現況，宜就不同宗教法人型態作不同規範，爰明定寺院、宮廟、教會採現金收付制；宗教社會團體及宗教基金會採權責發生制。

置帳簿，詳細記錄有關會計事項，按期編造收支報告。 　　前二項會計帳簿及憑證，準用商業會計法規定保存十年或五年。	
第二十二條　宗教社會團體及宗教基金會應於年度開始前三個月，檢具年度預算書及業務計畫書，報主管機關備查。 　　宗教法人應於年度結束後六個月內，檢具年度決算書，報主管機關備查。	宗教團體依其類別，於年度開始及終了後應檢具相關書類報請主管機關備查。
第二十三條　宗教法人除有銷售貨物、勞務收入或附屬作業組織者外，得依所得稅法相關規定，免辦理年度結算申報。 　　個人或營利事業對宗教法人之捐贈，得依所得稅法相關規定，作為列舉扣除額，或列為費用或損失。 　　宗教法人接受捐贈之所得及孳息，得依所得稅法相關規定，免納所得稅。	一、依財政部八十六年三月十九日台財稅第八六一八八六一四一號函訂定之「宗教團體免辦理所得稅結算申報認定要點」規定，宗教團體無銷售貨物、勞務收入或附屬作業組織者，得依所得稅法相關規定免辦理結算申報，爰於第一項明定之。 二、第二項明定個人或營利事業，對宗教法人之捐贈，得依規定作為列舉扣除額，或列為費用或損失，以鼓勵捐贈。 三、第三項明定以宗教法人名義接受捐款，得依所得稅法相關規定，免納所得稅。
第二十四條　私人或團體捐贈宗教法人專供宗教、教育、醫療、公益、慈善事業或其他社會福利事業等直接使用之土地，得由受贈人申請不課徵土地增值稅。但於再移轉第三人依法應課徵土地增值稅時，以該土地捐贈前之原規定地價或前次移轉現值為原地價，計算漲價總數額，課徵土地增值稅。	私人或團體捐贈宗教法人專供宗教等直接使用之土地，於捐贈移轉時，不課徵土地增值稅。
第二十五條　私人捐贈宗教法人之財產，專供宗教、教育、醫療、公益、慈善事業或其他社會福利事業等使用者，得依遺產及贈與稅法規定，不計入遺產總額或贈與總額。	私人所有之財產，捐贈並登記為宗教法人所有，專供公益、慈善事業等使用時，得依遺產及贈與稅法第十六條或第二十條第一項第三款規定，不計入遺產總額或贈與總額。
第二十六條　宗教法人解散，於清償債務後，其賸餘財產得依其章程之規定，歸屬於其他宗教法人。 　　無前項章程之規定時，其賸餘財產歸屬於該宗教法人主事務所或會址所在地之地方自治團體。 　　宗教法人經依第三十條第一項第二款規定，廢止其登記或設立許可後，其財產之處理，準用前二項規定。	一、第一項及第二項明定宗教法人解散後其賸餘財產之歸屬。 二、第三項明定宗教法人經廢止其登記或設立許可後，其財產之處理，以期完備。

第六章　宗教建築物	章　名
第二十七條　宗教建築物指宗教團體爲從事宗教活動，依建築法令領得使用執照之建築物。 　　宗教建築物爲社會發展之需要，經宗教建築物所在地之主管機關許可，並符合土地使用分區管制者，得爲其他使用。 　　宗教法人所有之宗教建築物供其作爲宗教活動使用者，得依房屋稅條例免徵房屋稅，其基地得依土地稅減免規則免徵地價稅。供出租使用，且其收入全部作爲宗教目的使用者，亦同。	一、宗教建築性質特殊，且基於公共安全考量，故於第一項明定宗教建築物應依建築法令領得使用執照。 二、又爲鼓勵宗教與社區生活相結合，於主管機關許可並符合土地使用分區規定者，宗教建築物得爲其他使用，如作爲社區活動中心、村里辦公處等，爰於第二項規定之。 三、第三項明定宗教建築物享有免稅規定之情形。
第二十八條　宗教法人於不妨礙公共安全、環境安寧及不違反建築或土地使用或公寓大廈管理法令之範圍內，經主管機關之許可，得以區分所有建築物爲宗教建築物。	都市土地價格高昂，供宗教團體使用之土地取得不易，爲因應都市道場、教會傳教之需，爰明定建築物於不違反建築、土地使用分區、水土保持、環境保護、公寓大廈管理或其他公共安全法令之範圍內，經主管機關之許可，得以區分所有建築物爲宗教建築物。
第七章　附　則	章　名
第二十九條　宗教法人得按其章程所定目的及財產情形，依法興辦相關教育、醫療、公益、慈善事業或其他社會福利事業。	宗教法人得按其章程所定目的及財產情形，興辦公益、慈善事業或其他社會福利事業，以充分發揮宗教功能。
第三十條　宗教法人之宗教活動，有涉及詐欺、恐嚇、賭博、暴力、妨害風化或性自主犯罪行爲者，除依相關法律規定處罰外，主管機關得限期令其改善；屆期仍不改善者，按其情節輕重，爲下列之處分： 一、解除法人代表、董事、理事、監事或監察人之職務。 二、廢止其登記或設立許可。 　　主管機關爲前項之處分，有遴選宗教界代表及學者、專家處理宗教事務者，應徵詢其意見。非有三分之二以上之成員出席及出席成員三分之二以上之同意時，主管機關不得爲前項之處分。	一、爲維護公共秩序及公共利益，於第一項明定宗教法人之宗教活動違反相關法律，按其情節輕重予以處分。 二、第二項明定宗教法人違反相關法律處分時，有遴選宗教界代表及學者、專家處理宗教事務者，應徵詢其意見。
第三十一條　宗教法人違反第十八條、第十九條、第二十一條或第二十二條規定或違反章程情節重大者，主管機關得限期令其改善；屆期仍不改善者，應按其情節輕重，不予適用第二十三條至第二十五條及第二十七條全部或一部之規定。	宗教法人違反本法規定之處分。
第三十二條　宗教法人經主管機關之許可，得設立宗教教義研修機構；其許可條件、應備表件、審查程序、廢止許可及其他應遵行事項之辦法，由	一、爲規範宗教教義研修機構，爰於第一項明定宗教法人經主管機關許可，得設宗教教義研修機構。

中央主管機關定之。 　　前項宗教教義研修機構其授予教育部認定之學位者，應依教育相關法律規定辦理。	二、第二項明定宗教教義研修機構如授予教育部認定之學位，應依教育相關法律規定辦理。
第三十三條　本法施行前，寺院、宮廟、教會附設之納骨、火化設施已滿十年者，視為宗教建築物之一部分。但以區分所有建築物為宗教建築物者，不適用之。 　　前項視為宗教建築物一部分之納骨、火化設施，其有損壞者，得於原地原規模修建。	一、寺院、宮廟、教會附設納骨、火化設施由來已久，為宗教文化之一，惟多數未依墳墓設置管理條例之規定申請設置，為解決寺廟附設納骨、火化設施之問題，爰於第一項明定寺院、宮廟、教會於本法施行前，已附設滿十年之納骨、火化設施，視為宗教建築物之一部分。但以區分所有建築物為宗教建築物者，不適用之。此一規定旨在預防寺院、宮廟、教會在區分所有建築物內設置納骨塔及假借宗教名義附設納骨塔，而行營利之實。 二、第二項明定視為宗教建築物一部分之納骨、火化設施如有損壞者，得於原地原規模修建。
第三十四條　本法施行前，已依其他法律登記之宗教團體，經依本法規定修正章程並報主管機關備查後，視為依本法登記或設立之宗教法人，發給宗教法人登記證書及圖記。	本法施行前，已依其他法律登記之宗教團體，符合一定條件者，視為依本法登記或設立之宗教法人。
第三十五條　外國宗教法人經主管機關之認許，得在本國購置土地供宗教團體興建宗教建築物使用；其認許條件、應備表件、審查程序、廢止認許及其他應遵行事項之辦法，由中央主管機關定之。	土地法第十九條規定：「外國人為供自用、投資或公益之目的之使用，得取得左列各款用途之土地，其面積及所在地點，應受該管直轄市或縣（市）政府依法所定之限：一住宅。二營業處所、辦公場所、商店及工廠。三教堂。四醫院。五外僑子弟學校。六使領館及公益團體之會所。七墳場。八有助於國內重大建設、整體經濟或農牧經營之投資，並經中央目的事業主管機關核准者。前項第八款所需土地之申請程序、應備文件、審核方式及其他應遵行事項之辦法，由行政院定之。」爰增訂此條文，俾利外國宗教法人在國內取得或設定不動產權利。惟第三款所規定之「教堂」，係採廣義規定，應包含本草案第四條第一款所稱之寺院、宮廟、教會等宗教建築物。
第三十六條　非依本法設立或登記為宗教法人之個人或團體，而有經常性藉宗教信仰名義，對外從事宗教活動之事實者，直轄市或縣（市）主管機關應予清查，列冊輔導、管理。 　　前項輔導、管理，由直轄市、縣（市）制定或訂定自治法規辦理之。	非依本法設立或登記為宗教法人之個人或團體而有對外從事宗教活動事實者之輔導管理措施。
第三十七條　本法自公布日施行。	本法之施行日期。

附錄十　財團法人北港朝天宮捐助章程

（奉台灣省政府民政廳七二民五字　第一五三五三號准予備查在案）

第一章　總　則

第一條：財團法人北港朝天宮（以下簡稱本宮）其宮址設於臺灣省雲林縣北港鎮中山路一七八號。

第二條：本宮係以奉祀　天上聖母（俗稱媽祖）為主神。

第三條：本宮之設立以宣揚　聖母懿德、倡行尊聖孝道，興辦公益事業，促進社會福利為目的。

第四條：本宮以所有不動產為基產，並以每年捐獻收入之總額，抽取百分之十作為基金，其財產之總額以所有財產登記清冊為準。

第二章　組　織

第一節　信徒代表大會

第五條：本宮設信徒代表大會，供為本宮諮議機關。

第六條：信徒代表除以本宮現任董監事及居住本宮所在地之北港鎮東陽、光民、東華、南安、中和、義民、共榮、西勢、仁和、賜福、公館、大同、仁安、華勝、光復等十五里里長、鄰長及轄內選出之現任中央級、省級、縣級、鎮級等之民意代表為當然代表外，餘就上項區域內，曾參與　聖母祭典，并經本宮董事會審查通過之各音樂團、歌絃管、陣頭、轎班及舖戶等團體所推選之代表擔任之。

第七條：本宮信徒，除當然代表外，由各團體所推選之信徒代表名額，每一團體各產生一名為限，其任期均為一年，連選得連任。

第八條：各音樂團、歌絃管、陣頭、轎班等團體，所推選之信徒代表人選，由各該團體自行決定，舖戶團體所產生之信徒代表人選，則以各該舖戶團體，每年一次在　聖母神前，求卦決定之爐主充任。

第九條：信徒代表名單，除當然代表外，由本宮董事於每年信徒代表定期大會召開前一個月，分別通知各該團體選送之，如於接到通知後超逾十日，未能提出代表人選者，應以舊任代表為代表。

第十條：凡未具有崇敬　聖母之信念及年齡未滿二十五歲者，不得被推選爲本宮之信徒代表。

第二節　董事會

第十一條：本宮設董事十三人組織董事會并備候補董事三人。

第十二條：董事由信徒代表大會，就具有崇敬　聖母信念並年滿二十五歲以上熱心公益人士中選任之，其任期爲四年連選得連任。

第十三條：董事在任期中因故出缺時，應由候補董事依次遞補，以補足所遺任期爲限。

第十四條：董事之選舉，以無記名連記法之方式行之，并以得票數較多者爲當選。董事之選舉採用候選制，本宮應于信徒代表大會開會前二十日公告候選之登記，而候選人須於公告日起七日向本宮登記，登記截止三日內經董事會審查通過，公告爲候選人。

第十五條：董事會得置顧問若干名，由董事會就熱心公益人士中聘任之，其任期與董事同。

第十六條：董事會每一個月召開一次，有必要時得召開臨時董事會。

第十七條：本宮設常務董事五人組織常務董事會，由三分之二董事出席，出席董事過半數之同意互選之，并設董事長一人，由常務董事依上開方式互選之，董事長綜理一切宮務，對外代表本宮。

第十八條：常務董事於董事會休會期內，依法令章程及既有之決議事項，得集會方式執行本宮急要之事務。

第十九條：常務董事、董事得依總務、祭祀、營繕、會計等分掌有關宮務。

第三節　監事會

第二十條：本宮置監事三人組成監事會，并互選一人爲監事主席，仍備候補監事一人。

第二一條：監事由信徒代表大會，就具有崇敬　聖母信念并年滿二十五歲以上之熱心公益人士中選任之，其任期爲四年連選得連任。

第二二條：監事在任期中因故出缺時，應由候補監事遞補，以補足所遺

任期爲限。

第二三條：監事之選舉以無記名連記法方式爲之，並以得票數較多者爲當選。監事之選舉採用候選制，本宮應于信徒代表大會開會前二十日公告候選人之登記，而候選人須於公告日起七日內向本宮登記，登記截止三日內經本宮董事會審查通過公告爲候選人。

第二四條：監事會每一個月召開一次，由監事主席主持之，遇有緊急事項得召開臨時會議。

第四節　辦事處

第二五條：本宮爲處理日常事務應設辦事處，置有總幹事一人，秉承董事會之命，負責辦理宮內一般事務。

地二六條：總幹事之下得親實際之需要，配置辦事人員若干人，必要時并得分組辦事。

第二七條：總幹事暨所有辦事人員，均由董事長推荐提經董事會同意後聘任。

第三章　職　權

第二八條：信徒代表大會之職權如下：

一、聽取董事會工作報告及監查報告。

二、選舉董事、監事。

第二九條：董事會之職權如下：

一、召開信徒代表大會。

二、本宮財產及基金之管理。

三、辦理祭典事項。

四、總幹事及所有辦事人員之遴聘與解聘之同意事項。

五、本宮重要事務之處理事項。

六、其他依法令規定應由董事會執行之事項。

第三十條：監事會之職權如下：

一、本宮財務狀況之調查審核。

二、本宮簿冊文件之查核。

三、本宮業務之查詢。

四、向信徒代表大會提出監查報告。

　　五、本宮職員執行業務之監察與違法失職之檢舉。

　　六、其他依法令賦予之職權。

第三一條：本宮辦事處組織職掌及事務處理另以細則訂定之。

第四章　會　議

第三二條：信徒代表大會每年召開一次，但如遇有特殊重要事故，經董事會議決認為有召開臨時會之必要時得召開之，均由董事長召集之。

第三三條：董事會每月召開一次，如董事長認為有必要或經三分之一以上董事召開時，均由董事長召集之。

第三四條：董事會之決議，概以董事過半數之出席及出席董事過半數之同意行之。

第三五條：信徒代表大會或董事會、監事會開會時，信徒代表或董監事均應親自出席，不得委託他人代表出席或代為表決。

第三六條：如依本章程第六條所產生之信徒代表，一人具有兩種代表身份，於開會表決時，僅得行使其中之一代表權。

第三七條：信徒代表大會暨董事會開會時，董事長為當然主席，主持會議進行事宜，董事長因故缺席或所議事項需迴避時，由出席常務董事中推舉一人擔任主席主持之。

第三八條：信徒代表大會暨監事會開會時，總幹事應列席備詢。

第五章　財務處理

第三九條：本宮會計年度定為每年七月一日起至翌年六月底為止。

第四十條：本宮基產非經董事會議決通過並呈報主管機關核准不得為物權之移轉或設定。

第四一條：本宮之經費，由基產之孳息及熱心人士之捐獻暨其他收入充之，經費收支悉依會計制度辦理。

第四二條：本宮需款時應經董監事聯席會議通過方可向外借貸，但全體董監事均應簽章負責，不得拒絕，如有不願意簽章者，得由董監事聯席會議多數議決解除其職權。

第四三條：本宮董事監事暨顧問均為名譽職，但如確須外出洽公時，得給予交通費或膳宿什費，其支領標準得比照公務員荐任職核

支（限於他縣市）。另總幹事及其他員工之薪津待遇均由簇事
禽決定之，并傅賜經費狀況及物混指數得隨時調整之。

第六章　附　則
　　第四四條：本章程凡未規定之事項，悉依政府有關法令之規定辦理之
　　第四五條：本章程經本宮董監事聯席會議通過並報奉主管機關核准後施
　　　　　　　行之，其修改時亦同。